OEUVRES

COMPLETES

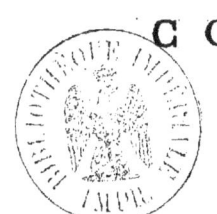

DE

VOLTAIRE.

OEUVRES

COMPLETES

DE

VOLTAIRE.

TOME SOIXANTE-UNIEME.

DE L'IMPRIMERIE DE LA SOCIÉTÉ LITTÉRAIRE-
TYPOGRAPHIQUE.

1 7 8 5.

RECUEIL

DES LETTRES

DE M. DE VOLTAIRE.

1769–1771.

RECUEIL

DES LETTRES

DE M. DE VOLTAIRE.

LETTRE PREMIERE.

A M. LE COMTE DE ROCHEFORT.

1 de janvier.

JE préfente mes tendres et fincères refpects au couple aimable qui a honoré de la préfence, pendant quelques jours, l'hermitage d'un vieux folitaire malingre. Je ne leur fouhaite point la bonne année, parce que je fais qu'ils font les beaux jours l'un de l'autre. On ne fouhaite point le bonheur à qui le pofsède et à qui le donne.

Je me flatte qu'un jour *Dixhuitans* (*) fera le meilleur comme le plus bel appui de la bonne caufe. La raifon et l'efprit introduiront leur empire dans le Gévaudan, et on fera bien étonné. La bonne caufe commence à fe faire connaître fourdement par-tout, et c'eft de quoi je bénis DIEU dans ma retraite. J'achève ma vie en travaillant à la vigne du Seigneur, dans l'efpérance qu'il viendra de meilleurs apôtres, plus puiffans en œuvres et en paroles.

1769.

(*) Madame de *Rochefort* avait dix-huit ans.

A 2

1769. ———— Quoiqu'on dife à Paris que la fête de la Préfen-
tation de *Notre-Dame* doit fe célébrer au commencement de janvier, je n'en crois encore rien ; car à
qui préfenter ? à des vierges ? cela ne ferait pas
dans l'ordre.

On parle de grandes tracafferies. Je ne connais
que celles de Corfe. Elles ne réuffiffent pas plus dans
l'Europe que le *Tacite de la Bletterie* en France. Mais
le mal eft médiocre ; et, après la guerre de 1756,
on ne peut marcher que fur des rofes. Pour le parlement, il fait naître le plus d'épines qu'il peut.

LETTRE II.

A MADAME DE SAUVIGNY.

A Ferney, 3 de janvier.

MADAME,

IL y a dans la lettre dont vous m'honorez , du 27
de décembre, un mot qui m'étonne et qui m'afflige.
Vous dites que *monfieur votre frère vous menace, et que
vous ne devez plus rien faire pour empêcher fes menaces
d'être effectuées.*

Je ferais inconfolable fi, ayant voulu l'engager à
fe confier à vos bontés, j'avais pu laiffer échapper,
dans ma dernière lettre, quelque expreffion qui pût
faire foupçonner qu'il vous menaçât, et qui pût jeter
l'amertume dans le cœur d'un frère et d'une fœur.

Je vous ai obéi avec la plus grande exactitude.

Vous m'avez preffé, par deux lettres confécutives, de l'attirer chez moi, et de favoir de lui ce qu'il voulait.

Je vous ai inftruite de toutes fes prétentions ; je vous ai dit que, dans le pays qu'il habite, il ne manquait pas de prétendus amis qui lui confeillaient d'éclater et de fe pourvoir en juftice ; je vous ai dit que je craignais qu'il ne prît enfin ce parti ; je vous ai offert mes fervices ; je n'ai eu et je n'ai pu avoir en vue que votre repos et le fien. Non-feulement je n'ai point cru qu'il vous menaçât, mais il ne m'a pas dit un feul mot qui pût le faire entendre.

Je vous avoue, Madame, que j'ai été touché de voir le frère de madame l'intendante de Paris arriver chez moi, à pied, fans domeftique, et vêtu d'une manière indigne de fa condition.

Je lui ai prêté cinq cents francs ; et, s'il m'en avait demandé deux mille, je les lui aurais donnés.

Je vous ai mandé qu'il a de l'efprit, et qu'il eft confidéré dans le malheureux pays qu'il habite. Ces deux chofes font très-conciliables avec une mauvaife conduite en affaires.

Si le récit qu'il m'a fait de fes fautes et de fes difgrâces eft vrai, il eft, fans contredit, un des plus malheureux hommes qui foient au monde.

Mais que voulez-vous que je faffe ? S'il n'a point d'argent, et s'il m'en demande encore dans l'occafion, faudra-t-il que je refufe le frère de madame l'intendante de Paris ? faudra-t-il que je lui dife : Votre fœur m'a ordonné de ne vous point fecourir ; après que je lui ai dit, pour montrer votre générofité, que vous m'aviez permis de lui prêter de

—— l'argent dans l'occasion , lorsque vous étiez à Genève ? Ceux que nous avons obligés une fois semblent avoir des droits sur nous ; et , lorsque nous nous retirons d'eux , ils se croient offensés.

Vous savez , Madame , que depuis quatorze ans il a auprès de lui une nièce de l'abbé *N*. . . . Ils se sont séparés , et il ne faut pas qu'il la laisse sans pain. Toute cette situation est critique et embarrassante. Cette *N*. . . . est venue chez moi fondre en larmes. Ne pourrait-on pas , en fixant ce que monsieur votre frère peut toucher par an , fixer aussi quelque chose pour cette fille infortunée ?

Je ne suis environné que de malheureux. Ce n'est point à moi de solliciter la noblesse de votre cœur , ni de faire des représentations à votre prudence. Monsieur votre frère prétend qu'il doit lui revenir quarante-deux mille livres de rente, et qu'il n'en a que six ; je crois , en rassemblant tout ce qu'il m'a dit, qu'il se trompe beaucoup. Il vous serait aisé de m'envoyer un simple relevé de ce qu'il peut prétendre ; cela fixerait ses idées, et fermerait la bouche à ceux qui lui donnent des conseils dangereux.

Il me paraît convenable que ses plaintes ne se fassent point entendre dans les pays étrangers.

Au reste , Madame , je vous supplie d'observer que je n'ai jamais rien fait dans cette malheureuse affaire que ce que vous m'avez expressément ordonné. Soyez très-persuadée que je ne manquerai jamais à votre confiance , que j'en sens tout le prix , et que je vous suis entièrement dévoué.

LETTRE III.

A M. L'ABBÉ AUDRA, *à Touloufe.*

Ferney, le 3 de janvier.

Il s'agit, Monfieur, de faire une bonne œuvre, je m'adreffe donc à vous. Vous m'avez mandé que le parlement de Touloufe commence à ouvrir les yeux, que la plus grande partie de ce corps fe repent de l'abfurde barbarie exercée contre les *Calas*. Il peut réparer cette barbarie, et montrer fa foi par fes œuvres.

Les *Sirven* font à peu-près dans le cas des *Calas*. Le père et la mère *Sirven* furent condamnés à la mort par le juge de Mazamet, dans le temps qu'on dreffait à Touloufe la roue fur laquelle le vertueux *Calas* expira. Cette famille infortunée eft encore dans mon canton; elle a voulu fe pourvoir au confeil privé du roi; elle a été plainte et déboutée. La loi qui ordonne de purger fon décret, et qui renvoie le jugement au parlement, eft trop précife pour qu'on puiffe l'enfreindre. La mère eft morte de douleur, le père refte avec fes filles condamnées comme lui. Il a toujours craint de comparaître devant le parlement de Touloufe, et de mourir fur le même échafaud que *Calas*; il a même manifefté cette crainte aux yeux du confeil.

Il s'agit maintenant de voir s'il pourrait fe préfenter à Touloufe avec fureté. Il eft bien clair qu'il

A 4

n'a pas plus noyé fa fille que *Calas* n'avait pendu fon fils. Les gens fenfés du parlement de Touloufe feront-ils affez hardis pour prendre le parti de la raifon et de l'innocence contre le fanatifme le plus abominable et le plus fou? fe trouvera-t-il quelque magiftrat qui veuille fe charger de protéger le malheureux *Sirven*, et acquérir par-là de la véritable gloire? En ce cas, je déterminerai *Sirven* à venir purger fon décret, et à voir, fans mourir de peur, la place où *Calas* eft mort.

La fentence rendue contre lui, par contumace, lui a ôté fon bien dont on s'eft emparé. Cette malheureufe famille vous devra fa fortune, fon honneur et la vie; et le parlement de Touloufe vous devra la réhabilitation de fon honneur flétri dans l'Europe.

Vous devez avoir vu, Monfieur, le factum des dix-fept avocats du parlement de Paris en faveur des *Sirven*. Il eft très-bien fait ; mais *Sirven* vous devra beaucoup plus qu'aux dix-fept avocats, et vous ferez une action digne de la philofophie et de vous.

Pouvez-vous me nommer un confeiller à qui j'adrefferai *Sirven*?

Permettez-moi de vous embraffer avec la tendreffe d'un frère. *V.*

LETTRE IV.

A M. LE COMTE DE LA TOURAILLE.

A Ferney, 5 de janvier,

Vous êtes bien bon, Monſieur, de parler de microſ-copes à un pauvre vieillard qui a preſque perdu la vue. Il y a long-temps que je ſuis accoutumé à voir groſſir des objets fort minces. La ſottiſe, la calomnie, et la renommée, leur très-humble ſervante, groſſiſſent tout. On avait fort groſſi les fautes du comte de *Lalli* et les indécences du chevalier de *la Barre ;* il leur en a coûté la vie. On a groſſi les panégyriques de gens qui ne méritaient pas qu'on parlât d'eux. On voit tout avec des verres qui dimi-nuent ou qui augmentent les objets, et preſque rien avec les lunettes de la vérité.

Il n'en ſera pas ainſi ſans doute du livre de mon-ſieur l'abbé *Régley*, que vous eſtimez. Je me flatte qu'il n'aura pas vu du jus de mouton produire des anguilles qui accouchent ſur le champ d'autres anguilles.

J'attends ſon livre avec d'autant plus d'impatience que je viens d'en lire un à peu-près ſur le même ſujet. En me le donnant, ayez la bonté, Monſieur, de me faire avoir *les Découvertes microſcopiques*, et je vous enverrai *les Singularités de la nature.*

Cette nature eſt bien plus ſingulière dans nos Alpes qu'ailleurs ; c'eſt tout un autre monde. Le vôtre eſt plus brillant. Je remercie le digne petit-fils du grand *Condé* de daigner fe fouvenir de moi, du fein de fa gloire. Je me mets à fes pieds avec la plus refpec-tueufe reconnaiffance, et je vous demande inftam-ment la continuation de vos bontés. *V.*

LETTRE V.

A M. LE MARQUIS DE BELESTAT DE GARDUCH.

Du 5 de janvier.

VOTRE lettre du 20 de décembre, Monfieur, n'eft point du ftyle de vos autres lettres, et votre cri-tique de *Bury* eft encore moins du ftyle de l'éloge de *Clémence Ifaure.* C'eft une énigme que vous m'expli-querez quand vous aurez en moi plus de confiance.

Le libraire de Genève qui imprima votre differ-tation, étant le même qui avait imprimé les mémoires de *la Beaumelle*, on crut que ce petit ouvrage était de lui, et ce nom le rendit fufpect. Le public ne regarda l'intitulé, *par M. le marquis de B...* que comme un mafque fous lequel *la Beaumelle* fe cachait. L'article du petit-fils de *Sha-Abas* parut à tout le monde un portrait trop reffemblant. Le libraire de Genève envoya à Paris fix cents exemplaires que M. de *Sartine* fit mettre au pilon, et il en informa M. de *Saint-Florentin.*

Ce n'eft pas tout, Monfieur; comme le livre venait de Genève, on me l'attribua, et cette calomnie en impofa d'autant plus que dans ce temps-là même

je fefais imprimer publiquement à Genève une
nouvelle édition du Siècle de *Louis XIV*.

Le préfident *Hénault*, fi durement traité dans votre
brochure, eſt mon ami depuis plus de quarante
ans; je lui ai toujours donné des marques publiques
de mon attachement et de mon eſtime. Ses nombreux
amis m'ont regardé comme un traître qui avait flatté
publiquement le préfident *Hénault* pour le déchirer
avec plus de cruauté, en prenant un nom fuppofé.

Si vous m'aviez fait l'honneur de répondre plutôt
à mes lettres, vous m'auriez épargné des chagrins
que je ne méritais pas. Lorfque je vous écrivis, j'étais
perfuadé, avec toute la ville de Genève, que *la
Beaumelle* était l'auteur de cet écrit, et tout Paris
croyait qu'il était de moi. Voilà, Monfieur, l'exacte
vérité.

Vous pouvez me rendre plus de fervices que vous
ne m'avez fait de peines; il s'agit d'une affaire plus
importante.

J'ai auprès de moi la famille des *Sirven;* vous
n'ignorez peut-être pas que cette famille entière a
été condamnée à la mort dans le temps même qu'on
fefait expirer *Calas* fur la roue. La fentence qui condamne les *Sirven* eſt plus abfurde encore que l'abominable arrêt contre les *Calas*. J'ai fait préfenter,
au nom des *Sirven*, une requête au confeil privé
du roi; cette famille malheureufe, jugée par contumace, et dont le bien eſt cónfifqué, demandait
au roi d'autres juges, et ne voulait point purger
fon décret au parlement de Touloufe qu'elle regardait comme trop prévenu, et trop irrité même de
la juſtification des *Calas*; le confeil privé, en

—— plaignant les *Sirven*, a décidé qu'ils ne pouvaient
1769. purger le décret qu'à Toulouse.

Un homme très-inftruit me mande de cette ville
même que le parlement commence à ouvrir les yeux,
que plufieurs jeunes confeillers embraffent le parti
de la tolérance, *qu'on va jufqu'à fe reprocher l'arrêt
contre M. Rochette et les trois gentilshommes.* Ces circonftances m'encourageraient, Monfieur, à envoyer
les *Sirven* dans votre pays, fi je pouvais compter
fur quelque confeiller au parlement qui voulût fe
faire un honneur de protéger et de conduire cette
famille auffi innocente que malheureufe. Je ferais
bien fûr alors qu'elle ferait réhabilitée, et qu'elle
rentrerait dans fes biens. Voyez, Monfieur, fi vous
connaiffez quelque magiftrat qui foit capable de cette
belle action, et qui, ayant vu les pièces, puiffe
prendre fur lui de confondre la fanatique ignorance
des premiers juges, et de tirer l'innocence de la
plus injufte oppreffion.

*Combien que le parlement ne foit qu'une forme des
trois états raccourcis au petit pied* (*), ce fera à vous
feul, Monfieur, qu'on fera redevable d'une action
fi généreufe et fi jufte ; le parlement même vous
en devra de la reconnaiffance; vous lui aurez fourni
une occafion de montrer fa juftice, et d'expier le
fang des *Calas.*

Pour moi, je n'oublierai jamais ce fervice que
vous aurez rendu à l'humanité, et j'aurai l'honneur
d'être avec la plus vive reconnaiffance, avec l'eftime
que je dois à vos talens, et toute l'amitié d'un confrère, votre très-humble, &c.

(*) Ce font les termes des premiers états de Blois, page 445.

LETTRE VI.

A M. DE LA HARPE.

Le 5 de janvier.

Oui, mon cher enfant, le *Mercure* eſt devenu
un très-bon livre, grâce à vous et à M. *Lacombe*.
Je vous en fais mon compliment à tous deux. Je lui
ai envoyé un Siècle et même deux, ainſi qu'à vous;
le grand ſiècle et le petit, celui du bon goût et
celui du dégoût. Vous aurez vu dans celui-ci la
mort du comte de *Lalli* dont le ſeul crime a été
d'être brutal. Quelqu'autre main y ajoutera la mort
d'un enfant innocent, dont l'arrêt porte qu'on lui
arrachera la langue, qu'on lui coupera la main, et
qu'on brûlera ſon corps, pour avoir chanté une
ancienne chanſon de corps de garde : cela ſe paſſa
chez les Hottentots, il y a environ trois ans.

J'attends votre *Henri IV* avec la même ardeur
qu'il attendait *Gabrielle*.

Puiſque vous avez une *Veſtris*, donnez-lui donc
de beaux vers à réciter. Les poliſſons qui ne ſavent
que mettre des tours de paſſe-paſſe ſur le théâtre,
ignorent que, quand on fait une tragédie en vers, il
faut que les vers ſoient bons; mais ſavent-ils ce que
c'eſt qu'un vers. Ah, quels Velches!

L'A, B, C eſt réellement un ouvrage anglais, traduit par l'avocat *la Baſtide de Chiniac*, et ce *Chiniac*
eſt un homme à qui je ne prends nul intérêt.

Je vous embraſſe de tout mon cœur.

LETTRE VII.

A MADAME

LA MARQUISE DU DEFFANT.

6 de janvier.

MADAME, voilà encore un thème; j'écris donc. Par une lettre d'un mercredi , c'eft-à-dire il y a huit jours , vous me demandez le commencement de l'Alphabet; mais favez-vous bien qu'il fera brûlé, et peut-être l'auteur auffi ? Le traducteur eft un *la Baflide de Chiniac* , avocat de fon métier. Il fera brûlé , vous dis-je , comme *Chauffon.*

C'eft avec une peine extrême que je fais venir ces abominations de Hollande. Vous voulez que je faffe un gros paquet à votre petite-mère ou grand'-mère ; vous ne dites point fi elle paye des ports de lettres, et s'il faut adreffer le paquet fous l'enve-loppe de fon mari qui ne fera point du tout content de l'ouvrage.

L'A, B, C eft trop l'éloge du gouvernement anglais. On fait combien je hais la liberté, et que je fuis incapable d'en avoir fait le fondement des droits des hommes; mais, fi j'envoie cet ouvrage, on pourra m'en croire l'auteur; il ne faut qu'un mot pour me perdre.

Voyez, Madame , fi on peut s'adreffer directement à votre petite-mère; et fi elle répond qu'il n'y a

nul danger , alors on vous en dépêchera tant que
vous voudrez.

1769.

Je puis vous faire tenir directement , par la poste
de Lyon, à très-peu de frais , les Droits des uns et
les ufurpations des autres , l'Epître aux Romains.

Si vous n'avez pas l'Examen important de milord
Bolingbroke , on vous le fera tenir par vôtre grand'-
mère.

On n'a pas un feul exemplaire du Supplément ;
elle le demande comme vous. Il faut qu'elle faffe
écrire par *Corbie* à *Marc-Michel Rey* , libraire d'Amfterdam , et qu'il lui ordonne d'en envoyer deux par
la poste.

Vous me parlez d'un bufte , Madame ; comment
avez-vous pu penfer que je fuffe affez impertinent
pour me faire dreffer un bufte ? cela eft bon pour
Jean-Jacques qui imprime ingénument que l'Europe lui doit une ftatue.

Pour les deux Siècles , dont l'un eft celui du goût
et l'autre celui du dégoût , le libraire a eu ordre
de vous les préfenter , et doit s'être acquitté de fon
devoir. Madame de *Luxembourg* y verra une belle
réponfe du maréchal de *Luxembourg* , quand on l'in-
terrogea à la baftille. C'eft une anecdote dont elle
eft fans doute inftruite.

Le procès de cet infortuné *Lalli* eft quelque chofe
de bien extraordinaire ; mais vous n'aimez l'hiftoire
que très-médiocrement. Vous ne vous fouciez pas de
la Bourdonaie enfermé trois ans à la baftille pour
avoir pris Madrafs ; mais vous fouciez-vous des cabales
affreufes qu'on fait contre le mari de votre grand'-
mère ? Je l'aimerai , je le refpecterai , je le vanterai ,

fût-il traité comme *la Bourdonaie*. Il a une grande ame avec beaucoup d'esprit. S'il lui arrive le moindre malheur, je le mettrai aux nues. Je n'y mets pas tout le monde, il s'en faut beaucoup.

Adieu, Madame; quand vous me donnerez des thèmes, je vous dirai toujours ce que j'ai sur le cœur. Comptez que ce cœur est plein de vous. *V.*

LETTRE VIII.

A M. DE BORDES, *à Lyon*.

A Ferney, 10 de janvier.

JE trouve, mon cher ami, beaucoup de philosophie dans le discours de M. l'abbé de *Condillac*. On dira peut-être que ce mérite n'est pas à sa place, dans une compagnie consacrée uniquement à l'éloquence et à la poësie; mais je ne vois pas pourquoi on exclurait d'un discours de réception des idées vraies et profondes, qui font elles-mêmes la source cachée de l'éloquence.

Il y a, dans le discours de M. *le Batteux*, des anecdotes sur mon ancien préfet l'abbé d'*Olivet*, dont je connais parfaitement la fausseté; mais la satire ment sur les gens de lettres pendant leur vie, et l'éloge ment après leur mort.

Il serait à désirer que les lettres concernant *Nonotte* fussent réimprimées à Lyon, puisque les injures de ce maraud y ont été audacieusement imprimées; c'est d'ailleurs un factum dans une espèce

de

de procès criminel. Il n'y a point de petit ennemi, quand il s'agit de superstition. Les fanatiques lisent *Nonotte*, et pensent qu'il a raison. Je crois que les pères de l'Oratoire en seraient très-aises, et qu'il y a bien d'honnêtes gens qui seraient charmés de voir l'insolente absurdité d'un ex-jésuite confondue. Voyez ce que vous pouvez faire pour la bonne cause. L'ouvrage d'ailleurs est très-respectueux pour la religion, en écrasant le fanatisme.

Bonsoir, mon très-cher confrère. J'attends de Bâle un petit livre sur l'histoire naturelle, où il y a, dit-on, des choses curieuses; je ne manquerai pas de vous l'envoyer.

LETTRE IX.

A M. TABAREAU, *à Lyon.*

12 de janvier.

JE suis très-sensiblement touché, Monsieur, de tout ce qui vous arrive. Voilà une aventure bien étrange que celle de ce dévot caissier qui vous emporte votre argent! On dit qu'il portait un cilice, ou du moins qu'il le fesait porter par son laquais. Je suis bien sûr que, si vous en aviez été informé, vous ne lui auriez pas confié un fou; mais enfin, il faudra bien que l'argent se retrouve, puisqu'on a sa personne. Je vous prie d'avoir la bonté de m'instruire de votre bonne ou mauvaise fortune dans cette singulière affaire.

Eft-il bien vrai qu'il y a cinq banqueroutiers qui fe font tués dans Paris ? comment peut-on avoir la lâcheté de voler, et le courage de fe donner la mort ? voilà de plaifans *Catons* d'Utique que ces drôles-là!

La banqueroute eft-elle auffi confidérable qu'on le dit ? M. *Janel* exerce-t-il toujours fon emploi ? Voilà bien des queftions que je vous fais. J'y ajouterai encore une importunité fur le roi de Portugal. On m'avait mandé que fon aventure n'était qu'une galanterie, qu'un cocu lui avait donné quelques coups de bâton, et que cela n'était rien.

En voilà trop pour un homme accablé d'affaires comme vous l'êtes. Ne me répondez point.

Mais vous, M. *Vaffelier*, fi vous avez un moment à vous, répondez-moi fur toutes mes demandes.

Votre bibliothécaire ne pourra augmenter votre cabinet de livres qu'au printemps; en attendant, confervez-moi tous deux une amitié qui fait ma confolation dans ma très-infirme vieilleffe.

LETTRE X.

A M. DE POMARET, *à Ganges.*

15 de janvier.

JE vois, Monfieur, que vous penfez en homme de bien et en fage : vous fervez DIEU fans fuperftition, et les hommes fans les tromper. Il n'en eft pas ainfi de l'adverfaire que vous daignez combattre. S'il y

1769.

avait dans vos cantons plufieurs têtes auffi chaudes
que la fienne, et des cœurs auffi injuftes, ils feraient
bien capables de détruire tout le bien que l'on
cherche à faire depuis plus de quinze ans. On a
obtenu enfin qu'on bâtirait, fur les frontières, une
ville dans laquelle feule tous les proteftans pourront
fe marier légitimement (*).

Il y aura certainement en France autant de tolérance que la politique et la circonfpection pourront
le permettre. Je ne jouirai pas de ces beaux jours,
mais vous aurez la confolation de les voir naître. Il
faudra bien qu'il vienne enfin un temps où la religion ne puiffe faire que du bien. La raifon, qui doit
toujours paraître fans éclat, fait fourdement des progrès immenfes. Je vous prie de lire avec attention
ce que m'écrit de Touloufe un homme conftitué en
dignité et très-inftruit.

,, Vous ne fauriez croire combien augmente dans
,, cette ville le zèle des gens de bien, et leur amour
,, et leur refpect pour (**).... Quant au parlement et à
,, l'ordre des avocats, prefque tous ceux qui font
,, au-deffous de trente-cinq ans font pleins de
,, zèle et de lumière, et il ne manque pas de gens
,, inftruits parmi les perfonnes de condition. Il eft
,, vrai qu'il s'y trouve plus qu'ailleurs des hommes
,, durs et opiniâtres, incapables de fe prêter un
,, feul moment à la raifon; mais leur nombre dimi-
,, nue chaque jour, et non-feulement toute la

(*) Verfoy ; ce projet ne fut point exécuté.

(**) M. de *Voltaire* fupprime ici le mot *vous*, qui fe trouve dans
la lettre de M. l'abbé *Audra*, baron de Saint-Juft, chanoine de la
métropole, et profeffeur royal d'hiftoire, à Touloufe. Il a été depuis fi
violemment perfecuté par les dévots, qu'il en eft mort de chagrin.

,, jeuneſſe du parlement, mais une grande partie du
,, centre et pluſieurs hommes de la tête vous ſont
,, entièrement dévoués. Vous ne ſauriez croire com-
,, bien tout a changé depuis la malheureuſe aventure
:, de l'innocent *Calas*. On va juſqu'à ſe reprocher
,, l'arrêt contre M. *Rochette* et les trois gentilshommes :
,, on regarde le premier comme injuſte, et le ſecond
,, comme trop ſévère, &c.

Vous voyez, Mónſieur, qu'il n'était pas poſſible
d'introduire la raiſon autrement que ſur les ruines
du fanatiſme. Le ſang coulera tant que les hommes
auront la folie atroce de penſer que nous devons
déteſter ceux qui ne croient pas ce que nous croyons.
Plût à Dieu que l'évêque de Soiſſons, *Fitz-James*,
vécût encore, lui qui a dit dans ſon mandement que
nous devons regarder les Turcs mêmes comme nos
frères ! Quiconque dit : Tu n'as pas ma foi, donc
je dois te haïr, dira bientôt : Donc je dois t'égorger.
Proſcrivons, Monſieur, ces maximes infernales ; ſi
le diable feſait une religion, voilà celle qu'il ferait.

Je vous dois de tendres remercîmens des ſentimens
que vous avez bien voulu me témoigner ; comptez
qu'ils ſont dans le fond de mon cœur. J'ai l'honneur d'être, &c.

LETTRE XI.

A MADAME
LA MARQUISE DU DEFFANT.

20 de janvier.

Je vous avais bien dit, Madame, que j'écrivais quand j'avais des thèmes. J'ai hasardé d'envoyer à votre grand'maman ce que vous demandiez : cela lui a été adressé par la poste de Lyon, sous l'enveloppe de son mari. Vous n'avez jamais voulu me dire si messieurs de la poste fesaient à votre grand'maman la galanterie d'affranchir ses ports de lettres. Il y a long-temps que je sais que les femmes ne sont pas infiniment exactes en affaires.

Vous ne me paraissez pas profonde en théologie, quoique vous soyez sœur d'un trésorier de la Sainte-Chapelle. Vous me dites que vous ne voulez pas être aimée par charité : vous ne savez donc pas, Madame, que ce grand mot signifie originairement *amour* en latin et en grec ; c'est de-là que vient mon *cher*, ma *chère*. Les barbares Velches ont avili cette expression divine ; et, de *charitas*, ils ont fait le terme infame qui, parmi nous, signifie l'aumône.

Vous n'avez point pour les philosophes cette charité qui veut dire le tendre amour ; mais, en vérité, il y en a qui méritent qu'on les aime. La mort vient de me priver d'un vrai philosophe (*) dans le goût de

(*) M. *Damilaville*.

B 3

M. de *Formont* ; je vous réponds que vous l'auriez aimé de tout votre cœur.

Il eſt plaiſant que vous vous donniez le droit de haïr tous ces meſſieurs, et que vous ne vouliez pas que j'aye la même paſſion pour *la Bletterie*. Vous voulez donc avoir le privilége excluſif de la haine? Eh bien, Madame, je vous avertis que je ne hais plus *la Bletterie*, que je lui pardonne, et que vous aurez le plaiſir de haïr toute ſeule.

Vous ne m'avez rien répondu ſur l'étrange lettre du marquis de *Béleſlat*. Je lui fais gré de m'avoir juſtifié ; ſans cela, tous ceux qui liſent ces petits ouvrages m'auraient imputé le compliment fait au préſident *Hénault*. Vous voyez comme on eſt juſte.

Je m'applaudis tous les jours de m'être retiré à la campagne depuis quinze ans. Si j'étais à Paris, les tracaſſeries me pourſuivraient deux fois par jour. Heureux qui jouit agréablement du monde ! plus heureux qui s'en moque et qui le fuit ! Il y a, je l'avoue, un grand mal dans cette privation ; c'eſt qu'en quittant le monde je vous ai quittée ; je ne peux m'en conſoler que par vos bontés et par vos lettres. Dès que vous me donnerez des thèmes, ſoyez ſûre que vous entendrez parler de moi, que je ſuis à vos ordres, et que je vous enverrai tous les rogatons qui me tomberont ſous la main. Mille tendres reſpects. *V.*

LETTRE XII.

A M. GAILLARD.

A Ferney, 23 de janvier.

Vous me demandez pardon bien mal à propos, mon grand hiſtorien, et moi je vous remercie très-à propos. Je ſuis étonné qu'il n'y ait pas encore plus de fautes groſſières dans l'édition du Siècle de *Louis XIV*. Je ſuis enterré depuis trois ans dans mon tombeau de Ferney, ſans en être ſorti. *Cramer* qui a imprimé l'ouvrage, court toujours et n'a point relu les feuilles. Vous verrez, dans la petite plaiſanterie que je vous envoie, que *Cramer* eſt homme de bonne compagnie et point du tout libraire. Son compoſiteur eſt un gros ſuiſſe qui fait très-bien l'allemand, et fort peu de français. Jugez ce que j'ai pu faire, étant aveugle trois ou quatre mois de l'année, dès qu'il y a de la neige ſur la terre.

Vous avez donc connu *Lalli* ? Non-ſeulement je l'ai connu, mais j'ai travaillé avec lui chez monſieur d'*Argenſon*, lorſqu'on voulait faire ſur les côtes d'Angleterre une deſcente que cet irlandais propoſa, et qui manqua très-heureuſement pour nous. Il eſt très-certain que ſa mauvaiſe humeur l'a conduit à l'échafaud. C'eſt le ſeul homme à qui on ait coupé la tête pour avoir été brutal. Il ſe promène probablement dans les Champs Elyſées avec les ombres de *Langlade*, de la femme *Sirven*, de *Calas*, de la maréchale d'*Ancre*, du maréchal de *Marillac*, de *Vanini*,

B 4

d'*Urbain-Grandier*, et, fi vous le voulez encore, de *Montecuculli* ou *Montecucullo*, à qui les commiffaires perfuadèrent qu'il avait donné la pleuréfie à fon maître le dauphin *François*. On dit que le chevalier de *la Barre* eft dans cette troupe : je n'en fais rien ; mais, fi on lui a coupé la main et arraché la langue, fi on a jeté fon corps dans le feu pour avoir chanté deux chanfons de corps de garde, et fi *Rabelais* a eu les bonnes grâces d'un cardinal pour avoir fait les litanies du c . . . . . , il faut avouer que la juftice humaine eft une étrange chofe.

Vittorio Siri, dont vous me parlez, jeta en fonte la ftatue d'*Henri IV*, qu'il compofa d'or, de plomb et d'ordures. Nous avons ôté les ordures et le plomb, l'or eft refté. Nous avons fait comme ceux qui canonifent les faints, on attend que tous les témoins de leurs fottifes foient morts.

Le bon Dieu béniffe cet avocat général de Bordeaux (*), qui a fait frapper la médaille d'*Henri IV*. On dit qu'il eft auffi éloquent que généreux. Les parquets de provinces fe font mis, depuis quelque temps, à écrire beaucoup mieux que le parquet de Paris. Il n'en eft pas ainfi des académies de provinces, il faut toujours que ce foit des parifiens qui remportent leurs prix ; tantôt c'eft M. de *la Harpe*, tantôt c'eft vous. Vous marchez tous deux fur les talons l'un de l'autre, quand vous courez. Je fuis charmé que vous ayez eu le prix, et qu'il ait eu l'acceffit. Quiconque vous fuit de près eft un très-bon coureur.

Vous fentez quelle eft mon impatience de voir

(*) M. *Dupaty*.

un *Henri IV* de votre façon. Vous aurez embelli
fon menton et fa bouche, il fera beau comme le
jour.

Si je vous aime! Oui, fans doute, je vous aime,
et autant que je vous eftime; car vous êtes un très-
bel efprit et une très-belle ame. Je vous fais encore
une fois mes remercîmens du fond de mon cœur. *V.*

LETTRE XIII.

A M. LE PRINCE GALLITZIN.

25 de janvier.

MONSIEUR LE PRINCE,

L'INOCULATION dont l'impératrice a tâté en
bonne fortune, et fa générofité envers fon médecin,
ont retenti dans toute l'Europe. Il y a long-temps
que j'admire fon courage et fon mépris pour les
préjugés. Je ne crois pas que *Mouftapha* foit un génie
à lui réfifter; jamais philofophe ne s'eft appelé
Mouftapha. On me dira peut-être qu'avant ce fiècle
il n'y avait point de philofophe nommée *Catherine;*
mais aufsi je veux qu'elle s'appelle *Thomyris,* et
qu'elle donne bien fort fur les oreilles à celui qui
pofsède aujourd'hui une partie des Etats de *Cyrus.*
J'ai eu l'honneur de lui marquer que, fi elle prend
Conftantinople, j'irai avec fa permifsion m'établir
fur la Propontide; car il n'y a pas moyen qu'à
foixante et quinze ans j'aille affronter les glaces de
la mer Baltique.

Je crois qu'il y a un prince de votre nom qui commandera une armée contre les Musulmans. Le nom de *Gallitzin* est d'un bon augure pour la gloire de la Russie.

Je ne crois point ce que j'ai lu dans des gazettes, que des canonniers français sont allés servir dans l'armée ottomane. Les Français ont tiré leur poudre aux moineaux dans la dernière guerre, oseront-ils tirer contre l'aigle de *Catherine-Thomyris*?

J'ai l'honneur d'être, &c.

LETTRE XIV.

A M. THIRIOT.

A Ferney, le 27 de janvier.

VOUS m'avez la mine, mon ancien ami, d'avoir bientôt vos soixante et dix ans, et j'en ai soixante et quinze; ainsi vous m'excuserez de n'avoir pas répondu sur le champ à votre lettre.

Je vous assure que j'ai été bien consolé de recevoir de vos nouvelles, après deux ans d'un profond silence. Je vois que vous ne pouvez écrire qu'aux rois, quand vous vous portez bien.

J'ai perdu mon cher *Damilaville*, dont l'amitié ferme et courageuse avait été long-temps ma consolation. Il ne sacrifia jamais son ami à la malice de ceux qui cherchent à en imposer dans le monde. Il fut intrépide, même avec les gens dont dépendait sa fortune. Je ne puis trop le regretter; et ma seule espérance , dans mes derniers jours , est de le retrou-

ver en vous.

Je compte bien vous donner des preuves solides de mes sentimens, dès que j'aurai arrangé mes affaires. Je n'ai pas voulu immoler madame *Denis* au goût que j'ai pris pour la plus profonde retraite ; elle serait morte d'ennui dans ma solitude. J'ai mieux aimé l'avoir à Paris pour ma correspondante , que de la tenir renfermée entre les Alpes et le mont Jura. Il m'a fallu lui faire à Paris un établissement consi-dérable. Je me suis dépouillé d'une partie de mes rentes en faveur de mes neveux et de mes nièces. Je compte pour rien ce qu'on donne par son testament; c'est seulement laisser ce qui ne nous appartient plus.

Dès que j'aurai arrangé mes affaires , vous pouvez compter sur moi. J'ai actuellement un chaos à débrouiller, et, dès qu'il y aura un peu de lumière, les rayons seront pour vous.

Je vous souhaite une santé meilleure que la mienne, et des amis qui vous soient attachés comme moi jusqu'au dernier moment de leur vie. *V.*

LETTRE XV.

A MADAME

LA DUCHESSE DE CHOISEUL,

De Lyon, ce 2 de février.

MADAME,

LE préfent manufcrit étant parvenu en ma boutique, et cette chofe étant très-vraie et très-drôle,
j'ai cru en devoir faire prompt hommage à votre
Excellence, avant de la mettre en lumière. J'ai penfé
que cela vous amuferait plus que les affemblées de
meffieurs pour faire enchérir le pain, et que toutes
les tracafferies modernes dont on dit que vous faites
peu de cas.

Au furplus, Madame, je charge votre confcience,
quand vous aurez lu la Canonifation de St *Cucufin*, de
la faire lire à madame votre petite-fille, laquelle a
grand befoin d'amufement et de confolation, étant
attaquée du mal de *Tobie*, et n'ayant point d'ange
Raphaël pour lui rendre la vue avec le foie d'un
brochet. Je me tue à l'amufer tant que je puis, ce
qui eft très-difficile, tant elle a d'efprit.

Dès que j'aurai mis fous preffe la Canonifation de
St *Cucufin*, à qui je fais de préfent une neuvaine,
je ne manquerai pas de vous envoyer, Madame,
deux exemplaires, l'un pour vous et l'autre pour
votre petite-fille, comptant parfaitement fur votre

dévotion envers les faints, et fur votre difcrétion envers les profanes. J'efpère même, fous un mois ou fix femaines, garnir votre bibliothéque d'un autre ouvrage fort infolent ; mais, fi le délicat et ingénieux abbé de *la Bletterie* me défend de plus vous fournir, je ne vous fournirai rien et je vous laifferai au filet.

Toutefois j'ai l'honneur d'être avec un refpect vraiment fincère, Madame, de votre Excellence le très-humble et très-obéiffant ferviteur,

Guillemet.

LETTRE XVI.

A MADAME

LA MARQUISE DU DEFFANT.

3 de février,

Voici le temps, Madame, où vous devez avoir pour moi plus de bontés que jamais. Vous favez que je fuis aveugle comme vous, dès qu'il y a de la neige fur la terre ; et j'ai par-deffus vous les fouffrances. Le meilleur des mondes poffibles eft étrangement fait. Il eft vrai qu'en été je fuis plus heureux que vous, et je vous en demande pardon, car cela n'eft pas jufte.

Serait-il bien vrai, Madame, que le marquis de *Béleftat*, qui eft très-eftimé dans fa province, qui eft riche, qui vient de faire un grand mariage, eût ofé lire à l'académie de Touloufe un ouvrage qu'il aurait fait faire par un autre, et qu'il fe déshonorât de gaieté de cœur pour avoir de la réputation ? comment pourrait-on être à la fois fi hardi, fi lâche et fi bête ? Il eft vrai que la rage du bel efprit va bien loin, et qu'il y a autant de friponnerie en ce genre qu'en fait de finance et de politique. Prefque tout le monde cherche à tromper, depuis le prédicateur jufqu'au fefeur de madrigaux.

Vous, Madame, vous ne trompez perfonne. Vous avez de l'efprit malgré vous ; vous dites ce que vous penfez avec fincérité. Vous haïffez trop les philofophes, mais vous avez plus d'imagination qu'eux. Tout cela fait que je vous pardonne votre crime contre la philofophie, et même votre tendreffe pour le pincé *la Bletterie*.

Je fonge toujours à vous amufer. J'ai découvert un manufcrit fur la canonifation que notre faint père le pape a faite, il y a deux ans, d'un capucin nommé *Cucufin*. Le procès verbal de la canonifation eft rapporté fidellement dans ce manufcrit: on croit être au quatorzième fiècle. Il faut que le pape foit un grand imbécille de croire que tous les fiècles fe reffemblent, et qu'on puiffe infulter aujourd'hui à la raifon comme on fefait autrefois.

J'ai envoyé le manufcrit de la Canonifation de frère *Cucufin* à votre grand'maman, avec prière expreffe de vous en faire part. Je ne défefpère pas que ce monument d'impertinence ne foit bientôt imprimé en Hollande. Je vous l'enverrai dès que j'en aurai un exemplaire. Mais vous ne voulez jamais me dire fi votre grand'maman a fes ports

francs, et s'il faut lui adreffer les paquets fous l'enveloppe de fon mari.

Je vous prie inftamment, Madame, de me mander des nouvelles de la fanté du préfident; je l'aimerai
jufqu'au dernier moment de ma vie. Eft-ce que fon
ame voudrait partir avant fon corps ? Quand je dis
ame, c'eft pour me conformer à l'ufage ; car nous
ne fommes peut-être que des machines qui penfons
avec la tête comme nous marchons avec les pieds.
Nous ne marchons point quand nous avons la
goutte, nous ne penfons point quand la moëlle du
cerveau eft malade.

Vous fouciez-vous, Madame, d'un petit ouvrage
nouveau dans lequel on fe moque, avec difcrétion,
de plufieurs fyftêmes de philofophie ? cela eft intitulé les Singularités de la nature. Il n'y a d'un peu
plaifant, à mon gré, qu'un chapitre fur un bateau
de l'invention du maréchal de *Saxe*, et l'hiftoire
d'une anglaife qui accouchait tous les huit jours d'un
lapin. Les autres ridicules font d'un ton plus férieux.
Vous êtes très-naturelle, mais je foupçonne que
vous n'aimez pas trop l'hiftoire naturelle.

Cependant cette hiftoire-là vaut bien celle de
France, et l'on nous a fouvent trompés fur l'une et
fur l'autre. Quoi qu'il en foit, fi vous voulez ce petit
livre, j'en enverrai deux exemplaires à votre grand'-
maman, dès que vous me l'aurez ordonné.

Adieu, Madame, je fuis à vos pieds. Je vous
prie de dire à M. le préfident *Hénault* combien je
m'intéreffe à fa fanté.

LETTRE XVII.

A M. DE SUDRE, *avocat à Toulouse.*

6 de février.

MONSIEUR,

IL fe préfente une occafion de fignaler votre humanité et vos grands talens. Vous avez probablement
entendu parler de la condamnation portée, il y a
cinq ans, contre la famille *Sirven*, par le juge de
Mazamet. Cette famille *Sirven* eft auffi innocente
que celle des *Calas*. J'envoyai le père à Paris préfenter requête au confeil pour obtenir une évocation;
mais ces infortunés n'étant condamnés que par
contumace, le confeil ne put les fouftraire à la
juridiction de leurs juges naturels. Ils craignaient
de comparaître devant le parlement de Touloufe,
dans une ville qui fumait encore du fang de *Calas*.
Je fis ce que je pus pour diffiper cette crainte. J'ai
tâché toujours de leur perfuader que, plus le parlement de Touloufe avait été malheureufement trompé
par les démarches précipitées du capitoul *David* dans
le procès de *Calas*, plus l'équité de ce même parlement ferait en garde contre toutes les féductions
dans l'affaire des *Sirven*.

L'innocence des *Sirven* eft fi palpable, la fentence
du juge de Mazamet fi abfurde; qu'il fuffit de la
lecture de la procédure et d'un feul interrogatoire,
pour rendre aux accufés tous leurs droits de citoyens.

Le

Le père et la mère, accufés d'avoir noyé leur fille, ont été condamnés à la potence. Les deux fœurs 1769. de la fille noyée, accufées du même crime, ont été condamnées au fimple banniffement du village de Mazamet.

Il y a plus de quatre ans que cette famille, auffi vertueufe que malheureufe, vit fous mes yeux. Je l'ai enfin déterminée à venir réclamer la juftice de votre parlement. J'ai vaincu la répugnance que le fupplice de *Calas* lui infpirait ; j'ai même regardé le fupplice de *Calas* comme un gage de l'équité compatiffante avec laquelle les *Sirven* feraient jugés.

Enfin, Monfieur, je les ferai partir dès que vous m'aurez honoré d'une réponfe. Vous verrez le grand-père, les deux filles et un malheureux enfant qui imploreront votre fecours. Ils n'ont befoin d'aucun argent, on y a pourvu ; mais ils ont befoin d'être juftifiés, et de rentrer dans leur bien qu'on a mis au pillage. Je les ferai partir avec d'autant plus de confiance que je fuis informé du changement qui s'eft fait dans l'efprit de plufieurs membres du parlement. La raifon pénètre aujourd'hui par-tout, et doit établir fon empire plus promptement à Touloufe qu'ailleurs.

Vous ferez, Monfieur, une action digne de vous, en honorant les *Sirven* de vos confeils, comme vous avez travaillé à la juftification des *Calas.* Voici quelques petites queftions préliminaires que je prends la liberté de vous adreffer, pour faire partir cette famille avec plus de fureté.

LETTRE XVIII.

A M. PANCKOUCKE.

13 de février.

L'Académie de Rouen, Monfieur, me fait l'honneur de m'écrire que vous êtes chargé, depuis un mois, de me faire parvenir deux exemplaires du difcours qui a remporté le prix. Je ne crois pas que les commis de la douane des penfées trouvent rien de contraire à la théologie orthodoxe, dans l'*Eloge de Pierre Corneille.* Peut-être feront-ils plus difficiles pour le Siècle de *Louis XIV* et de *Louis XV*, attendu que, dans une hiftoire, il y a toujours plufieurs chofes mal-fonnantes pour beaucoup d'oreilles. On dit que ceux qui ont les plus longues vous font quelques petites difficultés.

Notre ami *Gabriel* m'a averti que vous défiriez que je fiffe une petite galanterie à monfieur le chancelier et à M. de *Sartine.* Je leur envoie quatre volumes en beau marroquin, à filets d'or; mais cela ne défarmera pas les ennemis du fens commun, et n'empêchera pas les dogues de Saint-Médard d'aboyer et de mordre. Vous aurez à combattre; car, vous et moi, nous pouvons nous vanter d'avoir quelques rivaux.

Des gredins du Parnaffe ont dit que je vends mes ouvrages. Ces malheureux cherchent à penfer pour vivre, et moi je n'ai vécu que pour penfer. Non, Monfieur, je n'ai point trafiqué de mes idées; mais je vous avertis qu'elles vous porteront malheur, et que vous les vendrez à la livre très-bon marché, fi on s'opiniâtre à faire un fi prodigieux recueil de chofes inutiles. Un auteur ne va point à la gloire, et un libraire à la fortune avec un fi lourd bagage. Paffe pour de gros dictionnaires, mais pour de gros livres de pur agrément, c'eft fe moquer du public ; c'eft fe faire un magafin de coquilles et d'ailes de papillons.

Quant à votre entreprife de la nouvelle *Encyclopédie*, gardez-vous bien, encore une fois, de retrancher tous les articles de M. le chevalier de *Jaucourt*. Il y en a d'extrêmement utiles, et qui fe reffentent de la nobleffe d'ame d'un homme de qualité et d'un bon citoyen, tel que celui du *Labarum*. Gardez-vous des idées particulières et des paradoxes en fait de belles-lettres. Un dictionnaire doit être un monument de vérité et de goût, et non pas un magafin de fantaifies. Songez furtout qu'il faut plutôt retrancher qu'ajouter à cette *Encyclopédie*. Il y a des articles qui ne font qu'une déclamation infupportable. Ceux qui ont voulu fe faire valoir en y inférant leurs puérilités, ont abfolument gâté cet ouvrage. La rage du bel efprit eft abfolument incompatible avec un bon dictionnaire. L'enthoufiafme y nuit encore plus, et les exclamations à la *Jean-Jacques* font d'un prodigieux ridicule.

Je vous embraffe fans cérémonie, mais de tout mon cœur. *V.*

C 2

LETTRE XIX.

A MADAME

LA MARQUISE DU DEFFANT.

22 de février.

VOTRE grand'maman, Madame, doit vous avoir communiqué la Canonifation de frère *Cucufin*, par laquelle *Rezzonico* a fignalé les dernières années de fon fage pontificat. J'ai cru que cela vous amuferait, d'autant plus que cette hiftoire eft dans la plus exacte vérité.

Je lui ai auffi adreffé pour vous quatre volumes du Siècle de *Louis XIV*, pour mettre dans votre bibliothèque. Les faits de guerre ne font pas trop amufans, et je dis hardiment qu'il n'y a rien de fi ennuyeux qu'un récit de batailles inutiles, qui n'ont fervi qu'à répandre vainement le fang humain; mais il y a dans le refte de l'hiftoire des morceaux affez curieux, et vous y verrez affez fouvent les noms des hommes avec qui vous avez vécu depuis la régence.

Je voudrais pouvoir fournir tous les jours quelques diverfions à vos idées triftes; je fens bien qu'elles font juftes. La privation de la lumière et l'acquifition d'un certain âge ne font pas des chofes agréables? Ce n'eft pas affez d'avoir du courage, il faut des diftractions. L'amufement eft un remède plus fûr que toute la fermeté d'efprit. J'ai le temps de fonger à tout cela dans ma profonde folitude,

avec des yeux éteints et ulcérés, couverts de blanc
et de rouge.

Vous me demandez, Madame, fi j'ai lu des *Lettres
fur les animaux*, écrites de Nuremberg : oui, j'en ai
lu deux ou trois, il y a plus d'un an. Vous jugez
bien qu'elles m'ont fait plaifir, puifque l'auteur
penfe comme moi. Il faudrait qu'une montre à
répétition fût bien infolente, pour croire qu'elle eft
d'une nature abfolument différente de celle d'un
tournebroche. S'il y a dans l'empyrée des êtres qui
foient dans le fecret, ils doivent bien fe moquer de
nous.

La montre du préfident *Hénault* eft donc détra-
quée ? c'eft le fort de prefque tous ceux qui vivent
long-temps. Mon timbre commence à être un peu
fêlé, et fera bientôt caffé tout-à-fait. Il vaudrait
mieux n'être pas né, dites-vous ; d'accord, mais
vous favez fi la chofe a dépendu de nous. Non-
feulement la nature nous a fait naître fans nous
confulter, mais elle nous fait aimer la vie malgré
que nous en ayons. Nous fommes prefque tous
comme le bûcheron d'*Efope* et de *la Fontaine*. Il y a
tous les ans deux ou trois perfonnes fur cent mille
qui prennent congé ; mais c'eft dans de grands accès
de mélancolie. Cela eft un peu plus fréquent dans
le pays que j'habite. Deux génevois de ma connaiffance fe font jetés dans le Rhône, il y a quelques
mois : l'un avait cinquante mille écus de rente,
l'autre était un homme à bons mots. Je n'ai point
encore été tenté d'imiter leur exemple ; premièrement, parce que mes abominables fluxions fur les
yeux ne me durent que l'hiver ; en fecond lieu,

C 3

1769. parce que je me couche toujours dans l'efpérance de me moquer du genre-humain en me réveillant. Quand cette faculté me manquera, ce fera un figne certain qu'il faudra que je parte.

On m'a mandé, depuis peu, de Paris tant de chofes ridicules, que cela me foutiendra gaiement encore quelques mois. A l'égard du ridicule de ce B......, il eft à faire vomir.

Je me fuis extrêmement intéreffé à toutes les tracafferies qu'on a faites au mari de votre grand'-maman. Vous ne m'en parlez jamais ; vous avez tort, car il n'y a perfonne qui lui foit plus attaché que moi ; et vous favez bien qu'on peut tout écrire fans fe compromettre.

Bonfoir, Madame ; je vous aimerai jufqu'à la dernière minute de ma montre. *V.*

LETTRE XX.

A M. DE SOMAROKOF, *à Pétersbourg.* (*)

26 de février.

MONSIEUR,

VOTRE lettre et vos ouvrages font une grande preuve que le génie et le goût font de tout pays. Ceux qui ont dit que la poëfie et la mufique étaient bornées aux climats tempérés, fe font bien trompés. Si le climat avait tant de puiffance, la Grèce porterait encore des *Platon* et des *Anacréon*, comme

_____

(*) Poëte ruffe. Il a été le père de la tragédie en Ruffie, comme *Corneille* l'a été en France.

1769.

elle porte les mêmes fruits et les mêmes fleurs ; l'Italie aurait des *Horace*, des *Virgile*, des *Ariofte* et des *Taffe* : mais il n'y a plus à Rome que des proceffions, et dans la Grèce que des coups de bâton. Il faut donc abfolument des fouverains qui aiment les arts, qui s'y connaiffent et qui les encouragent. Ils changent le climat ; ils font naître les rofes au milieu des neiges.

C'eft ce que fait votre incomparable fouveraïne. Je croirais que les lettres dont elle m'honore me viennent de Verfailles, et que la vôtre eft d'un de mes confrères de l'académie françaife. M. le prince de *Kolouski*, qui m'a rendu fes lettres et la vôtre, s'exprime comme vous ; et c'eft ce que j'ai admiré dans tous les feigneurs ruffes qui me font venus voir dans ma retraite. Vous avez fur moi un prodigieux avantage ; je ne fais pas un mot de votre langue, et vous poffédez parfaitement la mienne.

Je vais répondre à toutes vos queftions, dans lefquelles on voit affez votre fentiment fous l'apparence du doute. Je me vante à vous, Monfieur, d'être de votre opinion en tout.

Oui, Monfieur, je regarde *Racine* comme le meilleur de nos poëtes tragiques, fans contredit ; comme celui qui le feul a parlé au cœur et à la raifon, qui feul a été véritablement fublime fans aucune enflure, et qui a mis dans la diction un charme inconnu jufqu'à lui. Il eft le feul encore qui ait traité l'amour tragiquement ; car, avant lui, *Corneille* n'avait fait bien parler cette paffion que dans le Cid, et le Cid n'eft pas de lui. L'amour eft ridicule ou infipide dans prefque toutes fes autres pièces.

C 4

Je penfe encore comme vous fur *Quinault;* c'eft un grand-homme en fon genre. Il n'aurait pas fait l'*Art poëtique*, mais *Boileau* n'aurait pas fait Armide.

Je foufcris entièrement à tout ce que vous dites de *Molière* et de la comédie larmoyante qui, à la honte de la nation, a fuccédé au feul vrai genre comique, porté à fa perfection par l'inimitable *Molière*.

Depuis *Regnard*, qui était né avec un génie vraiment comique, et qui a feul approché *Molière* de près, nous n'avons eu que des efpèces de monftres. Des auteurs qui étaient incapables de faire feulement une bonne plaifanterie, ont voulu faire des comédies, uniquement pour gagner de l'argent. Ils n'avaient pas affez de force dans l'efprit pour faire des tragédies, ils n'avaient pas affez de gaieté pour écrire des comédies, ils ne favaient pas feulement faire parler un valet; ils ont mis des aventures tragiques fous des noms bourgeois. On dit qu'il y a quelque intérêt dans ces pièces, et qu'elles attachent affez quand elles font bien jouées; cela peut être, je n'ai jamais pu les lire: mais on prétend que les comédiens font quelque illufion.

Ces pièces bâtardes ne font ni tragédies ni comédies. Quand on n'a point de chevaux, on eft trop heureux de fe faire traîner par des mulets.

Il y a vingt ans que je n'ai vu Paris. On m'a mandé qu'on n'y jouait plus les pièces de *Molière*. La raifon, à mon avis, c'eft que tout le monde les fait par cœur; prefque tous les traits en font devenus proverbes. D'ailleurs il y a des longueurs, les intrigues quelquefois font faibles, et les dénouemens

font rarement ingénieux. Il ne voulait que peindre ———
la nature ; et il en a été, fans doute, le plus grand 1769.
peintre.

Voilà , Monfieur , ma profeffion de foi que vous
me demandez. Je fuis fâché que vous me reffem-
bliez par votre mauvaife fanté ; heureufement, vous
êtes plus jeune , et vous ferez plus long-temps honneur à votre nation. Pour moi, je fuis déjà mort
pour la mienne.

J'ai l'honneur d'être , &c.

LETTRE XXI.

A M. LE COMTE DE VORONZOF.

A Ferney , 26 de février.

MONSIEUR,

Votre lettre du 19 de décembre m'a été rendue
par M. le prince *Kolouski*. Ce n'a pas été la moindre
de mes confolations dans mes maladies qui me
rendent prefque aveugle. Toutes les bontés dont
votre inimitable impératrice m'honore, et ce qu'elle
fait pour la véritable gloire , me font fouhaiter de
vivre. Heureux ceux qui verront long-temps fon
beau règne! La voilà, comme *Pierre le grand*, arrêtée
quelque temps dans fa légiflation par des Turcs qui
font les ennemis des lois comme des beaux arts.

Il n'y avait rien de fi admirable , à mon gré , que
ce qu'elle fefait en Pologne. Après y avoir fait un
roi et un très-bon roi, elle y établiffait la tolérance ;

―――― elle y rendait aux hommes leurs droits naturels , et voilà de vilains turcs , excités je ne fais par qui (apparemment par leur *Alcoran* et par meffieurs de l'*Evangile*) , qui viennent déranger toutes mes efpérances de voir la Pologne délivrée du tribunal du nonce du pape. Le nom d'*Alla* et de *Jehova* foit béni ! mais les Turcs font là une méchante action.

Eh bien , Monfieur , fi vous aviez été miniftre à Conftantinople , au lieu de l'être à la Haie , vous auriez donc été fourré aux fept tours par des capigibachi ? Je voudrais bien favoir quel plaifir prennent les puiffances chrétiennes à recevoir tous les jours des nafardes fur le nez de leurs ambaffadeurs , dans le divan de Stamboul. Eft - ce qu'on ne renverra jamais ces barbares au-delà du Bofphore ? je n'aime pas l'efclavage , il s'en faut beaucoup ; mais je ne ferais pas fâché de voir des mains turques un peu enchaînées cultiver vos vaftes plaines de Cafan , et manœuvrer fur le lac Ladoga.

Tous les fouverains font des images de la Divinité , fans doute ; on le leur dit tant dans les dédicaces des livres et dans les fermons qu'on prêche devant eux , qu'il faut bien qu'il en foit quelque chofe ; mais il me femble que *Mouftapha* reffemble à DIEU comme le bœuf *Apis* reffemblait à *Jupiter*. Les Turcs n'ont que ce qu'ils méritent en étant gouvernés par un fi fot homme ; mais cet homme , tout fot qu'il eft , fera couler des torrens de fang. Puiffe-t-il y être noyé !

Ou je me trompe , ou voilà un beau moment pour la gloire de votre empire. Vos troupes ont vaincu les Pruffiens , qui ont vaincu les Autrichiens , qui ont vaincu les Turcs. Vous avez des généraux habiles, et l'imbécille *Mouſtapha* prend le premier imbécille de ſon férail pour être ſon grand-viſir. Ce grand-viſir donne des corps à commander à ſes pouſſes; ſi ces gens-là vous réſiſtent, je ſerai bien étonné.

Je ne le ſuis pas moins que la plupart des princes chrétiens entendent ſi mal leurs intérêts. Ce ſerait un beau moment à ſaiſir par l'empereur d'Allemagne; et pourquoi les Vénitiens ne profiteraient-ils pas du ſuccès de vos armes pour reprendre la Gréce dont je les ai vus en poſſeſſion dans ma jeuneſſe? mais, pour de telles entrepriſes, il faut de l'argent, des flottes, de l'adreſſe, de la célérité, et tout cela manque quelquefois. Enfin j'eſpère que vous vous défendrez bien ſans le ſecours de perſonne.

Je vois, avec autant de plaiſir que de ſurpriſe, que cette ſecouſſe ne trouble point l'ame de ce grand-homme qu'on appelle *Catherine*. Elle daigne m'écrire des lettres charmantes, comme ſi elle n'avait pas autre choſe à faire. Elle cultive les beaux arts dont les Ottomans n'ont pas ſeulement entendu parler; et elle fait marcher ſes armées avec le même ſang froid qu'elle s'eſt fait inoculer. Si elle n'eſt pas pleinement victorieuſe, la Providence aura grand tort. Je veux que vous ſoyez grand effendi dans Stamboul, avant qu'il ſoit deux ans.

Agréez, Monſieur, les ſincères aſſurances du tendre reſpect que vous a voué pour ſa vie,

Monſieur,

votre, &c.

LETTRE XXII.

A M. LE COMTE D'ARGENTAL.

27 de février.

Mon divin ange, j'aurais voulu vous écrire plutôt, mais les neiges m'ont englouti ; j'ai été extrêmement malade. Si le préfident *Hénault* eft tombé en enfance, ma jeuneffe fe paffe, et je tomberai bientôt dans le néant. *Molé* paraît me condamner à y entrer. Vous qui êtes beaucoup plus jeune que moi, et dont l'ame tranquille et ferme gouverne un corps plus robufte, vous vous tirerez de là bien mieux que moi, et vous prendrez votre temps pour me rendre la vie. Je me mets entièrement entre vos mains.

Je crois qu'il eft fort à défirer que la chofe dont il eft queftion pût avoir fon plein effet. Tout ce qui peut tendre à établir la tolérance chez les hommes, doit être protégé bien fortement par vous. (*)

Ce n'eft que fur les lettres réitérées de Touloufe que j'y envoie les *Sirven ;* ce n'eft que parce qu'on me mande qu'une grande partie du parlement, qui n'était qu'un féminaire de pédans ignorans, eft devenue une académie de philofophes. Il faut par-tout laiffer pourrir la grand'chambre, mais par-tout les enquêtes fe forment. *Marc-Michel Rey* n'a pas nui à ce prodigieux changement. Il ne s'agiffait pas de

_____

(*) Il s'agit ici de la repréfentation des Guèbres, tragédie.

faire une révolution dans les Etats comme du temps
de *Luther* et de *Calvin*, mais d'en faire une dans
l'efprit de ceux qui font faits pour gouverner. Cet
ouvrage eft bien avancé d'un bout de l'Europe à
l'autre; et l'Italie même, le centre de la fuperftition,
fecoue fortement la pouffière dans laquelle elle a
été enfevelie. Je bénis donc DIEU dans mes derniers
jours, et je me recommande dans ma mifère à mes
anges gardiens, dans la grâce defquels je veux
mourir. *V.*

1769.

LETTRE XXIII.

A MADAME

LA MARQUISE DE FLORIAN, *à Paris.*

1 de mars.

M A chère nièce, j'ai été bien charmé de voir de
votre écriture; car vous favez que j'aime votre ftyle,
et furtout votre fouvenir. L'idée de n'être point
oublié de vous me confole dans ma folitude. Il y a
aujourd'hui un an que je ne fuis forti de ma chambre
et de mon jardin qu'une feule fois. Vous me paraiffez
avoir pour Paris autant d'averfion qu'il m'infpire
d'indifférence. Paris eft fort bon pour ceux qui ont
beaucoup d'ambition, de grandes paffions et prodigieufement d'argent, avec des goûts toujours
renaiffans à fatisfaire. Quand on ne veut être que
tranquille, on fait fort bien de renoncer à ce grand

—— tourbillon. Paris a toujours été à peu-près ce qu'il est, le centre du luxe et de la misère : c'est un grand jeu de pharaon où ceux qui taillent embourfent l'argent des pontes. Mais vous trouveriez Paris le pays de la félicité, fi vous aviez vu comme moi le temps du *fyftême* où il était défendu, comme un crime d'Etat, d'avoir chez foi pour cinq cents francs d'argent. Vous n'étiez pas née lorfqu'on augmenta de cent francs la penfion que l'on payait pour moi au collége, et que, moyennant cette augmentation, j'eus du pain bis pendant toute l'année 1709. Les Parifiens font aujourd'hui des fibarites, et crient qu'ils font couchés fur des noyaux de pêches, parce que leur lit de rofes n'eft pas affez bien fait. Laiffezles crier, et allez dormir en paix dans votre beau château d'Ornoi.

Je m'affaiblis tous les jours, ma chère nièce ; je n'ai pas long-temps à vivre, et bientôt je vous dirai bonfoir. Si, en attendant, vous voulez vous amufer à Ornoi de quelques nouveautés, vous n'avez qu'à faire un marché avec la fermière générale qui fe charge de vos paquets; on lui donnera la permiffion de les lire, pourvu qu'elle vous les envoye bien honnêtement. Je vous embraffe, vous et M. de *Florian*, de tout mon cœur.

LETTRE XXIV.

A M. THIRIOT.

A Ferney, le 1 de mars.

Il y a non - feulement trois grandes années de différence entre vous et moi, mon cher ami, mais il y a trente ans pour la vigueur, et furtout pour la belle maladie qui vous rendait fi fier il y a quelques années, et dont peut-être vous êtes encore honoré. Pour moi, je me fens au bout de ma carrière. Quand on a vécu foixante et quinze ans, on ne doit pas fe plaindre ; c'eft avoir un lot affez honnête à la loterie de ce monde ; tout le monde ne peut avoir le gros lot comme *Fontenelle*. Je fuis bien étonné même d'être parvenu à mon âge avec tant de faibleffe et tant de maux. J'ai danfé jufqu'à la fin fur le bord de ma tombe.

Si vous n'avez point lu le Lion et le Marfeillois, fi vous ne connaiffez pas les Trois empereurs, je pourrai vous envoyer ces rogatons qui pourront amufer votre royal correfpondànt à qui je n'écris plus depuis près d'une année.

Vous ignorez, fans doute, que le *Rezzonico* avait, avant fa mort, rendu à l'Eglife le fervice important de canonifer un capucin nommé *Cucufin*, dont on a changé le nom en celui de *Séraphin* ; c'eft un monument de bêtife qui mérite d'entrer dans vos nouvelles. On imprime, je crois, à préfent l'hiftoire de cette canonifation ; elle eft exacte et curieufe.

Les capucins ont fait en Europe, à cette fête, une dépenfe qui va à plus de quatre cents mille écus. Vous favez que les capucins font comme les rois, ils font payer leurs fêtes au peuple.

N'avez-vous jamais déterré une lettre qui a couru, et qui court encore, fur la mort de l'ivrogne *Pierre III*? fi vous en aviez un précis, je vous prierais de me le communiquer. Ce n'eft pas que je croye à ces anecdotes, mais il faut qu'un homme qui écrit l'hiftoire life tout.

Avez-vous *les Moyens de réformer l'Italie*, ouvrage italien? Vous pourriez m'envoyer ce livre avec celui de milord *Gréenville*, par les guimbardes de Lyon, à mon adreffe à Ferney.

Je n'ai pu vous répondre plutôt, parce que j'ai été très-malade au milieu de mes neiges.

LETTRE XXV.

A M. GAILLARD.

2 de mars.

Ombre adorée, ombre fans doute heureufe !

Parbleu, il faut que vous ayez lu la Canonifation de St *Cucufin* faite il y a deux ans par le pape *Rezzonico*. L'auteur qui a écrit la relation de la fête de St *Cucufin*, propofe hardiment de fêter faint *Henri IV*. Pour moi, Monfieur, je vous avertis que je vous dénoncerai à la forbonne. Comment *Henri IV* fauvé ! lui

qui

qui était en péché mortel ! lui qui eft mort amoureux
de la princeffe de *Condé* ! lui qui eft mort fans facremens ! Je vous réponds que *Ribaudier* et *Cogé pecus*
vous laveront la tête, et *Chriftophe* vous favonnera.
C'eft *Ravaillac* qui eft fauvé, entendez-vous ; car il
a été bien confeffé, et d'ailleurs la forbonne, ayant
fait un faint de *Jacques Clément,* pourrait-elle refufer
une apothéofe à *François Ravaillac,* fût-elle en mauvais latin ? J'efpère que vous reviendrez de vos
mauvais principes. Il ferait bien trifte qu'un homme
fi éloquent errât dans la foi.

Vous me parlez de certaines petites folies ; il eft
bon de n'être pas toujours fur le ton férieux, qui eft
fort ennuyeux à la longue dans notre chère nation.
Il faut des intermèdes. Heureux les philofophes qui
peuvent rire, et même faire rire ! Si on n'avait pas ce
palliatif contre les mifères, les fottifes atroces, et
même les horreurs dont on eft quelquefois environné, où en ferait-on ? Les *Sirven* paffent encore
leur vie fous mes yeux, dans mes déferts, jufqu'à
ce que je puiffe les envoyer à Touloufe, où les
mœurs, grâces au ciel, fe font un peu adoucies.
Mais qui ofera paffer par Abbeville ? Enfin que
voulez-vous ? on n'eft pas affez fort pour combattre
les tigres, il faut quelquefois danfer avec les finges.

Le mari de mademoifelle *Corneille* eft arrivé ;
mais les malles où font les horreurs eccléfiaftiques
de *François I* font encore en arrière. Dieu merci, je
n'aime aucun de ces gens-là. Il faut avouer qu'on
vaut mieux aujourd'hui qu'alors. Il s'eft fait dans
l'efprit humain une étrange révolution depuis quinze
ans. L'Europe a redemandé à grands cris le fang des

Sirven et des *Calas;* et tous les hommes d'Etat, depuis Archangel jufqu'à Cadix, foulent aux pieds la fuper-ftition. Les jéfuites font abolis, les moines font dans la fange. Encore quelques années, et le grand jour viendra après un fi beau matin. Quand les échafauds font dreffés à Touloufe et à Abbeville, je fuis *Héraclite;* quand on fe faifit d'Avignon, je fuis *Démocrite:* voilà le mot de l'énigme. Je vous embraffe, mon cher *Tite-Live;* je vous répète que je vous aime autant que je vous eftime. *V.*

LETTRE XXVI.

A MADAME DE SAINT-JULIEN.

3 de mars.

MINERVE-PAPILLON, le hibou à qui vous avez fait l'honneur d'écrire, a été enchanté de votre fou-venir; il en a fecoué fes vieilles ailes de joie, il eft tout fier de vous avoir fi bien devinée: car, dès le premier jour qu'il vous vit, il vous jugea folide plus que légère, et auffi bonne que vous êtes aïmable.

Soyez bien fûre, Madame, que mon cœur eft pénétré de tout ce que vous me dites; mais il faut laiffer les aigles, les roffignols et les fauvettes dans Paris, et que les hiboux reftent dans leurs mafures. J'ai foixante et quinze ans; ma faible machine s'en va en détail; le peu de jours que j'ai à refpirer fur ce tas de boue, doit être confacré à la plus profonde retraite. Les enfans qui font revenus

font chez eux , et je reſte chez moi ; ma maiſon
n'eſt plus faite pour les amuſer. Je l'ai fermée à tout
le monde ; bienheureux encore de pouvoir vivre avec
moi-même dans le triſte état où je ſuis. Regardez-
moi , Madame , comme un homme enterré , et ma
lettre comme un *De profundis.*

Il eſt vrai que mes *De profundis* ſont quelquefois
fort gais , et que je les change ſouvent en *Alleluia.*
J'aime à danſer autour de mon tombeau , mais je
danſe ſeul comme l'amant de ma mie *Babichon*, qui
danſait tout ſeul dans ſa grange.

J'eſtime trop l'homme principal dont vous me
faites l'honneur de me parler , pour penſer qu'il ait
pris ſérieuſement l'ordre que m'a donné l'abbé de
la Bletterie de me faire enterrer au plus vîte , et les
petites gaietés avec leſquelles je lui ai répondu. Il
faudrait que la tête lui eût tourné pour voir grave-
ment des bagatelles. S'il veut faire quelque attention
ſérieuſe à moi , il ne doit conſidérer que ma paſſion
pour ſon bonheur et pour ſa gloire. Il ſerait très-
ingrat s'il feſait la moindre fêlure à la trompette qui
eſt embouchée pour lui.

Si quelque autre perſonne , fort au-deſſous en tout
ſens du caractère de grandeur et du génie de votre
ami , veut déplumer le hibou , il ira tout doucement
mourir ailleurs. Je ſuis un être aſſez ſingulier ,
Madame ; né preſque ſans bien , j'ai trouvé le
moyen d'être utile à ma famille , et de mettre cinq
cents mille francs à peupler un déſert. Si la moindre
perſécution y venait effrayer mon indépendance , il
y a par-tout des ſépulcres , rien ne ſe trouve plus
aiſément.

J'ai lu la petite efquiffe que vous avez eu la bonté de m'envoyer. Je penfe qu'on en pourrait faire quelque chofe de fort noble et de fort gai pour les noces de monfeigneur le dauphin. Ce ferait même une très-bonne leçon pour un jeune prince , et les perfonnes de votre efpèce pourraient voir avec plaifir qu'elles font faites pour rendre quelquefois de plus grands fervices que des hommes d'Etat. Ce ne ferait point aux bateleurs de l'opéra comique qu'il faudrait abandonner cet ouvrage. Il faudrait faire exécuter une mufique tantôt fublime, tantôt légère, par les meilleurs acteurs du véritable opéra. L'opéra comique n'eft autre chofe que la foire renforcée. Je fais que ce fpectacle eft aujourd'hui le favori de la nation ; mais je fais auffi à quel point la nation s'eft dégradée. Le fiècle préfent n'eft prefque compofé que des excrémens du grand fiècle de Louis XIV. Cette turpitude eft notre lot prefque dans tous les genres ; et fi le grand-homme dont vous me parlez a des lubies , je donne le fiècle à tous les diables fans exception , en vous exceptant pourtant vous, madame *Minerve - Papillon* , pour qui j'ai un vrai refpect, et que je prends même la liberté d'aimer. *V.*

LETTRE XXVII.

A M. THIRIOT.

Le 4 de mars.

J'AI beaucoup rêvé, mon ancien ami, à votre lettre du 13 de janvier. Je vois que je ne pourrai pas fuivre les mouvemens de mon cœur auffitôt qu'il le veut. Figurez-vous que je donne, moi chétif, trente-deux mille francs de penfion, tant à mes neveux et nièces qu'à des étrangers qui font dans le plus grand befoin ; et qu'en comptant à Ferney mes domeftiques de campagne, j'en ai foixante à nourrir. Vous me direz que *Corneille* et *Racine*, *Danchet* et *Pellegrin* n'en fefaient pas tant : cela eft rare au Parnaffe ; et la chofe eft d'autant plus extraordinaire que je fuis né avec les quatre mille livres de rente que vous poffédez aujourd'hui.

L'idée m'eft venue de vous procurer un petit bénéfice cette année. J'ai en main le manufcrit d'une comédie très-fingulière, dont l'auteur m'a laiffé le maître abfolu : c'eft un jeune homme d'une grande efpérance, fils d'un préfident à mortier de province, qui ne veut pas être connu. Il a paffé quelques jours dans le château de Ferney, et il m'a étonné. Le fujet de fa pièce eft le dépôt dont *Gourville* mit la moitié entre les mains de *Ninon*, et l'autre moitié dans celles d'un dévot. *Ninon* rendit fon dépôt, et le dévot viola le fien.

La pièce n'eft pas dans le genre larmoyant ; ce jeune

homme n'a pris que *Molière* pour fon modèle ; cela pourra lui faire tort dans le beau fiècle où nous vivons. Cependant, tous fes perfonnages étant caractérifés et prêtant beaucoup au jeu des acteurs , l'ouvrage pourrait avoir du fuccès.

Si on était devenu plus difficile et plus rigoureux à la police qu'on ne l'était du temps du Tartufe , il ferait aifé de fubftituer les mots de *probité* à *piété* , et de *bigot* à *dévot ;* il n'y aurait pas alors la moindre difficulté.

Ce ferait , à mon avis , une chofe fort plaifante de faire réuffir fur le théâtre une p. . . . eftimable qui fait d'un fot dévot un honnête homme.

Je vous enverrai la pièce par le premier courier : elle peut vous valoir beaucoup , elle peut vous valoir très-peu. Tout eft coup de dé dans ce monde.

C'eft à vous à bien conduire votre jeu , et furtout à ne pas laiffer foupçonner que je fuis dans la confidence ; ce ferait le fûr moyen de tout perdre.

Je fuis bien aife que vous difiez *notre cher Damilaville ;* mais il y avait plus de deux ans que je croyais que vous n'étiez plus lié avec lui. La philofophie a fait en lui une grande perte ; c'était une ame ferme et vigoureufe. Il était intrépide dans l'amitié.

Je vous embraffe de tout mon cœur. *V.*

LETTRE XXVIII.

A M. DE SAINT-LAMBERT.

A Ferney, 7 de mars.

Je reçus hier matin, Monſieur, le préſent dont vous m'avez honoré, et vous vous doutez bien à quoi je paſſai ma journée. Il y a bien long-temps que je n'ai goûté un plaiſir plus pur et plus vrai. J'avais quelques droits à vos bontés comme votre confrère dans un art très-difficile, comme votre ancien ami, et comme agriculteur. Vous aurez beaucoup d'admirateurs, mais je me flatte d'avoir ſenti le charme de vos vers et de vos peintures plus que perſonne. Je crois me connaître un peu en vers; les grands plaiſirs, dans tous les arts, ne ſont que pour les connaiſſeurs.

J'ai éprouvé, en vous liſant, une autre ſatisfaction encore plus rare, c'eſt que vous avez peint préciſément ce que j'ai fait.

Oh, que j'aime bien mieux ce modeſte jardin
Où l'art en ſe cachant fécondait le terrain, &c. &c.

Voilà mon aventure. De longues allées où, parmi quelques ormeaux et mille autres arbres, on cueille des abricots et des prunes, des troupeaux qui bondiſſent entre un parterre et des boſquets, un petit champ que je sème moi-même, entouré d'allées agréables, des vignes, au milieu deſquelles ſont

D 4

—— des promenades, au bout des vignes des pâturages,
et au bout des pâturages une forêt.

C'est chez moi que mûrit *la figue à côté du melon*,
car je crois que vous n'avez guère de figues en
Lorraine. Je dois donc vous remercier d'avoir dit
si bien ce que j'aurais dû dire.

Je vous affure que mon cœur a été bien ému en
lifant les petites leçons que vous donnez aux feigneurs
des terres, dans votre troisième chant. Il eft vrai que
je n'habite pas *le donjon de mes ancêtres*; je n'aime
en aucune façon les donjons; mais du moins je
n'ai pas fait le malheur de mes vaffaux et de mes
voifins. Les terres que j'ai défrichées et un peu
embellies n'ont vu couler que les larmes des *Calas*
et des *Sirven*, quand ils font venus dans mon afile.
J'ai quadruplé le nombre de mes paroiffiens, et,
Dieu merci, il n'y a pas un pauvre.

Nec doluit miferans inopem aut invidit habenti.

En vous remerciant, de tout mon cœur, du
compliment fait à l'intendant qui exigeait fi à
propos des corvées, et qui fervait fi bien le roi que
les enfans en mouraient fur le fein de leurs mères.
Chaque chant a des tableaux qui parlent au cœur.
Pourquoi citez-vous *Thompfon*? c'eft le *Titien* qui
loue un peintre flamand.

Votre quatrième qui paraît fournir le moins,
eft celui qui rend le plus. Je ne crains point d'être
aveuglé par la reconnaiffance extrême que je vous
dois; il m'a charmé très-indépendamment de la
générofité courageufe avec laquelle vous parlez d'un

homme fi long - temps perfécuté par ceux qui fe
difaient gens de lettres.

J'ai un remords ; c'eft d'avoir infinué à la fin du
fiècle préfent, qui termine le grand fiècle de *Louis XIV*,
que les beaux arts dégénéraient. Je ne me ferais pas
ainfi exprimé , fi j'avais eu vos *Quatre faifons* un
peu plutôt. Votre ouvrage eft un chef-d'œuvre ; les
Quatre faifons et le quinzième chapitre de *Bélifaire* ,
font deux morceaux au-deffus du fiècle. Ce n'eft
pas que je les mette à côté l'un de l'autre, je fais
le profond refpect que la profe doit à la poëfie ;
c'eft ce que *Montefquieu* ne favait pas , ou voulait
ne pas favoir. Ecrit en profe qui veut , mais en
vers qui peut. Il eft plus difficile de faire cent beaux
vers , que d'écrire toute l'hiftoire de France. Auffi,
qui fait beaucoup de bons vers de fuite? prefque
perfonne. On a ofé faire des tragédies depuis *Racine*,
mais ce font des tragédies en rimes , et non pas en
vers. Nos velches du parterre et des loges , qu'on
a eu tant de peine à débarbarifer , fe doutent rarement fi une pièce eft bien écrite. Le nombre des
vrais poëtes et des vrais connaiffeurs fera toujours
extrêmement petit; mais il faut qu'il le foit , c'eft le
petit nombre des élus. Moins il y a d'initiés , plus
les myftères font facrés.

Je fuis fâché que vous ayez écrit français avec un
o , c'eft la feule chofe que je vous reproche. Sans
doute vous ferez des nôtres à la première place
vacante. Si c'eft la mienne , je m'applaudis de vous
avoir pour fucceffeur. Nous avons befoin d'un homme
comme vous contre les ennemis du bon goût , et
contre ceux de la raifon. Ces derniers commencent

à être dans la boue ; mais ils y trépignent fi fort qu'ils excitent quelquefois de petits nuages. Il faudrait fe donner le mot de ne jamais recevoir aucun de ces meſſieurs-là.

A propos, pourquoi votre livre dit-il qu'il eſt imprimé à Amſterdam, eſt-ce que Paris n'en eſt pas digne ? n'y a-t-il que le *Journal chrétien* , et les décrets de la forbonne qui puiſſent être imprimés dans la capitale des Velches ?

Je finis en vous remerciant, en vous admirant et en vous aimant. *V.*

LETTRE XXIX.

A MADAME

LA MARQUISE DU DEFFANT.

8 de mars.

QUE je vous plains , Madame ! Vous avez déjà perdu l'ame de votre ami le préfident *Hénault* , et bientôt fon corps fera réduit en pouſſière. Vous aviez deux amis , lui et M. de *Formont ;* là mort vous les a enlevés : ce font des biens dont on ne retrouve pas même l'ombre. Je fens vivement votre fituation. Vous devez avoir une confolation bien touchante dans le commerce de votre grand'maman ; mais elle ne peut vous voir que rarement. Elle eſt enchaînée dans un pays qu'elle doit déteſter , vu la manière dont elle penſe. Je vous vois réduite à la diſſipation

de la fociété ; et , dans le fond du cœur , vous en fentez
tout le frivole. L'adouciffement de cette malheureufe
vie ferait d'avoir auprès de foi un ami qui pensât
comme nous , et qui parlât à notre cœur et à notre
imagination le langage véritable de l'un et de
l'autre.

Je crois bien (vanité à part) qu'il y a quelque
reffemblance entre votre cervelle et la mienne. La
diffipation ne m'eft pas fi néceffaire , à la vérité ,
qu'à vous ; mais , pour le tumulte des idées , pour
la vérité dans les fentimens , pour l'éloignement de
tout artifice , pour le mépris qu'en général notre
fiècle mérite , pour le tact de certains ridicules , je
ferais affez votre homme , et mon cœur eft affez fait
pour le vôtre. Je voudrais être à la fois à Saint-Jofeph
et à Ferney ; mais je ne connais que l'euchariftie
qui ait le privilége d'être en plufieurs lieux en même
temps.

Voilà les neiges de nos montagnes qui commencent à fondre , et mes yeux qui commencent à voir.
Il faut que je faffe tout ce que *Saint-Lambert* a fi
bien décrit. La campagne m'appelle ; deux cents bras
travaillent fous mes yeux ; je bâtis , je plante , je
sème , je fais vivre tout ce qui m'environne. Les
Saifons de *Saint-Lambert* m'ont rendu la campagne
encore plus précieufe. Je me fais lire à dîner et à
fouper de bons livres par des lecteurs très-intelligens,
qui font plutôt mes amis que mes domeftiques. Si
je ne craignais d'être un fat , je vous dirais que je
mène une vie délicieufe. J'ai de l'horreur pour la
vie de Paris , mais je voudrais au moins y paffer
un hiver avec vous. Ce qu'il y a de trifte , c'eft que

—— la chofe n'eſt pas aifée, attendu que j'ai l'ame un peu fière.

Je fonge réellement à vous amufer, quand je reçois quelques bagatelles des pays étrangers. Vous avez peut-être pris l'hiſtoire de Sᵗ *Cucufin* pour une plaifanterie; il n'y a pas un mot qui ne foit dans la plus exacte vérité. Vous aurez dans un mois quelque chofe qui ne fera qu'allégorique; il faut varier vos petits divertiffemens.

Vous ne m'avez point répondu fur *les Singularités de la nature*; ainfi je ne vous les envoie pas, car c'eſt une affaire de pure phyfique qui ne pourrait que vous ennuyer.

Vous me faites grand plaifir, Madame, de me dire que vous ne craignez rien pour M. *Grand'maman.* J'ai un peu à me plaindre d'une perfonne qui lui veut du mal, et je m'en félicite. J'aime à voir des *Racine* qui ont des *Pradon* pour ennemis; cela me fait penfer à la queue du Siècle de *Louis XIV*, que j'ai eu l'honneur de vous envoyer. Votre exemplaire, fauf refpect, eſt précieux, parce qu'il eſt corrigé en marge. Faites-vous lire la prifon de *la Bourdonaie* et la mort de *Lalli*, et vous verrez comme les hommes font juſtes.

Quand je ferai plus vieux, j'y ajouterai la mort du chevalier de *la Barre* et celle de *Calas*, afin que l'on connaiffe dans toute fa beauté le temps où j'ai vécu. Selon que les objets fe préfentent à moi, je fuis *Héraclite* ou *Démocrite;* tantôt je ris, tantôt les cheveux me dreffent à la tête: et cela eſt très à fa place, car on a affaire tantôt à des tigres, tantôt à des finges.

Le feul homme prefque de l'ame de qui je faffe
cas eft M. *Grand'maman*, mais je me garde bien
de le lui dire. Pour vous, Madame, je vous dis
très-naïvement que j'aime paffionnément votre
façon de penfer, de fentir et de vous exprimer; et
que je me tiens malheureux, dans mon bonheur de
campagne, de paffer ma vieilleffe loin de vous. Mille
tendres refpects. *V.*

Faites-moi favoir, je vous prie, comment vont
l'ame et le corps de votre ami.

LETTRE XXX.

A M. LE COMTE D'ARGENTAL.

12 de mars.

M ON cher ange, j'ai envoyé à ma nièce une
efpèce de teftament moitié férieux, moitié gai. C'eft
une épître à *Boileau*, dans laquelle je fais mes
remercîmens à M. de *Saint-Lambert*. J'attends la
décifion de mes anges, pour favoir fi mon teftament
eft valable; j'y ajouterai tous les codicilles qu'ils
voudront.

Mon ange ne me dit rien du tripot (je parle du
tripot de la comédie), de la nouvelle pièce de
du Belloi, des querelles des acteurs et des auteurs,
des talens de mademoifelle *Veftris*, de fa réception.
Pour moi, je n'ai d'autre nouvelle à mander, finon
qu'il neige autour de moi, et que la neige me tue.

1769.

Vous avez lu, fans doute, les *Saifons* de *Saint-Lambert*; je l'ai remercié dans mon teftament adreffé à *Nicolas*. Je ne fais fi ma tête eft jeune, mais mon corps eft bien vieux. Si je ne m'amufais pas à faire des teftamens, je ferais bientôt mort d'ennui. Votre amitié me fait prendre la fin de ma vie en patience. Portez-vous bien, vous et madame d'*Argental*. On ne vit pas affez long-temps. Pourquoi les carpes vivent-elles plus que les hommes? cela eft ridicule. *V.*

LETTRE XXXI.

A MADAME

LA MARQUISE DU DEFFANT.

A Ferney, 15 de mars.

VOUS me marquâtes, Madame, par votre dernière lettre, que vous aviez befoin quelquefois de confolation. Vous m'avez donné la charge de votre pourvoyeur en fait d'amufemens; c'eft un emploi dont le titulaire s'acquitte fouvent fort mal. Il envoie des chofes gaies et frivoles, quand on ne veut que des chofes férieufes; et il envoie du férieux, quand on voudrait de la gaieté: c'eft le malheur de l'abfence. On fe met fans peine au ton de ceux à qui on parle, il n'en eft pas de même quand on écrit: c'eft un hafard fi l'on rencontre jufte.

J'ai pris le parti de vous envoyer des chofes où il

y eût à la fois du léger et du grave, afin du moins
que tout ne fût pas perdu.

Voici un petit ouvrage contre l'athéisme, dont
une partie eſt édifiante et l'autre un peu badine ;
et voici, en outre, mon teſtament que j'adreſſe à
Boileau. J'ai fait ce teſtament étant malade, mais
je l'ai égayé ſelon ma coutume ; on meurt comme
on a vécu.

Si votre grand'maman eſt chez vous quand vous
recevrez ce paquet, je voudrais que vous puſſiez
vous le faire lire enſemble ; c'eſt une de mes dernières volontés. J'ai beaucoup de foi à ſon goût par
tout ce que vous m'avez dit d'elle, et je n'en ai
pas moins à ſon eſprit, par quelques-unes de ſes
lettres que j'ai vues, ſoit entre les mains de mon
gendre *Dupuits*, ſoit dans celles de *Guillemet*, typographe en la ville de Lyon.

Il m'eſt revenu, de toutes parts, qu'elle a un
cœur charmant. Tout cela, joint enſemble, fait
une grand'maman fort rare. Malgré le penchant
qu'ont les gens de mon âge à préférer toujours le
paſſé au préſent, j'avoue que de mon temps il n'y
avait point de grand'maman de cette trempe. Je me
ſouviens que ſon mari me mandait, il y a huit ans,
qu'il avait une très-aimable femme, et que cela
contribuait beaucoup à ſon bonheur. Ce ſont de
petites confidences dont je ne me vanterais pas à
d'autres qu'à vous. Jugez ſi je ne dois pas prier DIEU
pour ſon mari, dans mes codicilles. Il fera de grandes
choſes, ſi on lui laiſſe ſes coudées franches ; mais je
ne les verrai pas, car je ne digère plus ; et, quand
on manque par-là, il faut dire adieu.

On me mande que le préfident *Hénault* baiffe beaucoup. J'en fuis très-fâché, mais il faut fubir fa deftinée.....

> Je voudrais qu'à cet âge
> On fortît de la vie ainfi que d'un banquet,
> Remerciant fon hôte et fefant fon paquet.

Le mien eft fait il y a long-temps. Tout gai que je fuis, il y a des chofes qui me choquent fi horriblement, que je prendrai congé fans regret. Vivez, Madame, avec des amis qui adouciffent le fardeau de la vie, qui occupent l'ame, et qui l'empêchent de tomber en langueur. Je vous ai déjà dit que j'avais trouvé un admirable fecret; c'eft de me faire lire et relire tous les bons livres à table, et d'en dire mon avis. Cette méthode rafraîchit la mémoire, et empêche le goût de fe rouiller; mais on ne peut ufer de cette recette à Paris; on y eft forcé de parler à fouper de l'hiftoire du jour; et, quand on a donné des ridicules à fon prochain, on va fe coucher. Dieu me préferve de paffer ainfi le peu qui me refte à vivre.

Adieu, Madame; je vivrai plus heureux, fi vous pouvez être heureufe. Comptez que mon cœur eft à vous comme fi je n'avais que cinquante ou foixante ans.

LETTRE

LETTRE XXXII.

A M. LINGUET, *avocat.*

Ferney, le 15 de mars.

Vous êtes *aucunement* le maître, Monsieur, de demeurer dans un *cu de fac*, de dater vos lettres du mois d'*août*, quoique celui qui a donné fon nom à ce mois fe nommât *Auguftus*, et d'appeler la ville de *Cadomum*, *Can*, quoiqu'on l'écrive *Caen*. Vous aurez pu voir des courtifans chez le roi, fans avoir jamais vu de courtifanes chez la reine. Vous avez vu dans votre *cu de fac* paffer les coureurs du cardinal de *Rohan*, mais point de *coureufes*. Vous aurez vu chez lui de beaux garçons et point de *garces ;* des architraves dans fon palais, et aucune *trave.* Les gendarmes qui font la revue dans la cour de l'hôtel de Soubife font fi intrépides qu'il n'y en a pas un de *trépide.*

La langue d'ailleurs s'embellit tous les jours : on commence à *éduquer* les enfans au lieu de les élever ; on *fixe* une femme au lieu de fixer les yeux fur elle. Le roi n'eft plus endetté envers le public, mais *vis-à-vis* le public. Les maîtres d'hôtel fervent à préfent des *rofl-bif* de mouton, tandis que le parlement *obtempère* ou n'*obtempère* pas aux édits.

Notre jargon deviendra ce qu'il pourra. Je fuis moitié fuiffe et moitié favoyard, enfeveli à foixante et quinze ans fous les neiges des Alpes et du mont Jura ; je m'intéreffe peu aux beautés anciennes et nouvelles de la langue française; mais je m'intéresse beaucoup à vos grands talens, à vos succès, au courage avec lequel vous avez dit quelques vérités. Vous en diriez de plus fortes, si ceux qui sont faits pour les redouter ne cherchaient point à les écraser; cependant elles percent malgré eux. Le temps amène tout, et la raison vient enfin consoler jusqu'aux misérables qui se sont déclarés contre elle. Le même imbécille, conseiller de grand'chambre, qui a donné sa voix contre l'inoculation, finira par inoculer son fils; et, quand la campagne aura besoin de pluie, on ne fera plus promener la châsse de Ste *Geneviève* sur le pont Notre-Dame.

J'ai l'honneur d'être, &c.

LETTRE XXXIII.

A M. TRANTZSEHEN,

*Premier lieutenant de l'infanterie saxone, à Ernsthal,
près de Chemnitz, en Saxe.*

16 de mars.

MONSIEUR,

SI la vieillesse et la maladie l'avaient permis, j'aurais eu l'honneur de vous remercier plutôt de votre lettre et de votre dialogue. On dit que les Allemands sont fort curieux de généalogies; je vous crois descendu de *Lucien* en droite ligne; vous lui reſſemblez par l'eſprit ; il ſe moquait, comme vous, des prêtres de ſon temps : les choſes n'ont guère changé que de nom. Il y a toujours eu des fripons et des fanatiques qui ont voulu s'attirer de la conſidération en trompant les hommes, et toujours un petit nombre de gens ſenſés qui s'eſt moqué de ces charlatans.

Il eſt vrai que les énergumènes de ce temps-ci ſont plus dangereux que ceux du temps de *Lucien*, votre devancier. Ceux-là ne voulaient que faire bonne chère aux dépens des peuples, ceux-ci veulent s'engraiſſer et dominer. Ils ſont accoutumés à gouverner la canaille, ils ſont furieux de voir que tous les gens bien élevés leur échappent. Leur décadence commence à être univerſelle dans l'Europe. Une certaine étrangère, nommée *la Raiſon*, a trouvé par-tout des apôtres depuis une quinzaine d'années. Son flambeau a éclairé beaucoup d'honnêtes gens, et a brûlé les yeux de quelques fanatiques qui crient comme des diables. Ils crieront bien davantage, s'ils voient votre joli dialogue.

Pour moi, Monſieur, je n'élève la voix que pour vous témoigner mon eſtime et ma reconnaiſſance, et pour vous dire avec quels ſentimens reſpectueux j'ai l'honneur d'être,

Monſieur, votre, &c.

LETTRE XXXIV.

A M. DUPATY,

AVOCAT GENERAL DU PARLEMENT DE BORDEAUX.

A Ferney, 27 de mars.

MONSIEUR,

Vous me traitez comme un rochelois ; vous m'honorez de vos bontés et vous m'enchantez. Je fuis un peu votre compatriote, étant de l'académie de la Rochelle. Mon cœur aurait été bien ému, fi je vous avais entendu prononcer ces paroles : *Ce n'eft pas au milieu d'eux qu'Henri IV aurait dit à Sully : Mon ami, ils me tueront.*

Lorfque je lus le difcours que vous prononçâtes à l'académie, je dis : Voilà la pièce qui aurait le prix, fi l'auteur ne l'avait pas donné. Vous avez fignalé à la fois, Monfieur, votre patriotifme, votre générofité et votre éloquence. Un beau fiècle fe prépare ; vous en ferez un des plus rares ornemens ; vous ferez fervir vos grands talens à écrafer le fanatifme qui a toujours voulu qu'on le prît pour la religion ; vous délivrerez la fociété des monftres qui l'ont fi long-temps opprimée, en fe vantant de la conduire. Il viendra un temps où l'on ne dira plus *les deux puiffances ;* et ce fera vous, Monfieur, plus qu'à aucun de vos confrères, à qui on en aura l'obligation. Cette mauvaife et funefte plaifanterie n'a jamais été connue dans l'Eglife grecque ; pourquoi faut-il qu'elle fubfifte dans le peu qui refte de l'Eglife latine, au mépris de toutes les lois ?

Un évêque ruffe a été dépofé depuis peu par fes confrères, et mis en pénitence dans un monaftère, pour avoir prononcé ces mots : *Les deux puiffances :* c'eft ce que je tiens de la main de l'impératrice elle - même. Plût à Dieu que la France manquât abfolument de lois ! on en ferait de bonnes. Lorfqu'on bâtit une ville nouvelle, les rues font au cordeau : tout ce qu'on peut faire dans les villes anciennes, c'eft d'aligner petit à petit. On peut dire, parmi nous, en fait de lois : *Hodiéque manent veftigia ruris.*

Henri IV fut affez heureux pour regagner fon royaume par fa valeur, par fa clémence et par la meffe ; mais il ne le fut pas affez pour le réformer. Il eft trifte que ce héros ait reçu le fouet à Rome, comme on le dit, fur les feffes de deux prêtres français. Nous fommes au temps où l'on fouette les papes ; mais, en les feffant, on leur paye encore des annates. On leur prend Bénévent et Avignon, mais on les laiffe nommer, dans nos provinces, des juges en dernier reffort, dans les caufes eccléfiaftiques. Nous fommes pétris de contradictions.

Travaillez, Monfieur, à nous débarbarifer toutà-fait ; c'eft une œuvre digne de vous et de ceux qui vous reffemblent. Je vais finir ma carrière ; je vois, avec confolation, que vous en commencez une bien brillante.

E 3

Je vous remercie de la médaille dont vous daignez me favoriser; j'espère qu'un jour on en frappera une pour vous.

J'ai l'honneur d'être , &c.

LETTRE XXXV.

A M. PANCKOUCKE.

A Ferney, mars.

EN vous remerciant, Monsieur, de votre lettre et de votre beau présent (*), qui ornerait le cabinet d'un curieux. Vous vous êtes chargé d'un livre qui ne se débitera pas si bien (**). Je vous en ai averti dans un petit prologue de la Guerre de Genève, qui n'est pas encore parvenu jusqu'à vous. Les goûts changent aisément en France. On peut aimer *Henri IV* sans aimer la Henriade. On peut vendre des ornemens à la grecque, sans débiter Mérope et Oreste, toutes grecques que sont ces tragédies.

Et Gombaud tant loué garde encor la boutique.

Si j'avais un conseil à vous donner, ce serait de modérer un peu l'ancien prix établi à Genève, mais de ne point jetter à la tête une édition qu'alors on jette à ses pieds. Il faut que les chalans demandent, et non pas qu'on leur offre. Les filles qui viennent se

(*) Les œuvres de M. de *Buffon.*
(**) L'édition in-4° des œuvres de l'auteur, que M. *Panckoucke* venait d'acquérir de MM. *Cramer* de Genève.

préfenter font mal payées ; celles qui font difficiles font fortune ; c'eft l'a, b , c , de la profeffion : imitez les filles ; foyez modefte pour être riche. *Interim* je vous embraffe , et fuis de tout mon cœur, Monfieur, votre , &c.

LETTRE XXXVI.

A M. DE SAINT-LAMBERT.

4 d'avril.

De la coquetterie ! non , pardieu , mon cher confrère ou mon cher fucceffeur , ma franchife fuiffeffe n'a ni rouge ni mouches.

Quand je vous dis que votre ouvrage eft le meilleur qu'on ait fait depuis cinquante ans , je vous dis vrai. Quelques perfonnes vous reprochent un peu trop de *flots d'azur* , quelques répétitions, quelques longueurs , et fouhaiteraient , dans les premiers chants , des épifodes plus frappans.

Je ne peux ici entrer dans aucun détail, parce que votre ouvrage court tout Genève , et qu'on ne le rend point ; mais foyez très-certain que c'eft le feul de notre fiècle qui paffera à la poftérité , parce que le fond en eft utile , parce que tout y eft vrai, parce qu'il brille prefque par-tout d'une poëfie charmante, parce qu'il y a une imagination toujours renaiffante dans l'expreffion. Je détefte le fatras et le petit , et tout ce que je vois ailleurs eft petit et fatras.

E 4

1769. Qui diable vous a donné la Canonifation de St *Cucufin*? il faut que ce foit quelque capucin. On pourra bientôt me canonifer auffi, car, depuis un mois, je ne vis que de jaunes d'œufs, comme St *Cucufin*. J'ai eu douze accès de fièvre; j'ai reçu bravement le viatique, en dépit de l'envie. J'ai déclaré expreffément que je mourais dans la religion du roi très-chrétien et de la France ma patrie, *as it is eftablish'd by act of parliament*. Cela eft fier et honnête. (*)

(*) M. de *Voltaire* étant malade, dans le temps de Pâques, fit avertir le curé de Ferney de lui apporter le viatique. Le curé répondit qu'il ne le pouvait qu'après que M. de *Voltaire* aurait rétracté les mauvais ouvrages qu'il avait faits.

M. de *Voltaire* impatienté lui écrivit cette lettre :

Au curé de Ferney.

Le jour des Rameaux.

Il n'y a que d'infames calomniateurs qui aient pu, Monfieur, vous dire les chofes dont vous parlez. Je puis vous affurer qu'il n'y a pas un mot de vrai, et que rien ne doit s'oppofer aux ufages reçus. Vous êtes inftruit, fans doute, des règlemens faits par les parlemens, et je ne doute pas que vous ne vous conformiez aux lois du royaume ; vous êtes d'ailleurs bien perfuadé de mon amitié. *Voltaire*.

Et le 31 de mars il fit la déclaration fuivante, et communia.

Déclaration par-devant notaire et procès verbal.

Du 31 de mars.

Au château de Ferney, le 31 de mars 1769, par-devant le notaire *Raffo*, et en préfence des témoins ci-après nommés, eft comparu meffire *François-Marie de Voltaire*, gentilhomme ordinaire de la chambre du roi, l'un des quarante de l'académie françaife, feigneur de Ferney, &c. demeurant en fon château, lequel a déclaré que le nommé *Nonotte*, ci-devant foi-difant jéfuite, et le nommé *Guyon*, foi-difant abbé, ayant

Ma maladie m'a empêché d'écrire à M. *Grimm*, mais je ne l'en aime pas moins, lui et ma philosophe madame d'*Epinai*.

Je vous ai la plus fenfible et la plus tendre obligation de vouloir bien engager M. le prince de *Beauvau* à daigner folliciter de toutes fes forces en faveur des *Sirven*. Votre cœur aurait été bien ému, fi vous

fait contre lui des libelles auffi infipides que calomnieux, dans lefquels ils accufent ledit meffire de *Voltaire* d'avoir manqué de refpect à la religion catholique, il doit à la vérité, à fon honneur et à fa piété, de déclarer que jamais il n'a ceffé de refpecter et de pratiquer la religion catholique profeffée dans le royaume, qu'il pardonne à fes calomniateurs, que fi jamais il lui était *échappé quelque indifcrétion* préjudiciable à la religion de l'Etat, *il en demanderait pardon à* D I E U *et à l'Etat*, et qu'il a vécu et veut mourir dans l'obfervance de toutes les lois du royaume, et dans la religion catholique étroitement unie à ces lois.

Fait et prononcé audit château, lefdits jour, mois et an que deffus, en préfence de R. P. fieur *Antoine Adam*, prêtre, ci-devant foi-difant jéfuite, de, &c. &c., témoins requis et fouffignés avec ledit M. de *Voltaire*, et moi dit notaire.

Autre déclaration.

Du 1 d'avril.

A u même château de Ferney, à neuf heures du matin, le 1 d'avril 1769, par-devant ledit notaire, et en préfence des témoins ci-après nommés, eft comparu meffire *François-Marie Arouet de Voltaire*, gentilhomme ordinaire, &c., lequel, immédiatement après avoir reçu, dans fon lit où il eft détenu malade, la fainte communion de monfieur le curé de Ferney, a prononcé ces propres paroles :

Ayant mon D I E U *dans ma bouche, je déclare que je pardonne fincèrement à ceux qui ont écrit au roi des calomnies contre moi, et qui n'ont pas réuffi dans leurs mauvais deffeins.*

De laquelle déclaration ledit meffire de *Voltaire* a requis acte que je lui ai octroyé en préfence de révérend fieur *Pierre Gros*, curé de Ferney, d'*Antoine Adam*, prêtre, ci-devant foi-difant jéfuite, de, &c. &c., témoins fouffignés avec ledit M. de *Voltaire*, et moi dit notaire, audit château de Ferney, lefdits heure, jour, mois et an.

—— aviez vu cette déplorable famille, père, mère, filles, enfans : la mère rendant les derniers foupirs en me venant voir, les filles dans les convulfions du défefpoir, le père, en cheveux blancs, baigné de larmes. Et qui a-t-on perfécuté ainfi ? la plus pure innocence et la probité la plus refpectable. La deftinée m'a envoyé cette famille ; il y a fix ans que je travaille pour elle. Enfin, la lumière eft parvenue dans les têtes de quelques jeunes confeillers de Touloufe, qui ont juré de faire amende honorable. Cuiftres fanatiques de Paris, miférables convulfionnaires, finges changés en tigres, affaffins du chevalier de *la Barre*, apprenez que la philofophie eft bonne à quelque chofe !

Je vous conjure, mon cher fucceffeur, de preffer la bonne volonté de M. le prince de *Beauvau*. Voici le moment d'agir. *Sirven*, condamné à mort, eft actuellement devant fes juges ; fes filles font auprès de moi ; je les ferai partir, fi fes juges veulent les interroger. Je me recommande à vos bontés et à celles de M. le prince de *Beauvau*.

Je vous embraffe, de tout mon cœur, fans cérémonie ; mais c'eft avec la plus profonde eftime et la plus fincère amitié.

LETTRE XXXVII.

A M. SAURIN.

A Ferney, 5 d'avril.

JE vous remercie très - sincèrement, mon cher confrère, de votre Spartacus ; il était bon, et il eft devenu meilleur. Les oreilles d'âne de *Martin Fréron* doivent lui alonger d'un demi-pied.

Je ne vous dirai pas fadement que cette pièce faffe fondre en larmes ; mais je vous dirai qu'elle intéreffe quiconque penfe, et qu'à chaque page le lecteur eft obligé de dire : Voilà un efprit fupérieur. J'aime mieux cent vers de cette pièce que tout ce qu'on a fait depuis *Jean Racine*. Tout ce que j'ai vu depuis foixante ans eft bourfouflé, ou plat, ou romanefque. Je ne vois point, dans votre pièce, ce charlatanifme de théâtre qui en impofe aux fots, et qui fait crier miracle au parterre velche ; *neque, te ut miretur turba, labores.*

Le rôle de *Spartacus* me paraît, en général, fupérieur au *Sertorius* de *Corneille*.

Vous m'avez piqué : j'ai relu l'*Efprit des lois* ; je fuis toujours de l'avis de madame *du Deffant*.

J'aime mieux l'inftruction donnée par l'impératrice de Ruffie, pour la rédaction de fon code ; cela eft net, précis ; il n'y a point de contradictions ni de fauffes citations. Si *Montefquieu* n'avait pas aiguifé fon livre d'épigrammes contre le pouvoir defpotique, les prêtres et les financiers, il était perdu ; mais les épigrammes ne conviennent guère à un objet aussi férieux. Toutefois je loue beaucoup son livre, parce qu'il faut louer la liberté de penser. Cette liberté est un service rendu au genre-humain.

J'ai été sur le point de mourir, il y a quelques jours. J'ai rempli, à mon dixième accès de fièvre, tous les devoirs d'un officier de la chambre du roi très-chrétien, et d'un citoyen qui doit mourir dans la religion de sa patrie. J'ai pris acte formel de ces deux points par-devant notaire, et j'enverrai l'acte à notre cher secrétaire, pour le déposer dans les archives de l'académie, afin que la prêtraille ne s'avise pas, après ma mort, de manquer de respect au corps dont j'ai l'honneur d'être. Je vous prie d'en raisonner avec M. d'*Alembert*. Vous savez que, pour avoir une place en Angleterre, quelle qu'elle puisse être, fût-ce celle de roi, il faut être de la religion du pays, *telle qu'elle est établie par acte du parlement.* Que tout le monde pense ainsi, et tout ira bien ; et, à fin de compte, il n'y aura plus de sots que parmi la canaille qui ne doit jamais être comptée.

Je vous embrasse très-philosophiquement et très-tendrement. *V.*

LETTRE XXXVIII.

A M. LE COMTE D'ARGENTAL.

9 d'avril.

Mon cher ange, je n'ai point entendu parler des remarques de l'aréopage; je les attendrai très-patiemment. L'état où je fuis ne me permettrait guère actuellement de m'occuper d'un travail qui demande qu'on ait tout fon efprit à foi.

J'ai toujours un peu de fièvre depuis fix femaines, et j'en ai effuyé dix accès affez violens. On en rira tant qu'on voudra; mais j'ai été obligé de faire, au dixième accès, ce qu'on fait dans un diocèfe ultramontain. Quand cette cérémonie paffera de mode, je ne ferai pas affurément un des derniers à me déclarer contre elle; mais je ne vois pas qu'il faille fe faire regarder comme un monftre par les barbares au milieu defquels je fuis, pour un mince déjeûné : c'eft d'ailleurs un devoir de citoyen; le mépris marqué de ce devoir aurait entraîné des fuites défagréables pour ma famille. Vous favez ce qui eft arrivé à *Boindin*, pour n'avoir pas voulu faire comme les autres. Il faut être poli, et ne point refufer un dîner où l'on eft prié, parce que la chère eft mauvaife.

On m'affure que *Stopani* eft pape. Il me doit affurément fa protection; car il y a deux mois que nous jouâmes, aux trois dés, la place vacante du faint-fiége. Je tirai pour *Stopani*, et j'amenai rafle.

Vous avez eu la bonté de m'envoyer une lettre de M. *Bachelier*. Comme je ne fais point fa demeure, voulez-vous bien me permettre de vous adreffer ma réponfe.

Je me flatte que madame d'*Argental* eft en bonne fanté. Confervez la vôtre, mon cher ange; jouiffez d'une vie agréable : quand je finirai la mienne, ce fera en vous aimant.

LETTRE XXXIX.

A M. LE MARECHAL DUC DE RICHELIEU.

A Ferney, 15 d'avril.

APRÈS douze accès de fièvre dont je me fuis tiré tout feul, je remplis, en revenant pour quelque temps à la vie, un des devoirs les plus chers à mon cœur, en vous renouvelant, Monfeigneur, un attachement qui ne peut finir qu'avec moi.

Je dois d'abord vous dire, comme au chef de l'académie, que j'ai fait à l'égard de la religion tout ce que la bienféance exige d'un homme qui eft d'un corps à qui le mépris de ces bienféances pourrait attirer une partie des reproches que l'on eût faits à ma mémoire. J'ai déclaré même que je voulais mourir dans la religion profeffée par le roi, et reçue dans l'Etat. Je crois avoir prévenu par-là toutes les interprétations malignes qu'on pourrait faire de cette action de citoyen, et je me flatte que vous m'approuvez. Je fuis d'ailleurs dans un diocèfe ultramontain, gouverné par un évêque fanatique qui eft un très-méchant homme, et dont il fallait défarmer la fuperftition et la malice.

Si on vous parlait de cette aventure, par hafard, j'efpère que vous me rendrez la juftice que j'attends de la bonté de votre cœur. Si vous favez railler ceux qui vous font attachés, vous favez encore plus leur rendre de bons offices, et je compte plus fur votre protection que fur vos plaifanteries, dans une occafion qui, après tout, ne laiffe pas d'avoir quelque chofe de férieux.

Une chofe non moins férieufe pour moi, eft la dernière lettre dont vous m'avez honoré. Vous m'y difiez que vous aviez daigné commencer un petit écrit dans lequel vous aviez la bonté de m'avertir des méprifes où je pouvais être tombé fur quelques anecdotes du fiècle de *Louis XIV*. Si vous aviez perfifté dans cette bonne volonté, j'en aurais profité pour les nouvelles éditions qui fe font à Genève, à Leipfick et dans Avignon.

Il y a, à la vérité, dans cette hiftoire, quelques anecdotes bien étonnantes. Celle de l'homme au mafque de fer, dont vous connaiffez toute la vérité ; celle du traité fecret de *Louis XIV* avec *Léopold*, ou plutôt avec le prince *Lobkovitz*, pour ravir la Flandre à fon beau-frère, encore enfant, traité fingulier qui exifte dans le dépôt des affaires étrangères, et dont j'ai eu la copie. La révélation de la confeffion de *Philippe V*, faite au duc d'*Orléans* régent, par le jéfuite d'*Aubenton*, friponnerie plus ordinaire qu'on ne croit, et dont M. le comte de *Fuentes* et M. le duc de *Villa Hermofa* ont la preuve en main ; la conduite et la condamnation de ce pauvre fou de *Lalli*, d'après deux journaux très-exacts : enfin, je n'ai écrit que les chofes dont j'ai eu la preuve, ou dont j'ai été témoin moi-même. Je ne crois pas que jamais aucun hiftorien ait fait l'hiftoire de fon temps avec plus de vérité, et en même temps avec plus de circonfpection; mais, de toutes les vérités que j'ai dites, les plus intéreffantes pour moi font celles qui célèbrent votre gloire. Si je me fuis trompé dans quelques occafions, j'ai droit de m'adreffer à vous pour être remis fur la voie. Vous favez que *Polybe* fut inftruit plus d'une fois par *Scipion.*

Il y aura inceffamment une nouvelle édition du Siècle de *Louis XIV*, in-4°. M. le comte de *Saint-Florentin* m'a mandé qu'il n'y aurait aucun inconvénient à la préfenter au roi, mais je ne ferai rien fans votre approbation. Vous favez que je fuis fans aucun empreffement fur ces bagatelles. Je fais, il y a long-temps, avec quelle indifférence elles font reçues, et qu'on ne doit guère attendre de complimens que de la poftérité; mais daignez fonger que j'ai travaillé pour elle et pour vous. Je touche à cette poftérité, et vos bontés me rendent le temps préfent fupportable.

Agréez, Monfeigneur, mon très-tendre refpect. *V.*

LETTRE

LETTRE XL.

A M. DE LA HARPE.

17 d'avril.

Noſtra ſpes altera ſcenæ,

J E ſuis très-fâché que vous enterriez votre génie dans une traduction de *Suétone*, auteur, à mon gré, aſſez aride, et anecdotier très-ſuſpect. J'eſpère que vous ne direz pas, dans vos remarques, que vous renoncez à faire des vers, ainſi que l'a dit notre ami *la Bletterie*. Il eſt plaiſant que *la Bletterie* s'imagine avoir fait des vers.

Voici un petit paquet pour votre *Mercure*. S'il me tombe quelque rogaton ſous la main, je vous en ferai part; mais j'aimerais bien mieux que le *Mercure* eût à parler d'une nouvelle tragédie de votre façon : nous avons beſoin de beaux vers, beaucoup plus que de *Suétone*.

J'ai eu douze accès de fièvre. J'ai été ſur le point de mourir, et je diſais : Le théâtre français eſt mort de ſon côté, ſi M. de *la Harpe* n'y met la main. Il a fallu paſſer par les cérémonies ordinaires. Vous ſavez que je ne les crains pas, quoique je ne les aime point du tout; mais il faut remplir ſes devoirs de citoyen : ceux de l'amitié me font bien plus chers. *V.*

LETTRE XLI.

A MADAME

LA MARQUISE DU DEFFANT.

A Ferney, 24 d'avril.

EH bien, Madame, je fuis plus honnête que vous; vous ne voulez pas me dire avec qui vous foupez, et moi je vous avoue avec qui je déjeûne. Vous voilà bien ébaubis, meffieurs les Parifiens! la bonne compagnie chez vous ne déjeûne pas, parce qu'elle a trop foupé; mais moi je fuis dans un pays où les médecins font italiens, et où ils veulent abfolument qu'on mange un crouton à certains jours. Il faut même que les apothicaires donnent des certificats en faveur des eftomacs qu'on foupçonne d'être malades. Le médecin du canton que j'habite eft un ignorant de très-mauvaife humeur, qui s'eft imaginé que je fefais très-peu de cas de fes ordonnances.

Vous ignorez peut-être, Madame, qu'il écrivit contre moi au roi, l'année paffée, et qu'il m'accufa de vouloir mourir comme *Molière*, en me moquant de la médecine; cela même amufa fort le confeil. Vous ne favez pas, fans doute, qu'un foi-difant ci-devant jéfuite franc-comtois, nommé *Nonotte*, qui eft encore plus mauvais médecin, me déféra, il y a quelques mois, à *Rezzonico*, premier médecin de Rome, tandis que l'autre me pourfuivait auprès du roi, et que *Rezzonico* envoya à l'ex-jéfuite, nommé

Nonotte, réfidant à Befançon, un bref dans lequel
je fuis déclaré, atteint et convaincu de plus d'une
maladie incurable. Il eft vrai que ce bref n'eft pas
tout-à-fait auffi violent que celui dont on a affublé
le duc de *Parme ;* mais enfin j'y fuis menacé de
mort fubite.

Vous favez que je n'ai pas deux cents mille
hommes à mon fervice, et que je fuis quelquefois
un peu goguenard. J'ai donc pris le parti de rire
de la médecine avec le plus profond refpect, et de
déjeûner comme les autres avec des atteftations
d'apothicaires.

Sérieufement parlant, il y a eu, à cette occafion,
des friponneries de la faculté, fi fingulières que je
ne peux vous les mander, pour ne pas-perdre de
pauvres diables qui, fans m'en rien dire, fe font
faintement parjurés pour me rendre fervice. (*) Je fuis
un vieux malade dans une pofition très-délicate,
et il n'y a point de lavement et de pilules que je
ne prenne tous les mois, pour que la faculté me
laiffe vivre et mourir en paix.

N'avez-vous jamais entendu parler d'un nommé
le Bret, tréforier de la marine, que j'ai fort connu,
et qui, en voyageant, fe fefait donner l'extrême-
onction dans tous les cabarets; j'en ferai autant quand
on voudra.

Oui, j'ai déclaré que je déjeûnais à la manière
de mon pays : mais fi vous étiez turc, m'a-t-on dit,
vous déjeûneriez donc à la façon des Turcs ? oui,
Meffieurs.

—————
(*) Ils avaient fabriqué chez le curé de Ferney, et certifié une profeffion de foi de M. de *Voltaire.*

De quoi s'avife mon gendre d'envoyer ces quatre Homélies ; elles ne font faites que pour un certain ordre de gens. Il faut, comme difent les Italiens, donner *cibo per tutti*.

Vous faurez, Madame, qu'il y a une trentaine de cuifiniers répandus dans l'Europe, qui, depuis quelques années, font des petits pâtés dont tout le monde veut manger. On commence à les trouver fort bons, même en Efpagne. Le comte d'*Aranda* en mange beaucoup avec fes amis. On en fait en Allemagne, en Italie même ; et certainement, avant qu'il foit peu, il y aura une nouvelle cuifine.

Je fuis bien fâché de n'avoir pas *la Princeffe prin-tannière* dans ma bibliothéque ; mais j'ai l'*Oifeau bleu* et *Robert le diable*. Je parie que vous n'avez jamais lu *Clélie* ni l'*Aftrée* ; on ne les trouve plus à Paris. *Clélie* eft un ouvrage plus curieux qu'on ne penfe ; on y trouve les portraits de tous les gens qui fefaient du bruit dans le monde du temps de mademoifelle *Scudéry* ; tout port-royal y eft ; le château de *Villars*, qui appartient aujourd'hui à M. le duc de *Praflin*, y eft décrit avec la plus grande exactitude.

Mais, à propos de romans, pourquoi, Madame, n'avez-vous pas appris l'italien ? Que vous êtes à plaindre de ne pouvoir pas lire, dans fa langue, l'*Ariofte*, fi déteflablement traduit en français ! Votre imagination était digne de cette lecture ; c'eft la plus grande louange que je puiffe vous donner, et la plus jufte. Soyez très-sûre qu'il écrit beaucoup mieux que *la Fontaine*, et qu'il eft cent fois plus peintre qu'*Homère*, plus varié, plus gai, plus comique, plus intéreffant, plus favant dans la connaiffance du cœur humain que tous les romanciers enfemble, à commencer par l'hiftoire de *Jofeph* et de la *Putiphar*, et à finir par *Paméla*. Je fuis tenté, toutes les années, d'aller à Ferrare, où il a un beau maufolée ; mais, puifque je ne vais point vous voir, Madame, je n'irai pas à Ferrare.

Vous me faites un grand plaifir de me dire que votre ami fe porte mieux. Mettez-moi aux pieds de votre grand'maman ; mais fi elle n'a pas le bonheur d'être folle de l'*Ariofte*, je fuis au défefpoir de fa fageffe. Portez-vous bien, Madame ; amufez-vous comme vous pourrez. J'ai encore la fièvre toutes les nuits, et je m'en moque.

Amufez-vous, encore une fois, fût-ce avec les *Quatre fils Aimon ;* tout eft bon, pourvu qu'on attrape le bout de la journée, qu'on foupe et qu'on dorme ; le refte eft vanité des vanités, comme dit l'autre ; mais l'amitié eft chofe véritable.

LETTRE XLII.

A M. GAILLARD.

A Ferney, 28 d'avril.

JE vous affure, Monfieur, qu'un vaiffeau arrive plus vîte de Moka à Marfeille, que votre *Siècle de François I* n'eft arrivé de Paris à Ferney. Mon gendre *Dupuits* l'avait laiffé à Paris ; je ne l'ai eu que depuis huit jours. Grand merci de m'avoir fait paffer une femaine fi agréable. Vous m'avez inftruit, et vous m'avez amufé : ce font deux grands fervices que vous m'avez rendus.

Je n'aime guère *François I*, mais j'aime fort votre ftyle, vos recherches, et furtout votre efprit de tolérance. Vous avez beau dire et beau faire, *Charles-quint* n'a jamais brûlé de luthériens à petit feu; on ne les a pas guindés au haut d'une perche, en fa préfence, pour les defcendre, à plufieurs reprifes, dans le bûcher, et pour leur faire favourer, pendant cinq ou fix heures, les délices du martyre. *Charles-quint* n'a jamais dit que, fi fon fils ne croyait pas la tranf-fubftantiation, il ne manquerait pas de le faire brûler, pour l'édification de fon peuple. Je ne vois guère, dans *François I*, que des actions ou injuftes, ou honteufes, ou folles. Rien n'eft plus injufte que le procès intenté au connétable qui s'en vengea fi bien, et que le fupplice de *Samblançai* qui ne fut vengé par perfonne. L'atrocité et la bêtife d'accufer un pauvre chimifte italien d'avoir empoifonné le dauphin fon maître, à l'inftigation de *Charles-quint*, doit couvrir *François I* d'une honte éternelle. Il ne fera jamais honorable d'avoir envoyé fes deux enfans en Efpagne, pour avoir le loifir de violer fa parole en France.

Quelques penfions données et mal payées à des pédans du collége royal, ne compenfent point tant d'actions odieufes; toutes fes guerres en Italie font conduites avec démence. Point d'argent, point de plan de campagne; fon royaume eft toujours expofé à la deftruction; et, pour comble de honte, il fe croit obligé de s'allier avec les Turcs, dans le temps que *Charles-quint* délivre dix-huit mille captifs chrétiens des mains de ces mêmes Turcs. En un mot,

1769.

vous me paraiffez meilleur hiftorien que l'amant de la *Piffeleu* ne me paraît un grand roi. Ce n'eft pas que je fois enthoufiafmé de fon prédéceffeur *Louis XII*, encore moins de *Charles VIII*. J'ai la confolation d'abhorrer *Louis XI*, de ne faire nul cas de *Charles VII*. Il eft trifte que la nation n'ait pas mis *Charles VI* aux petites maifons. *Charles V* du moins était affez adroit, mais il y a un intervalle immenfe entre lui et un grand-homme. Enfin, depuis St *Louis* jufqu'à *Henri IV*, je ne vois rien; auffi les recueils de l'hiftoire de France ennuient-ils toutes les nations, ainfi que moi. *David Hume* a un très-grand avantage fur l'abbé *Velly* et conforts; c'eft qu'il a écrit l'hiftoire des Anglais, et qu'en France on n'a jamais écrit l'hiftoire des Français. Il n'y a point de gros laboureur en Angleterre qui n'ait la grande charte chez lui, et qui ne connaiffe très-bien la conftitution de l'Etat. Pour notre hiftoire, elle eft compofée de tracafferies de cour, de grandes batailles perdues, de petits combats gagnés, et de lettres de cachet. Sans cinq ou fix affaffinats célèbres, et furtout fans la Saint-Barthelemi, il n'y aurait rien de fi infipide. Remarquez encore, s'il vous plaît, que nous fommes venus les derniers en tout; que nous n'avons jamais rien inventé; et qu'enfin, à dire la vérité, nous n'exiftons aux yeux de l'Europe que dans le fiècle de *Louis XIV*. J'en fuis fâhcé; mais la chofe eft ainfi. Convenez-en de bonne foi, comme je conviens que vous faites honneur au fiècle de *Louis XV*, et que vous êtes favant, exact, fage et éloquent. Croyez que mon eftime pour vous eft égale à mon mépris pour la plupart des chofes; c'était à vous à faire le Siècle

F 4

—— de *Louis XIV*. Une édition nouvelle de ce Siècle
1769. unique paraîtra bientôt. J'ai eu foin de corriger les
bévues de l'imprimeur et les miennes ; mais, comme
je ne revois point les épreuves, il y aura toujours
quelques fautes. Je me donne actuellement du bon
temps, attendu que j'ai été à la mort, il y a quinze
jours. Comptez que je vous eftimerai, que je vous
aimerai jufqu'à ce que j'aille embraffer *Quinault* et
le *Taffe*, à la barbe de *Nicolas Boileau*.

LETTRE XLIII.

A M. THIRIOT.

Le 28 d'avril.

J'AI peur que mon ancien ami ne connaiffe pas
le tripot auquel il a affaire. Je ne crois pas qu'il
y ait aucun de ces animaux-là à qui DIEU ait daigné
donner le goût et le fens commun ; ils aiment d'ailleurs
paffionnément leur intérêt, et ne l'entendent point
du tout. Il n'y en a point qui n'ait la rage de vouloir
mettre du fien dans les chofes qu'on lui confie. Ils ne
jugent jamais de l'enfemble que par la partie qui les
regarde, et dans laquelle ils croient pouvoir réuffir.

De plus, le déteftable goût d'un petit fiècle qui
a fuccédé à un grand fiècle, égare encore leur pauvre
jugement. Le vieux vin de Falerne et de Cécube ne
fe boit plus ; il faut la lie du vin plat de *la Chauffée*.

A propos de plat, rien ne ferait en effet plus plat
et plus groffier que de dire en face à un homme: *En
duffes-tu crever ;* mais le dire à un mort, me paraît
fort plaifant.

Au refte, vous avez très-bien fait de jeter la vue
fur *Préville*. Tâchez de tirer parti de la facétie du
jeune magiftrat. Je crois que l'aréopage hiftrionique
n'eft pas riche en comédies. Tous les jeunes gens
qui ont la rage des vers font des tragédies dès qu'ils
fortent du collège.

L'épitre de M. de *Ruhlières* eft pleine d'efprit, de
vérité, de gaieté et de vers charmans; elle mérite
d'être parfaite. Je lui écris ce que j'en penfe. (*)

Bonfoir; je fuis bien malade, mais j'ai encore de
la force. Il eft défendu aux malades de trop caufer,
ainfi je vous embraffe fans bavarder davantage. Je
vous envoie un de mes *Teftamens* pour vous amufer.

LETTRE XLIV.

A M. L'ABBÉ FOUCHER,

DE L'ACADEMIE ROYALE DES BELLES - LETTRES,

(*Ecrite fous le nom de l'abbé Bigex.*)

A Ferney, 30 d'avril.

MONSIEUR,

JE fuis un homme de lettres, et je n'ai jamais rien
publié; ainfi je fuis auffi obfcur que beaucoup de
mes confrères qui ont écrit. Je fuis à la campagne
depuis quelques années, auprès d'un bon vieillard
qui, en fon temps, ne laiffa pas d'écrire beaucoup,

(*) Voyez le volume des Lettres en vers et en profe.

et qui cependant eft fort connu. J'ai eu l'honneur de vivre familièrement avec le neveu de feu l'abbé *Bazin* qui répondit fi poliment et fi plaifamment à M. *Larcher*, ce fuperbe ennemi de l'abbé *Bazin*. Permettez que j'aye auffi l'honneur de vous répondre. Je n'entends rien à la raillerie ; mais j'efpère que vous ferez content de ma politeffe.

On m'a mandé, Monfieur, que vous aviez bien maltraité le bon vieillard auprès de qui je cultive les lettres ; on dit que c'eft dans le vingt-feptième volume des *Mémoires de l'académie des belles-lettres*, page 331. Je n'ai point ce livre ; c'eft à vous à voir, Monfieur, fi les paroles qu'on m'a rapportées font les vôtres ; les voici : ,, M. de *Voltaire*, par ,, une méprife affez fingulière, transforme en homme ,, le titre du livre intitulé *le Sadder. Zoroaftre*, dit-il, ,, dans les écrits confervés par *Sadder*, feint que ,, DIEU lui fit voir l'enfer et les peines réfervées ,, aux méchans, &c. Je parierais bien que M. de ,, *Voltaire* n'a pas lu le *Sadder*, &c.

Permettez, Monfieur, que je défende, devant vous et devant l'académie des belles-lettres, la caufe d'un homme hors de combat, qui ne peut fe défendre lui-même. J'ai confulté le livre que vous citez, et que vous cenfurez. Le titre n'eft pas *Hiftoire univerfelle*, comme vous le dites, mais Effai fur l'hiftoire générale et fur les mœurs et l'efprit des nations. L'endroit que vous citez, et fur lequel vous offrez de parier, eft à la page 63 de la nouvelle édition de 1761, tome I. Voici les propres paroles : ,, C'eft dans ces dogmes qu'on ,, trouve, ainfi que dans l'Inde, l'immortalité de ,, l'ame, et une autre vie heureufe ou malheureufe.

,, C'eſt là qu'on voit expreſſément un enfer. *Zoroaſtre*, ,, dans les écrits que le *Sadder* a rédigés, dit que 1769. ,, DIEU lui fit voir cet enfer, et les peines réſervées ,, aux méchans, &c.,,

Vous voyez bien, Monſieur, que l'auteur n'a point dit, *Zoroaſtre*, *dans les écrits conſervés par Sadder.* Vous concevez bien que *le Sadder* ne peut pas être un homme, mais un écrit. C'eſt ainſi qu'on dit, les choſes annoncées par l'Ancien teſtament, et prouvées par le Nouveau ; la deſtruction de Troye négligée par *Homére*, et connue par l'*Enéide ;* l'*Iliade d'Homére* abrégée par la traduction de *la Mothe ;* les *Fables d'Eſope* embellies par les *Fables de la Fontaine.*

Vous voulez parier, Monſieur, que ce pauvre bon homme, que vous traitez un peu durement, n'a jamais lu le *Sadder.* Je lui ai montré aujourd'hui la petite correction que vous lui faites, et votre offre de lui gagner ſon argent. ,, Hélas ! m'a-t-il dit, ,, qu'il ſe garde bien de parier, il perdrait à coup ſûr. ,, Je me ſouviens d'avoir lu autrefois dans le *Sadder*, ,, porte 32 : *Si quelque homme docte veut lire le livre* ,, *de Veſta, il faut qu'il en apprenne les propres paroles,* ,, *afin qu'il puiſſe citer juſte.* C'eſt un excellent ,, conſeil que le *Sadder* donne aux critiques.

,, Le même *Sadder*, porte 46, dit, (autant qu'il ,, m'en ſouvient) : *Il ne faut pas reprendre injuſtement* ,, *et tromper les lecteurs ; c'eſt le péché d'Hamimâl :* ,, *quand vous avez été coupable de ce péché, il faut* ,, *faire excuſe à votre adverſaire ; car, ſi votre adverſaire* ,, *n'eſt pas content de vous, ſachez que vous ne pourrez* ,, *jamais paſſer, après votre mort, ſur le pont aigu.* ,, *Allez donc trouver votre adverſaire que vous avez*

,, *contriflé mal à propos ; dites-lui : J'ai tort , je m'en*
,, *repens ; fans quoi il n'y a point de falut pour vous.*

,, Il faut encore, m'a dit ce bon vieillard, que
,, M. l'abbé *Foucher* ait la bonté de lire les portes
,, 57 et 58 ; il y verra que DIEU ordonne *qu'on dife*
,, *toujours la vérité*. Je ne doute pas que M. l'abbé
,, *Foucher* n'aime beaucoup la vérité. Il a bien dû
,, concevoir qu'il eſt impoſſible que le *Sadder*
,, fignifie un homme, et non pas un livre. Les
,, Italiens font le feul peuple de la terre chez qui
,, on accorde l'article *le* aux auteurs. Le *Dante* ,
,, le *Pulci*, le *Boyardo*, l'*Arioſte*, le *Taſſe* ; mais
,, on n'a jamais dit chez les Latins, le *Virgile*, ni
,, chez les Grecs, l'*Homère* ; ni chez les Aſiatiques,
,, l'*Efope* ; ni chez les Indiens, le *Brama* ; ni chez
,, les Perfans, le *Zoroaſtre* ; ni chez les Chinois, le
,, *Confutzé*. Il était donc impoſſible que le *Sadder*
,, fignifiât un homme et non pas un livre. Il eſt
,, donc néceſſaire et décent que cette petite bévue
,, de M. l'abbé *Foucher* foit corrigée , et qu'il ne
,, tombe plus dans le péché d'*Hamimâl*.

,, Quant au pari qu'il veut faire, il eſt vrai que
,, *Roquebrune*, dans le *Roman comique*, offre toujours
,, de parier cent piſtoles ; il eſt vrai que *Montagne*
,, dit : *Il faut parier, afin que votre valet puiſſe vous*
,, *dire au bout de l'année : Monſieur, vous avez perdu*
,, *cent écus en vingt fois pour avoir été ignorant et*
,, *opiniâtre*. Je ne crois point M. l'abbé *Foucher*
,, ignorant, au contraire, on m'a dit qu'il était
,, très-favant. Je ne crois point non plus qu'il foit
,, opiniâtre, et je ne veux lui gagner ni cent piſtoles
,, ni cent écus. ,,

Voilà, Monſieur, mot pour mot, tout ce que
m'a dit l'homme plus que ſeptuagénaire, et fort près
d'être octogénaire, que vous avez voulu contriſter
au mépris des lois du *Sadder*. Il n'eſt nullement fâché
de votre mépriſe ; il vous eſtime beaucoup : j'en
uſe de même, et c'eſt avec ces ſentimens que j'ai
l'honneur d'être, &c. *Bigex.*

LETTRE XLV.

A M. LE KAIN.

30 d'avril.

On avait prévenu, il y a quinze jours, mon cher
ami, le réſultat que vous m'avez envoyé. Le jeune
homme dont il eſt queſtion donne de grandes eſpé-
rances ; car, ayant fait cet ouvrage avec une rapidité
qui m'étonne, et n'ayant pas mis plus de douze
jours à le compoſer, il s'eſt fait la loi de l'oublier
pendant quatre ou cinq mois, et de le retoucher
enſuite de ſang froid avec autant de ſoin qu'il y
avait mis d'abord de vivacité. Des raiſons eſſentielles
l'obligent à garder l'incognito. Je penſe que plus
il ſera inconnu, plus il pourra vous être utile ; que
la pièce d'ailleurs me paraît ſage, d'une morale très-
pure, et remplie de maximes qui doivent plaire à
tous les honnêtes gens.

On peut faire des applications malignes, mais il
me ſemble qu'elles feraient bien forcées. Le Tartuffe
et Mahomet ſont certainement ſuſceptibles d'alluſions

—— plus dangereuſes ; cependant on les repréſente ſouvent ſans que perſonne en murmure.

L'intérêt que je prends au jeune auteur, et mon amour pour la tolérance, qui eſt en effet le ſujet de la pièce, me font déſirer paſſionnément que cette tragédie paraiſſe, embellie par vos rares talens.

Si on s'obſtinait à reconnaître l'inquiſition dans le tribunal des prêtres païens, je n'y vois ni aucun mal, ni aucun danger. L'inquiſition a toujours été abhorrée en France. On vient de couper les griffes de ce monſtre en Eſpagne et en Portugal. Le duc de *Parme* a donné à tous les ſouverains l'exemple de la détruire. Si les mauvais prêtres ſont peints dans la pièce avec les traits qui leur conviennent, l'éloge des bons prêtres ſe trouve en pluſieurs endroits.

Enfin, le jugement de l'empereur, qui termine l'ouvrage, paraît dicté pour le bonheur du genre-humain.

J'ai prié M. d'*Argental*, de la part de l'auteur, de me renvoyer votre manuſcrit, ſur lequel on porterait incontinent ſoixante ou quatre-vingts vers nouveaux qui me ſemblent fortifier cet ouvrage, augmenter l'intérêt, et rendre encore plus pure la ſaine morale qu'il renferme. Je renverrais le manuſ-crit ſur le champ ; il n'y aurait pas un moment de perdu.

Je crois que, dans les circonſtances préſentes, il conviendrait que la pièce fut jouée ſans délai, fût-ce dans le cœur de l'été. L'auteur ne demande point un grand nombre de repréſentations ; il ne veut point de rétribution ; il ne ſouhaite que le ſuffrage des connaiſſeurs et des gens de bien. Quand la pièce aura paffé une fois à la police, elle reftera à vos camarades, et la fingularité du fujet pourra attirer toujours un grand concours.

J'ai mandé, autant qu'il m'en fouvient, à monfieur et à madame d'*Argental*, tout ce que je vous écris. Je m'en rapporte entièrement à eux. Ils honorent l'ouvrage de leur approbation ; ils peuvent le favo-rifer, non-feulement par eux-mêmes, mais par leurs amis. On attend tout de leur bonté, de leur zèle et de leur prudence.

Je vous embraffe de tout mon cœur, mon cher grand acteur, et je vous prie de feconder, de tout votre pouvoir, les bons offices de mes refpectables amis. *V.*

LETTRE XLVI.

A M. LE COMTE D'ARGENTAL.

Mai.

Voici, mon divin ange, ma réponfe à *le Kain* et aux idées du tripot, dont quelques-unes font bonnes et d'autres très-mauvaifes. La vie eft courte. J'attends, avec impatience, le manufcrit que je vous ai demandé.

Béni foit cependant le duc de *Parme*, béni foit le comte d'*Aranda ;* béni foit le comte de *Carvalho* qui a fait incarcérer l'évêque de Coimbre, lequel évêque avait fourré mon nom, affez mal à propos, dans un mandement féditieux, s'en prenant à moi de ce que les yeux de l'Europe commençaient à s'ouvrir. Son mandement a été brûlé par monfieur le bourreau de Lisbonne ; mais à Paris la grand'-chambre a fait brûler le poëme de la Loi naturelle, l'ouvrage le plus patriotique et le plus véritablement pieux qu'ait notre poëfie françaife. Cette bêtife barbare eft digne de ceux qui ont voulu profcrire l'ino-culation. Les Velches feront long-temps velches. Le fond de la nation eft fou et abfurde ; et, fans une vingtaine de grands-hommes, je la regarderais comme la dernière des nations.

Je tremble beaucoup pour le mari d'une très-aimable femme que madame *du Deffant* appelle fa grand'maman, et que madame *Denis* alla voir en revenant à Paris. J'ai peur qu'il n'y ait des changemens qui vous feraient défagréables, et dont je ferais extrêmement affligé. Cependant il faut s'at-tendre à tout, et être bien fûr de tout regarder avec des yeux philofophiques.

J'efpère que mes anges feront toujours auffi heureux qu'ils méritent de l'être.

M. du *Tillot* n'eft-il pas toujours premier miniftre de *Parme* ? mais n'a-t-il pas un autre nom et un autre titre ?

LETTRE

LETTRE XLVII. 1769.

AU MEME.

3 de mai.

Il y a peut-être, mon cher ange, je ne sais quoi de fat à vous envoyer sa médaille; mais il faut que du moins je vous présente mes hommages en effigie, puisque je ne peux les apporter en personne.

L'ami *Marin* m'a appris qu'il y a un conseiller du châtelet qui n'est pas conseiller du Parnasse; cela ne m'étonne ni ne m'épouvante. Renvoyez-moi toujours les Guèbres; on y inférera environ quatre-vingts vers nouveaux que l'auteur m'a envoyés; on y mettra un petit mot de préface, dans laquelle on dira que l'auteur avait fait d'abord de cette pièce une tragédie chrétienne; que, sur les représentations de ses amis, il avait cru le christianisme trop respectable pour le mettre encore sur le théâtre, après tant de tragédies saintes que nous avons; qu'il a substitué les Guèbres aux chrétiens, avec d'autant plus de vraisemblance que les Guèbres ou Parsis étaient alors persécutés. On pourrait alors faire entendre raison à ce maudit conseiller; on pourrait s'adresser, par madame d'*Egmont*, à M. de *Richelieu*, si vous approuvez cette tournure. Au pis aller, on ferait imprimer l'ouvrage bien corrigé et un peu embelli, avec une préface honnête pour l'édification du prochain.

On ne fera rien sans l'ordre de mes anges

LETTRE XLVIII.

A M. LE PRINCE DE LIGNE.

5 de mai.

Vous daignez quelquefois, monfieur le Prince, ranimer, par vos bontés, un vieillard malade. Quoique je fois mort au monde, votre fouvenir ne m'en eft pas moins précieux.

Vous jouiffez à préfent des plaifirs de Paris, et vous les faites ; mais je fuis perfuadé qu'au milieu de ces plaifirs, vous goûtez la noble fatisfaction de voir le règne de la raifon qui s'avance par-tout à grands pas. *Ferdinand II* n'aurait jamais ofé profcrire la bulle *In cœna domini*. Il y aura enfin dès philofophes à Vienne, et même à Bruxelles. Les hommes apprendront à penfer, et vous ne contribuerez pas peu à cette bonne œuvre.

On fubftitue déjà, prefque par-tout, la religion au fanatifme. Les bûchers de l'inquifition font éteints en Efpagne et en Portugal. Les prêtres apprennent enfin qu'ils doivent prier DIEU pour les laïques, et non les tyrannifer. On n'aurait jamais ofé imaginer cette révolution, il y a cinquante ans ; elle confole ma vieilleffe que vous égayez par votre très-aimable lettre.

Agréez, monfieur le Prince, avec votre bonté ordinaire, le refpect et l'attachement du folitaire *V.*

LETTRE XLIX.

A M. L'ABBÉ AUDRA,

Baron de Saint-Juſt, chanoine de Touloufe, profeffeur royal d'hiſtoire en la même ville.

Le 5 de mai.

Vous voilà donc, Monſieur, profeſſeur en incertitudes: vous ne le ferez jamais en menſonges. Si j'étais plus jeune, ſi j'avais de la ſanté, je travaillerais de bon cœur à ce que vous me propoſez; mais je vois que je ferai obligé de m'en tenir à la Philoſophie de l'hiſtoire. Si vous n'avez point ce petit livre, j'aurai l'honneur de vous l'envoyer par la voie que vous m'indiquerez.

Sirven ſera ſans doute allé conſulter ſecrétement ſes parens et ſes amis vers Mazamet. Je me repoſe de la juſtice qu'on lui doit, fur vos bontés et fur celles des magiſtrats à qui vous avez inſpiré tant de bienveillance pour lui. Sa cauſe d'ailleurs eſt ſi bonne et ſi claire, qu'il faudrait être également aveugle et méchant pour le condamner.

Je voudrais être caché dans un coin à Touloufe, le jour que ſon innocence ſera reconnue. S'il faut faire partir ſes filles, je les enverrai à Touloufe au premier ordre que vous me donnerez. Je ne trouverai rien dans l'hiſtoire moderne qui me plaiſe davantage que la juſtification des *Calas* et des *Sirven.*

Adieu, Monſieur; on ne peut vous eſtimer et vous aimer plus que vous l'êtes du ſolitaire *V.*

G 2

LETTRE L.

A M. LE COMTE D'ARGENTAL.

8 de mai.

ON renvoie aux divins anges, les Deux frères, avec les quatre-vingts vers nouveaux qu'on avait promis. On y ajoute la préface honnête qui doit faire paffer l'ouvrage, fi on a encore le fens commun à Paris. Il me paraît jufte que *Marin* et *le Kain* partagent le profit de l'édition.

Mes chers anges font tout ébouriffés d'un déjeûné par-devant notaire; mais s'ils favaient que tout cela s'eft fait par le confeil d'un avocat qui connaît la province; s'ils favaient à quel fanatique fripon j'ai affaire, et dans quel extrême embarras je me fuis trouvé, ils avoueraient que j'ai très-bien fait. On ne peut donner une plus grande marque de mépris pour ces facéties que de les jouer foi-même. Ceux qui s'en abftiennent paraiffent les craindre ; c'eft le cas de qui vous favez : on dit que laquelle vous favez affiche auffi la dévotion : mais vraiment c'eft très-bien fait; car je fuis très-dévot auffi, et fi dévot que j'ai reçu des lettres datées du conclave.

Je ne manquerai pas, mon cher ange, de prendre le parti que vous me propofez, fi on me rembourfe. J'aime à être à l'ombre de vos ailes dans le temporel comme dans le fpirituel.

N'avez-vous pas perdu un peu à Cadix avec les *Gilli* ? J'en ai été pour quarante mille écus. J'ai perdu, en ma vie, cinq ou six fois plus que je n'ai eu de patrimoine; auffi ma vie eft-elle un peu fingulière. DIEU a tout fait pour le mieux.

Portez-vous bien tous deux, mes anges, c'eft-là le point capital. *V.*

1769.

LETTRE LI.

A M. LE CARDINAL DE BERNIS.

Du 8 de mai.

PUISQUE vous êtes encore, Monfeigneur, dans votre caiffe de planches, en attendant le Saint-Efprit, il eft bien jufte de tâcher d'amufer votre éminence.

Vous avez lu, fans doute, actuellement les *Quatre faifons* de M. de *Saint-Lambert.* Cet ouvrage eft d'autant plus précieux qu'on le compare à un poëme qui a le même titre, et qui eft rempli d'images riantes, tracées du pinceau le plus léger et le plus facile. Je les ai lus tous deux avec un plaifir égal. Ce font deux jolis pendans pour le cabinet d'un agriculteur tel que j'ai l'honneur de l'être. Je ne fais de qui font ces *Quatre faifons*, à côté defquelles nous ofons placer le poëme de M. de *Saint-Lambert.* Le titre porte par M. le c. de *B...*; c'eft apparemment M. le cardinal de *Bembo.* On dit que ce cardinal était l'homme du monde le plus aimable, qu'il aima la littérature toute fa vie, qu'elle augmenta fes plaifirs ainfi que fa confidération, et qu'elle adoucit fes chagrins, s'il en eut. On prétend qu'il

G 3

n'y a actuellement, dans le facré collége, qu'un feul homme qui reffemble à ce *Bembo*, et moi je tiens qu'il vaut beaucoup mieux.

Il y a un mois que quelques étrangers étant venus voir ma cellule, nous nous mîmes à jouer le pape aux trois dés : je jouai pour le cardinal *Stopani*, et j'amenai rafle ; mais le Saint-Efprit n'était pas dans mon cornet ; ce qui eft fûr, c'eft que l'un de ceux pour qui nous avons joué fera pape. Si c'eft vous, je me recommande à votre fainteté. Confervez, fous quelque titre que ce puiffe être, vos bontés pour le vieux laboureur *V.*

Fortunatus et ille deos qui novit agreftes.

LETTRE LII.

A MADAME

LA DUCHESSE DE CHOISEUL.

A Lyon, le 20 de mai.

MADAME,

RAPPORT que votre Excellence m'a t'ordonné de lui envoyer les livrets facétieux qui pourraient m'arriver d'Hollande, je vous dépêche celui-ci dans lequel il me paraît qu'il y a force chofes concernant la cour de Rome, dans le temps qu'on s'y réjouiffait, et que le Saint-Efprit créait des papes de trente-cinq ans. Ce livret vient à propos dans un temps de conclave.

Je me doute bien que monfeigneur votre époux n'a pas trop le temps de lire les aventures d'*Amabed* et d'*Adaté*, et d'examiner fi les premiers livres indiens ont environ cinq mille ans d'antiquité. Des couriers qui ont paffé dans ma boutique m'ont dit que madame était à Chanteloup, et que, dans fon loifir, elle recevrait bénignement ces feuilles des Indes.

Pendant que je fefais le paquet, il a paffé trois capitaines du régiment des gardes-fuiffes, qui difaient bien des chofes de monfeigneur votre époux. J'écoutai bien attentivement. Voici leurs paroles : *Jarnidié, fi jamais il lui arrivait de fe féparer de nous, nous ne fervirions plus perfonne, et tous nos camarades penfent de même.* Ces juremens me firent plaifir, car je fuis une efpèce de fuiffe, et je lui fuis attaché tout comme eux, quoique je ne monte pas la garde.

Ces fuiffes qui revenaient de Verfailles, dirent après cela tant de bagatelles, tant de pauvretés, par rapport au pays dont ils venaient, que je levai les épaules, et je me remis à mon ouvrage. Oh, voyez-vous, Madame, je laiffe aller le monde comme il va ; mais je ne change jamais mon opinion, tant je fuis têtu. Il y a foixante ans que je fuis paffionné pour *Henri IV*, pour *Maximilien de Rofni*, pour le cardinal d'*Amboife* et quelques perfonnes de cette trempe ; je n'ai pas changé un moment : auffi tout le monde me dit : M. *Guillemet*, vous êtes un bon cœur, il y a plaifir avec vous à bien faire ; il eft vrai que vous prenez la chèvre quand on vous dit qu'il faut vous enterrer, mais auffi vous entendez raillerie. Tâchez d'envoyer des rogatons à madame la grand'maman, car en son genre madame vaut monsieur. La journée n'a que vingt-quatre heures, M. *Guillemet*, heureux qui peut l'amuser une heure dans les vingt-quatre ! c'est beaucoup. N'écrivez jamais de longues lettres à madame la grand'maman, de peur de l'ennuyer, et n'écrivez point du tout à son époux ; contentez-vous de lui souhaiter, du fond du cœur, prospérité, hilarité, succès en tout, et jamais de gravelle. Sachez qu'il lui passe tant de sottises, de misères, de bêtises devant les yeux, que vous ne devez pas en augmenter le nombre. Ainsi donc, pour couper court, je demeure avec un très-grand respect, Madame, de votre Excellence, le très-soumis et humble serviteur,

Guillemet, *typographe*.

LETTRE LIII.

A M. LE COMTE D'ARGENTAL.

23 de mai.

MES chers anges, je réponds à tous les articles de votre lettre du 15 de mai. Parlons d'abord des Guèbres, *Zoroastre* m'intéresse plus que *Luchet*.

Le jeune homme regarde cet ouvrage comme une chose assez essentielle, parce qu'au fond quatre ou cinq cents mille personnes sentiront bien qu'on a parlé en leur nom, et que quatre ou cinq mille philosophes sentiront encore mieux que c'est leur sentiment qu'on a exprimé. Il a donc, depuis sa dernière lettre, passé huit jours à tout réformer ; il a corrigé toutes les fautes qui fe gliffent néceffairement dans les ouvrages de ce genre, avant qu'ils aient été polis avec le dernier foin.; termes impropres, mots répétés, contradictions apparentes rectifiées, entrées et forties mieux ménagées, additions néceffaires, rien n'a été oublié. Il faudrait donc encore faire une nouvelle copie. On prend le parti de faire imprimer la pièce à Genève. L'auteur et l'éditeur me la dédient. Ce qu'on me dit dans la dédicace était d'une néceffité abfolue dans la fituation où je me trouve. Cette édition fera pour les pays étrangers et pour quelques provinces méridionales de France. L'édition de Paris fera pour Paris, et doit valoir honnêtement à M. *Marin* et à *le Kain*. Je vous enverrai, dans huit ou dix jours, la préface, l'épître dont on m'honore, et la pièce.

Vous me parlez d'un nommé *Jofferand*; je ne favais pas qu'il exiftât, encore moins les obligations qu'il vous avait. On ne me mande rien dans mon tombeau. Ce *Jofferand* m'écrivit, il y a près d'un mois, de lui envoyer un billet fur *Laleu*; j'en donnai un autre à la nommée *Suiffe*, fon affociée.

A l'égard des Scythes, je baife le bout de vos ailes avec la plus tendre reconnaiffance. Si mademoifelle *Veftris* joue bien, je ne défefpère pas du fuccès.

A l'égard du déjeûné, je vous répète qu'il était indifpenfable. Vous ne favez pas avec quelle fureur la calomnie facerdotale m'a attaqué. Il me fallait un bouclier pour repouffer les traits mortels qu'on me lançait. Voulez-vous toujours oublier que je fuis dans un diocèfe italien, et que j'ai dans mon portefeuille la copie d'un bref de *Rezzonico* contre moi?

—— voulez-vous oublier que j'allais être excommunié comme le duc de Parme et vous? voulez-vous oublier enfin que, lorfqu'on mit un bâillon à *Lalli*, et qu'on lui eut coupé la tête pour avoir été malheureux et brutal, le roi demanda s'il s'était confeffé? voulez-vous oublier que mon évêque favoyard, le plus fanatique et le plus fourbe des hommes, écrivit contre moi au roi, il y a un an, les plus abfurdes impoftures; qu'il m'accufa d'avoir prêché dans l'églife où fon grand-père le maçon a travaillé? Il eft très-faux que le roi lui ait fait répondre, par M. de *Saint-Florentin*, qu'il ne voulait pas lui accorder la grâce qu'il demandait. Cette grâce était de me chaffer du diocèfe, de m'arracher aux terres que j'ai défrichées, à l'églife que j'ai rebâtie, aux pauvres que je loge et que je nourris. Le roi lui fit écrire qu'il me ferait ordonner de me conformer à fes fages avis; c'eft ainfi que cette lettre fut conçue. L'évêque maçon a eu l'indifcrétion inconcevable de faire imprimer la lettre de M. de *Saint-Florentin*. Ce poliffon de favoyard a été autrefois porte-Dieu à Paris, et repris de juftice pour les billets de confeffion. Il s'eft joint avec un miférable ex-jéfuite, nommé *Nonotte*, excrément franc-comtois, pour obtenir ce bref dont je vous ai parlé. Ils m'ont imputé les livres les plus abominables: ils auront beau faire, je fuis meilleur chrétien qu'eux; je leur pardonne comme à *la Bletterie*. J'édifie tous les habitans de mes terres, et tous les voifins, en communiant. Ceux que leurs engagemens empêchent d'approcher de ce facrement augufte ont une raifon valable de s'en abftenir; un homme de mon âge n'en a point après douze accès de fièvre. Le roi veut qu'on rempliffe fes devoirs de chrétien : non-feulement je m'acquitte de mes devoirs, mais j'envoie mes domeftiques catholiques régulièrement à l'églife, et mes domeftiques proteftans régulièrement au temple; je penfionne un maître d'école pour enfeigner le catéchifme aux enfans. Je me fais lire publiquement l'*Hiftoire de l'Eglife* et les *Sermons de Maffillon* à mes repas. Je mets l'impofteur d'Annecy hors de toute mefure, et je le traduirai hautement au parlement de Dijon, s'il a l'audace de faire un pas contre les lois de l'Etat. Je n'ai rien fait et je ne ferai rien que par le confeil de deux avocats, et ce monftre fera couvert de tout l'opprobre qu'il mérite. Si par malheur j'étais perfécuté, ce qui eft affez le partage des gens de lettres qui ont bien mérité de leur patrie, plufieurs fouverains, à commencer par le pôle, et à finir par le quarante-deuxième degré, m'offrent des afiles. Je n'en fais point de meilleur que ma maifon et mon innocence; mais enfin tout peut arriver. On a pendu et brûlé le confeiller *Anne Dubourg*. L'envie et la calomnie peuvent au moins me chaffer de chez moi; et, à tout hafard, il faut avoir de quoi faire une retraite honnête.

C'eft dans cette vue que je dois garder le feul bien libre qui me refte; il faut que j'en puiffe difpofer d'un moment à l'autre : ainfi, mes chers anges, il m'eft impoffible d'entrer dans l'entreprife *luchette*.

Je fais ce qu'ont dit certains barbares; et quoique je n'aye donné aucune prife, je fais ce que peut leur méchanceté. Ce n'eft pas la première fois que

1769.

j'ai été tenté d'aller chercher une mort paisible à quelques pas des frontières où je suis; et je l'aurais fait, si la bonté et la justice du roi ne m'avaient rassuré.

Je n'ai pas long-temps à vivre, mais je mourrai en remplissant tous mes devoirs, en rendant les fanatiques exécrables, et en vous chérissant autant que je les abhorre. *V.*

LETTRE LIV.

A MADAME

LA DUCHESSE DE CHOISEUL.

Lyon, 24 de mai, en ma boutique.

MADAME,

Aujourd'hui il est venu vingt personnes dans ma boutique qui, en parlant toutes ensemble, selon la coutume, criaient : Nous sommes à *Corte*, et il triomphera de tout. Je leur dis : Je ne sais pas ce que c'est que *Corte*.

> Ma benche fossi guardian de gli orti,
> Vidi e connovi pur l'inique corti.

Je vous dis, me répliquèrent-ils, qu'il sera appelé *Corsicus*, en dépit de l'envie. Je n'entends rien à tout cela, Madame; mais j'ai cru devoir vous en donner avis, à cause de la grande joie dont j'ai été témoin,

et à caufe que j'ai l'honneur d'être par hafard votre ——
typographe, me fignant avec un profond refpect, **1769.**
Madame, votre très-humble et très-obéiffant ferviteur,

Guillemet.

LETTRE LV.

A M. THIRIOT.

Le 29 de mai.

Vous faurez, mon ancien ami, que le jeune magiftrat attendait le livre de l'abbé de *Châteauneuf*, pour
faire une préface dans laquelle il voulait faire connaître le caractère de la célèbre *Ninon* que *Préville*
ne connaît point du tout. Je l'avais flatté que ce petit
livre pourrait venir par la pofte ; mais, comme vous
l'avez envoyé par les voitures publiques, il n'arrivera que dans trois femaines. Je n'en fuis pas fâché ;
l'auteur aura tout le temps de limer fon ouvrage
qu'il veut intituler le *Dépofitaire*, et non pas *Ninon*,
parce qu'en effet le dépôt fait par *Gourville* à un
dévot, eft le principal fujet de fa pièce, et tout le
refte paraît acceffoire.

Il eft vrai que l'ouvrage n'eft pas dans le goût
moderne, et je craindrais même que la paffion de
boire, qui était autrefois un goût du bel air, et qui
eft aujourd'hui hors de mode, ne parût infipide.
J'ai pris la liberté de dire à l'auteur qu'un tel rôle
ne peut réuffir que quand il eft fupérieurement joué,

et je l'ai engagé à livrer sa pièce à l'impreſſion plutôt qu'au théâtre. Il vous l'enverra donc dès qu'il y aura mis la dernière main, et vous en ferez tout ce qu'il vous plaira. Quoique l'on ſoit aujourd'hui très-ſévère, et qu'on s'effarouche de tout ce qui aurait paſſé ſans difficulté du temps de *Moliére*, je crois que vous obtiendrez aiſément une permiſſion. Il eſt plus aiſé à préſent d'être imprimé que d'être joué.

S'il y a quelques nouvelles dans la littérature, je me flatte que vous m'en donnerez. Je ne crois pas que vous ſoyez au fait de ce qu'on imprime en Hollande. *Marc-Michel Rey* a donné une Hiſtoire du parlement de Paris, que les connaiſſeurs jugent fidelle et impartiale. Connaiſſez-vous le Cri des nations? avez-vous entendu parler des aventures d'un indien et d'une indienne mis à l'inquiſition à Goa, du temps de *Léon X*, et conduits à Rome pour être jugés? Il y a, dans cet ouvrage, une comparaiſon continuelle de la religion et des mœurs des brames avec celles de Rome. L'ouvrage m'a paru un peu libre, mais curieux, naïf et intéreſſant. Il eſt écrit en forme de lettres, dans le goût de *Paméla*. Le titre eſt : *Lettres d'Amabed et d'Adaté*. Mais dans les ſix tomes de *Paméla* il n'y a rien : ce n'eſt qu'une petite fille qui ne veut pas coucher avec ſon maître, à moins qu'il ne l'épouſe; et les Lettres d'*Amabed* font le tableau du monde entier, depuis les rives du Gange juſqu'au vatican.

Adieu, mon ancien ami, qui êtes mon cadet de pluſieurs années; votre vieil ami vous embraſſe.

LETTRE LVI.

A M. LE CARDINAL DE BERNIS.

A Ferney , 12 de juin.

Viva il cardinale Bembo e la poëſia.

J'AI lu, je ne ſais où, que le cardinal *Bembo* était d'une très-ancienne maiſon, et que de plus il était fort aimable ; mais que c'était la *poëſia* qui avait commencé à le faire connaître , et que , ſans les belles-lettres , il n'aurait pas fait une grande fortune. Il était véritablement très-bon poëte , car

Sapere eſt principium et fons.

Votre éminence fait-elle que votre correſpondant, M. le duc de *Choiſeul* , eſt auſſi notre confrère ? Il y a quelques années qu'étant piqué au jeu ſur une affaire fort extraordinaire, il m'envoya une vingtaine de ſtances de ſa façon , qu'il fit en moins de deux jours. Elles étaient nobles, elles étaient fières , il y en avait de très-agréables , l'ouvrage en tout était fort ſingulier. Je vous confie cela comme à un archevêque , ſous le ſecret de la confeſſion.

Je ne crois pas que *Clément XIV* ſoit un *Bembo ;* mais , puiſque vous l'avez choiſi , il mérite ſurement la petite place que vous lui avez donnée. Or, Monſeigneur, comme dans les petites places on peut faire de petites grâces, il peut m'en faire une , et je vous demande votre protection ; elle ne coûtera rien ni à ſa ſainteté , ni à votre éminence , ni à moi ;

—— il ne s'agit que de la permiſſion de porter la perruque. Ce n'eſt pas pour mon vieux cerveau brûlé que je demande cette grâce, c'eſt pour un autre vieillard (ci-devant ſoi-diſant jéſuite, ne vous en déplaiſe,) lequel me ſert d'aumônier.

Ferney eſt comme Albi, auprès des montagnes; mais notre hiver eſt incomparablement plus rude que celui d'Albi. Je vois de ma fenêtre quarante licues de la partie des Alpes qui eſt couverte d'une neige éternelle. Les ruſſes qui ſont venus chez moi m'ont avoué que la Sibérie eſt un climat plus doux que le mien, au mois de décembre et de janvier. Nos curés qui ſont nés dans le pays, peuvent ſupporter l'horreur de nos frimats; et quoiqu'ils ſoient tous des têtes à perruque, ils n'en portent cependant pas; ils ont même fait vœu d'être chauves en diſant la meſſe. Mon aumônier eſt lorrain, il a été élevé en Bourgogne, il n'a point fait le vœu de s'enrhumer; il eſt malade, et ſujet à de violens rhumatiſmes; il priera DIEU de tout ſon cœur pour votre éminence, ſi vous voulez bien avoir la bonté d'employer l'autorité du vicaire de JESUS-CHRIST pour couvrir le crâne de ce pauvre diable.

Je ne vous cacherai point que notre évêque d'Annecy eſt un fanatique, un homme à billets de confeſſion, à refus de ſacremens. Il a été vicaire de paroiſſe à Paris, et s'y eſt fait des affaires pour ces belles équipées: en un mot, j'ai beſoin de toute la plénitude du pouvoir apoſtolique pour coiffer celui qui me dit la meſſe. Je ne puis avoir d'autre aumônier que lui; il eſt à moi depuis près de dix ans; il me ferait impoſſible d'en trouver un autre qui

me

me convînt autant. Je vous aurai une très-grande
obligation, Monfeigneur, fi vous daignez m'en- 1769.
voyer, le plutôt qu'il fera poffible, un beau bref
à perruque.

Je ne fais fi vous avez continué monfieur l'archevêque de Calcédoine dans fon pofte de fecrétaire des
brefs ; je me doute que non : mais, qui que ce foit
qui ait cette place, j'imagine qu'il eft votre fecrétaire.

Votre éminence gouverne Rome et la barque de
St *Pierre*, ou je me trompe fort. Si je n'obtiens pas
ce que je demande, je m'en prendrai à vous.

Ma lettre n'a rien d'un bref, elle eft trop longue.
Je vous fupplie de me pardonner et de conferver
pour ma vieille tête et pour mon jeune cœur des
bontés dont je fais plus de cas que de toutes les per-
ruques poffibles. *V.*

N. B. Voici un petit mémoire du fuppliant ; c'eft
trop abufer de votre charité que de vous fupplier
d'ordonner que la fupplique foit rédigée felon la
forme ufitée.

N. B. M. le duc de *Choifeul* me fit avoir, haut la
main, de la part de *Clément XIII*, des reliques pour
l'autel de ma paroiffe ; M. le cardinal *Bembo* n'aura-
t-il pas le pouvoir de me faire avoir une teignaffe
de *Clément XIV ?*

Agréez les tendres refpects du radoteur *V.*

LETTRE LVII.

A M. THIRIOT.

A Ferney, 14 de juin.

JE n'ai pas été affez heureux , mon ancien ami , pour que l'ouvrage de M. de *Mairan*, fur le feu central , parvînt jufque dans l'enceinte de mes montagnes de neige. Tout ce que je fais , c'eft que le feu qui anime fa refpectable vieilleffe m'a toujours paru brillant et égal. Il me femble que M. de *Mairan* poffède en profondeur ce que M. de *Fontenelle* avait en fuperficie. Faites-moi l'amitié de me chercher fon feu central , et d'ajouter ce petit débourfé à ceux que vous avez déjà bien voulu faire pour moi.

Il y a long-temps que je fuis très-certain que le feu eft par-tout ; mais je penfe qu'il ferait difficile de prouver qu'il y eût un foyer ardent tout au beau milieu de notre globe ; il faudrait pour cela creufer ce grand trou que propofait ce fou de *Maupertuis*.

A propos , puifque vous dînez avec madame *du Pin* et M. de *Mairan* , dites-leur , je vous prie , que je voudrais bien en faire autant.

Vous avez raifon fur le cardinal de *Bernis ;* c'eft lui qui a fait le pape : il fait ce qu'il veut dans Rome ; il y eft adoré.

Le petit magiftrat m'eft venu voir encore; c'eft un être fort fingulier ; il ne lâche point prife, il fe retourne de tous les fens : je vous ferai favoir de fes nouvelles dans quinze jours.

On a frappé en Angleterre une médaille de l'amiral
Anfon; c'eſt un chef-d'œuvre digne du temps d'*Auguſte.*   1769.
Le revers eſt une *Victoire* poſée ſur un cheval marin,
tenant une couronne de lauriers. Les noms des principaux officiers qui firent avec lui le tour du monde,
ſont gravés autour de la *Victoire*, dans de petits car-
touches entourés de lauriers. Cela eſt patriotique,
brillant et neuf : la famille me l'a envoyée en or;
elle m'a fait cet honneur en qualité de citoyen du
globe dont l'amiral *Anfon* avait fait le tour.

Bonſoir, mon ancien ami, qui me ſerez toujours
cher tant que je végetterai ſur ce malheureux globe.

LETTRE LVIII.

A M. L'ABBÉ AUDRA, *à Touloufe.*

Le 14 de juin.

Votre zèle, mon cher philofophe, contre les
fables décorées du nom d'hiſtoire, eſt très-digne de
vous. Mais comment faire avec des nations chez lefquelles il n'y a d'autre éducation que celle de l'erreur?
où tous les livres nous trompent, depuis l'Almanach
juſqu'à la Gazette? Il y aurait bien quelques petits
chapitres à faire ſur cet amas inconcevable de bêtiſes
dont on nous berce. Un temps viendra où l'on jet-
tera au feu toutes nos chronologies dans lefquelles
on prend pour époque des aventures entièrement
fauſſes, et des perſonnages qui n'ont jamais exiſté.

Mais une époque bien vraie, bien agréable, ſera

H 2

—— celle où le parlement de Touloufe vengera l'innocence opprimée par ce miférable juge de village qui
a outragé également les lois, la nature et la raifon,
en ofant condamner les *Sirven*. Ce fera vous à
qui nous aurons l'obligation de la juftice qu'on nous
rendra. J'efpère que cette affaire, que j'ai tant à cœur,
finira au moins cette année. Si je pouvais aller à
Touloufe, je viendrais vous embraffer.

LETTRE LIX.

A M. LE COMTE D'ARGENTAL.

19 de juin.

MES divins anges fauront que j'ai envoyé quatre
exemplaires des Guèbres à M. *Marin*, l'un pour vous,
le fecond pour lui, le troifième pour l'impreffion,
le quatrième pour madame *Denis*.

Je ne fuis pas à préfent en état d'en juger, parce
que je fuis affez malade; mais, autant qu'il peut
m'en fouvenir, cet ouvrage me paraiffait fort honnête et fort utile, il y a quelques jours, dans le
temps que je fouffrais un peu moins. Il en fera tout
ce qu'il plaira à DIEU et à la barbarie dans laquelle
nous fommes actuellement plongés.

Eh bien, mon cher ange, nous n'avons donc vécu
que pour voir anéantir la fcène françaife qui fefait
vos délices et ma paffion. Je ne m'attendais pas que
le théâtre de Paris mourrait avant moi. Il faut fe
foumettre à fa deftinée. Je fuis né quand *Racine*

vivait encore, et je finis mes jours dans le temps
du Siége de Calais, et dans le triomphe de l'opéra
comique. Un peu de philofophie confolait notre
malheureux fiècle de fa décadence; mais comme on
traite la philofophie, et comme elle eft écrafée par
la fuperftition tyrannique! Les Guèbres me paraiffaient faits pour foutenir un peu la philofophie et
le bon goût; mais voilà qu'un pédant du châtelet
s'oppofe à l'un et à l'autre, et on ne fait à qui
s'adreffer contre ce barbare. Je m'en remets à vous.
Nous n'avons contre les Goths et les Vandales que
la voix des honnêtes gens. Vous les ameuterez; les
honnêtes gens l'emportent à la longue.

Celui qui a imprimé les Guèbres dans mon pays
fauvage, ne fachant pas de qui était cette tragédie,
me l'a dédiée. Il a cru cette dédicace néceffaire
pour recommander la pièce, et la faire vendre dans
les pays étrangers où l'on ne juge que fur parôle.
J'ai foigneufement retranché cette dédicace qui ferait
auffi mal reçue à Paris qu'elle eft bien accueillie
ailleurs.

On a fupprimé auffi le titre de la Tolérance dont
le nom effarouche plus d'une oreille dans votre
pays. Cette tragédie eft imprimée chez l'étranger fous
ce titre de Tolérance. C'eft un nom devenu refpectable
et facré dans les trois quarts de l'Europe, mais il
eft encore en horreur chez les miférables dévots de
la contrée des Velches. Trémouffez-vous, mes chers
anges, pour écrafer habilement le monftre du fanatifme. Comptez que vous lui porterez un rude coup,
en donnant aux Guèbres quelque accès dans le
monde. Vous me direz peut-être que ce fanatifme

triomphe d'une certaine cérémonie qu'un certain ennemi des coquins a faite, il y a quelques mois; mais cette cérémonie fervira un jour à mieux manifefter la turpitude de ce monftre infernal : il y a des chofes qu'on ne peut pas dire à préfent. Le public juge de tout à tort et à travers ; laiffez faire, tout viendra en fon temps.

Je me mets à l'ombre de vos ailes.

LETTRE LX.

A M. L'ABBÉ FOUCHER.

A Genève, ce 25 de juin.

J'AI reçu, Monfieur, la lettre dont vous m'honorez, en date du 17 de juin. Je vous prie de permettre que ma réponfe figure avec votre lettre dans le *Mercure de France*, qui devient de jour en jour plus agréable, attendu qu'il eft rédigé par deux hommes qui ont beaucoup d'efprit, ce qui n'eft pas rare, et beaucoup de goût ce qui eft affez rare.

Je n'ai point encore montré votre lettre au bon vieillard contre lequel vous voulez toujours avoir raifon. Son nom, dites-vous, s'eft trouvé au bout de votre plume, quand vous écriviez fur *Zoroaftre* : mais, Monfieur, il n'a rien de commun avec *Zoroaftre* que d'adorer DIEU du fond de fon cœur, et d'aimer paffionnément le foleil et le feu ; fon âge de foixante et feize ans et fes maladies lui ayant fait perdre toute chaleur naturelle, jufqu'à celle du ftyle.

Je fuis très-aife, pour votre bourfe, que vous ayez perdu l'envie de parier ; je vous aurais fait voir que , dans fon dernier voyage en Perfe avec feu l'abbé *Bazin* , il compofa une tragédie perfane , intitulée Olimpie. Il dit, dans les remarques fur cette pièce : ,, Quant à la confeffion . . . elle eft expreffément ,, ordonnée par les lois de *Zoroaftre* qu'on trouve ,, dans le *Sadder.* ,,

Je vous aurais prié de lire, dans d'autres remarques de fa façon fur l'*Hiftoire générale*, page 26 : ,, Les ,, mages n'avaient jamais adoré ce que nous appe- ,, lons le mauvais principe . . . . . ce qui fe voit ,, expreffément dans le *Sadder*, ancien commentaire ,, du livre du *Zend.* ,,

Je vous montrerais , à la page 36 du même ouvrage , ces propres mots : ,, Puifqu'on a parlé de ,, l'*Alcoran* , on aurait dû parler du *Zenda-Vefta* ,, dont nous avons l'extrait dans le *Sadder.* ,,

Vous voyez bien, Monfieur, qu'il ne prenait point le livre du *Sadder* pour un capitaine perfan , et que vous ne pouvez en confcience dire de lui :

> Notre magot prit pour le coup
> Le nom d'un port pour un nom d'homme ;
> De telles gens il eft beaucoup
> Qui prendraient Vaugirard pour Rome,
> Et qui, caquetant au plus dru,
> Parlent de tout et n'ont rien vu.

Je ne demande pas qu'en vous rétractant vous apportiez un fac plein d'or pour payer votre pari, avec une épée pour en être percé à difcrétion par

H 4

l'offenſé. Je connais ce bon homme ; il ne veut aſſurément ni vous ruiner, ni vous tuer ; et, d'ailleurs, on ſait que, dans les dernières cérémonies perſanes, il a pardonné publiquement à ceux qui l'avaient calomnié auprès du ſoſi.

Je ſuis très-étonné, Monſieur, que vous prétendiez l'avoir fâché ; car c'eſt le vieillard le moins fâché et le moins fâcheux que j'aye jamais connu. Je vous félicite très-ſincèrement de n'être point du nombre des critiques qui, après avoir voulu décrier un homme, s'emportent avec toutes les fureurs de la pédanterie et de la calomnie contre ceux qui prennent modeſtement la défenſe de l'homme vexé. Je renvoie ces gens-là à la noble et judicieuſe lettre de M. le comte de *la Touraille*, qui a ſi généreuſement combattu depuis peu en faveur du neveu de l'abbé *Bazin*. Vous ſemblez être d'un caractère tout différent ; vous entendez raillerie, vous paraiſſez aimer la vérité.

Adieu, Monſieur ; vivons en honnêtes parſis, ne tuons jamais le coq, récitons ſouvent la prière de l'*Aſhim Vuhu ;* elle eſt d'une grande efficacité, et elle apaiſe toutes les querelles des ſavans, comme le dit la porte 39.

Lorſque nous mangeons, donnons toujours trois morceaux à notre chien, parce qu'il faut toujours nourrir les pauvres, et que rien n'eſt plus pauvre qu'un chien, ſelon la porte 35.

Ne dites plus, je vous en prie, que le *Sadder* eſt un plat livre. Hélas, Monſieur, il n'eſt pas plus plat qu'un autre. Je vous ſalue en *Zoroaſtre*, et j'ai l'honneur d'être en bon français, Monſieur, &c. *Bigex.*

LETTRE LXI.

A M. L'ABBÉ ROUBAUD,

AUTEUR DES REPRESENTATIONS, &c. AUX MAGISTRATS.

Ferney, ce 1 de juillet.

VOTRE livre, Monfieur, me paraît éloquent, profond et utile. Je fuis bien perfuadé avec vous que le pays où le commerce eft le plus libre, fera toujours le plus riche et le plus floriffant, proportion gardée. Le premier commerce eft, fans contredit, celui des blés. La méthode anglaife, adoptée enfin par notre fage gouvernement, eft la meilleure; mais ce n'eft pas affez de favorifer l'exportation, fi on n'encourage pas l'agriculture. Je parle en laboureur qui a défriché des terres ingrates.

Je ne fais comment il fe peut faire que la France étant, après l'Allemagne, le pays le plus peuplé de l'Europe, il nous manque pourtant des bras pour cultiver nos terres. Il me paraît évident que le miniftère en eft inftruit, et qu'il fait tout ce qu'il peut pour y remédier. On diminue un peu le nombre des moines, et par-là on rend les hommes à la terre. On a donné des édits pour extirper l'infame profeffion de mendians, profeffion fi réelle, et qui fe foutient malgré les lois, au point que l'on compte deux cents mille mendians vagabonds dans le royaume. Ils échappent tous aux châtimens décernés

—— par les lois; et il faut pourtant lés nourrir, parce qu'ils font hommes. Peut-être, fi on donnait aux feigneurs et aux communautés le droit de les arrêter et de les faire travailler, on viendrait à bout de rendre utiles des malheureux qui furchargent la terre.

J'oferais vous fupplier, Monfieur, vous et vos affociés, de confacrer quelques-uns de vos ouvrages à ces objets très-importans. Le miniftère, et furtout les officiers des cours fupérieures, ne peuvent guère s'inftruire à fond fur l'économie de la campagne, que par ceux qui en ont fait une étude particulière. Prefque tous vos magiftrats font nés dans la capitale que nos travaux nourriffent, et où ces travaux font ignorés. Le torrent des affaires les entraîne néceffairement; ils ne peuvent juger que fur les rapports et fur les vœux unanimes des cultivateurs éclairés.

Il n'y a pas certainement un feul agriculteur dont le vœu n'ait été le libre commerce des blés, et ce vœu unanime eft très-bien démontré par vous.

Je fais bien que deux grands-hommes fe font oppofés à la liberté entière de l'exportation. Le premier eft le chancelier de l'*Hofpital*, l'un des meilleurs citoyens que la France ait jamais eus; l'autre, le célèbre miniftre des finances *Colbert*, à qui nous devons nos manufactures et notre commerce. On s'eft prévalu de leur nom et des règlemens qu'on leur attribue, mais on n'a pas peut-être affez confidéré la fituation où ils fe trouvaient. Le chancelier de l'*Hofpital* vivait au milieu des horreurs des guerres civiles, le miniftre *Colbert* avait vu le temps de la fronde, temps où la livre de pain fe vendit dix fous et davantage dans Paris et dans d'autres villes; il travaillait déjà aux finances, fans avoir le titre de contrôleur général, lorfqu'il y eut une difette effrayante dans le royaume, en 1662.

Il ne faut pas croire qu'il fut dans le confeil le maître de toutes les grandes opérations. Tout fe concluait à la pluralité des voix, et cette pluralité ne fut que trop fouvent pour les préjugés. Je puis affurer que plufieurs édits furent rendus malgré lui; et je crois très-fermement que, fi ce miniftre avait vécu de nos jours, il aurait été le premier à preffer la liberté du commerce.

Il ne m'appartient pas, Monfieur, de vous en dire davantage fur des chofes dont vous êtes fi bien inftruit. Je dois me borner à vous remercier et vous affurer que j'ai pour vous une eftime auffi illimitée que doit l'être, felon vous, la liberté du commerce.

LETTRE LXII.

A MADAME

LA DUCHESSE DE CHOISEUL.

Lyon, 3 de juillet.

*G*UILLEMET ignore fi madame la ducheffe eft dans fon palais de Paris, ou dans fon palais de Chantelou, ou dans fa chambre de Verfailles. Quelque part où elle foit, elle dit et elle fait des chofes très-agréables.

Guillemet prend la liberté de lui en dépêcher qui

ne font pas peut-être de ce genre ; mais, comme elle eſt très-tolérante, il s'eſt imaginé qu'elle pourrait jeter un coup d'œil ſur une tragédie où l'on dit que la tolérance eſt prêchée.

Monſeigneur ſon époux le corſique aurait-il le temps de s'amuſer un moment de cette bagatelle ? *Guillemet* en doute. Monſeigneur a un nouveau royaume et un nouveau pape à gouverner, et force petits menus ſoins qui prennent vingt-quatre heures au moins dans la journée. Les détails me pilent, diſait *Montagne*, à ce qu'on m'a rapporté : voilà pourquoi *Guillemet* ſe garde bien d'écrire à monſeigneur. Mais, quand nous entendons parler de ſes ſuccès dans nos climats ſauvages, notre cœur danſe de joie.

Je vais bientôt, Madame, quitter la typographie avant que je quitte la vie, ſelon le conſeil de *la Bletterie*. Je ſuis comme l'apothicaire *Arnoud* qui ſe plaignait que l'on contrefît toujours ſes ſachets. Cela dégoûte à la fin du métier les typographes comme les apothicaires. Ainſi, Madame, vous vous pourvoirez, s'il vous plaît, ailleurs. Il faut bien que tout finiſſe ; il faut ſurtout finir cette lettre, de peur de vous ennuyer.

Daignez donc, Madame, agréer le profond reſpect qui ne finira qu'avec la vie de *Guillemet*.

P. S. Je ne ſais comment je ſuis avec madame votre petite-fille, depuis un certain déjeûner ; je ne ſais ſi elle aime encore les vers ; je ne ſais rien d'elle.

LETTRE LXIII.

A M. MARIN,

SECRETAIRE DE LA LIBRAIRIE.

A Ferney, ce 5 de juillet.

Vous favez, Monfieur, que, vers la fin de l'année paffée, il parut une brochure intitulée *Examen de la nouvelle hiftoire d'Henri IV*, *par M. le marquis de B****.

On eft inondé de brochures en tout genre; mais celle-ci fe diftinguait par un ftyle brillant, quoiqu'un peu inégal. Le titre porte qu'elle avait été lue dans une féance d'académie, et cela était vrai. De plus, tout ce qui regarde l'hiftoire de France intéreffe tous ceux qui veulent s'inftruire, et ce qui concerne *Henri IV* eft très-précieux. On traitait, dans cet écrit, plufieurs points d'hiftoire qui avaient été jufqu'ici affez inconnus.

1°. On y affurait que le pape *Grégoire XIII* n'avait pas reconnu la légitimité du mariage de *Jeanne d'Albret* et d'*Antoine de Bourbon* père d'*Henri IV*.

2°. Que cette même *Jeanne d'Albret* avait pris la qualité de *majefté fidéliffime*.

3°. On affirmait que *Marguerite de Valois* eut en dot les fénéchauffées de Quercy et de l'Agénois, avec le pouvoir de nommer aux évêchés et aux abbayes de ces provinces.

Il y avait beaucoup d'anecdotes très-curieufes;

—— mais dont la plupart fe font trouvées fauffes par l'examen que M. l'abbé *Boudot* en a bien voulu faire.

Ce qui me choqua le plus dans cette critique, fut l'extrême injuftice avec laquelle on y cenfure l'ouvrage très-utile et très-eftimable de M. le préfident *Hénault.* Ce fut pour moi, vous le favez, Monfieur, une affliction bien fenfible quand vous m'apprîtes que plufieurs perfonnes me fefaient une injuftice encore plus abfurde, en m'attribuant cette même critique dans laquelle il y a des traits contre moi-même. Je demandai la permiffion à M. le préfident *Hénault* de réfuter cet ouvrage, et je priai M. l'abbé *Boudot*, par votre entremife, de confulter les manufcrits de la bibliothéque du roi fur plufieurs articles. Il eut la complaifance de me faire parvenir quelques inftructions; mais le nombre des chofes qu'il fallait éclaircir était fi confidérable, et cette critique fut bientôt tellement confondue dans la foule des ouvrages de peu d'étendue qui n'ont qu'un temps; enfin je tombai fi malade que cette affaire s'évanouit dans les délais.

Elle me femble aujourd'hui fe renouveler par une nouvelle Hiftoire du parlement qu'on m'attribue. Je n'en connais d'autre que celle de M. *le Page*, avocat à Paris, divifée en plufieurs lettres, et imprimée fous le nom d'*Amfterdam*, en 1754.

Pour compofer un livre utile fur cet objet, il faut avoir fouillé, pendant une année entière au moins, dans les regiftres; et, quand on aura percé dans cet abyme, il fera bien difficile de fe faire lire. Un tel ouvrage eft plutôt un long procès verbal qu'une hiftoire.

Si quelque libraire veut faire paffer cet ouvrage
fous mon nom , je lui déclare qu'il n'y gagnera rien ;   1769.
et que, loin que mon nom lui faffe vendre un exemplaire de plus, il ne fervirait qu'à décréditer fon
livre. Il y aurait de la folie à prétendre que j'ai pu
m'inftruire des formes judiciaires de France, et raffembler un fatras énorme de dates , moi qui fuis
abfent de France depuis plus de vingt années, et
qui ai prefque toujours vécu avant ce temps loin
de Paris, à la campagne, uniquement occupé d'autres objets.

Au refte, Monfieur, fi on voulait recueillir tous
les ouvrages qu'on m'impute, et les mettre avec ceux
que l'on a écrits contre moi, cela formerait cinq à
fix cents volumes dont aucun ne pourrait être lu,
Dieu merci.

Il eft très-inutile encore de fe plaindre de cet abus ;
car les plaintes tombent dans le gouffre éternel de
l'oubli, avec les livres dont on fe plaint. La multitude des ouvrages inutiles eft fi immenfe , que la
vie d'un homme ne pourrait fuffire à en faire le
catalogue.

Je vous prie, Monfieur, de vouloir bien permettre
que ma lettre foit publique pour le moment préfent ;
car le moment d'après on ne s'en fouviendra plus ; et
il en eft ainfi de prefque toutes les chofes de ce monde.

J'ai l'honneur d'être , &c.

LETTRE LXIV.

A M. LE COMTE D'ARGENTAL.

7 de juillet.

RIEN n'eft plus sûr, mon cher ange, que les lettres de Lyon; vous pouvez d'ailleurs les adreſſer à M. *Lavergne*, banquier, ou à M. *Scherer*, auſſi banquier, tantôt l'un, tantôt l'autre. Cela eſt inviolable et inviolé, et je vous en réponds ſur ma vieille petite tête.

Permettez-moi de réfuter quelques petits paragraphes de votre exhortation du 29 de juin, en me ſoumettant à beaucoup de points. Les ſermons du père *Maſſillon* ſont un des plus agréables ouvrages que nous ayons dans notre langue. J'aime à me faire lire à table; les anciens en uſaient ainſi, et je ſuis très-ancien. Je ſuis d'ailleurs un adorateur trèszélé de la divinité; j'ai toujours été oppoſé à l'athéiſme; j'aime les livres qui exhortent à la vertu, depuis *Confucius* juſqu'à *Maſſillon*; et ſur cela on n'a rien à me dire qu'à m'imiter. Si tous les conſeils des rois de l'Europe étaient aſſemblés pour me juger ſur cet article, je leur tiendrais le même langage, et je leur conſeillerais la lecture à dîner, parce qu'il en reſte toujours quelque choſe, et qu'il ne reſte rien du tout des propos frivoles qu'on tient dans ces repas, tant à Rome qu'à Paris.

Quant à l'hiſtoire dont vous me parlez, mon cher ange, il eſt impoſſible que j'en ſois l'auteur; elle

elle ne peut être que d'un homme qui a fouillé deux
ans de fuite dans des archives poudreufes. J'ai écrit
fur cette petite calomnie qui eft environ la trois
centième, une lettre à M. *Marin*, pour être mife
dans le *Mercure* qui commence à prendre beaucoup
de faveur. Je fais, à n'en pouvoir douter, que cet
ouvrage n'a pas été imprimé à Genève; mais à
Amfterdam, et qu'il a été envoyé de Paris. Je
fais encore qu'on en fait deux éditions nouvelles
avec additions et corrections, car je fuis fort au fait
de la librairie étrangère.

Il eft bon, mon cher ange, que l'on faffe imprimer, fans délai, jour et nuit, fans perdre un moment,
ces Guèbres fur lefquels je penfe précifément comme
vous. On me les a dédiés dans le pays étranger,
et on me loue dans l'épître d'aimer paffionnément
la tolérance, et de refpecter beaucoup la religion;
cela fait toujours plaifir.

On a fait deux nouvelles éditions du Siècle de
Louis XIV et de *Louis XV*. On m'a envoyé d'Angleterre une belle médaille d'or de l'amiral *Anfon*,
en figne de reconnaiffance du bien que j'ai dit de
ce grand-homme avec la vérité dont je fuis affez
partifan.

On dit que nous allons avoir une petite hiftoire
de la guerre de Corfe. Je fuis bien fâché que M. de
Chauvelin n'ait pas été à la place de M. de *Vaux*. Vous
ne fauriez croire quelle confidération le miniftère
de France a chez l'étranger, ou plutôt vous le favez
mieux que moi. Faire un pape, gouverner Rome,
prendre un royaume en vingt jours, ce ne font pas
là des bagatelles.

Tout languiffant et tout mourant que je fuis , je pourrais bien ajouter un chapitre au Siècle de *Louis XV.*

Je prends la plume , mon cher ange , pour vous dire que j'ai fu que vous cherchiez quelque argent. Je n'ai actuellement que dix mille francs dont je puiffe difpofer à Paris, les voilà. Agréez le denier de la veuve. Je fuis très-affligé du dérangement de la fanté de madame d'*Argental.* Dites - moi de fes nouvelles , je vous en conjure.

Nadmirez - vous pas comme j'écris lifiblement , quand j'ai une bonne plume?

A l'ombre de vos ailes , mes anges. *V.*

L E T T R E L X V.

A U M E M E.

7 de juillet.

Eh bien , mon cher ange , il faut vous dire le fait. Vous faviez déjà que j'ai affaire à un fanatique qui a été vicaire de paroiffe à Paris , et qui a donné à plein collier dans les billets de confeffion. C'eft un des méchans hommes qui refpirent. Il a ôté les pouvoirs à mon aumônier, et il me ménageait une excommunication formelle qui aurait fait un bruit diabolique. Il fefait plus , il prenait des mefures pour me faire accufer au parlement de Dijon d'avoir fait des ouvrages très-impies. Je fais bien que j'aurais confondu l'accufateur devant DIEU et devant les hommes; mais il en eft de ces procès comme de ceux des dames qui plaident en féparation , elles

1769.

font toujours foupçonnées. Je n'ai fait aucune démarche dans toute cette affaire que par le confeil de deux avocats. J'ai toujours mis mon curé et ma paroiffe dans mes intérêts. J'ai d'ailleurs agi en tout conformément aux lois du royaume.

A l'égard du *Maffillon*, j'ai pris jufte le temps qu'un préfident du parlement de Dijon eft venu dîner chez moi, et c'était une bonne réponfe aux difcours licencieux et puniffables que le fcélérat m'accufait d'avoir tenus à table. En un mot, il m'a fallu combattre cet homme avec fes propres armes. Quand il a vu que j'entendais parfaitement cette forte de guerre, et que j'étais inattaquable dans mon pofte, le croquant s'y eft pris d'une autre façon; il a eu la bêtife de faire imprimer les lettres qu'il m'avait écrites, et mes réponfes.

Il a pouffé même l'indifcrétion jufqu'à mettre dans ce recueil une lettre de M. de *Saint-Florentin*, fans lui en demander la permiffion. Il a eu encore la fottife d'intituler cette lettre de façon à choquer le miniftre. Je me fuis contenté d'envoyer le tout à M. le comte de *Saint-Florentin*, fans faire la moindre réponfe. Le miniftre m'en a fu très-bon gré, et a fort approuvé ma conduite.

Vous n'êtes pas au bout. L'énergumène voyant que je ne répondais pas, et que j'étais bien loin de tomber dans le piége qu'il m'avait tendu fi groffièrement, a pris un autre tour beaucoup plus hardi et prefque incroyable. Il a fait imprimer une prétendue profeffion de foi qu'il fuppofe que j'ai faite par-devant notaire, en préfence de témoins; et voici comme il raifonnait :

,, Je fais bien que cet acte peut être aifément con-
,, vaincu de faux, et que, fi on voulait procéder
,, juridiquement, ceux qui l'ont forgé feraient con-
,, damnés ; mais mon diocéfain n'ofera jamais faire
,, une telle démarche, et dire qu'il n'a pas fait une
,, profeffion de foi catholique.

Il fe trompe en cela comme en tout le refte,
car je pourrais bien dire aux témoins qu'on a fait
figner : Je foufcris à la profeffion de foi, je fuis bon
catholique comme vous, mais je ne foufcris pas aux
fottifes que vous me faites dire dans cette profeffion
de foi faite en ftyle de favoyard. Votre acte eft un
crime de faux, et j'en ai la preuve ; l'objet en eft
refpectable, mais le faux eft toujours puniffable.
Qui eft coupable d'une fraude pieufe pourrait l'être
également d'une fraude à faire pendre fon homme.

Mais je me garderai bien de relever cette turpitude ;
le temps n'eft pas propre ; il fuffit, pour le préfent, que mes amis en foient inftruits ; un temps
viendra où cette impofture facerdotale fera mife dans
tout fon jour.

Je vous épargne, mon cher ange, des détails qui
demanderaient un petit volume, et qui vous feraient
connaître l'efprit de la prêtraille, fi vous ne le con-
naiffiez pas déjà parfaitement. Je fuis dans une pofition auffi embarraffante que celle de *Rezzonico* et
de *Ganganelli.* Tout ce que je puis vous dire, c'eft
que j'ai de bonnes protections à Rome. Tout cela
m'amufe beaucoup, et je fuis de ce côté dans la
fécurité la plus grande.

Je me tirerai de même de l'Hiftoire du parlement
à laquelle je n'ai ni ne puis avoir la moindre part.

C'eſt un ouvrage écrit, il eſt vrai, d'un ſtyle rapide et vigoureux en quelques endroits; mais il y a vingt perſonnes qui affectent ce ſtyle; et les prétendus connaiſſeurs en écrits, en écriture et en peinture, ſe trompent, comme vous ſavez, tous les jours dans leurs jugemens. Je crois vous avoir mandé que j'ai écrit ſur cet objet une lettre à M. *Marin*, pour être miſe dans le Mercure.

Un point plus important à mon gré que tout cela, c'eſt que M. *Marin* ne perde pas un moment à faire imprimer les Guèbres; c'eſt une manière ſûre de prouver l'alibi. Il eſt phyſiquement impoſſible que j'aye fait à la fois l'Hiſtoire du Siècle de *Louis XV*, les Guèbres, l'Hiſtoire du parlement, et une autre œuvre dramatique que vous verrez inceſſamment. Je n'ai qu'un corps et une ame; l'un et l'autre ſont très-chétifs; il faudrait que j'en euſſe trois pour avoir pu faire tout ce qu'on m'attribue.

Encore une fois, il ne faut pas que M. *Marin* perde un ſeul moment. Je paſſerai pour être l'auteur des Guèbres, je m'y attends bien, et voilà ſurtout pourquoi il faut ſe preſſer. On a déjà envoyé à Paris des exemplaires de l'édition de Genève. La pièce a beau m'être dédiée, on ſoupçonnera toujours que le jeune homme qui l'a compoſée eſt un vieillard. Je n'ai pu m'empêcher d'en envoyer un exemplaire à madame la ducheſſe de *Choiſeul*, parce que je ſavais qu'un autre prenait les devans, et que je ſuis en poſſeſſion de lui faire tenir tout ce qu'il y a de nouveau dans le pays étranger. On ſe prépare à faire une nouvelle édition des Guèbres à Lyon; il faut donc ſe hâter prodigieuſement à Paris.

I 3

Voilà, mon cher ange, un détail bien exact de toutes mes bagatelles littéraires et dévotes. Je vous prie de faire part de cette lettre à madame *Denis*. Je ne puis lui écrire par cet ordinaire ; je suis malade, la tête me tourne, la poste part.

A l'ombre de vos ailes. *V.*

Mais surtout comment se porte madame d'*Argental?*

LETTRE LXVI.

A M. LACOMBE,

Auteur du Mercure de France.

A Ferney, 9 de juillet.

TOUTES les réflexions, Monsieur, toutes les critiques que j'ai lues sur les ouvrages nouveaux, dans votre Mercure, m'ont paru des leçons de sagesse et de goût. Ce mérite assez rare m'a fait regarder votre ouvrage périodique comme très-utile à la littérature.

Vous ne répondez pas des pièces qu'on vous envoie. Il y en a une sous mon nom, page 53 du *Mercure* de juillet (1769) ; c'est une lettre qu'on prétend que j'ai écrite à mon cher *B*.... On me fait dire en vers un peu singuliers à mon cher *B*....
que le feu est l'ame du monde, que sa clarté l'inonde,
que le feu maintient les ressorts de la machine ronde,
et que sa plus belle production est la lumière éthérée,

dont Newton le premier par fa main infpirée, fépara
les couleurs par la réfraction.

Je vous avoue que je ne me fouviens pas d'avoir jamais écrit ces vers à mon cher *B*.... que je n'ai pas l'honneur de connaître. Je vous ai déjà mandé qu'on m'attribuait trois ou quatre cents pièces de vers et de profe que je n'ai jamais lues. On a imprimé fous mon nom *les Amours de Mouftapha et d'Elmire*, *les Aventures du chevalier Ker*, et j'efpère que bientôt on m'attribuera *le Parfait teinturier* et *l'Hiftoire des conciles en général*.

Je vous ai déjà parlé de l'Hiftoire du parlement. Cet ouvrage m'eft enfin tombé entre les mains. Il eft, à la vérité, mieux écrit que les *Amours de Mouftapha* ; mais le commencement m'en paraît un peu fuperficiel et la fin indécente. Quelque peu inftruit que je fois dans ces matières, je confeille à l'auteur de s'en inftruire plus à fond, et de ne point laiffer courir fous mon nom un ouvrage auffi informe, dont le fujet méritait d'être approfondi par une très-longue étude et avec une grande fageffe. On eft accoutumé d'ailleurs à cet acharnement avec lequel on m'impute tant d'ouvrages nouveaux. Je fuis le contraire du geai de la fable qui fe parait des plumes du paon. Beaucoup d'oifeaux, qui n'ont peut-être du paon que la voix, prennent plaifir à me couvrir de leurs propres plumes ; je ne puis que les fecouer, et faire mes proteftations que je configne dans votre greffe de littérature.

J'ai l'honneur d'être, Monfieur, avec toute l'eftime que je vous dois, votre, &c.

LETTRE LXVII.

A M. THIRIOT.

Le 12 de juillet.

Mon petit magiſtrat m'a enfin renvoyé ſon œuvre dramatique ; je vous la dépêche , mon ancien ami. C'eſt actuellement la mode de faire imprimer les pièces de théâtre ſans les donner aux comédiens; mais, de tous ces drames, il n'y a que l'Ecoſſaiſe qu'on ait jouée.

Pourriez-vous , mon cher ami , me faire avoir *les Mélanges hiſtoriques relatifs à l'Hiſtoire de France?* ouvrage qui a brouillé le parlement avec la chambre des comptes.

La liſte des livres nouveaux devient immenſe ; celle des livres qu'on m'attribue n'eſt pas petite. Il y a une Hiſtoire du parlement qui fait beaucoup de bruit; je viens de la lire. Il y a quelques anecdotes aſſez curieuſes qui ne peuvent être tirées que du greffe du parlement même : il n'y a certainement qu'un homme du métier qui puiſſe être auteur de cet ouvrage. Il faut être enragé pour le mettre ſur mon compte. Il eſt bien ſûr que, depuis vingt ans que je ſuis abſent de Paris , je n'ai pas fouillé dans les regiſtres de la cour.

Scribendi non eſt finis. La multitude des livres effraie ; mais, après tout, on en uſe avec eux comme avec les hommes, on choiſit dans la foule.

J'ai reçu la *Piété filiale*; l'auteur (*) me l'a
envoyée ; je vais la lire : c'eſt encore une de ces
pièces qu'on ne jouera pas, ſi j'en crois la préface
que j'ai parcourue. Il en pourra bien arriver autant
à notre petit magiſtrat de province; j'apprends d'ailleurs qu'on ne joue plus à Paris que des opéra
comiques.

Je ſuis ſi malade qu'il ne me vient pas même
dans la tête de regretter les plaiſirs de votre ville.
Quand on ſouffre, on ne regrette que la ſanté et
quelques amis qui pourraient apporter un peu de
conſolation. Je vous mets au premier rang, et je
vous embraſſe de tout mon cœur.

1769.

LETTRE LXVIII.

A M. L'ABBÉ MORELLET.

A Ferney., 14 de juillet.

J'AI reçu ces jours-ci, Monſieur, le plan du *Dictionnaire du commerce*; je vous en remercie. Il y aura,
grâce à vous, des commerçans philoſophes. Je ne
verrai certainement pas l'édition des cinq volumes,
je ſuis trop vieux et trop malade ; mais je ſouſcris
du meilleur de mon cœur : c'eſt ma dernière volonté.
J'ai deux titres eſſentiels pour ſouſcrire ; je ſuis votre
ami et je ſuis commerçant ; j'étais même très-fier
quand je recevais des nouvelles de Porto-Bello et
de Buénos-Aires. J'y ai perdu quarante mille écus. La

(*) M. *Courtial.*

philofophie n'a jamais fait faire de bons marchés, mais elle fait fupporter les pertes. J'ai mieux réuffi dans la profeffion de laboureur ; on rifque moins, et on eft moralement fûr d'être utile.

Avouez qu'il eft affez plaifant qu'un théologien, qui pouvait couler à fond St *Thomas* et St *Bonaventure*, embraffe le commerce du monde entier, tandis que *Crozat* et *Bernard* n'ont jamais lu feulement leur caté-chifme. Certainement votre entreprife eft beaucoup plus pénible que la leur ; ils fignaient des lettres écrites par leurs commis. Je vous fouhaite la trente-troifième partie de la fortune qu'ils ont laiffée, cela veut dire un million de bien que vous ne gagnerez certainement pas avec les libraires de Paris. Vous ferez utile, vous aurez fait un excellent ouvrage ;

Sic vos non vobis mellificatis apes.

Le commerce des penfées eft devenu prodigieux ; il n'y a point de bonnes maifons dans Paris et dans les pays étrangers, point de château qui n'ait fa bibliothèque. Il n'y en aura point qui puiffe fe paffer de votre ouvrage ; tout s'y trouve, puifque tout eft objet de commerce.

Votre (*) ami et votre confrère en forbonne a donc quitté la théologie pour l'hiftoire, comme vous pour l'économie politique.

Vous favez fans doute qu'il fait actuellement une belle action. Je lui ai envoyé *Sirven* ; il a la bonté de fe charger de faire rendre juftice à cet infortuné. La philofophie a percé dans Touloufe, et par

————
(*) L'abbé *Audra.*

conféquent l'humanité. *Sirven* obtiendra furement
juftice, mais il a pris la route la plus longue ; il ne
l'obtiendra que très-tard, et il fera encore bien heureux : fon bien refte confifqué en attendant. N'eft-ce
pas un objet de commerce que la confifcation ? car
il fe trouve qu'un fermier du domaine gagne tout
d'un coup la fubfiftance d'une pauvre famille ; et,
par un virement de parties, le bien d'un innocent
paffe dans la poche d'un commis.

On me fait à moi une autre injuftice ; on m'impute une Hiftoire du parlement en deux petits
volumes. Il y a dans cette Hiftoire des anecdotes
de greffe dont, Dieu merci, je n'ai jamais entendu
parler. Il y a auffi des anecdotes de cour que je connais encore moins, et dont je ne me foucie guère.
L'ouvrage, d'ailleurs, m'a paru affez fuperficiel,
mais libre et impartial. L'auteur, quel qu'il foit, a
très-grand tort de le faire courir fous mon nom. Je
n'aime point en général qu'on morcelle ainfi l'hiftoire. Les objets intéreffans qui regardent les différens
corps de l'Etat, doivent fe trouver dans l'Hiftoire
de France qui, par parenthèfe, a été jufqu'ici affez
mal faite.

Continuez, Monfieur, votre ouvrage auffi utile
qu'immenfe ; et fongez quelquefois, en y travaillant,
que vous avez au pied des Alpes un partifan zélé
et un ami.

LETTRE LXIX.

A MADAME

LA MARQUISE DU DEFFANT.

18 de juillet.

MA nièce m'a dit, Madame, que vous vous plaignez de mon filence, et que vous voyez bien qu'un dévot comme moi craint de continuer un commerce fcandaleux avec une dame profane telle que vous l'êtes. Eh! mon Dieu, Madame, ne favez-vous pas que je fuis tolérant, et que je préfère même le petit nombre, qui fait la bonne compagnie de Paris, au petit nombre des élus? ne favez-vous pas que je vous ai envoyé, par votre grand'maman, les Lettres d'*Amabed*, dont j'ai reçu quelques exemplaires de Hollande? Il y en avait un pour vous dans le paquet.

N'ai-je pas encore fongé à vous procurer la tragédie des Guèbres, ouvrage d'un jeune homme qui paraît penfer bien fortement, et qui me fera bientôt oublier? Pour moi, Madame, je ne vous oublierai que quand je ne penferai plus ; et, lorfqu'il m'arrivera quelques ballots de penfées des pays étrangers, je choifirai toujours ce qu'il y aura de moins indigne de vous pour vous l'offrir. Vous ferez bientôt laffe des contes de fées. Quoi que vous en difiez, je ne regarde ce goût que comme une paffade.

Avez-vous lu l'hiftoire de M. *Hume*? il y a là

de quoi vous occuper trois mois de fuite. Il faut toujours avoir une bonne provifion devant foi.

Il paraît en Hollande une Hiftoire du parlement, écrite d'un ftyle affez hardi et affez ferré ; mais l'auteur ne rapporte guère que ce que tout le monde fait, et le peu qu'on ne favait pas ne mérite point d'être connu : ce font des anecdotes du greffe. Il eft bien ridicule qu'on m'impute un tel ouvrage ; il a bien l'air de fortir des mêmes mains qui fouillèrent le papier de quelques invectives contre le préfident *Hénault*, il y a environ deux années ; c'eft le même ftyle : mais je fuis accoutumé à porter les iniquités d'autrui. Je reffemble affez à vous autres, Mefdames, à qui on donne une vingtaine d'amans, quand vous en avez eu un ou deux.

Deux hommes que vous connaiffez fans doute, M. le comte de *Schomberg* et M. le marquis de *Jaucourt*, ont forcé ma retraite et ma léthargie ; ils font très-contens de mes progrès dans la culture des terres, et je le fuis davantage de leur efprit, de leur goût et de leur agrément ; ils aiment ma campagne, et moi je les aime. Ah ! Madame, fi vous pouviez jouir de nos belles vues ! Il n'y a rien de pareil en Europe ; mais je tremble de vous faire fentir votre privation. Vous mettez à la place tout ce qui peut confoler l'ame. Vous êtes recherchée comme vous le fûtes en entrant dans le monde ; on ambitionne de vous plaire ; vous faites les délices de quiconque vous approche. Je voudrais être entièrement aveugle, et vivre auprès de vous.

LETTRE LXX.

A M. LE MARECHAL DUC DE RICHELIEU.

A Ferney, 19 de juillet.

CE n'eft point aujourd'hui à monfieur le doyen de notre académie, c'eft au premier gentilhomme de la chambre que je préfente ma requête. Je vous jure, Monfeigneur, que la mufique de Pandore eft charmante, et que ce fpectacle ferait le plus bel effet du monde aux yeux et aux oreilles. Il n'y avait certainement qu'un grand opéra qui pût réuffir dans la falle du manége où vous donnâtes une fi belle fête aux noces de la première dauphine; mais la voûte était fi haute que les acteurs paraiffaient des pygmées; on ne pouvait les entendre. Le contrafte d'une mufique bruyante avec un récit qui était entièrement perdu, fefait l'effet des orgues qui font retentir une églife quand le prêtre dit la meffe à voix baffe.

Il faut, pour des fêtes qui attirent une grande multitude, un bruit qui ne ceffe point, et un fpectacle qui plaife continuellement aux yeux. Vous trouverez tous ces avantages dans la Pandore de M. de *la Borde*, et vous aurez de plus une mufique infiniment agréable, qui réunit à mon gré le brillant de l'italien et le noble du français.

Je vous en parle affurément en homme très-défintéreffé, car je fuis aveugle tout l'hiver, et prefque fourd le long de l'année. Je ne fuis pas homme d'ailleurs à demander un billet pour affifter à la fête,

je ne vous parle qu'en bon citoyen qui ne fonge
qu'au plaifir des autres.

De plus , il me femble que l'opéra de Pandore
eft convenable aux mariages de tous les princes;
car vous m'avouerez que par-tout il y a de grands
malheurs ou de grands chagrins mêlés de cent mille
petits défagrémens. *Pandore* apporte l'amour et l'efpérance qui font les confolations de ce monde et
le baume de la vie. Vous me direz peut-être que
ce n'eft pas à moi à me mêler de vos plaifirs, que
je ne fuis qu'un pauvre laboureur occupé de mes
moiffons , de mes vers à foie et de mes abeilles;
mais je me fouviens encore du temps paffé , et
fi je ne peux plus donner de plaifir , je fuis enchanté
qu'on en ait.

Madame de *Fontaine-Martel* , en mourant , ayant
demandé quelle heure il était , ajouta : Dieu foit
béni , quelque heure qu'il foit, il y a un rendez-
vous.

Pour moi , je n'emporterai que le regret d'avoir
traîné les dernières années de ma vie fans vous
faire ma cour; mais je vous fuis attaché comme fi
je vous la fefais tous les jours. Agréez le très-tendre
refpect de *V.*

LETTRE LXXI.

A M. LE COMTE D'ARGENTAL.

22 de juillet.

Mon cher ange, fur votre lettre du 13, je vous renvoie à madame *Denis*. Je lui ai confié une partie du myſtère d'iniquité; je ne l'ai ſu que par elle. En vérité, tout eſt un jeu de haſard dans ce monde, ou peu s'en faut.

La *Duchefne*, bonne imbécille, confulte madame *Denis* fur un recueil de mes lettres qu'on lui a vendu et qu'elle veut imprimer. Je ne reçois ce beau recueil par madame *Denis* que le 19 du mois. Je vois alors qu'on m'a volé beaucoup de manufcrits, et entre autres ces lettres peu faites affûrément pour voir le jour, et un gros manufcrit de recherches fur l'hiſtoire, par ordre alphabétique. La lettre *P* était fort ample (*). On s'en eſt fervi, on a fuppléé, on a ajouté, on a broché, brodé comme on a pu, on a vendu le tout.

L'auteur de toute cette manœuvre m'eſt affez connu, mais je dois abfolument me taire. On me dirait: *Vous avouez qu'on vous a volé ces lettres, donc elles font de vous; vous avouez qu'on vous a volé le recueil* P, *donc il eſt de vous*. De plus, que de noirceurs nouvelles on ajouterait à la première! on ne s'arrête pas dans le chemin du crime. Cette affaire deviendrait un labyrinthe horrible dont je ne pourrais me tirer. Je n'ai que la certitude entière qu'on

(*) L'Hiſtoire du parlement de Paris.

a

a trahi l'hofpitalité. Je n'ai point de preuves juridiques; et, quand j'en aurais, elles ne ferviraient **1769.**
qu'à me plonger dans un abyme, et les cagots m'y
égorgeraient à leur plaifir.

Je n'ai donc d'autre parti à prendre que celui de
me juftifier fans accufer perfonne. Je vous jure, mon
cher ange, que je n'ai pas la moindre petite part
à ces derniers chapitres. Je les trouve croqués, plats,
faux, ridicules, infolens, et je le dis, et je ferai encore
plus.

Ce petit mot écrit à M. *Marin* me paraît déjà
un léger appareil fur la bleffure qu'on m'a faite. Il
me femble qu'on ne peut trop faire courir mon
billet à M. *Marin* chez les perfonnes intéreffées. Je
voudrais que M. l'abbé de *Chauvelin* eût des copies,
et qu'on en donnât aux avocats généraux. Mon neveu
d'*Ornoi* peut y fervir beaucoup. On a déjà prévenu
les coups que l'on pourrait porter du côté de la
cour. Je compte fur la voix de mes anges, beaucoup
plus que fur tout le refte. Elle eft accoutumée à
foutenir la vérité et l'amitié; elle a toujours été
ma plus grande confolation. J'ai réfifté à des fecouffes
plus violentes. J'ai pour moi mon innocence et mes
anges; je puis paraître hardiment devant DIEU.

Ah! mon cher ange, que me dites-vous fur le
bonheur que j'ai eu de vous offrir un petit fervice!
Vous êtes mille fois trop bon. *V.*

LETTRE LXXII.

A MADAME

LA MARQUISE DU DEFFANT.

24 de juillet.

JE vous ai envoyé en grand secret, Madame, la tragédie des Guèbres. Vous me feriez une peine extrême, si vous disiez publiquement votre pensée sur cette tolérance dont vous ne vous souciez guère, et qui me touche infiniment. Vous n'êtes informée que des plaisirs de Paris, et je le suis des malheurs de trois ou quatre cents mille ames qui souffrent dans les provinces.

On ne veut pas les reconnaître pour citoyens ; leurs mariages sont nuls ; on déclare leurs enfans bâtards.

Un jeune homme de la plus grande espérance, plein de candeur et de génie, m'apporta, il y a près de six mois, cet ouvrage que je vous ai envoyé. J'ai beaucoup travaillé avec lui ; je l'ai aidé de mon mieux. Les comédiens allaient jouer la pièce, lorsque des magistrats, qui ont cru reconnaître nos prêtres dans les prêtres païens, s'y sont opposés. Les comédiens étaient enchantés de cet ouvrage qui est très-neuf, et qui aurait été encore plus utile.

Gardez-vous bien, Madame, d'être aussi difficile que le procureur du roi du châtelet. Je crois que

cette tragédie fera bientôt imprimée à Paris. On la
jouera, fi les honnêtes gens la défirent fortement : 1769.
leur voix dirige à la fin l'opinion des magiftrats
mêmes. Mes amis feront tout ce qu'ils pourront
pour obtenir cette juftice. Je vous mets à leur tête,
Madame, et je vous conjure d'employer pour mon
jeune homme toute votre éloquence et toutes vos
bontés.

Faites-vous lire la pièce par un bon récitateur
de vers. Vous verrez aifément de quoi il s'agit, et
vous viendrez à notre fecours. Je vous le demande
avec la plus vive inftance.

Quant à l'Hiftoire du parlement, c'eft une rapfodie. Les derniers chapitres font d'un fot et d'un
ignorant qui ne fait ni le français ni l'hiftoire. Mon
dernier chapitre à moi, c'eft de vous aimer très-tendrement, et de fouhaiter avec une paffion malheureufe de vous voir et de vous entendre.

Adieu, Madame ; cette vie n'eft pas femée de
rofes. V.

LETTRE LXXIII.

A MADAME

LA DUCHESSE DE CHOISEUL.

Lyon , 26 de juillet.

ANACREON, de qui le ftyle
Eft fouvent un peu familier ,
Dit , dans un certain vaudeville ,
Soit à Daphné , foit à Batile
Qu'il voudrait être fon foulier.
Je révère la Gréce antique ,
Mais ce compliment poëtique
Paraît celui d'un cordonnier.

Pour moi, Madame , qui fuis auffi vieux qu'*Anacréon*, je vous avoue que j'aime mieux votre tête et votre cœur que vos pieds, quelque mignons qu'ils foient. *Anacréon* aurait voulu les baifer à cru, et moi auffi ; mais je donne net la préférence à votre belle ame.

Vous êtes, Madame , le contraire des dames ordinaires ; vous donnez tout d'un coup plus qu'on ne vous demande. Il ne me faut qu'un de vos fouliers , c'eft bien affez pour un vieil hermite ; et vous daignez m'en offrir deux. Un feul, Madame, un feul. Il n'eft jamais queftion que d'un foulier dans les romans qui en parlent , et remarquez qu'*Anacréon* dit : Je voudrais être ton foulier, et non pas tes fouliers. Ayez donc la bonté, Madame, de m'en faire parvenir un, et vous faurez enfuite pourquoi.

Mais il y a une autre grâce plus digne de vous, que je vous demande; c'eft pour la tragédie de la Tolérance. Elle eft d'un jeune homme qui donne certainement de grandes efpérances; il en a fait deux actes chez moi; j'y ai travaillé avec lui, moins comme à un ouvrage de poëfie que comme à la fatire de la perfécution.

Vous avez fenti affez que les prêtres de *Pluton* pouvaient être le père *le Tellier*, les inquifiteurs et tous les monftres de cette efpèce. Le jeune auteur n'a pu obtenir que les magiftrats en permiffent la repréfentation à Paris. Je fuis perfuadé qu'elle y ferait un grand effet, et que la dernière fcène ne déplairait pas à la cour, s'il y a une cour.

Donnez-nous votre protection, Madame, et celle du poffeffeur de vos pieds. On a imprimé cette pièce chez l'étranger fous le nom de la Tolérance. Ce nom fait trembler; on me la dédie, et mon nom eft encore plus dangereux.

Il y a dans le royaume des Francs environ trois cents mille fous qui font cruellement traités par d'autres fous depuis long-temps. On les met aux galères, on les pend, on les roue pour avoir prié DIEU en mauvais français en plein champ; et ce qui caractérife bien ma chère nation, c'eft qu'on n'en fait rien à Paris où l'on ne s'occupe que de l'opéra comique et des tracafferies de Verfailles.

Oui, Madame, vous feriez la bienfaitrice du genre-humain fi, vous et M. le duc de *Choifeul*,

K 3

—— vous protégiez cette pièce, et fi vous pouviez un jour vous donner l'amufement de la faire repréfenter.

Votre petite-fille n'eft pas contente des Guèbres, et moi je trouve l'ouvrage rempli de chofes très-neuves, très - touchantes, écrites du ftyle le plus fimple et le plus vrai.

Aidez-nous, Madame, protégez-nous. On penfe depuis dix ans dans l'Europe comme cet empereur qui paraît à la dernière fcène. Il fe fait dans les efprits une prodigieufe révolution. C'eft à une ame comme la vôtre qu'il appartient de la feconder. Le fuffrage de M. le duc de *Choifeul* nous vaudrait une armée. Il va faire bâtir dans mon voifinage une ville qu'on appelle déjà la ville de la tolérance. S'il vient à bout de ce grand projet, c'eft un temple où il fera adoré. Comptez, Madame, que réellement toutes les nations feront à fes pieds. Je me mets aux vôtres très - férieufement, et je vous conjure d'embraffer cette affaire avec fureur, malgré toute la fage douceur de votre charmant caractère.

Agréez, Madame, le profond refpect de *Guillemet.*

LETTRE LXXIV.

A M. LE COMTE D'ARGENTAL.

31 de juillet.

Mon cher ange, j'ai à vous entretenir de la plus grande affaire de l'Europe ; il s'agit de la musique de Pandore. Tous les maux qui étaient dans la boîte affligent l'univers et moi ; et je n'ai pas l'espérance qu'on exécute la musique de *la Borde*. Est-ce que madame la duchesse de *Villeroi* ne pourrait pas nous rendre cette espérance que nous avons perdue, et qui était encore au fond de cette maudite boîte ?

J'aime bien les Guèbres, mais j'aimerais encore mieux que Pandore réusfît à la cour, supposé qu'il y en ait une. En vérité, voilà une négociation que vous devriez entreprendre. On veut du *Lulli ;* c'est fe moquer d'une princesse autrichienne élevée dans l'amour de la musique italienne et de l'allemande : il ne faut pas la faire bâiller pour sa bien-venue. On me dira peut-être que *la Borde* la ferait bâiller bien davantage ; non, je ne le crois pas : sa musique m'a paru charmante, et le spectacle ferait magnifique.

On me dira encore qu'on ne veut point tant de magnificence, qu'on ira à l'épargne ; et moi je dis qu'on dépensera autant avec *Lulli* qu'avec *la Borde*, et que messieurs des menus n'épargnent jamais les frais. Mais où est le temps où on aurait joué les Guèbres ? Le Tartufe, qui assurément est plus hardi,

1769.

fut repréfenté dans une des fêtes de *Louis XIV.*
O temps! ô mœurs! ô France! je ne vous recon-
nais plus.

Mes anges, je fuis un réprouvé, je ne réuffis
en rien. J'avais entamé une petite négociation avec
le pape pour une perruque, et je vois que j'échoue-
rai; mais je n'aurai pas la tête affez chaude pour
me fâcher.

Portez-vous bien, mes anges, et je me confolerai
de tout. Je vous répéterai toujours que je voudrais
bien vous revoir un petit moment avant d'aller recevoir la couronne de gloire que DIEU doit à ma
piété, dans fon faint paradis. *V.*

LETTRE LXXV.

A M. LE COMTE DE SCHOMBERG.

4 d'auguſte.

JE conçois bien, Monfieur, que les guerriers grecs
et romains fefaient quelquefois des cent lieues pour
aller voir des grammairiens et des raifonneurs en *us*
et en *es*; mais qu'un maréchal de camp des armées
des Velches, très-entendu dans l'art de tuer fon prochain, vînt vifiter dans des déferts un vieux radoteur, moitié rimeur, moitié penfeur, c'eft à quoi
je ne m'attendais pas. L'amitié dont vous m'honorez
a été le fruit de ce voyage. Je vous affure qu'à votre
camp de Compiègne le roi n'aura pas deux meurtriers plus aimables que vous et monfieur le marquis

de *Jaucourt*. Vous avez tous deux rendu ma retraite délicieufe. Je vois que vous vous êtes bien aperçu que vous feĉiez la confolation de ma vie, puifque vous me flattez d'une feconde vifite. Il femble que je ne me fois féqueſtré entièrement du monde que pour être plus attaché à ceux qui, comme vous, font fi différens du monde ordinaire, qui penfent en philofophes, et qui fentent tous les charmes de l'amitié.

Je ne doute pas, Monfieur, que votre fuffrage ne contribue beaucoup au fuĉcès dont vous me dites que les Guèbres font honorés. Je fouhaite paffionnément qu'on les joue, parce que cet ouvrage me paraît tout propre à adoucir les mœurs de certaines gens qui fe croient nés pour être les ennemis du genre-humain. L'abfurdité de l'intolérance fera un jour reconnue comme celle de l'horreur du vide et toutes les bêtifes fcolaftiques. Si les intolérans n'étaient que ridicules, ce ne ferait qu'un demi-mal; mais ils font barbares, et c'eſt-là ce qui eſt affreux. Si je fefais une religion, je mettrais l'intolérance au rang des fept péchés mortels.

Je ne voudrais mourir que quand M. le duc de *Choifeul* aura bâti dans mon voifinage la petite ville de Verfoy, où j'efpère qu'on ne perfécutera perfonne.

Adieu, Monfieur; vous m'avez laiffé en partant bien des regrets, et vous me donnez des efpérances bien flatteufes. Je vous fuis attaché avec le plus tendre refpect jufqu'au dernier jour de ma vie.

LETTRE LXXVI.

A MADAME

LA MARQUISE DU DEFFANT.

7 d'augufte.

Vous me dites, Madame, que vous perdez un peu la mémoire; mais affurément vous ne perdez pas l'imagination. A l'égard du préfident qui a huit ans plus que moi, et qui a été bien plus gourmand, je voudrais bien favoir s'il eft fâché de fon état, s'il fe dépite contre fa faibleffe, fi la nature lui donne l'apathie conforme à fa fituation; car c'eft ainfi qu'elle en ufe pour l'ordinaire; elle proportionne nos idées à nos fituations.

Vous vous fouvenez donc que je vous avais confeillé la caffe. Je crois qu'il faut un peu varier ces grands plaifirs-là; mais il faut toujours tenir le ventre libre, pour que la tête le foit. Notre ame immortelle a befoin de la garde-robe pour bien penfer. C'eft dommage que *la Métrie* ait fait un affez mauvais livre fur l'homme machine; le titre était admirable.

Nous fommes des victimes condamnées toutes à la mort; nous reffemblons aux moutons qui bêlent, qui jouent, qui bondiffent en attendant qu'on les égorge. Leur grand avantage fur nous eft qu'ils ne fe doutent pas qu'ils feront égorgés, et que nous le favons.

1769.

Il eſt vrai, Madame, que j'ai quelquefois de petits avertiſſemens; mais, comme je ſuis fort dévot, je ſuis très-tranquille.

Je ſuis très-fâché que vous penſiez que les Guèbres pourraient exciter des clameurs. Je vous demande inſtamment de ne point penſer ainſi. Efforcez-vous, je vous en prie, d'être de mon avis. Pourquoi avertir nos ennemis du mal qu'ils peuvent faire? Vraiment, ſi vous dites qu'ils peuvent crier, ils crieront de toute leur force. Il faut dire et redire qu'il n'y a pas un mot dont ces meſſieurs puiſſent ſe plaindre, que la pièce eſt l'éloge des bons prêtres, que l'empereur romain eſt le modèle des bons rois, qu'enfin cet ouvrage ne peut inſpirer que la raiſon et la vertu : c'eſt le ſentiment de pluſieurs gens de bien qui ſont auſſi gens d'eſprit. Mettez - vous à leur tête, c'eſt votre place. Criez bien fort, ameutez les honnêtes gens contre les fripons. C'eſt un grand plaiſir d'avoir un parti, et de diriger un peu les opinions des hommes.

Si on n'avait pas eu de courage, jamais Mahomet n'aurait été repréſenté. Je regarde les Guèbres comme une pièce ſainte, puiſqu'elle finit par la modération et par la clémence. Athalie, au contraire, me paraît d'un très - mauvais exemple ; c'eſt un chef-d'œuvre de verſification, mais de barbarie ſacerdotale. Je voudrais bien ſavoir de quel droit le prêtre *Joad* fait aſſaſſiner *Athalie*, âgée de quatre - vingt-dix ans, qui ne voulait et qui ne pouvait élever le petit *Joas* que comme ſon héritier ? Le rôle de ce prêtre eſt abominable.

Avez-vous jamais lu, Madame, la tragédie de

— Saül et David (*)? On l'a jouée devant un grand roi ; on y frémissait et on y pâmait de rire ; car tout y est pris mot pour mot de la Sainte-Ecriture.

Votre grand'maman est donc toujours à la campagne ? Je suis bien fâché de tous ces petits tracas ; mais, avec sa mine et son ame douce, je la crois capable de prendre un parti ferme, si elle y était réduite. Son mari, le capitaine de dragons, est l'homme du royaume dont je fais le plus de cas. Je ne crois pas qu'on puisse ni qu'on ose faire de la peine à un si brave officier qui est aussi aimable qu'utile.

Adieu, Madame ; vivez, digérez, pensez. Je vous aime de tout mon cœur : dites à votre ami que je l'aimerai tant que je vivrai. *V.*

LETTRE LXXVII.

A M. DE CHABANON.

7 d'auguste.

J'AIMERAIS encore mieux, mon cher ami, une bonne tragédie et une bonne comédie que des éloges de *Racine* et de *Molière;* mais enfin, il est toujours bon de rendre justice à qui il appartient.

Il me paraît qu'on a rendu justice à l'arlequinade substituée à la dernière scène de l'inimitable tragédie d'Iphigénie. Il y avait beaucoup de témérité de mettre le récit d'*Ulysse* en action. Je ne fais

(*) Voyez le vol. des Facéties.

pas quel eſt le profane qui a oſé toucher ainſi aux
choſes ſaintes.

Comment ne s'eſt-on pas aperçu que le ſpectacle
d'*Eriphyle* ſe ſacrifiant elle-même, ne pouvait faire
aucun effet, par la raiſon qu'*Eriphyle*, n'étant qu'un
perſonnage épiſodique et un peu odieux, ne pouvait intéreſſer ? Il ne faut jamais tuer ſur le théâtre
que des gens que l'on aime paſſionnément.

Je m'intéreſſe plus à l'auteur des Guèbres qu'à
celui de la nouvelle ſcène d'Iphigénie. C'eſt un jeune
homme qui mérite d'être encouragé ; il n'a que de
bons ſentimens, il veut inſpirer la tolérance, c'eſt
toujours bien fait : il pourra y réuſſir dans cinquante
ou ſoixante ans. En attendant, je crois que les honnêtes gens doivent le tolérer lui-même ; ſans quoi
il ſerait expoſé à la fureur des janſéniſtes qui n'ont
d'indulgence pour perſonne. Tous les philoſophes
devraient bien élever leur voix en faveur des Guèbres.
J'ai vu cette pièce imprimée, dans le pays étranger,
ſous le nom de la Tolérance ; mais on eſt bien
tiède aujourd'hui à Paris ſur l'intérêt public ; on va
à l'opéra comique le jour qu'on brûle le chevalier
de *la Barre* , et qu'on coupe la tête à *Lalli*. Ah !
Pariſiens, Pariſiens ! vous ne ſavez que danſer autour
des cadavres de vos frères. Mon cher ami , vous
n'êtes pas velche. *V.*

LETTRE LXXVIII.

A M. THIRIOT.

Le 9 d'augufte.

GRAND merci de ce que vous préférez le mois d'*augufte* au barbare mois d'*août*; vous n'êtes pas velche.

Je ne vous démentirai pas fur les Guèbres, j'en connais l'auteur; c'eft un jeune homme qu'il faut encourager. Il paraît avoir de fort bons fentimens fur la tolérance. Les honnêtes gens doivent rembarrer avec vigueur les méchans allégoriftes qui trouvent par-tout des allufions odieufes : ces gens-là ne font bons qu'à commenter l'*Apocalypfe*. Les Guèbres n'ont pas le moindre rapport avec notre clergé qui eft affurément très - humain, et qui de plus eft dans l'heureufe impuiffance de nuire.

Je ne crois pas que la comédie du Dépofitaire, que vous m'avez envoyée, foit de la force des Guèbres ; une comédie ne peut jamais remuer le cœur comme une tragédie ; chaque chofe doit être à fon rang.

Je ne crois pas que *Lacombe* vous donne beaucoup de votre comédie. Une pièce non jouée, et qui probablement ne le fera point, eft toujours très-mal vendue ; en tout cas, mon ancien ami, donnez-la à l'enchère.

Je ne fais rien de fi mal écrit, de fi mauvais, de fi plat, de fi faux, que les derniers chapitres de l'Hiſtoire du parlement. Je ne conçois pas comment un livre, dont le commencement eſt ſi ſage, peut finir ſi ridiculement; les derniers chapitres ne ſont pas même français. Vous me ferez un plaiſir extrême de m'envoyer ces deux volumes de Mélanges hiſtoriques par les guimbardes de Lyon.

Je vous plains de ſouffrir comme moi; mais avouez qu'il eſt plaiſant que j'aye attrapé ma ſoixante et ſeizième année en ayant tous les jours la colique.

Mon ami, nous ſommes des roſeaux qui avons vu tomber bien des chênes.

LETTRE LXXIX.

A M. LE COMTE D'ARGENTAL.

10 d'auguſte.

Voici, mon cher ange, la copie de la lettre que j'écris à M. le duc d'*Aumont*. S'il n'en eſt pas touché, il a le cœur dur; et ſi ſon cœur eſt dur, ſon oreille l'eſt auſſi. La muſique de M. de *la Borde* eſt douce et agréable. Madame *Denis* qui s'y connaît en eſt extrêmement contente. C'eſt elle qui m'a déterminé à écrire à M. le duc d'*Aumont*, en m'aſſurant que vous approuveriez cette démarche; mais, après avoir fait ce pas, il ſerait triſte de reculer. J'ai fort à cœur le ſuccès de cette affaire, pour plus d'une raiſon; c'eſt la ſeule choſe qui pourrait déterminer un certain voyage; d'ailleurs il ferait bien déſagréable pour *la Borde* d'avoir ſollicité une grâce dont il peut très-bien se passer, et de n'avoir pu l'obtenir. En vérité, ce serait à lui qu'on devrait demander sa musique comme une grâce. Il est ridicule de présenter une vieille musique purement française à une princesse qui est entièrement pour le goût italien. Vous devriez bien mettre madame la duchesse de *Villeroi* dans notre parti.

Au reste, si *la Borde* s'adresse à la personne qui est si bien avec notre premier gentilhomme de la chambre, je ne crois pas que cela doive faire la moindre peine à l'adverse partie qui ne se mêle point du tout des opéra.

Je ne sais si *la Borde* est assez heureux pour être connu de vous; c'est un bon garçon, complaisant et aimable, et dont le caractère mérite qu'on s'intéresse à lui, d'autant plus qu'il aime les arts pour eux-mêmes, et sans aucune vue qui puisse avilir un goût si respectable. En un mot, mon cher ange, faites ce que vous pourrez, et que l'espérance me reste encore au fond de la boîte.

J'espère surtout que madame d'*Argental* se porte mieux par le beau temps que nous avons.

Je vous répète encore que, quoique je sois très-sûr qu'on m'a pris beaucoup de papiers, je ne veux jamais connaître l'auteur de cette indiscrétion; et si on accusait dans le public celui que l'on soupçonne, je prendrais hautement son parti, comme j'ai déjà fait en pareille occasion.

On dit que l'abbé de *Chauvelin* se meurt, et que le président *Hénault* est dans les limbes; pour moi, je suis toujours dans le purgatoire, et je me croirais dans le paradis, si je pouvais vous embrasser. *V.*

LETTRE

LETTRE LXXX. 1769.

A MADAME

LA DUCHESSE DE CHOISEUL.

14 d'auguste.

MADAME GARGANTUA,

J'AI reçu le soulier dont il a plu à votre grandeur de me gratifier; il est long d'un pied de roi et d'un demi-pouce; et, comme j'ai ouï dire que vous êtes de la taille la mieux proportionnée, il est clair que vous devez avoir sept pieds trois pouces et demi de haut, ce qui, avec les deux pouces et demi de votre talon, compose une dame de sept pieds six pouces : c'est une taille fort avantageuse. On dira, tant qu'on voudra, que la *Vénus* de *Médicis* est petite, mais *Minerve* était très-grande.

C'est à *Minerve* à me dire si elle aime les Guèbres. L'auteur sera enchanté de ne lui pas déplaire; il me l'a dit lui-même. C'est précisément votre tolérance qu'il demande. On s'est bien donné de garde de l'imprimer à Paris sous le titre de la Tolérance. Tout ce qu'on demande à vos grâces, Madame, c'est que vous en disiez un peu de bien. Il y a des âmes approchantes de la vôtre qui la prennent sous leur protection, et il n'y a que ce moyen-là de lui procurer une entrée agréable dans le monde. On se garde bien de vous compromettre; mais on

—— croit ne point abuſer de vos bontés, en vous ſup-
pliant de joindre tout doucement votre voix à celles
qui favoriſent ces pauvres Guèbres.

Quant à la ville de la tolérance, il eſt bien clair
que ce ne ſera pas là ſon nom; mais, ſi la choſe n'y
eſt pas, j'aſſure le maître de votre pied qu'elle ne
ſera jamais peuplée.

L'hiſtoire dont vous me faites l'honneur de me
parler, Madame, m'a paru écrite de deux mains
bien différentes; la fin eſt remplie d'erreurs, de
ſottiſes monſtrueuſes et de ſolécifmes. Cette fin eſt
impertinente de tout point. Je crois qu'il n'y a qu'un
Fréron dans le monde qui puiſſe l'attribuer à mon
ami. Il mourrait d'un excès d'indignation, ſi un être
raiſonnable et honnête pouvait perdre la raiſon et
l'honnêteté au point de lui attribuer une ſi infame
rapſodie. Je me fâche preſque en vous parlant. Je
mets ma tête dans votre ſoulier (elle y entre très-
aiſément) pour oublier des idées ſi déſagréables; et
me confiant à votre tête et à votre cœur beaucoup
plus qu'à vos ſouliers, je ſuis avec un profond reſpect,

Madame *Gargantua*,

votre, &c. *Guillemet.*

LETTRE LXXXI.

1769.

A M. LE COMTE DE SCHOMBERG.

16 d'augufte.

Vous êtes trop bon, Monfieur. Il eft vrai que j'ai eu un petit avertiffement ; il eft bon d'en avoir quelquefois pour mettre ordre à fes affaires, et pour n'être pas pris au pied levé. Cette vie-ci n'eft qu'une affez miférable comédie ; mais foyez bien sûr que je vous ferai tendrement attaché jufqu'à la dernière ligne de mon petit rôle.

Dès qu'il y aura quelque chofe de nouveau dans nos quartiers, je ne manquerai pas de vous l'envoyer. Voyez fi vous voulez que ce foit fous le contre-feing de M. le duc de *Choifeul*, ou fous celui de monfeigneur le duc d'*Orléans*.

Je voudrais bien que ce prince protégeât un peu les Guèbres. *Henri IV*, dont il a tant de chofes, les protégea ; et la dernière fcène des Guèbres eft précifément l'édit de Nantes. Ceci n'eft point un amufement de poëfie, c'eft une affaire qui concerne l'humanité. Les Velches ont encore des préjugés bien infames. Il n'y a rien de fi fot, de fi méprifable qu'un velche ; mais il n'y a rien de fi aimable et de fi généreux qu'un français. Vous êtes très-français, Monfieur ; c'eft en cette qualité que vous agréerez mon très-tendre refpect.

L 2

LETTRE LXXXII.

A M. ELIE DE BEAUMONT.

17 d'augufte.

MADAME *Denis*, mon cher *Cicéron*, m'a mandé que, lorfque vous protégez fi bien l'innocence de vos cliens, vous me faites à moi la plus énorme injuftice. Vous penfez qu'en fermant ma porte à une infinité d'étrangers qui ne venaient chez moi que par une vaine curiofité, je la ferme à mes amis, à ceux que je révère.

Si vous venez à Lyon, ce dont je doute encore, j'irai vous y trouver plutôt que de ne vous pas voir. Si vous venez à Genève, je vous conjurerai de ne pas oublier Ferney ; vous ranimerez ma vieilleffe, j'embrafferai le défenfeur des *Calas* et de *Sirven*, mon cœur s'ouvrira au vôtre ; je jouirai de la confolation des philofophes, qui confifte à rechercher la vérité avec un homme qui la connaît.

Vous avez mis le fceau à votre gloire, en rétabliffant l'innocence et l'honneur de M. de *la Luzerne*. Vous êtes

> *Et nobilis et decens,*
> *Et pro follicitis non tacitus reis.*

Je ne fais fi vous êtes informé de l'aventure d'un nommé *Martin*, condamné à être roué par je ne fais quel juge de village en Barrois, fur les préfomptions les plus équivoques. La tournelle étant un

peu preffée, et le pauvre *Martin* fe défendant affez
mal, a confirmé la fentence. *Martin* a été roué dans
fon village. Trois jours après, le véritable coupable
a été reconnu; mais *Martin* n'en a pas moins comparu devant D I E U avec fes bras et fes cuiffes rompus.
On dit que ces chofes arrivent quelquefois chez les
Velches.

Je vous embraffe bien tendrement, et je me mets
aux pieds de madame de *Beaumont*.

1769.

LETTRE LXXXIII.

AU MEME.

Le 19 d'augufte.

JE ne conçois plus rien, mon cher *Cicéron*, à la
jurifprudence de ce fiècle. Vous rendez l'affaire de
M. de *la Luzerne* claire comme le jour, et cependant
les juges ont femblé décider contre lui. Je fouhaite
que d'autres juges lui foient plus favorables; mais
que peut-on efpérer? tout eft arbitraire.

Nous avons plus de commentaires que de lois,
et ces commentaires fe contredifent. Je ne connais
qu'un juge équitable, encore ne l'eft-il qu'à la
longue : c'eft le public. Ce n'eft qu'à fon tribunal
que je veux gagner le procès des *Sirven*. Je fuis
très-fûr que votre ouvrage fera un chef-d'œuvre
d'éloquence, qui mettra le comble à votre réputation. Votre fuccès m'eft néceffaire pour balancer
l'horreur où me plongera long-temps la cataftrophe

L 3

affreufe du chevalier de *la Barre* qui n'avait à fe reprocher que les folies d'un page, et qui eſt mort comme *Socrate*. Cette affaire eſt un tiffu d'abominations, qui infpire trop de mépris pour la nature humaine.

Vous plaidez en vérité pour le bien de madame votre femme comme *Cicéron pro domo fua*. Je ne vois pas qu'on puiffe vous refufer juſtice. Vous aurez une fortune digne de vous, et vous ferez des *Tufculanes* après vos *Oraifons*.

Je croyais que madame de *Beaumont* était entièrement guérie. Ne doutez pas, mon cher Monſieur, du vif intérêt que je prends à elle. Je fens combien fa fociété doit vous confoler des outrages qu'on fait tous les jours à la raifon. Que ne pouvez-vous plaider contre le monftre du fanatifme! Mais devant qui plaideriez-vous? ce ferait parler contre *Cerbère* au tribunal des furies. Je m'arrête pour écarter ces affreux objets, pour me livrer tout entier au doux fentiment de l'eſtime et de l'amitié la plus vraie.

LETTRE LXXXIV.

A M. LE DUC DE CHOISEUL.

Requête de l'hermite de Ferney, préfentée par M. Cofte, médecin.

Augufte.

RIEN n'eft plus à fa place que la fupplication d'un vieux malade pour un jeune médecin ; rien n'eft plus jufte qu'une augmentation de petits appointe- mens , quand le travail augmente. Monfeigneur fait parfaitement que nous n'avions autrefois que des écrouelles dans les déferts de Gex, et que, depuis qu'il y a des troupes, nous avons quelque chofe de plus fort. Le vieil hermite qui , à la vérité , n'a reçu aucun de ces deux bienfaits de la Providence, mais qui s'intéreffe fincèrement à tous ceux qui en font honorés , prend la liberté de repréfenter dou- loureufement et refpectueufement que le fieur *Cofte* notre médecin très-aimable , qui compte nous empê- cher de mourir , n'a pas de quoi vivre , et qu'il eft en ce point tout le contraire dès grands médecins de Paris. Il fupplie monfeigneur de vouloir bien avoir pitié d'un petit pays dont il fait l'unique efpé- rance. (*)

(*) M. *Cofte* a obtenu 1200 livres de penfion et 600 livres pour les frais de fon voyage.

LETTRE LXXXV.

A M. LE MARECHAL DUC DE RICHELIEU.

A Ferney, 30 d'augufte.

JE fais qu'il eft beau d'être modefte, mais il ne faut pas être indifférent fur fa gloire. Je me flatte, Monfeigneur, que du moins cette petite édition, que j'ai eu l'honneur de vous envoyer, ne vous aura pas déplu. Elle devrait vous rebuter, s'il y avait de la flatterie; mais il n'y a que de la vérité. Je ne vois pas pourquoi ceux qui rendent fervice à la patrie n'en feraient pas payés de leur vivant. *Salomon* dit que les morts ne jouiffent de rien, et il faut jouir.

J'ai eu l'honneur de vous parler de l'opéra de M. de *la Borde*. Permettez-moi de vous préfenter une autre requête fur une chofe beaucoup plus aifée que l'arrangement d'un opéra, c'eft d'ordonner les Scythes pour Fontainebleau au lieu de Mérope, ou les Scythes après Mérope, comme il vous plaira; vous me ferez le plus grand plaifir du monde. J'ai des raifons effentielles pour vous faire cette prière. Je vous demande en grâce de faire mettre les Scythes fur la lifte de vos faveurs pour Fontainebleau. Mes foixante et feize ans et mes maladies ne m'empêchent pas, comme vous voyez, de penfer encore un peu aux bagatelles de ce monde. Pardonnez-les-moi en faveur de ma grande paffion, c'eft celle de vous

faire encore une fois ma cour avant de mourir,
et de vous renouveler mon très-tendre et profond
refpect. *V.*

LETTRE LXXXVI.

A M. LE COMTE D'ARGENTAL.

30 d'augufte.

M ON cher ange, j'ai été un peu malade ; je ne
fuis pas de fer, comme vous favez ; c'eft ce qui fait
que je ne vous ai pas remercié plutôt de votre dernière lettre.

Le jeune auteur des Guèbres m'eft venu trouver ;
il a beaucoup ajouté à fon ouvrage, et j'ai été affez
content de ce qu'il a fait de nouveau : mais tous
fes foins et toute fa fageffe ne défarmeront probablement pas les prêtres de *Pluton.* On était près de jouer
cette pièce à Lyon ; la feule crainte de l'archevêque,
qui n'eft pourtant qu'un prêtre de *Vénus,* a rendu
les empreffemens des comédiens inutiles.

L'intendant veut la faire jouer à fa campagne ;
je ne fais pas encore ce qui en arrivera. Il fe trouve,
par une fatalité fingulière, que ce n'eft pas la prêtraille que nous avons à combattre dans cette occafion, mais les ennemis de cette prêtraille qui craignent
de trop offenfer leurs ennemis.

J'ai écrit à M. le maréchal de *Richelieu* pour le
prier de faire mettre les Scythes fur la lifte de Fontainebleau. Les Scythes ne valent pas les Guèbres, il s'en

faut beaucoup ; mais , tels qu'ils font , ils pourront être utiles à *le Kain*, et lui fournir trois ou quatre repréfentations à Paris.

Je me flatte que la rage de m'attribuer ce que je n'ai pas fait eft un peu diminuée.

Je ne me mêle point de l'affaire de *Martin* : elle n'eft que trop vraie , quoiqu'en dife mon gros petit neveu qui a compulfé les regiftres de la tournelle de cette année, au lieu de ceux de 1767 ; mais j'ai bien affez des *Sirven* fans me mêler des *Martin.* Je ne peux pas être le don *Quichotte* de tous les roués et de tous les pendus. Je ne vois de tous côtés que les injuftices les plus barbares. *Lalli* et fon bâillon, *Sirven*, *Calas*, *Martin*, le chevalier de *la Barre*, fe préfentent quelquefois à moi dans mes rêves. On croit que notre fiècle n'eft que ridicule, il eft horrible. La nation paffe un peu pour être une jolie troupe de finges ; mais, parmi ces finges , il y a des tigres , et il y en a toujours eu. J'ai toujours la fièvre le 24 du mois d'augufte, que les barbares Velches nomment août ; vous favez que c'eft le jour de la Saint-Barthelemi : mais je tombe en défaillance le 14 de mai où l'efprit de la ligue catholique, qui dominait encore dans la moitié de la France, affaffina *Henri IV* par les mains d'un révérend père feuillant. Cependant les Français danfent comme fi de rien n'était.

Vous me demandez ce que c'eft que l'aventure du pape et de la perruque. C'eft que mon ex-jéfuite *Adam* voulait me dire la meffe en perruque, pour ne pas s'enrhumer ; et que j'ai demandé cette permiffion au pape qui me l'a accordée. Mais l'évêque,

qui eft une tête à perruque, eft venu à la traverfe ;
et il ne tient qu'à moi de lui faire un procès en
cour de Rome, ce qu'affurément je ne ferai pas.

Le parlement de Touloufe femble faire amende
honorable aux manes de *Calas*, en favorifant l'innocence de *Sirven*. Il a déjà rendu un arrêt par
lequel il déclare le juge fubalterne, qui a jugé toute
la famille à être pendue, incapable de revoir cette
affaire, et la remet à d'autres juges : c'eft beaucoup.
Je regarde le procès des *Sirven* comme gagné ; j'avais
befoin de cette confolation.

Mes tendres refpects à mes deux anges. *V.*

LETTRE LXXXVII.

A M. LE COMTE DE SCHOMBERG.

31 d'augufte.

IL eft vrai, Monfieur, que j'ai été fort malade.
C'eft le partage ordinaire de la vieilleffe, furtout
quand on eft né avec un tempérament faible ; et
ces petits avertiffemens font des coups de cloche
qui annoncent que bientôt il n'y aura plus d'heure
pour nous. Les bêtes ont un grand avantage fur
l'efpèce humaine ; il n'y a point de coup de cloche
pour les animaux, quelque efprit qu'ils aient ; ils
meurent tous fans qu'ils s'en doutent ; ils n'ont point
de théologiens qui leur apprennent les quatre fins
des bêtes ; on ne gêne point leurs derniers momens
par des cérémonies impertinentes et fouvent odieufes ;

il ne leur en coûte rien pour être enterrés , on ne plaide point pour leurs teſtamens : mais auſſi nous avons ſur eux une grande ſupériorité , car ils ne connaiſſent que l'habitude , et nous connaiſſons l'amitié. Les chiens barbets ont beau avoir la réputation d'être les meilleurs amis du monde , ils ne nous valent pas.

Vous me faites ſentir du moins, Monſieur, cette conſolation dans toute ſon étendue.

Je n'ai jamais eu l'honneur de voir madame *Gargantua*, je ne connais d'elle qu'un ſoulier qui annonce la plus grande taille du monde ; mais je connais d'elle des lettres qui me font croire qu'elle a l'eſprit beaucoup plus délicat que ſes pieds ne ſont gros.

Je lui paſſe de ne pas aimer *Catau* ; c'eſt entre elles deux qui ſera la plus grande : mais je ne lui paſſe pas de croire qu'une rapſodie contre laquelle vous m'avez vu ſi en colère , puiſſe être de moi.

La compagnie des Indes , dont vous me parlez , paye actuellement le ſang de *Lalli*; mais qui payera le ſang du chevalier de *la Barre* ?

Ne ſoyez point étonné , Monſieur , que j'aye été malade au mois d'*auguſte* que les Velches appellent *août*. J'ai toujours la fièvre vers le 24 de ce mois, comme vers le 14 de mai. Vous devinez bien pourquoi, vous dont les ancêtres étaient attachés à *Henri IV*. Votre viſite et votre ſouvenir ſont un baume ſur toutes mes bleſſures. Conſervez-moi des bontés dont le prix m'eſt ſi cher.

LETTRE LXXXVIII. 1769.

A M. L'ABBÉ AUDRA, *à Toulouse*.

A Ferney, le 4 de septembre.

JE ne conçois pas, Monsieur, pourquoi cet infortuné *Siruen* se hâte si fort de se remettre en prison à Mazamet, puisque vous serez à la campagne jusqu'à la Saint-Martin. Il faut qu'il s'abandonne entièrement à vos conseils. Je crains pour sa tête dans une prison où il sera probablement long-temps. Il m'a envoyé la consultation des médecins et chirurgiens de Montpellier. Il est clair que le rapport de ceux de Mazamet était absurde, et que l'ignorance et le fanatisme ont condamné, flétri, ruiné une famille entière et une famille très-vertueuse. J'ai eu tout le temps de la connaître; elle demeure, depuis six ans, dans mon voisinage. La mère est morte de douleur en me venant voir; elle a pris DIEU à témoin de son innocence à son dernier moment; elle n'avait pas même besoin d'un tel témoin.

Ce jugement est horrible, et déshonore la France dans les pays étrangers. Vous travaillez, Monsieur, non-seulement pour secourir l'innocence opprimée, mais pour rétablir l'honneur de la patrie.

J'espère beaucoup dans l'équité et dans l'humanité de monsieur le procureur général. M. le prince de *Beauvau* lui a écrit, et prend cette affaire fort à cœur; mais je crois qu'on n'a besoin d'aucune sollicitation dans une cause que vous défendez. Je suis même persuadé que le parlement embrassera avec zèle l'occafion de montrer à l'Europe qu'il ne peut être féduit deux fois par le fanatifme du peuple, et par de malheureufes circonftances qui peuvent tromper les hommes les plus équitables et les plus habiles. J'ai toujours été convaincu qu'il y avait, dans l'affaire des *Calas*, de quoi excufer les juges. Les *Calas* étaient très-innocens, cela eft démontré; mais ils s'étaient contredits. Ils avaient été affez imbécilles pour vouloir fauver d'abord le prétendu honneur de *Marc-Antoine* leur fils, et pour dire qu'il était mort d'apoplexie, lorfqu'il était évident qu'il s'était défait lui-même. C'eft une aventure abominable; mais enfin on ne peut reprocher aux juges que d'avoir trop cru les apparences. Or, il n'y a ici nulle apparence contre *Sirven* et fa famille. L'alibi eft prouvé invinciblement; cela feul devait arrêter le juge ignorant et barbare qui l'a condamné.

On m'a mandé que le parlement avait déjà nommé d'autres juges pour revoir le procès en première inftance. Si cette nouvelle eft vraie, je tiens la réparation fûre; fi elle eft fauffe, je ferai affligé. Je voudrais être en état de faire, dès à préfent, le voyage de Touloufe. Je me flatte que les magiftrats me verraient avec bonté, et qu'ils me verraient avec d'autant moins mauvais gré d'avoir pris fi hautement le parti des *Calas*, que j'ai toujours marqué, dans mes démarches, le plus profond refpect pour le parlement, et que je n'ai imputé l'horreur de cette cataftrophe qu'au fanatifme dont le peuple était enivré. Si les hommes connaiffaient le prix de la tolérance; fi les lois romaines, qui font le fond de votre jurifprudence, étaient mieux fuivies, on verrait moins de ces crimes et de ces supplices qui effraient la nature. C'est le seul esprit d'intolérance qui assassina Henri III, Henri IV, votre premier président *Duranti* et l'avocat général *Raffis;* c'est lui qui a fait la Saint-Barthelemi ; c'est lui qui a fait expirer *Calas* sur la roue. Pourquoi ces abominations n'arrivent-elles qu'en France? pourquoi tant d'assassinats religieux, et tant de lettres de cachet prodiguées par le jésuite *le Tellier*, sont-ils le partage d'un peuple si renommé pour la danse et pour l'opéra comique ?

Tant que vous aurez des pénitens blancs, gris et noirs, vous serez exposés à toutes ces horreurs. Il n'y a que la philosophie qui puisse vous en tirer; mais la philosophie vient à pas lents, et le fanatisme parcourt la terre à pas de géant.

Je me consolerai, et j'aurai quelque espérance de voir les hommes devenir meilleurs, si vous faites rendre aux *Sirven* une justice complète. Je vous prie, Monsieur, de ne vous point rebuter des irrégularités dans lesquelles peut tomber un homme accablé d'une infortune de sept années, capable de déranger la meilleure tête.

Au reste, il doit avoir encore assez d'argent, et il n'en manquera pas. Je suis tout près de faire ce que veut M. d'*Arquier.* Je pense entièrement comme lui ; il m'a pris par mon faible, et vous augmentez beaucoup l'envie que j'ai de rendre ce petit service à la littérature. Il faudrait pour cela être sur les lieux, il faudrait passer l'hiver à Touloufe. C'est une grande entreprise, pour un vieillard de soixante et quinze ans, qui aime toujours passionnément les beaux arts, mais qui n'a que des désirs et point de force.

——
1769.

J'ai l'honneur d'être, Monfieur, avec tous les fentimens d'eftime, et j'ofe dire d'amitié que vous méritez, votre, &c.

P. S. Notre ami l'abbé *Morellet* a donc écrafé la compagnie des Indes; mais cette compagnie a fait couper le cou à *Lalli* qui, à mon gré, ne le méritait pas. Il y avait quelques gens employés aux Indes qui méritaient mieux une pareille cataftrophe; c'eft ainfi que va le monde. Tout ira bien dans la Jérufalem célefte.

LETTRE LXXXIX.

A MADAME

LA DUCHESSE DE CHOISEUL.

Ferney, 4 de feptembre.

MADAME GARGANTUA,

PARDON de la liberté grande; mais, comme j'ai appris que monfeigneur votre époux forme une colonie dans les neiges de mon voifinage, j'ai cru devoir vous montrer à tous deux ce que notre climat, qui paffe pour celui de la Sibérie fept mois de l'année, peut produire d'utile.

Ce font mes vers à foie qui m'ont donné de quoi faire ces bas; ce font mes mains qui ont travaillé à les fabriquer chez moi, avec le fils de *Calas;* ce font les premiers bas qu'on ait faits dans le pays.

Daignez

Daignez les mettre, Madame, une feule fois ;
montrez enfuite vos jambes à qui vous voudrez, 1769.
et fi on n'avoue pas que ma foie eft plus forte et
plus belle que celle de Provence et d'Italie, je renonce
au métier ; donnez-les enfuite à une de vos femmes,
ils lui dureront un an.

Il faut donc que monfeigneur votre époux foit
bien perfuadé qu'il n'y a point de pays fi difgracié
de la nature qu'on ne puiffe en tirer parti.

Je me mets à vos pieds, j'ai fur eux des deffeins ;
Je les prie humblement de m'accorder la joie
De les favoir logés dans ces mailles de foie,
Qu'au milieu des frimats je formai de mes mains.
Si la Fontaine a dit, *déchauffons ce que j'aime*,
    J'ofe prendre un plus noble foin ;
Mais il vaudrait bien mieux, j'en juge par moi-même,
Vous contempler de près que vous chauffer de loin.

Vous verrez, madame *Gargantua*, que j'ai pris
tout jufte la mefure de votre foulier. Je ne fuis fait
pour contempler ni vos yeux ni vos pieds, mais
je fuis tout fier de vous préfenter de la foie de mon
cru. Si jamais il arrive un temps de difette, je vous
enverrai, dans un cornet de papier, du blé que
je sème, et vous verrez fi je ne fuis pas un bon agriculteur digne de votre protection.

On dit que vous avez reçu parfaitement un petit
médecin de votre colonie ; mais un laboureur
eft bien plus utile qu'un médecin. Je ne fuis plus
typographe ; je me donne entièrement à l'agriculture,
depuis le poëme des *Saifons* de *M. de Saint-Lambert*.

Cependant, s'il paraît quelque chofe de bien philofophique qui puiffe vous amufer, je ferai toujours
à vos ordres.

Agréez, Madame, le profond refpect de votre
ancien colporteur, laboureur et manufacturier,

Guillemet.

LETTRE XC.

A MADAME

LA MARQUISE DU DEFFANT.

6 de feptembre.

JE viens de faire ce que vous voulez, Madame;
vous favez que je me fais toujours lire pendant mon
dîner. On m'a lu un éloge de *Molière*, qui durera
autant que la langue françaife : c'eft le Tartufe.

Je n'ai point lu celui qui a été couronné à l'académie françaife. Les prix inftitués pour encourager
les jeunes gens, font très-bien imaginés : on n'exige
pas d'eux des ouvrages parfaits; mais ils en étudient
mieux la langue, ils la parlent plus exactement, et
cet ufage empêche que nous ne tombions dans une
barbarie complète.

Les Anglais n'ont pas befoin de travailler pour
des prix; mais il n'y a pas chez eux de bon ouvrage
fans récompenfe : cela vaut mieux que des difcours
académiques. Ces difcours font précifément comme
les thèmes que l'on fait au collége : ils n'influent

en rien fur le goût de la nation. Ce qui a corrompu
le goût, c'eft principalement le théâtre, où l'on
applaudit à des pièces qu'on ne peut lire; c'eft la
manie de donner des exemples, c'eft la facilité de
faire des chofes médiocres, en pillant le fiècle paffé,
et en fe croyant fupérieur à lui.

1769.

Je prouvèrais bien que les chofes paffables de ce
temps-ci font toutes puifées dans les bons écrits du
fiècle de *Louis XIV*. Nos mauvais livres font moins
mauvais que les mauvais que l'on fefait du temps
de *Boileau*, de *Racine* et de *Molière*, parce que, dans
ces plats ouvrages d'aujourd'hui, il y a toujours
quelques morceaux tirés vifiblement des auteurs du
règne du bon goût. Nous reffemblons à des voleurs
qui changent et qui ornent ridiculement les habits
qu'ils ont dérobés, de peur qu'on ne les reconnaiffe.
A cette friponnerie s'eft jointe la rage de la differtation et celle du paradoxe. Le tout compofe une
impertinence qui eft d'un ennui mortel.

Je vous promets bien, Madame, de prendre toutes
ces fottifes en confidération l'hiver prochain, fi je
fuis en vie, et de faire voir à mes chers compatriotes que, de français qu'ils étaient, ils font devenus
velches.

Ce font les derniers chapitres que vous avez lus
qui font affurément d'une autre main, et d'une
main très-mal-adroite. Il n'y a ni vérité dans les
faits, ni pureté dans le ftyle. Ce font des guenilles
qu'on a coufues à une bonne étoffe.

On va faire une nouvelle édition des Guèbres
que j'aurai l'honneur de vous envoyer. Criez bien
fort pour ces bons Guèbres, Madame; criez,

M 2

faites crier ; dites combien il ferait ridicule de ne
point jouer une pièce si honnête, tandis qu'on repré-
sente tous les jours le Tartufe.

1769.

Ce n'est pas assez de haïr le mauvais goût, il faut
détester les hypocrites et les persécuteurs ; il faut les
rendre odieux et en purger la terre. Vous ne détestez
pas assez ces monstres-là. Je vois que vous ne haïssez
que ceux qui vous ennuient. Mais pourquoi ne pas
haïr aussi ceux qui ont voulu vous tromper et vous
gouverner ? ne sont-ils pas d'ailleurs cent fois plus
ennuyeux que tous les discours académiques ? et
n'est-ce pas là un crime dont vous devez les punir?
mais en même temps n'oubliez pas d'aimer un peu
le vieux solitaire qui vous sera tendrement attaché
tant qu'il vivra.

Vous savez que votre grand'maman m'a envoyé
un soulier d'un pied de roi de longueur. Je lui ai
envoyé une paire de bas de soie qui entrerait à peine
dans le pied d'une dame chinoise. Cette paire de
bas, c'est moi qui l'ai faite ; j'y ai travaillé avec un
fils de *Calas*. J'ai trouvé le secret d'avoir des vers à
soie dans un pays tout couvert de neiges, sept mois
de l'année ; et ma soie, dans mon climat barbare,
est meilleure que celle d'Italie. J'ai voulu que le
mari de votre grand'maman, qui fonde actuellement une colonie dans notre voisinage, vît par ses
yeux que l'on peut avoir des manufactures dans
notre climat horrible.

Je suis bien las d'être aveugle tous les hivers,
mais je ne dois pas me plaindre devant vous. Je
ferais comme ce sot prêtre qui osait crier, parce que
les Espagnols le fesaient brûler en présence de son

empereur qu'on brûlait auffi. Vous me diriez comme l'empereur : Et moi, fuis-je fur un lit de rofes?

Vous êtes malheureufe toute l'année , et moi je ne le fuis que quatre mois : je fuis bien loin de murmurer , je ne plains que vous. Pourquoi les caufes fecondes vous ont - elles fi maltraitée ? pourquoi donner l'être , fans donner le bien-être ? c'eft-là ce qui eft cruel.

Adieu , Madame , confolons-nous. *V.*

LETTRE XCI.

A M. DE BORDES, *à Lyon.*

Septembre.

VOICI le fait, mon cher ami : M. de *Sartine* a fait imprimer les Guèbres par *Lacombe*, mais il ne veut pas être compromis. Les miniftres fouhaitent qu'on la joue ; mais ils veulent qu'on la repréfente d'abord en province. On en donne, cette femaine, une repréfentation à Orangis , à deux lieues de Paris. Vous pouvez compter fur la vérité de ce que je vous mande.

Tout bien confidéré, M. de *Fleffelles* pourrait écrire à M. de *Sartine.* Il eft certain qu'il répondra favorablement. Je vous réponds de même de M. le duc de *Choifeul* , de M. le duc de *Praflin* , de monfieur le chancelier. A l'égard du roi, il ne fe mêle en aucune manière de ces bagatelles.

J'ai fait réflexion qu'il faut bien fe donner de garde de fournir à un évêque , quel qu'il foit, le prétexte de fe flatter qu'on doive le confulter fur les divertiffemens publics ou particuliers. On joue tous les jours le Tartufe fans faire aux prêtres le moindre compliment ; ils ne doivent fe mêler en rien de ce qui ne regarde pas l'Eglife ; c'eft la maxime du confeil du roi et de toutes les juridictions du royaume. Le temps eft paffé où les hypocrites gouvernaient les fots. Il faut détruire aujourd'hui un pouvoir auffi odieux que ridicule. On ne peut mieux parvenir à ce but qu'en jouant les Guébres, qui rendent la perfécution exécrable, fans que ceux qui veulent être perfécuteurs puiffent fe plaindre.

On fit très-mal, à mon avis, de priver la ville de Lyon de l'ufage où elle était, de donner une petite fête. le premier dimanche du carême, et de craindre les menaces que fefait un certain homme d'écrire à la cour. Soyez très-sûr que le corps de ville l'aurait emporté fur lui fans difficulté, et que fes lettres à la cour ne feraient pas plus d'effet que les excommunications de *Rezzonico.*. Je ne connais pas quel rapport le parlement de Bretagne peut avoir avec l'intendant de Lyon ; mais je conçois très-bien qu'il vaut mieux jouer une tragédie que de donner à jouer à des jeux de hafard ruineux, qui doivent être ignorés dans une ville de manufactures.

Au refte, rien ne preffe. Ce petit divertiffement fera auffi bon en novembre qu'en feptembre. Je ne fais, mon cher ami, fi ma fanté me permettra de faire le voyage ; mais fi je le fais, il faudra que je vive à Lyon dans la plus grande retraite ; que je n'y vienne que pour confulter des médecins, et que je ne faſſe abſolument aucune viſite. Je me meurs d'envie de vous embraſſer. *V.*

N. B. Ne ſoyez point étonné que les évêques eſpagnols aillent publiquement à la comédie ; c'eſt l'uſage. Les prêtres eſpagnols font en cela plus ſenſés que les nôtres. Il y a pluſieurs pièces de théâtre à Madrid, qui finiſſent par *ite, comœdia eſt.* Alors chacun fait le ſigne de la croix et va ſouper avec ſa maîtreſſe.

LETTRE XCII.

A M. LE COMTE D'ARGENTAL.

11 de ſeptembre.

NON, vraiment, on ne s'eſt point adreſſé à l'archevêque de Lyon, mon cher ange ; mais on a craint de lui déplaire ; c'eſt pure poltronnerie au prévôt des marchands. L'intendant veut faire jouer la pièce à ſa maiſon de campagne ; mais cette maiſon eſt tout auprès de celle du prélat, et on ne ſait encore s'il oſera élever l'autel de *Baal* contre l'autel d'*Adonaï.* Les petites additions aux Guèbres ne ſont pas fort eſſentielles. Je les ai pourtant envoyées à *la Harpe ;* il y a deux vers qu'il ne ſera pas fâché de prononcer ; c'eſt en parlant des marauds d'Apamée :

> Ils ont, pour ſe défendre et pour nous accabler,
> Céſar qu'ils ont ſéduit, et Dieu qu'ils font parler.

Le ſeul moyen de faire jouer cette pièce, ce ſerait de détruire entièrement dans l'eſprit des honnêtes gens la rage de l'allégorie. Ce ſont nos amis qui nous

M 4

perdent. Les prêtres ne demanderaient pas mieux que de pouvoir dire : Ceci ne nous regarde pas, nous ne fommes pas chanoines d'Apamée , nous ne voulons point faire brûler les petites filles. Nos amis ne ceffent de leur dire : Vous ne valez pas mieux que les prêtres de *Pluton ;* vous feriez , dans l'occafion , plus méchans qu'eux. Si on ne le leur dit pas en face , on le dit fi haut que tous les échos le répètent.

Enfin , je ne joue pas heureufement , et il faut que je me retire tout-à-fait du jeu.

Je vois bien que *Pandore* a fait coupe-gorge. Il eft fort aifé de faire ordonner par *Jupiter,* à la dame *Néméfis* , d'emprunter les chauffes de *Mercure* , et fon chapeau et fes talonnières ; mais le refte m'eft impoffible ; *tu nihil invitâ dices faciesve Minervâ.* Ce font de ces commandemens de D I E U que les juftes ne peuvent exécuter.

J'ai reçu une lettre d'un fénateur de Venife , qui me mande que tous les honnêtes gens de fon pays penfent comme moi. La lumière s'étend de tous côtés ; cependant le fang du chevalier de *la Barre* fume encore. A l'égard de celui de *Martin* , ce n'eft pas à moi de le venger ; tout ce que je puis dire , mon cher ange , c'eft qu'il y a des tigres parmi les finges ; les uns danfent , les autres dévorent. Voilà le monde , ou du moins le monde des Velches ; mais je veux faire comme DIEU , pardonner à Sodôme , s'il y a dix juftes comme vous. Mille tendres refpécts à mes deux anges. *V.*

LETTRE XCIII.

AU MEME.

16 de septembre.

JE réponds , mon cher ange , à vos lettres du 4 et du 9. Vous devez actuellement avoir reçu , par M. *Marin* , la tragédie des Guèbres , avec les additions que le jeune auteur a faites.

Le Kain a joué à Touloufe *Tancrède* , *Zamore* et *Hérodé* , avec le plus grand fuccès. La falle était remplie à deux heures. On dit la troupe fort bonne; plufieurs amateurs ont fait une foufcription affez confidérable pour la compofer. Cette troupe a donné Athalie avec la mufique des chœurs , et on me demande des chœurs pour toutes mes pièces. Les fpectacles adouciffent les mœurs ; et, quand la philofophie s'y joint , la fuperftition eft bientôt écrafée. Il s'eft fait, depuis dix ans , dans toute la jeuneffe de Touloufe , un changement incroyable. *Sirven* s'en trouvera bien ; il verra que votre idée de venir fe défendre lui-même était la meilleure ; mais, plus il a tardé , plus il trouvera les efprits bien difpofés. Vous voyez qu'à la longue les bons livres font quelque effet, et que ceux qui ont contribué à répandre la lumière , n'ont pas entièrement perdu leur peine.

On me preffe pour aller paffer l'hiver à Touloufe. Il eft vrai que je ne peux plus fupporter les neiges qui m'enfeveliffent pendant cinq mois de fuite , au

moins ; mais il fe pourra bien faire que madame
Denis vienne affronter auprès de moi les horreurs
de nos frimats, et celles de la folitude et de l'ennui,
avec un pauvre vieillard qu'il eft bien difficile de
tranfplanter.

M. de *Ximenès* m'a mandé que M. le maréchal
de *Richelieu* avait mis les Guèbres fur le répertoire
de Fontainebleau ; je crois qu'il s'eft trompé, car
M. de *Richelieu* ne m'en parle pas. Il a affez de
hauteur dans l'efprit pour faire cette démarche, et
ce ferait un grand coup. Les tribuns militaires vont
au fpectacle, et les prêtres de *Pluton* n'y vont point;
la raifon gagnerait enfin fa caufe, ce qui ne lui
arrive pas fouvent.

Je vois bien que je perdrai la mienne auprès de
M. le duc d'*Aumont*. Il me fera impoffible de refaire
la fcène d'*Eve* et du ferpent, à moins que le diable
en perfonne ne vienne m'infpirer. Je fuis à préfent
auffi incapable de faire des vers d'opéra que de
courir la pofte à cheval. Il y a des temps où l'on
ne peut répondre de foi. Je prends mon parti fur
Pandore ; ce fpectacle aurait pu être une occafion
qui m'aurait fait faire un petit voyage que je défire
depuis long-temps, et que vous feul, mon cher
ange, me faites défirer. Quand je dis vous feul,
j'entends madame d'*Argental* et vous ; mais, encore
une fois, je ne fuis pas heureux.

Adieu, mon très-cher ange ; pardonnez à un
pauvre malade, fi je ne vous écris pas plus au
long. *V.*

LETTRE XCIV.

A M. LE COMTE DE LA TOURAILLE.

A Ferney, le 17 de feptembre.

LE livre (*) dont vous me parlez, Monfieur, eft évidemment de deux mains différentes. Tout ce qui précède l'attentat de *Damiens* m'a paru vrai, et écrit d'un ftyle affez pur ; le refte eft rempli de folécifmes et de fauffetés. L'auteur ne fait ce qu'il dit. Il prend le préfident de *Bézigni* pour le préfident de *Maffigni*. Il dit qu'on a donné des penfions à tous les juges de *Damiens*, et on n'en a donné qu'aux deux rapporteurs. Il fe trompe groffièrement fur la prétendue union de M. d'*Argenfon* et de M. de *Machault*.

Vous aimez les lettres, Monfieur, et vous êtes affez heureux pour ignorer le brigandage qui règne dans la littérature. L'abbé *Desfontaines* fit autrefois une édition clandeftine de la Henriade, dans laquelle il inféra des vers contre l'académie, pour me brouiller avec elle, et pour m'empêcher d'être de fon corps. On a eu, cette fois-ci, une intention plus maligne. Ces petits procédés, qui ne font pas rares, n'ont pas peu contribué à me faire quitter la France, et à chercher la folitude. L'amitié dont vous m'honorez me confole. Je vous prie de me la conferver ; j'en fens tout le prix. Je ferais enchanté d'avoir l'honneur de vous voir ; mais il n'y a pas d'apparence que

(*) Hiftoire du parlement de Paris.

vous puiffiez quitter les Etats de Bourgogne et la cour brillante de M. le prince de *Condé*, pour des montagnes couvertes de neige, et pour un vieux folitaire devenu auffi froid qu'elles. *V.*

LETTRE XCV.

A M. LE MARECHAL DUC DE RICHELIEU.

A Ferney, 18 de feptembre.

Je vous écris, Monfeigneur, quand j'ai quelque chofe à mander que je crois valoir la peine de vous importuner. Je me tais, quand je n'ai rien à dire; et, quand je fonge que vous devez recevoir par jour une quarantaine de lettres, je crains de faire la quarante et unième.

Vous me demandez où eft la gloire? je vais vous le dire. Un homme qui revient de Gênes, me contait hier qu'il y avait vu un homme de la cour de l'empereur. Cet allemand, en regardant votre ftatue, difait: Voilà le feul français qui, depuis le maréchal de *Villars*, ait mérité une grande réputation. Un pareil difcours eft quelque chofe. Ce feigneur allemand ne fe doutait pas que vous le fauriez par moi.

Vous m'accufez toujours d'avoir une confiance aveugle en certaines perfonnes. Qui voulez-vous que je confulte? Je ne connais aucun comédien, excepté *le Kain.* Il y a vingt et un ans que je n'ai vu Paris, et tous les acteurs ont été reçus depuis ce temps-là. J'ai une autre nièce que madame *Denis*, qui fe mêle auffi de jouer quelquefois la comédie

dans fon caftel. Elle a diftribué une ou deux fois de
mes rôles. J'ai auffi un neveu, confeiller au parle- 1769.
ment, qui eft, fans contredit, le meilleur comique
des enquêtes. Je voudrais que la grand'chambre ne
fît que ce métier-là, tout en irait mieux.

A propos de grand'chambre, vous devez bien
voir, Monfeigneur, par l'énorme brigandage qui
régnait dans l'Inde, que ce n'était pas votre ancien
protégé *Lalli* qui était coupable. Il y a des chofes
qui me font faigner le cœur long-temps. Je fuis un
peu le don *Quichotte* des malheureux. Je pourfuis
fans relâche l'affaire des *Sirven*, qui eft toute fem-
blable à celle des *Calas*, et j'efpère en venir à bout
dans quelques femaines. Ces petits fuccès me con-
folent beaucoup de ce que les fots appellent malheur.

J'ignore toujours fi M. le marquis de *Ximenès* ne
s'eft pas trompé quand il m'a mandé que vous
ordonniez qu'on jouât les Guèbres. Ordonnez ce
qu'il vous plaira; je vous ferai fenfiblement obligé
de tout ce que vous ferez. J'ai la vanité de croire les
Guèbres très-dignes de votre protection. Il n'y a
qu'un fat de robin qui ait dit que les Guèbres étaient
dangereux; où a-t-il pris cette impertinente idée ?
craint-il qu'on ne fe faffe guèbre à Paris ? M. de
Sartine eft bien loin de penfer comme cet animal.

Je me mets aux pieds de mon héros, et je le
remercie de toutes fes bontés. *V.*

LETTRE XCVI.

A MADAME

LA MARQUISE DU DEFFANT.

20 de septembre.

Oui, Madame, je veux vous adresser mes idées sur le style d'aujourd'hui, sur l'extinction du génie, et sur les abus de ce qu'on appelle esprit ; mais avant d'entreprendre cet ouvrage, il faut que je vous parle de cette Histoire du parlement que vous vous êtes fait lire.

Vous vous apercevrez aisément que les deux derniers chapitres ne peuvent être de la même main qui a fait les autres ; ils sont remplis de solécismes et de faussetés. Le barbouilleur qui a joint ce tableau grimaçant aux autres, qui paraissent assez fidelles, dit autant de sottises que de mots. Il prend le président de *Bézigni* pour le président de *Massigni*. Il dit que le roi a donné des pensions à tous les juges de *Damiens*, et il est public qu'il n'en a donné qu'aux deux rapporteurs. Il se trompe sur toutes les dates ; il se trompe sur M. de *Machault*.

Si vous vous souvenez de ce petit ouvrage que M. de *Béleslat* s'attribuait, et qu'il était incapable de faire, vous trouverez que ces deux chapitres sont du même style. Je ne veux pas approfondir cette nouvelle iniquité ; mais je vous répéterai ce que je

1769.

viens d'écrire à votre grand'maman : il y a autant
de friponneries parmi les gens de lettres , ou foi-
difant tels, qu'à la cour. Je ne veux pas les dévoiler
pour l'honneur du corps : je fuis comme les prêtres
qui fauvent toujours , autant qu'ils le peuvent ,
l'honneur de leurs confrères. Il y a pourtant tel
confrère que j'aurais fait pendre affez volontiers.

La Beaumelle fit autrefois une édition de la Pucelle ,
dans laquelle il y avait des vers contre le roi et
contre madame de *Pompadour;* et malheureufement
ces vers n'étaient pas mal tournés. Il les fit parvenir
à madame de *Pompadour* elle-même , avec un finet
qui marquait la page où elle était infultée : cela eft
plus fort que les deux derniers chapitres.

On joua de pareils tours à *Racine ;* et le Mifan-
thrope de *Molière* en cite un de cette efpèce. Ce qui
m'étonne , c'eft qu'on faffe de ces horreurs fans
aucun intérêt que celui de nuire, et fans y pouvoir
rien gagner.

Je conçois bien , à toute force , qu'on foit fripon
pour devenir pape ou roi; je conçois qu'on fe permette quelques petites perfidies pour devenir la
maîtreffe d'un roi ou d'un pape: mais les méchancetés inutiles font bien fottes. J'en ai vu beaucoup
de ce genre en ma vie ; mais, après tout , il y a
de plus grands malheurs , et je n'en fais point de
pires que la perte des yeux et de l'eftomac.

Par quelle fatalité faut-il que la nature foit notre
plus cruel ennemi ? Je commence déjà à redevenir
votre confrère quinze-vingt , parce qu'il eft tombé
de la neige fur nos montagnes. Je pourrais bien aller
paffer mon hiver dans les pays chauds , comme

font les cailles et les hirondelles qui font beaucoup
1769. plus fages que nous.

Vous m'avez parlé quelquefois d'un petit livre
fur la raifon des animaux: je penfe comme l'auteur.
Les effaims de mes abeilles fe laiffent prendre une à
une pour entrer dans la ruche qu'on leur a préparée;
elles ne bleffent alors perfonne ; elles ne donnent
pas un coup d'aiguillon. Quelque temps après, il
vint des faucheurs qui coupèrent l'herbe d'un pré
rempli de fleurs qui convenaient à ces demoifelles;
elles allèrent en corps d'armée défendre leur pré,
et mirent les faucheurs en fuite.

Nos guerres ne font pas fi juftes, il s'en faut de
beaucoup. Si on fe contentait de défendre fon bien,
on n'aurait rien à fe reprocher ; mais on prend le
bien d'autrui, et cela n'eft point du tout honnête.

Cependant il faut avouer que nous fommes un
peu moins barbares qu'autrefois ; la fociété eft
un peu perfectionnée. Je m'en rapporte à vous,
Madame, qui en êtes l'ornement. Je me mets à vos
pieds. *V.*

LETTRE

LETTRE XCVII.

A M. LE COMTE D'ARGENTAL.

20 de septembre.

Mon cher ange, on veut que je vous prie de recommander M. de *Mondion* à M. le duc de *Praslin*. Je vous en prie, de tout mon cœur, vous et madame d'*Argental*. M. le duc de *Praslin* fait de quoi il s'agit, il connaît M. de *Mondion*, il le protége, et vous ne ferez qu'affermir M. le duc de *Praslin* dans ses bontés pour lui.

Quoique je sois actuellement dans un département qui n'a rien de commun avec les vers ; cependant je viens de relire cette scène de *Pandore*. Je la trouve assez bien filée, et les raisons de *Mercure* très-bonnes ; mais je n'aime point le couplet de *Némésis*.

> Je ne veux que vous apprendre
> A plaire, à brûler toujours.

Le mot de *brûler* me choque, et n'est point officieux pour la musique ; je suis tenté de tourner ainsi ce couplet :

NEMESIS *sous la figure de Mercure.*

Confiez-vous à moi ; je viens pour vous apprendre
Le grand secret d'aimer et de plaire toujours.

PANDORE.

Ah, si je le croyais !

Corresp. générale.   Tome X.   N

NEMESIS.

C'eſt trop vous en défendre ;
J'éterniſe vos amours ,
Et vous craignez de m'entendre , &c.

Je ſuis encore dans une profonde ignorance ſur
cet ordre donné par M. le maréchal de *Richelieu*,
de repréſenter à Fontainebleau les Guèbres. M. de
Ximenès eſt le ſeul qui m'en ait parlé ; la choſe
devrait être ; mais c'eſt probablement une raiſon de
croire qu'elle ne ſera pas. C'eſt beaucoup qu'on
donne à Fontainebleau le divertiſſement de la Princeſſe de Navarre , les Scythes , Mérope et Tancrède.

Lacombe doit avoir vendu plus de Guèbres qu'il
ne dit ; mais le marché a été mal fait , on ne peut
plus y revenir : j'en ſuis fâché pour *le Kain ;* mais
dans quelque temps je tâcherai de l'indemniſer.

Je viens à des affaires plus graves ; c'eſt le ſuccès
de l'avis que vous donnâtes à *Sirven ;* vous aviez
ſeul raiſon. Tout le parlement de Toulouſe eſt pour
Sirven , ſi j'en crois les nouvelles que je reçois
aujourd'hui. On remettra cette famille auſſi innocente que malheureuſe dans tous ſes droits. Je vous
le dis et le redis , il s'eſt fait depuis dix ans une pro-
digieuſe révolution dans tous les parlemens du
royaume , excepté dans la grand'chambre de Paris.
Il faut laiſſer mourir les vieux aſſaſſins du chevalier
de *la Barre* , qui font en horreur dans l'Europe
entière. Un grand ſouverain me mandait , il y a
quelques jours , qu'il les aurait fait enfermer dans
les petites maiſons de ſon pays pour toute leur vie.

On ne peut pas aſſembler les hommes dans la plaine

de Grenelle, pour leur prêcher la raifon ; mais on éclaire, par des livres de plus d'un genre, les jeunes gens qui font dignes d'être éclairés, et la lumière fe propage d'un bout de l'Europe à l'autre. Les Velches font toujours les derniers à s'inftruire, mais ils s'inftruifent à la fin, j'entends les honnêtes gens ; car pour les convulfionnaires, les bedeaux de paroiffe et les porte-Dieu, il ne faut pas s'embarraffer d'eux.

Adieu, mon divin ange ; rien n'eft plus doux que de faire un peu de bien. *V.*

1769.

LETTRE XCVIII.

A M. LE COMTE DE SCHOMBERG.

22 de feptembre.

LES vieux malades, Monfieur, n'écrivent pas quand ils veulent; mais j'en connais un qui a le cœur bien fenfible pour toutes vos bontés.

Je profite de l'avis que vous m'avez donné de vous adreffer quelques paquets fous l'enveloppe du petit-fils d'*Henri IV*. Il m'a paru que les Guèbres n'étaient point indignes de paraître aux yeux d'un prince dont le grand-père a fait l'édit de Nantes. *Henri IV* parla au parlement à peu-près comme l'empereur s'exprime dans cette tragédie. Je ne fais fi on ne pourrait pas s'en amufer à Villers-Cotterets. Il y a une bonne troupe de citoyens qui jouent cette pièce auprès de Paris à Orangis. J'imagine que cette petite fociété fe rendrait volontiers aux

—— ordres de monseigneur le duc d'*Orléans*. M. et

1769. madame de *la Harpe* sont les principaux acteurs ; je puis vous affurer qu'ils vous feraient grand plaisir.

Vous aurez bientôt M. le marquis de *Jaucourt*. Je fouhaite que les eaux favoyardes aient fait du bien à fes oreilles. M. de *Bourcet* est venu tracer la nouvelle ville de Verfoy. Il dit que la Corfe est un bon pays, qui peut nourrir trois cents mille hommes, s'il est bien cultivé; en ce cas, le pays que j'habite est bien loin de reffembler à la Corfe.

Tous ceux qui reviennent de Corfe prétendent que la réputation de *Paoli* était un peu ufurpée. S'il s'est mêlé d'être légiflateur, il ne s'est pas mêlé d'être héros. Quoi qu'il en foit, cette conquête fait beau-coup d'honneur à M. le duc de *Choifeul* ; il gagne un royaume d'une main, et il bâtit une ville de l'autre. Il pourrait dire comme *Lulli* à un page, pendant qu'il tonnait : ,, Mon ami, fais le figne de ,, la croix, car tu vois bien que j'ai les deux mains ,, occupées. ,,

Confervez-moi vos bontés, Monfieur ; elles con-folent ma folitude et mes fouffrances ; comptez à jamais fur mes tendres et refpectueux fentimens.

LETTRE XCIX.

A M. LE COMTE D'ARGENTAL.

27 de feptembre.

Voici encore une autre requête que *Chabanon* me prie de préfenter à mes anges. Mais qu'a-t-il befoin de moi ? pourquoi prendre un fi grand tour ? Je fuppofe qu'il a parlé lui-même. Il s'agit d'une place de garde-marine que le chevalier de *Vezieux* follicite auprès de M. le duc de *Praflin*. Le chevalier de *Vezieux* eft neveu de M. de *Chabanon*, et recommandé par M. le duc de *Nivernois*. Un mot de mes anges, placé à propos, fera grand bien.

On attend à Lyon que M. de *Sartine* ait déclaré à un de fes amis qu'il ne fe mêle point des fpectacles de cette ville, et qu'il ne leur veut aucun mal. Tout fe fait bien ridiculement dans votre pays velche. Si M. le duc de *Richelieu* avait voulu, les Guèbres auraient été joués à Fontainebleau, fans le moindre murmure. Nous n'avons actuellement de reffource que dans Orangis. Il fe pourrait bien que M. le duc d'*Orléans* priât bientôt cette troupe de venir jouer à Saint-Cloud ou à Villers-Cotterets ; ce ferait un bel encouragement. Je ne croirai les Velches dignes d'être français, que quand on repréfentera, publiquement et fans contradiction, une pièce où les droits des hommes font établis contre les ufurpations des prêtres.

Le vieux folitaire malade lève de loin fes mains aux anges.

LETTRE C.

A M. LE MARECHAL DUC DE RICHELIEU.

A Ferney , 27 de septembre.

Mon héros voit bien que, lorsque j'ai sujet
d'écrire, je barbouille du papier sans peine, et que
je l'ennuie souvent ; mais, quand je n'ai rien à
dire, je respecte ses occupations, ses plaisirs, sa
jeunesse, et je me tais. Il y a quarante-neuf ans que
mon héros prit l'habitude de se moquer de son très-
humble serviteur ; il la conserve et la conservera. Je
n'y fais autre chose que de faire le plongeon, et
d'admirer la constance de monseigneur à m'accabler
de ses lardons.

Je n'étais pas informé de la circonstance du
Brayer : il y a mille traits de l'histoire moderne qui
échappent à un pauvre solitaire retiré au milieu des
neiges.

S'il était permis de vous parler sérieusement, je
vous dirais que je n'ai jamais chargé M. de *Ximenès*
de vous parler des Guèbres, ni de vous les présenter. Il a pris tout cela sous son bonnet, qui n'est
pas celui du cardinal *Ximenès*, dont il prétend pourtant descendre en ligne droite. Je lui suis très-obligé
d'aimer les Guèbres, mais je ne l'ai assurément prié
de rien.

J'ai eu l'honneur de vous en envoyer un autre
exemplaire, et on en fait encore actuellement une

édition bien plus correcte. Tous les honnêtes gens
de Paris fouhaitent qu'on repréfente cette pièce. On 1769.
la joue en province. Une fociété de particuliers vient
de la repréfenter à la campagne avec beaucoup de
fuccès ; on la jouera probablement chez M. le duc
d'*Orléans*. Il n'y a pas un feul mot qui puiffe avoir
le moindre rapport ni à nos mœurs d'aujourd'hui ,
ni au temps préfent. S'il y a quelque chofe qui faffe
allufion à l'inquifition , nous n'avons point d'inquifition en France ; elle y a toujours été en horreur.
Le Tartufe , qui était une fatire des dévots , et furtout de la morale des jéfuites , alors tout-puiffans ,
a été joué par la protection d'un premier gentilhomme de la chambre , et eft refté au théâtre pour
toujours.

Mahomet , où il eft dit :

Quiconque ofe penfer n'eft pas né pour me croire ,

Mahomet , dans lequel il y a un *Séide* qui eft
précifément *Jacques-Clément* , eft joué fouvent fans
que perfonne en murmure. M. de *Sartine* ne
demande pas mieux qu'on faffe aux Guèbres le
même honneur ; mais il n'ofe pas fe compromettre.
Il n'y a qu'un premier gentilhomme de la chambre ,
ayant le droit d'être un peu hardi , qui puiffe prendre
fur lui une telle entreprife. Quelques fots pourraient
crier , mais trois à quatre cents mille hommes le
béniraient.

J'ai bien fenti que mon héros , qui a d'ailleurs
tant de gloire , ne fe foucierait pas beaucoup de
celle-ci ; auffi je me fuis bien donné de garde de
lui en parler , et encore plus de lui en faire parler

par M. de *Ximenès;* je lui ai feulement préfenté les Guèbres pour l'amufer. Il viendra un temps où cette pièce paraîtra fort édifiante ; ce temps approche, et j'efpère que mon héros vivra affez pour le voir.

Au refte, il fait que j'ai juré, depuis long-temps, d'obéir à fes ordres, et de ne jamais les prévenir ; de lui envoyer tout ce qu'il me demanderait, et de ne jamais rien lui dépêcher qu'il ne le demande, parce que je ne puis deviner fes goûts ; je ne dois rien lui préfenter fans être sûr qu'il le recevra, et je ne veux rien faire qui ne lui plaife. Voilà mon dernier mot pour quatre jours que j'ai à vivre. Je vivrai et je mourrai fon attaché, fon obligé et fon berné *V.*

LETTRE CI.

A M. DE CHAMPFORT.

A Ferney, 27 de feptembre.

Tout ce que vous dites, Monfieur, de l'admirable *Molière*, et la manière dont vous le dites, font dignes de lui et du beau fiècle où il a vécu. Vous avez fait fentir bien adroitement l'abfurde injuftice dont usèrent envers ce philofophe du théâtre des perfonnes qui jouaient fur un théâtre plus refpecté. Vous avez paffé habilement fur l'obftination avec laquelle un débauché refufa la fépulture à un fage. L'archevêque *Chanvalon* mourut depuis, comme vous favez, à Conflans, de la mort des bienheureux, fur madame de *Lefdiguières*, et il fut enterré pompeufement au fon de toutes les cloches, avec toutes les belles cérémonies qui conduifent infailliblement l'ame d'un archevêque dans l'empyrée. Mais *Louis XIV* avait eu bien de la peine à empêcher que celui qui était fupérieur à *Plaute* et à *Térence* ne fût jeté à la voirie; c'était le deffein de l'archevêque et des dames de la halle qui n'étaient pas philofophes.

Les Anglais nous avaient donné, cent ans auparavant, un autre exemple; ils avaient érigé, dans la cathédrale de Strafford, un monument magnifique à *Shakefpeare* qui pourtant n'eft guère comparable à *Moliére* ni pour l'art ni pour les mœurs.

Vous n'ignorez pas qu'on vient d'établir une efpèce de jeux féculaires en l'honneur de *Shakefpeare*, en Angleterre. Ils viennent d'être célébrés avec une extrême magnificence : il y a eu, dit-on, des tables pour mille perfonnes. Les dépenfes qu'on a faites pour cette fête enrichiraient tout le Parnaffe français.

Il me femble que le génie n'eft pas encouragé en France avec une telle profufion. J'ai vu même quelquefois de petites perfécutions être chez les Français la feule récompenfe de ceux qui les ont éclairés. Une chofe qui m'a toujours réjoui, c'eft qu'on m'a affuré que *Martin Fréron* avait beaucoup plus gagné avec fon *Ane littéraire*, que Corneille avec le Cid et Cinna; mais auffi ce n'eft pas chez les Français que la chofe eft arrivée, c'eft chez les Velches.

Il s'en faut bien, Monfieur, que vous foyez velche; vous êtes un des français les plus aimables, et j'efpère que vous ferez de plus en plus honneur à votre patrie.

Je vous fuis très-obligé de la bonté que vous avez eue de m'envoyer votre ouvrage qui a remporté le prix et qui le mérite.

J'ai l'honneur d'être, avec toute l'eftime que je vous dois, Monfieur, votre, &c.

LETTRE CII.

A M. SERVAN,

AVOCAT GENERAL DE GRENOBLE.

A Ferney, 27 de feptembre.

C'EST votre vie, Monfieur, et non pas la mienne qui eft utile au monde. Je ne fuis que *vox clamantis in deferto ;* et j'ajoute que, *vien' rauca e perde il canto e la favella.* De plus, cette vieille voix ne part que du gofier d'un homme fans crédit, et qui n'a d'autre miffion que celle de fon amour pour une honnête liberté, de fon refpect pour les bonnes lois, et de fon horreur pour des ordonnances ou des ufages abfurdes, dictés par l'avarice, par la tyrannie, par la groffièreté, par des befoins particuliers et paffagers ; et qui enfin, pour comble de démence, fubfiftent encore quand les befoins ne fubfiftent plus. Il n'appartient, Monfieur, qu'à un magiftrat tel que vous, d'élever une voix qui fera refpectée, nonfeulement par fon éloquence fingulière, mais par le droit de parler que vous avez dans la place où vous êtes.

C'eft à vous de montrer combien il eft abfurde
qu'un évêque fe mêle de décider des jours où je puis 1769.
labourer mon champ et faucher mes prés, fans offenfer DIEU ; combien il eft impertinent que dès payfans,
qui font carême toute l'année, et qui n'ont pas de
quói acheter des foles comme les évêques, ne puiffent manger pendant quarante jours les œufs de leur
baffe-cour fans la permiffion de ces mêmes évêques.
Qu'ils béniffent nos mariages, à la bonne heure ;
mais leur appartient-il de décider des empêchemens?
tout cela ne doit-il pas être du reffort des magiftrats?
et ne portons-nous pas encore aujourd'hui les reftes
de ces chaînes de fer dont ces tyrans facrés nous ont
chargés autrefois? Les prêtres ne doivent que prier
DIEU pour nous, et non pas nous juger.

J'attends avec impatience que vous mettiez ces
vérités dans tout leur jour, avec la force de votre ftyle
qui ne perdra rien par la fageffe de votre efprit :
vous rendrez un fervice éternel à la France.

Vous nous ferez fortir du chaos où nous fommes,
chaos que *Louis XIV* a voulu en vain débrouiller.
Nos petits enfans s'étonneront peut - être un jour
que la France ait été compofée de provinces deve-
nues, par la légiflation même, ennemies les unes
des autres. On ne pourra comprendre à Lyon que
les marchandifes du Dauphiné aient payé des droits
d'entrée, comme fi elles venaient de Ruffie. On
change de lois en changeant de chevaux de pofte ;
on perd au-delà du Rhône un procès qu'on gagne
en-deçà.

S'il y a quelque uniformité dans les lois crimi-
nelles, elle eft barbare. On accorde le fecours d'un

———— avocat à un banqueroutier évidemment frauduleux, et on le refuse à un homme accufé d'un crime équi-voque.

Si un homme, qui a reçu un affigné pour être ouï, eft abfent du royaume, et s'il ignore le tour qu'on lui joue, on commence par confifquer fon bien. Que dis-je! la confifcation, dans tous les cas, eft-elle autre chofe qu'une rapine, et fi bien rapine que ce fut *Sylla* qui l'inventa? Dieu puniffait, dit-on, jufqu'à la quatrième génération chez le mifé-rable peuple juif, et on punit toutes les générations chez le miférable peuple velche. Cette volerie n'eft pas connue dans votre province; mais pourquoi réduire ailleurs des enfans à l'aumône, parce que leur père a été malheureux? Un velche dégoûté de la vie, et fouvent avec très-grande raifon, s'avife de féparer fon ame de fon corps; et, pour confoler le fils, on donne fon bien au roi qui en accorde prefque toujours la moitié à la première fille d'opéra qui le fait demander par un de fes amans; l'autre moitié appartient de droit à meffieurs les fermiers généraux.

Je ne parle pas de la torture à laquelle de vieux grands chambriers appliquent fi légèrement les inno-cens comme les coupables. Pourquoi, par exemple, faire fouffrir la torture au chevalier de *la Barre*? était-ce pour favoir s'il avait chanté trois chanfons contre *Marie-Magdelène*, au lieu de deux? eft-ce chez les Iroquois, ou dans le pays des tigres, qu'on a rendu cette fentence? L'impératrice de Ruffie, de ce pays qui était fi barbare il y a cinquante ans, m'a mandé qu'aujourd'hui, dans fon empire de deux mille lieues, il n'y a pas un feul juge qui n'eût fait mettre aux petites maifons de Ruffie les auteurs d'un pareil jugement ; ce font fes propres paroles.

Puiffe votre faible fanté, Monfieur, vous laiffer achever promptement le grand ouvrage que vous avez entrepris, et que l'humanité attend de vous ! Nous avons croupi, depuis *Clovis*, dans la fange ; lavez-nous donc avec votre hyfope, ou du moins cognez-nous le nez dans notre ordure, fi nous ne voulons pas être lavés.

M. l'abbé de *Ravel* a dû vous dire à quel point je vous eftime, je vous aime et je vous refpecte. Souffrez que je vous le dife encore dans l'effufion de mon cœur.

LETTRE CIII.

A M. PANCKOUCKE.

29 de feptembre.

J'APPROUVE fort votre deffein de faire un fupplément à l'*Encyclopédie*. Je fouhaite qu'il ne fe trouve plus d'*Abraham Chaumeix*, et que ceux qui ont condamné les thèfes contre *Ariftote*, l'émétique, la circulation du fang, la gravitation, l'inoculation, le quinzième chapitre de *Bélifaire*, foient fi las de leurs anciennes bévues, qu'ils n'en faffent plus de nouvelles. J'ofe même efpérer qu'à la fin on donnera en France quelques droits d'hofpitalité à cette étrangère qu'on nomme *la Vérité*, qu'on a toujours fi mal reçue. Le ministère verra qu'il n'y a nulle gloire à commander à un peuple de fots, et que, s'il y avait dans le monde un roi des génies et un roi des grues, le roi des génies aurait le pas.

Vous vous moquez de moi, et vous m'offenfez en me propofant dix-huit mille francs pour barbouiller des idées que vous pourrez inférer dans vos in-folio. C'eft fe moquer d'imaginer qu'à foixante-feize ans je puiffe être utile à la littérature; et c'eft un peu m'infulter que de me propofer dix-huit mille francs pour environ fix cents pages. Vous favez que j'ai donné toutes mes fottifes *gratis* à des génevois, je ne les vendrai pas à des parifiens. J'ai à me plaindre, ou plutôt à les plaindre, de s'être obftinés à rechercher tout ce qui a pu m'échapper, et qui ne méritait pas de voir le jour (*). Vous en porterez la peine, car je vous certifie que vous ne vendrez pas cet énorme fatras.

A l'égard de votre Encyclopédie, je pourrais, dans deux ou trois mois, commencer à vous faire les articles fuivans : *Entendement humain*, *Eglogue*, *Elégie*, *Epopée*, en ajoutant quelques notes hiftoriques à l'article de M. *Marmontel*. *Epreuve*, *Fable*. On peut faire une comparaifon agréable des fables inventées par l'*Ariofte* et imitées par *la Fontaine*. *Fanatifme* (hiftoire du), cela peut être très-intéreffant. *Femme*, article ridicule, qui peut devenir inftructif et piquant. *Fatalité* ; on peut dire fur cet article des chofes très-frappantes tirées de l'hiftoire. *Folie*; il y a des chofes fages à dire fur les fous. *Génie*; on peut

(*) L'édition de Genève, in-4°.

en parler encore fans en avoir. *Langage;* cet article peut être immenfe. *Juifs;* on peut propofer des idées très-curieufes fur leur hiftoire, fans trop effaroucher. *Loi;* examiner s'il y a des lois fondamentales. *Locke;* il faut le juftifier fur une erreur qu'on lui attribue à fon article. *Main-morte;* on me fournira un excellent article fur cette jurifprudence barbare. *Mallebranche;* fon fyftême peut fournir des réflexions fort curieufes. *Métempfycofe*, *Métamorphofe*, bons articles à traiter.

Je vous indiquerai les autres matières fur lefquelles je pourrai travailler, mais c'eft à condition que je ferai en vie, car je vous réponds que fi je fuis mort, vous n'aurez pas une ligne de moi.

Quant à l'italien qui veut, dit-on, refondre, avec quelques fuiffes, l'*Encyclopédie* faite par des français, je n'ai jamais entendu parler de lui dans ma retraite.

LETTRE CIV.

A M. VERNES.

Le 9 d'octobre.

MON cher philofophe, fi DIEU a dit : *Croiffez et multipliez*, voici deux perfonnes qui veulent obéir à DIEU. L'une eft catholique romain, l'autre eft de votre religion, et née à Berne. Nos belles lois de 1685 ne permettent pas à un ferviteur du pape d'époufer une fervante de *Zuingle;* mais je crois que vous regardez DIEU comme le père de tous les

—— garçons et de toutes les filles. Vous favez que la
1769. femme fidelle peut convertir le mari infidelle.

Tâchez, mon cher philofophe, de faire en forte
que ces deux perfonnes puiffent fe marier à Genève.
Je vous demande votre protection pour elles ; mais,
ne me nommez pas ; car le mariage eft un facrement
dans notre Eglife, et l'on m'accufe, quoiqu'affez
mal à propos, de ne pas croire affez aux fept
facremens.

Permettez-moi de vous embraffer de tout mon
cœur, fans cérémonie.

LETTRE CV.

A M. LE MARECHAL DUC DE RICHELIEU.

A Ferney, 10 d'octobre.

MON héros, dans fa dernière lettre, a daigné
me gliffer un petit mot de fon jardin. Je fuis, comme
Adam, exclus du paradis terreftre, et je fuis devenu
laboureur comme lui. Je vous affure, Monfeigneur,
que jamais mon cœur n'a été pénétré d'une plus
tendre reconnaiffance. Oferais-je vous fupplier de
vouloir bien faire valoir, auprès de votre amie, les
fentimens dont la démarche qu'elle a bien voulu
faire m'a pénétré ? J'ai été tenté de l'en remercier ;
mais je n'ofe, et je vous demande fur cela vos
ordres.

Au refte, il n'y a pas d'apparence que j'aye
l'impudence de me préfenter devant vous dans le
bel état où je fuis. Il n'eft bruit dans le monde

que

que de votre perruque en bourfe, et je ne puis être
coiffé que d'un bonnet de nuit. Toutes les perfonnes ——— 1769.
qui vous approchent, jurent que vous avez trente-
trois à trente-quatre ans tout au plus. Vous ne marchez pas, vous courez ; vous êtes debout toute la
journée. On affure que vous avez beaucoup plus
de fanté que vous n'en aviez à Clofter-Seven, et
que vous commanderiez une armée plus leftement
que jamais. Pour moi, je ne pourrais pas vous
fervir de fecrétaire, encore moins de coureur. La
raifon en eft, que mes fufeaux, que j'appelais
jambes, ne peuvent plus porter votre ferviteur, et
que mes yeux font entièrement à la *Chaulieu*,
bordés de groffes cordes rouges et blanches, depuis
qu'il a neigé fur nos montagnes. Vous qui êtes un
grand chimifte, vous me direz pourquoi la neige
que je ne vois point me rend aveugle, et pourquoi
j'ai les yeux très-bons dès que le printemps eft revenu.
Comme vous êtes parfaitement en cour, je vous
demanderai une place aux Quinze-vingts pour l'hiver. Je défie toute votre académie des fciences de
me donner la raifon de ce phénomène ; il eft particulier au pays que j'habite. J'ai un ex - jéfuite,
auprès de moi, qui eft précifément dans le même
cas, et plufieurs autres perfonnes éprouvent cette
même faveur de la nature. Plus j'examine les chofes,
et plus je vois qu'on ne peut rendre raifon de rien.

J'ai à vous dire qu'on imprime actuellement, dans
le pays étranger, *les Souvenirs* de madame de *Caylus*.
Elle fait un portrait fort plaifant de M. le duc de
Richelieu votre père, et votre père véritable, quoi
que vous en difiez ; je vois que c'était un bel efprit,

——— et que l'hôtel de Richelieu l'emportait fur l'hôtel de Rambouillet.

Permettez-moi, Monfeigneur, de vous remercier encore, au nom des Scythes, de la vieille Mérope et de Tancrède.

On vient donc de jouer une tragédie anglaife à Paris; je commence à croire que nous devenons trop anglais, et qu'il nous fiérait mieux d'être français. C'eft votre affaire, car c'eft à vous à foutenir l'honneur du pays.

Agréez toujours mon tendre refpect et mon inviolable attachement. *V.*

LETTRE CVI.

A M. LE COMTE D'ARGENTAL.

13 d'octobre.

MON cher ange, j'aurais dû plutôt vous faire mon compliment de condoléance fur votre trifte voyage d'Orangis; je vous aurais demandé ce que c'eft qu'Orangis, à qui appartient Orangis, s'il y a un beau théâtre à Orangis? mais j'ai été dans un plus trifte état que vous. Figurez-vous qu'au premier d'octobre il eft tombé de la neige dans mon pays; j'ai paffé tout d'un coup de Naples à la Sibérie; cela n'a pas raccommodé ma vieille et languiffante machine. On me dira que je dois être accoutumé, depuis quinze ans, à ces alternatives; mais c'eft précifément parce que je les éprouve depuis quinze ans,

1769,

que je ne les peux plus supporter. On me dira encore : *George-Dandin* , vous l'avez voulu ; *George* répondra comme les autres hommes : J'ai été séduit, je me suis trompé , la plus belle vue du monde m'a tourné la tête , je souffre , je me repens : voilà comme le genre-humain est fait.

Si les hommes étaient sages , ils se mettraient toujours au soleil , et fuiraient le vent du nord comme leur ennemi capital. Voyez les chiens , ils se mettent toujours au coin du feu ; et , quand il y a un rayon de soleil, ils y courent. *La Motte* , qui demeurait sur votre quai , se fesait porter en chaise depuis dix heures jusqu'à midi , sur le pavé qui borde la galerie du louvre , et là il était doucement cuit à un feu de réverbère.

J'ai peur que les maladies de madame d'*Argental* ne viennent en partie de votre exposition au nord. N'avez - vous jamais remarqué que tous ceux qui habitent sur le quai des orfèvres ont la face rubiconde et un embonpoint de chanoine, et que ceux qui demeurent à quatre toises derrière eux , sur le quai des morfondus , ont presque tous des visages d'excommuniés.

C'est assez parler du vent du nord que je déteste et qui me tue.

Vous avez sans doute vu Hamlet ; les ombres vont devenir à la mode ; j'ai ouvert modestement la carrière, on va y courir à bride abattue ; *domandavo aqua non tempesta.* J'ai voulu animer un peu le théâtre en y mettant plus d'action , et tout actuellement est action et pantomime ; il n'y a rien de si sacré dont on n'abuse. Nous allons tomber en tout dans l'outré et

———— dans le gigantefque ; adieu les beaux vers, adieu les fentimens du cœur, adieu tout. La mufique ne fera bientôt plus qu'un charivari italien, et les pièces de théâtre ne feront plus que des tours de paffe-paffe. On a voulu tout perfectionner, et tout a dégénéré : je dégénère auffi tout comme un autre. J'ai pourtant envoyé à mon ami *la Borde* le petit changement que je vous avais envoyé pour Pandore, un peu enjolivé. Je vous avoue que j'aime beaucoup cette *Pandore*, parce que *Jupiter* eft abfolument dans fon tort ; et je trouve extrêmement plaifant d'avoir mis la philofophie à l'opéra. Si on joue Pandore, je ferais homme à me faire porter en litière à ce fpectacle ; mais, *fic vos non vobis mellificatis apes.*

J'ai donné quelquefois à Paris des plaifirs dont je n'ai point tâté. J'ai travaillé de toute façon pour les autres, et non pas pour moi ; en vérité, rien n'eft plus noble.

Je vous ai envoyé, je crois, deux placets pour M. le duc de *Praflin ;* ce n'eft point encore pour moi, je ne fuis point marin, dont bien me fâche ; je me meurs fur un vaiffeau ; fans cela, eft-ce que je n'aurais pas été à la Chine, il y a plus de trente ans, pour oublier toutes les perfécutions que j'effuyais à Paris, et que j'ai toujours fur le cœur.

Mille tendres refpects à madame d'*Argental.*

A propos, fi tout eft chez moi en décadence, mon tendre attachement pour vous ne l'eft pas.

LETTRE CVII.

A M. LUNEAU DE BOISGERMAIN. (*)

Du château de Ferney, le 21 d'octobre.

JE fuis très-malade, Monfieur; je ne verrai pas long-temps les malheurs des gens de lettres.

Je ne vois pas qu'on puiffe rien ajouter ni répondre au factum de M. *Linguet*.

Il me paraît que les toiliers, les droguiftes, les vergettiers, les menuifiers, les doreurs n'ont jamais empêché un peintre de vendre fon tableau, même avec fa bordure. Monfieur le doyen du parlement de Bourgogne veut bien me vendre tous les ans un peu de fon bon vin, fans que les cabaretiers lui aient jamais fait de procès.

Pour les gens de lettres, c'eft une autre affaire; il faut qu'ils foient écrafés, attendu qu'ils ne font point corps, et qu'ils ne font que des membres très-épars.

En 1753, on me propofa de faire à Lyon une très-jolie édition du Siècle de *Louis XIV*; une perfonne très-intelligente et très-bienfefante perfuada au cardinal de *Tençin* que c'était un livre contre *Louis XIV*; le cardinal l'écrivit au roi, et j'ai vu la réponfe de fa Majefté.

La vie eft hériffée de ces épines, et je n'y fais d'autres remèdes que de cultiver fon jardin.

J'ai l'honneur d'être, &c.

(*) M. *Luneau* était en procès avec les libraires qui n'entendaient pas que les auteurs vendiffent ou échangeaffent leurs ouvrages.

LETTRE CVIII.

A M. LE COMTE DE SCHOUVALOF.

30 d'octobre.

LA charmante lettre que vous m'avez écrite, mon cher chambellan de la légiflatrice victorieufe! Je vous avais déjà fait mon compliment par M. d'*Eck;* j'étais alors trop malade pour écrire. C'eſt donc Cotcin qu'il faut dire, et non pas Choctzim ; moi je l'appelle *Triomphopolis.*

Je me flatte que le code de lois s'achévera parmi les victoires. *Mars* eſt, dit-on, le dieu de la Thrace où réfide fon pauvre ferviteur *Mouſtapha ;* mais *Minerve* réfide à Pétersbourg, et vous favez que, dans *Homère, Minerve* l'emporte beaucoup fur *Mars.*

Quel *Mars* que *Mouſtapha !*

A propos, *Orphée* était de Thrace auſſi ; faites-y donc un petit voyage, à la fuite de fa Majeſté impériale. Ah! s'il me reſtait encore un peu de voix, je chanterais, comme les cygnes, en mourant. Il eſt bien triſte pour moi de mêler de fi loin mes acclamations aux vôtres. Je vous embraſſe mille fois dans les tranſports de ma joie. Mille reſpects à madame la comteſſe de *Schouvalof.*

Je préfente mes très-humbles et mes tendres félicitations à M. le prince *Gallitzin,* ci-devant ambaſſadeur tant chez les Français que chez les Velches, et à M. le comte de *Voronzof* qui eft , je crois , à préfent à votre cour.

Permettez-moi de faire mettre dans la Gazette de Berne , qui va en France , les détails intéreffans de votre lettre.

LETTRE CIX.

A M. DE BORDES, *à Lyon.*

30 d'octobre.

Si j'en avais cru mon cœur , je vous aurais remercié plutôt , mon très-cher confrère. Vous avez fait une manœuvre de grand politique , en ne vous trouvant point au rendez-vous. Je fuis perfuadé qu'on aurait fait valoir en vain les louanges prodiguées dans la pièce (*) aux pontifes , gens de bien et tolérans. Il y a des traits qui auraient déplu à l'architriclin , tout homme de bien et tolérant qu'il eft.

M. de *la Verpilière* ne rifque certainement pas plus à faire repréfenter cette pièce que de me donner à fouper à Lyon , fi j'étais homme à fouper ; mais je crois toujours qu'il eft bon d'en différer la repréfentation jufqu'au départ du primat : alors foyez très-sûr que je partirai , et que je viendrai vous voir mort ou vif. Si je meurs à Lyon , fes grands vicaires ne me refuferont pas la fépulture ; et fi je refpire encore , ce fera pour vous ouvrir mon cœur , et pour voir , s'il fe peut , les fruits de la raifon éclore

(*) Les Guèbres.

O 4

—— dans une ville plus occupée de manufactures que de philofophie.

Si vous avez ces fragmens de *Michon* et de *Michette*, qu'on vous a tant vantés, je vous demande en grâce de me les envoyer. Le titre m'en paraît un peu ridicule. On dit que c'eft une fatire contre trois confeillers au parlement. Je foupçonne un très-grand feigneur d'en être l'auteur; mais je ne puis lui pardonner de n'avoir pas le courage de l'avouer; ce procédé eft infame. J'ai bien de la peine à croire qu'une fatire, fur un tel fujet, foit auffi bonne qu'on le dit. Ceux qui font courir leurs ouvrages fous le nom d'autrui, font réellement coupables du crime de faux; mais il s'agit de confronter les écritures. Tout ce que je puis vous dire, c'eft que je ne connais ni *Michon*, ni *Michette*, ni les trois confeillers au parlement dont il eft queftion; et que l'auteur, quel qu'il foit, eft un mal-honnête homme s'il m'impute cette rapfodie.

Adieu, mon cher confrère; je vous embraffe toujours avec le défir de vous voir.

LETTRE CX.

A M. LE COMTE DE SCHOMBERG.

31 d'octobre.

JE ne peux trop vous remercier, Monſieur, des éclairciſſemens que vous avez la bonté de me donner ſur les événemens dont vous avez été témoin. Permettez-moi de répondre, par une petite anecdote, aux vôtres. C'eſt moi qui imaginai d'engager M. le maréchal de *Richelieu* à faire ce qu'il pourrait pour ſauver la vie à ce pauvre amiral *Bing*. Je l'avais fort connu dans ſa jeuneſſe ; et afin de donner plus de poids au témoignage de M. le maréchal de *Richelieu*, je feignis de ne le pas connaître. Je priai donc votre général de m'écrire une lettre oſtenſible, dans laquelle il dirait qu'ayant été témoin de la bataille navale, il était obligé de rendre juſtice à la conduite de l'amiral *Bing* qui, étant ſous le vent, n'avait pu s'approcher du vaiſſeau de M. de *la Galiſſonnière*. Monſieur le maréchal eut la généroſité d'écrire cette lettre ; je l'envoyai à M. l'amiral *Bing* ; elle fit impreſſion ſur l'eſprit de deux juges du conſeil de guerre, mais le parti oppoſé était trop fort.

Vos réflexions, Monſieur, ſur cette mort ſont bien juſtes et bien belles ; je crois, comme vous, qu'il eſt fort égal de mourir ſur un échafaud ou ſur une paillaſſe, pourvu que ce ſoit à quatre-vingt-dix ans.

Je n'ai pu faire autre chofe, à l'égard de M. de *Buſſi* , que de le croire fur fa parole ; c'eſt le fecond de ceux qui portent nouvellement ce nom , avec qui la même chofe m'eſt arrivée.

Je n'ai fait que copier ce que le frère de M. d'*Aſſas* et le major du régiment m'ont mandé.

Si j'avais été aſſez heureux , Monſieur , pour recevoir vos inſtructions plutôt , j'aurais corrigé l'édition in-4° qu'on vient d'achever. Il n'eſt plus temps , et je n'ai que des remords.

Ma nièce , en arrivant de Paris , m'a parlé de *Michon* et *Michette* ; on dit que c'eſt une fatire violente contre trois membres du parlement que , Dieu merci , je n'ai jamais connus. Il faut que celui qui a été aſſez hardi pour la faire , foit bien lâche de me l'attribuer. Cet ouvrage par conféquent ne peut être que d'un coquin ; d'ailleurs , le titre de la pièce annonce , ce me femble , un ouvrage du Pont-neuf. Ce n'était pas ainſi qu'*Horace* et *Boileau* intitulaient leurs fatires.

Au reſte , j'aurai l'honneur de vous envoyer , dans quelques jours , une nouvelle édition des Guèbres , avec beaucoup d'additions et un difcours prélimi-naire aſſez philofophique , que je foumettrai à votre jugement.

S'il me tombe fous les mains quelque ouvrage paſſable imprimé en Hollande , je vous l'enverrai fous l'adreſſe que vous m'avez prefcrite , à moins que vous ne donniez un contre-ordre.

Adieu , Monſieur ; confervez-moi des bontés dont je fens ſi vivement tout le prix.

J'oubliais de vous parler du meurtre de *Lalli* ;

vous favez qué les Anglais n'aiment pas les Irlandais, et que *Lalli* était furtout un des plus violens
jacobites. Cependant toute l'Angleterre s'eft fou-
levée contre le jugement qui a condamné *Lalli;* on
l'a regardé comme une injuftice barbare, et j'ai vu
quelques livres anglais où l'on ne parle qu'avec
horreur de cette aventure. Joignez - y celle de la
Bourdonaie, et vous aurez le code de l'ingratitude
et de la cruauté; mais les Anglais ont auffi leur
amiral *Bing*.

Iliacos intra muros peccatur et extra.

1769.

LETTRE CXI.

A M. MARMONTEL.

1 de novembre.

MON cher ami, mon cher confrère, j'ai été
enchanté de votre fouvenir et de votre lettre. Vous
dites que tous les hommes ne peuvent pas être
grands, mais que tous peuvent être bons: favez-vous
bien que cette maxime eft mot à mot dans *Confucius?*
Cela vaut bien la comparaifon du royaume des cieux
avec de la moutarde et de l'argent placé à ufure.

Je conviens, mon cher ami, que la philofophie
s'eft beaucoup perfectionnée dans ce fiècle; mais à
qui le devons-nous? aux Anglais; ils nous ont appris
à raifonner hardiment. Mais à quoi nous occupons-
nous aujourd'hui? à faire quelques réflexions fpiri-
tuelles fur le génie du fiècle paffé.

Songez-vous bien qu'une cabale de jaloux imbécilles a mis pendant quelques années la partie carrée
d'*Electre* , d'*Iphianaffe* , d'*Orefte* et du petit *Itis* , le
tout en vers barbares , à côté des belles fcènes de
Corneille , de l'Iphigénie de *Racine* , des rôles de
Phèdre , de *Burrhus* et d'*Acomat* ? cela feul peut
empêcher un honnête homme de revenir à Paris.

Cependant je ne veux point mourir fans vous
embraffer , vous et M. d'*Alembert*, et MM. *Duclos*,
de *Saint-Lambert* , *Diderot*, et le petit nombre de
ceux qui foutiennent, avec le quinzième chapitre de
Bélifaire , la gloire de la France.

J'aurai befoin, fi je fuis en vie au printemps, d'une
petite opération aux yeux , que quinze ans et quinze
pieds de neige ont mis dans un terrible défordre. Je
n'approcherai point mon vieux vifage de celui de
mademoifelle *Clairon* , mais j'approcherai mon cœur
du fien. Ses talens étaient uniques , et fa façon de
penfer eft égale à fes talens.

Madame *Denis* vous fait les complimens les plus
fincères.

Adieu ; vous favez combien je vous aime. Je
n'écris guère ; un malade , un laboureur , un grif-
fonneur n'a pas un moment à lui. *V.*

LETTRE CXII.

A MADAME

LA MARQUISE DU DEFFANT.

Ferney, 1 de novembre.

SI je fuis en vie au printemps, Madame, je compte venir paffer dix ou douze jours auprès de vous avec madame *Denis*. J'aurais befoin d'une opération aux yeux que je n'ofe hafarder au commencement de l'hiver. Vous me direz que je fuis bien infolent de vouloir encore avoir des yeux à mon âge, quand vous n'en avez plus depuis fi longtemps.

Madame *Denis* dit que vous êtes accoutumée à cette privation; je ne me fens pas le même courage. Ma confolation eft dans la lecture, dans la vue des arbres que j'ai plantés, et du blé que j'ai femé. Si cela m'échappe, il fera temps de finir ma vie qui a été affez longue.

J'ai ouï parler d'un jeune homme fort aimable, d'une jolie figure, ayant de l'efprit, des connaiffances, un bien honnête, qui, après avoir fait un calcul du bien et du mal, s'eft tué à Paris d'un coup de piftolet. Il avait tort, puifqu'il était jeune, et que par conféquent la boîte de *Pandore* lui appartenait de droit. Un prédicant de Genève, qui n'avait que quarante-cinq ans, vient d'en faire autant; c'était une maladie de famille : fon grand-père, fon

—— père et son frère lui avaient tous donné cet exemple. Cela est unique, et mérite une grande considération. Gardez-vous bien d'en faire jamais autant ; car vous courez, vous soupez, vous conversez, et surtout vous pensez. Ainsi, Madame, vivez ; je vous enverrai bientôt quelque chose d'honnête, ainsi qu'à votre grand'maman. Je n'ai guère le temps d'écrire des lettres, car je passe ma vie à tâcher de faire quelque chose qui puisse vous plaire à toutes deux ; j'en ai pour l'hiver.

J'aime passionnément le mari de votre grand'maman ; c'est une belle âme. Croyez-moi, il vaut mieux que tout le reste : il se ruinera ; mais il n'y a pas grand mal, il n'a point d'enfans. Mais surtout qu'il ne haïsse point les philosophes parce qu'il a plus d'esprit qu'eux tous ; c'est une fort mauvaise raison pour haïr les gens.

Je vois qu'on me regarde comme un homme mort : les uns s'emparent de mes sottises, les autres m'attribuent les leurs. Dieu soit béni !

Comment se porte le président *Hénault* ? je m'intéresse toujours bien tendrement à lui. Il a vécu quatre-vingt-deux ans ; ce n'est qu'un jour. On aime la vie, mais le néant ne laisse pas d'avoir du bon.

Adieu, Madame ; je suis à vous jusqu'au premier moment du néant. Madame *Denis* vous en dit autant. *V.*

LETTRE CXIII.

A M. LE MARECHAL DUC DE RICHELIEU.

8 de novembre.

J'ATTENDS ces jours-ci, Monfeigneur, *les Souvenirs* de madame de *Caylus*. En attendant, j'ai l'honneur de vous envoyer cette nouvelle édition des Guèbres, dont on dit que la préface eft curieufe. Comme vous êtes actuellement le fouverain des fpectacles, j'ai cru que cela pourrait vous amufer un moment dans votre royaume.

Je ne vous envoie jamais aucun des petits livrets peu orthodoxes qu'on imprime en Hollande et en Suiffe. J'ai toujours penfé qu'il m'appartenait moins qu'à perfonne d'ofer me charger de pareils ouvrages, et furtout de les envoyer par la pofte. Je n'ai été que trop calomnié ; je me flatte que vous approuvez ma conduite.

Madame *Denis* m'a affuré que vous me confervez les bontés dont vous m'honorez depuis cinquante ans. J'ai toujours défiré de ne point mourir fans vous faire ma cour pendant quelques jours ; mais il faudra que je me réduife à configner cette envie dans mon teftament, à moins que vous n'alliez faire un tour à Bordeaux l'été prochain, et que je n'aille aux eaux de Barége : mais qui peut favoir où il fera et ce qu'il fera ? Mon cœur eft à vous, mais la deftinée n'eft à perfonne ; elle fe moque de nous tous.

Daignez agréer mon tendre refpect. *V.*

Oferais-je vous fupplier, Monſeigneur, d'ordonner qu'on joue à Paris les Scythes? je n'y ai d'autre intérêt que celui de la juſtice. Les comédiens ont tiré dix-huit cents francs de la dernière repréſentation. Je ne demande que l'obſervation des règles. Pardonnez cette petite délicateſſe.

LETTRE CXIV.

A M. LE COMTE DE ROCHEFORT.

18 de novembre.

JE ſuis devenu plus pareſſeux que jamais, Monſieur, parce que je ſuis devenu plus faible et plus miſérable. Il m'aurait été impoſſible de faire le voyage de Paris; je peux à peine faire celui de mon jardin. Madame *Denis* a rapporté une belle lunette, mais il faut avoir des yeux. On perd tout petit à petit, excepté les ſentimens qui m'attachent à vous et à madame de *Rochefort*.

Je voudrais bien avoir des complimens à vous faire ſur l'accompliſſement des promeſſes qu'on vous a faites. C'eſt-là ce qui m'intéreſſe véritablement; car, en vérité, j'ai beaucoup d'indifférence pour tout le reſte. J'eſpère que M. le duc de *Choiſeul* fera les choſes que vous déſirez. C'eſt la plus belle ame que je connaiſſe; il eſt généreux comme *Aboul-Caſſem*, brillant comme le chevalier de *Gramont*, et travailleur comme M. de *Louvois*. Il aime à faire plaiſir; vous ſerez trop heureux d'être ſon obligé.

Je

Je compte qu'au printemps vous ferez un père de famille. Madame de *Rochefort* accouchera d'un brave philofophe; il en faut de cette efpèce.

Je voudrais bien vous envoyer une nouvelle édition d'une pièce qui commence ainfi :

Je fuis las de fervir : fouffrirons-nous, mon frère,
Cet aviliffement du grade militaire ?

mais je ne fais comment m'y prendre. Il eft beaucoup plus aifé d'envoyer des lunettes que des livres.

L'oncle et la nièce difent tout ce qu'ils peuvent de plus tendre à M. et à madame de *Rochefort*.

LETTRE CXV.

A M. LE MARECHAL DUC DE RICHELIEU.

22 de novembre.

Je n'ai pu encore, Monfeigneur, avoir *les Souvenirs*; mais j'ai l'honneur de vous envoyer un petit ouvrage qui ne doit pas vous déplaire : car, après tout, vous avez fervi fous *Louis XIV*, vous avez été bleffé au fiége de Fribourg; il me femble qu'il vous aimait. La manie qu'on a aujourd'hui de le dénigrer me paraît bien étrange. Rien affurément ne me flatterait plus que de voir mes fentimens d'accord avec les vôtres.

On me mande que les Scythes viennent d'être repréfentés dans votre royaume de Bordeaux, avec un

Correfp. générale.　　　Tome X.　　P

très-grand fuccès. Quelque peu de cas que je faffe de ces bagatelles, je vous fupplie toujours de vouloir bien ordonner que les comédiens de Paris me rendent la juftice qu'ils me doivent; car en effet, du temps de *Louis XIV*, ils ne manquaient point ainfi aux lois que les premiers gentilshommes de la chambre leur avaient données. Il eft fi défagréable d'être maltraité par eux, que vous me pardonnerez mes inftances réitérées : je vous demande cette grâce au nom de mon ancien attachement et de vos bontés.

Agréez, Monfeigneur, mon très-tendre refpect. *V.*

LETTRE CXVI.

A M. LE COMTE D'ARGENTAL.

29 de novembre.

Vous êtes le premier, mon cher ange, à qui je dois apprendre que l'innocence de *Sirven* vient de triompher, que les juges lui ont ouvert les prifons, qu'ils lui ont donné main levée de fes biens faifis par les fermiers du domaine; mais il faut qu'il y ait toujours quelque amertume dans la joie, et quelque abfurdité dans les jugemens des hommes. On a compenfé les dépens entre le roi et lui ; cela me paraît d'un énorme ridicule. De plus, il eft fort incertain que meffieurs du domaine rendent les arrérages qu'ils ont reçus. *Sirven* en appelle au parlement de Touloufe. J'ofe me flatter que ce parlement fe fera un honneur de réparer entièrement les malheurs de la

famille *Sirven*, et que le roi payera les frais tout
du long. Ce n'eſt pas là le cas où il faut léſiner,
et ſurement le roi trouvera fort bon que les dépens
du procès retombent ſur lui.

J'ai vu, dans une gazette de Suiſſe, que M. le duc
de *Praſlin* quittait le miniſtère. Ce n'eſt certainement
pas le ſuiſſe de votre porte qui mande ces belles
nouvelles ; mais il y a dans Paris un ſuiſſe bel eſprit,
qui inonde les treize cantons des bruits de ville les
plus impertinens.

Mais comment ſe porte madame d'*Argental*? on
dit qu'elle eſt languiſſante, qu'elle fait des remèdes :
je la plains bien, je ſais ce que c'eſt que cette vie-
là. Eſt-ce la peine de vivre quand on ſouffre ? oui,
car on eſpère toujours qu'on ne ſouffrira pas demain ;
du moins, c'eſt ainſi que j'en uſe depuis plus de
ſoixante ans. Ce n'eſt pas pour rien que j'ai fait un
opéra où l'eſpérance arrive au cinquième acte. On
dit que la Pandore de *la Borde* a très-bien réuſſi à la
répétition ; mais il y a certains vers où l'on dit que
le mari de *Pandore* doit obéir ; cela eſt manifeſte-
ment contraire à St *Paul* qui dit expreſſément :
Femmes, obéiſſez à vos maris. Je croyais avoir rayé
cette héréſie de l'opéra.

Mille tendres reſpects, mon cher ange, à vous
et à madame d'*Argental. V.*

LETTRE CXVII.

A M. L'ABBÉ AUDRA, à Toulouse.

Le 30 de novembre.

MON cher philosophe, vous êtes actuellement instruit du contenu de la sentence. Je conseille à *Sirven* de faire tout ce que vous et M. de *la Croix* lui ordonnerez. Son innocence ne peut plus être contestée. Faudra-t-il qu'il lui en coûte de l'argent pour avoir été si indignement accusé, pour avoir été exilé de sa patrie pendant sept ans, et pour avoir vu mourir sa femme de douleur? Je suis prêt à payer les deux cents quatre-vingts livres de frais auxquels on le condamne, mais il serait plus juste que le juge de Mazamet les payât. Il est vrai que *Sirven* était contumax, mais il ne fallait pas le condamner, lui et sa famille, quand on n'avait nulle preuve contre lui. Le juge et le médecin méritaient tous deux d'être mis au pilori avec un bonnet d'âne sur leur tête.

Je suis bien malade. Je ne puis écrire à M. de *la Croix*. Je vous supplie de lui dire que je suis près de l'aimer autant que je l'estime.

Bonjour, mon cher philosophe.

LETTRE CXVIII.

A M. LE MARECHAL DUC DE RICHELIEU.

3 de décembre.

Enfin, Monseigneur, voici *les Souvenirs* de madame de *Caylus*, que j'attendais depuis si long-temps ; ils font déteftablement imprimés. C'eft dommage que madame de *Caylus* ait eu fi peu de mémoire. Mais enfin, comme elle parle de tout ce que vous avez connu dans votre première jeuneffe, et furtout de madame la ducheffe de *Richelieu* votre mère, et de M. le duc de *Richelieu* qui eft votre père, *quoiqu'on die ;* je fuis perfuadé que ces *Souvenirs* vous en rappelleront mille autres, et par-là vous feront un grand plaifir. Je me flatte que le paquet vous parviendra, quoiqu'un peu gros. Permettez-moi de vous faire fouvenir des Scythes pour le dernier mois de votre règne des menus. On dit qu'il ne fied, pas à un dévot comme moi de fonger encore aux vanités de ce monde ; mais ce n'eft pas vanité, c'eft juftice. Je vous fupplie d'être affez bon pour me dire fi *les Souvenirs* de madame de *Caylus* vous ont amufé.

Recevez, avec votre bonté ordinaire, mon très-tendre refpect. *V.*

LETTRE CXIX.

A M. PANCKOUCKE.

6 de décembre.

VOUS savez, Monsieur, que je vous regarde comme un homme de lettres et comme mon ami ; c'est à ces titres que je vous écris.

On a besoin sans doute d'un supplément à l'*Encyclopédie ;* on me l'a proposé ; j'y ai travaillé avec ardeur ; j'ai fait servir tous les articles que j'avais déjà insérés dans le grand dictionnaire ; je les ai étendus et fortifiés autant qu'il était en moi ; j'ai actuellement plus de cent articles de prêts. Je les crois sages ; mais, s'ils paraissaient un peu hardis, sans être téméraires, on pourrait trouver des censeurs qui feraient de mauvaises difficultés, et qui ôteraient tout le piquant pour y mettre l'insipide. Je vous réponds bien que tous ceux qui sont à la tête de la librairie, ne mettront aucun obstacle à l'introduction de cet ouvrage en France, et je vous réponds d'ailleurs qu'il sera vendu dans l'Europe, parce que tout sage qu'il est, il pourra amuser les oisifs de Moscou, aussi-bien que les oisifs de Berlin. Puisque vous avez été assez hardi pour vous charger de mes sottises in-4°, il faut que cette sottise-ci soit de la même parure.

Il ne serait pas mal, à mon avis, de faire un petit programme par lequel on avertirait Paris, Moscou, Madrid, Lisbonne et Quimpercorentin, qu'une fociété de gens de lettres, tous parifiens, et point fuiffes, va, pour prévenir les jaloux, donner un fupplément à l'*Encyclopédie*. On pourrait même dans ce programme, donner quelque échantillon, comme, par exemple, l'article *Femme*, afin d'amorcer vos chalaps.

Au refte, je penfe qu'il faut fe preffer, parce qu'il fe pourrait bien faire qu'étant âgé de foixante et feize ans, je fuffe placé inceffamment dans un cimetière, à côté de mon ivrogne de curé qui prétendait m'enterrer, et qui a été tout étonné que je l'enterraffe.

Encore un mot, Monfieur : avant que vous vous fuffiez lancé dans les grandes entreprifes, vous aviez, ce femble, ouvert une foufcription pour les mal-femaines de *Martin Fréron*. Je me fuis aperçu à mon article *Critique*, que je dois dévouer à l'horreur de la poftérité les gueux qui, pour de l'argent, ont voulu décrier l'*Encyclopédie* et tous les bons ouvrages de ce fiècle, et que c'eft une chofe auffi amufante qu'utile de raffembler les principales impertinences de tous ces poliffons. Envoyez-moi tout ce que vous avez, jufqu'à ce jour, des imbécilles méchancetés de *Martin*, afin que je le faffe pendre avec les cordes qu'il a filées.

Je vous embraffe de tout mon cœur fans cérémonie, et je vous prie de vouloir bien faire mes complimens à madame votre femme dont j'ai toujours l'idée dans la tête depuis que je l'ai vue à Ferney.

LETTRE CXX.

A MADAME

LA MARQUISE DU DEFFANT.

11 de décembre.

J'AI envoyé, Madame, à votre grand'maman ce que vous demandez, et ce que j'ai enfin trouvé. Puissiez - vous aussi trouver de quoi vous amuser quand vous êtes seule ; c'est un point bien important.

Il y a une hymne de *Santeuil*, qu'on chante dans l'Eglise velche, qui dit que DIEU est occupé continuellement à se contenter et à s'admirer tout seul, et qu'il dit comme dans le Joueur : *Allons, faute, Marquis :* mais il faut quelque chose de plus aux faibles humains. Rien n'est si triste que d'être avec soi-même sans occupation. Les tyrans savent bien cela, car ils vous mettent quelquefois un homme entre quatre murailles, sans livres ; ce supplice est pire que la question qui ne dure qu'une heure.

Je vous avertis qu'il n'y a rien que de très-vrai dans ce que votre grand'maman doit vous donner. Reste à savoir si ces vérités - là vous attacheront un peu : elles ne seront certainement pas du goût des dames velches qui ne veulent que l'histoire du jour ; encore leur histoire du jour roule-t-elle sur deux ou trois tracasseries. Mon histoire du jour à moi, c'est celle du genre-humain. Les Turcs chassés de la Moldavie, de la Bessarabie, d'Azoph, d'Erzerum et d'une

partie du pays de *Médée*; en un mot, toutes ces
grandes révolutions que vous ignorez peut-être à
Paris, ne font qu'un point fur la carte de l'univers.

Si ce que je vous envoie vous fatigue et vous
ennuie, vous aurez autre chofe, mais pas fitôt. Je
travaille jour et nuit : la raifon en eft que j'ai peu
de temps à vivre, et que je ne veux pas perdre de
temps; mais je voudrais bien auffi ne pas vous
faire perdre le vôtre.

Je fuis confondu des bontés de votre grand'maman.
Je vous les dois, Madame ; je vous en remercie
du fond de mon cœur. C'eft un petit ange que
madame *Gargantua*. Il y a une chofe qui m'em-
barraffe ; je voudrais que votre grand-papa fût auffi
heureux qu'il mérite de l'être. Je voudrais que vous
euffiez la bonté de m'en inftruire quand vous n'aurez rien à faire. Dites, je vous prie, à M. le préfident *Hénault* que je lui ferai toujours très-attaché.

V.

LETTRE CXXI.

A M. LE COMTE D'ARGENTAL.

11 de décembre.

MON cher ange, vous m'inquiétez et vous me
défefpérez. Vous n'avez point répondu à trois lettres.
On dit que la fanté de madame d'*Argental* eft dérangée. Que vous coûterait-il de nous informer par
un mot, et de nous raffurer. Si heureufement ce qu'on
nous a mandé fe trouvait faux, je vous parlerais

1769.

de l'envie qu'on a toujours de jouer les Guèbres à Lyon, du deffein qu'on a de fe faire autorifer par M. *Bertin;* je vous demanderais des confeils, je vous dirais que nous efpérons obtenir du parlement de Touloufe une efpèce de dédommagement pour la famille *Sirven;* je vous prierais de dire un mot à M. le duc de *Praflin* d'une affaire de corfaires, que j'ai pris la liberté de lui recommander, et qui m'intéreffe; je vous parlerais même d'un difcours fort défagréable qu'on prétend avoir été tenu au fujet de nos pauvres fpectacles, de votre goût pour eux, et de mon tendre et éternel attachement pour vous: mais je ne puis férieufement vous demander autre chofe que de n'avoir pas la cruauté de nous laiffer ignorer l'état de madame d'*Argental.*

Nous vous renouvelons, madame *Denis* et moi, les affurances de tout ce que nos cœurs nous difent pour vous deux.

LETTRE CXXII.

A M. CHRISTIN.

11 de décembre.

L'HERMITE de Ferney fait les plus tendres complimens à fon cher philofophe de Saint-Claude.

Il eft inftamment prié d'écrire à fon ami, qui eft employé en Lorraine, de dire bien pofitivement où en eft l'affaire de ce malheureux *Martin;* fi on la pourfuit; fi on a réhabilité la mémoire de cet

homme fi injuftement condamné ; fi c'eft à la tournelle de Paris que la fentence fut confirmée : cette 1769.
affaire eft très-importante. Ceux qui l'ont mandée
à Paris , fur la foi des lettres reçues de Lorraine ,
craignent fort d'être compromis , fi malheureufement
l'ami de M. *Chriflin* s'eft trompé.

Sirven a été élargi, et il a eu main-levée de fon
bien , malgré la bonne volonté de fes juges fubal-
ternes qui voulaient abfolument le faire rouer. Il
en appelle au parlement de Touloufe qui eft très-
bien difpofé en fa faveur , et il efpère qu'il obtiendra
des dédommagemens.

Si le folitaire fe portait mieux , il pourrait faire
donner les étrivières au carme ; mais il eft trop malade
pour entrer dans ces petites difcuffions. La fottife et
l'infolence du carme auraient été dangereufes au quatorzième fiècle , mais dans celui-ci on peut prendre
le parti d'en rire. Je me trouve d'ailleurs entre le
bon et le mauvais larron , entre *Bayle* et *J. Jacques.*

Mon cher philofophe rendra un grand fervice à
la jurifprudence et à la nation , en continuant à fon
loifir l'ouvrage qu'il a commencé. Il eft prié de
mettre une grande marge à la copie.

Madame *Denis* et moi , nous vous fouhaitons la
bonne année ; nous aurions bien voulu la finir et
la commencer avec vous.

LETTRE CXXIII.

A MADAME

LA DUCHESSE DE CHOISEUL. (*)

1 de janvier.

MADAME,

VOTRE Excellence saura que, comme j'étais dans ma boutique le jour de la St *Silvestre*, sans rien faire, parce que c'était dimanche, il passa chez moi un pédant qui fait des vers *françois*, et je lui dis : Monsieur le pédant, faites-moi des vers FRANÇOIS pour les étrennes de madame *Gargantua*, et il me fit cela qui ne m'a pas paru trop bon :

> Je souhaite à la belle Hortense
> Une ame noble, un cœur humain,
> Un goût sûr et plein d'indulgence,
> Un esprit naturel et fin,
> Qui s'exprime comme elle pense ;
> Un mari de grande importance,
> Qui ne fasse point l'important,
> Qui serve son prince et la France,
> Et qui se moque plaisamment
> Des jaloux et de leur engeance ;
> Que tous deux soient d'intelligence,

(*) Cette lettre et plusieurs autres mêlées de poësie ont été communiquées trop tard aux éditeurs pour être insérées dans le volume de Lettres en vers.

Et qu'ils goûtent en concurrence
Le plaifir de faire du bien.
Ma mufe alors en confidence
Me dit : Ne leur fouhaite rien.

Il me femble, Madame, que moi, qui ne fuis
qu'un typographe, j'aurais fait de meilleurs vers
FRANÇOIS que cela, fi je m'étais adonné à la poëfie
FRANÇOISE.

J'ai l'honneur de faire à monfeigneur votre époux
comme à vous, Madame, les complimens des révé-
rends pères capucins, de tous les maçons de Verfoy,
de tous les manœuvres, de tous ceux qui veulent
bâtir des maifons en cette ville où il fait froid comme
en Sibérie. J'ai de plus l'honneur d'être avec un
profond refpect,

Madame,

votre, &c. *Guillemet.*

LETTRE CXXIV.

A M. LE COMTE D'ARGENTAL.

5 de janvier.

JE vous fupplie inflamment, mon cher ange, de
me rendre le plus important fervice. Il faut que
madame *le Jeune* me déterre le livre du père *Grifet*
ou de frère *Grifet*. On imprime la lettre *A* d'un
fupplément au *Dictionnaire encyclopédique* dans le
pays étranger, et frère *Grifet* doit avoir fa place
à l'article *Ana, Anecdote.* On peut envoyer le livre

aifément par la pofte, en deux ou trois paquets ;
pourvu qu'un paquet ne pèfe pas plus de deux
livres, il arrive à bon port. *Marin*, *Suard* peuvent
le contre-figner, rien n'eft plus aifé. Madame *le Jeune*,
ou fon ayant caufe, recevra une lettre de change
payable au porteur. Ayez la bonté d'avoir pitié de
ma paffion qui eft très-vive. J'abufe de votre complaifance ; mais les jeunes gens font actifs, ils fe
démènent pour rendre fervice. Je vous l'avais bien
dit que vous n'aviez que foixante et neuf ans. Vous
êtes bien injufte et bien léfineux de m'en accorder
à peine foixante et quinze, lorfque je fuis poffeffeur,
de la foixante et feizième. Il faut dire que j'en
ai foixante et dix-huit, et n'y pas manquer ; car,
après tout, on fe fait une confcience d'affliger trop
un pauvre homme qui approche de quatre-vingts.

Je fuis bien étonné que cette comédie dont vous
parlez foit fi drôle. Par-le-fang-bleu, Meffieurs, je
ne croyais pas être fi plaifant que je fuis; mais j'ai
plus de tendreffe pour les Scythes, et une paffion
furieufe pour les Guèbres. Je tiens que ces Guèbres
feraient une révolution.

M. le duc de *Praflin* a eu la bonté de m'envoyer un détail touchant les diamans pris par les
corfaires. J'ai bien peur que ce ne foit une affaire
finie, et que les propriétaires des diamans n'aient
aucun renfeignement, moyennant quoi le corfaire
fe moquera d'eux. Je m'en lave les mains, et je
remercie M. le duc de *Praflin* de toute fa bonté.
Madame *Denis* et moi, nous fouhaitons à mes deux
anges fanté et profpérité, cette année 1770. Je ne
me fuis jamais attendu à voir cette année, et j'avais

fait plus d'un marché qui a fini à l'an 1760, tant
je me fuis toujours défié de mes forces. J'ai été heu-   1770.
reufement trompé.

Mille tendres refpects à vous deux. *V.*

LETTRE CXXV.

A M. LE COMTE DE SCHOMBERG.

5 de janvier.

MONSIEUR,

QUAND l'hermite du mont Jura s'intitulait *le pauvre
vieillard*, il n'avait pas tort. Sa fanté et fes affaires
étaient également dérangées et le font encore. Malheur aux vieillards malades! La faibleffe extrême où
il eft ne lui a pas permis d'écrire pendant un mois
entier. Il eft tout-à-fait hors de combat, et d'ailleurs
excédé par des travaux qui l'avaient d'abord confolé des misères de ce monde.

Soyez très-perfuadé, Monfieur, qu'il n'a jamais
trempé dans l'infame complot que quelques parens
et amis avaient fait de l'arracher à fa retraite. Il
connaît trop le prix de la liberté et celui du repos
néceffaire à fon âge. Il eft fenfible à vos bontés
comme s'il était jeune. Il voit d'ailleurs, avec une
honnête indifférence, qui gouverne et qui ne gouverne pas, qui fe remue beaucoup pour rien et qui
ne fe remue pas, qui tracaffe et qui ne tracaffe
pas; il aime, il eftime votre philofophie, et rend

juftice à vos différentes fortes de mérite; il mourra votre très-attaché.

Si vous n'avez pas un petit livre d'Hollande, intitulé DIEU et les hommes, je pourrai vous en procurer un par un ami; vous n'avez qu'à ordonner.

Si vous voyez M. d'*Alembert*, voici un petit article pour lui.

Je fais qu'un homme, qui fait des vers mieux que moi, lui a récité des bribes fort jolies d'un petit poëme intitulé *Michaud* ou *Michon* et *Michette*, et qu'il lui a dit que ces gentilleffes étaient de moi. Le bruit en a couru par la ville. Il eft clair cependant qu'elles font de celui qui les a récitées. C'eft, dit-on, une fatire violente contre trois confeillers au parlement qui font des gens fort dangereux. On met tout volontiers fur mon compte, parce qu'on croit que je peux tout fupporter, et qu'étant près de mourir, il n'y a pas grand mal de me faire le bouc émiffaire. Après tout, je crois l'auteur trop galant homme pour m'imputer plus long-temps fon ouvrage. Il eft dans une fituation à ne rien craindre de meffieurs *Michon* ou *Michaud*, fuppofé qu'il y ait des confeillers de ce nom. Je ne fuis pas dans le même cas; et, d'ailleurs, je n'ai jamais vu un feul vers de cet ouvrage. Je ne doute pas que M. d'*Alembert*, quand il reverra l'auteur qui n'eft pas actuellement à Paris, ne lui confeille généreufement de fe déclarer, ou d'enfermer fon œuvre fous vingt clefs.

Voilà, Monfieur, ce que je vous fupplie de montrer à M. d'*Alembert* dans l'occafion. Je ne lui écris point, je fuis trop faible, et c'eft un effort pour moi très-grand de dicter même des lettres.

Adieu,

Adieu, Monſieur; je ſerai juſqu'au dernier moment 1770. pénétré pour vous de la plus tendre eſtime. Je ne ceſſe d'admirer un militaire ſi rempli de goût, d'eſprit et de bonté.

LETTRE CXXVI.

A M. DE LA TOURETTE, *à Lyon.*

Le 6 de janvier.

LE vieux malade de Ferney remercie bien tendrement M. de *la Tourette*. Une traduction de la Henriade eſt une preuve que les Italiens ſont convertis. Vous pouviez très-bien, Monſieur, m'envoyer cette traduction par la poſte. M. *Vaſſelier* s'en chargerait très-volontiers. Pour le *Rifleſſioni di un italiano ſoprà la chieſa*, je ne l'ai point, et vous me ferez plaiſir de me faire avoir cet ouvrage.

Il eſt très-vrai qu'on commence à parler bien haut en Italie, et ſurtout à Veniſe. On m'a dit que M. de *Firmian* (*) eſt inſtruit et hardi, et M. de *Tanucci* (**) inſtruit, mais un peu timide. Il a oſé prendre Bénévent qui n'appartenait point au roi de Naples, et n'a pas oſé prendre Caſtro qui lui appartient.

Madame *Denis* eſt auſſi ſenſible qu'elle le doit à votre ſouvenir. *Dupuits* eſt à ſa campagne; il vous conſerve toute l'amitié qu'on a pour vous dès qu'on vous a connu : c'eſt ainſi que j'en uſe. Conſervez-moi des ſentimens qui me ſont bien chers, et agréez l'inviolable attachement du pauvre vieillard *V.*

(*) Miniſtre de l'empereur à Milan.
(**) Miniſtre du roi de Naples.

LETTRE CXXVII.

A M. LE COMTE D'ARGENTAL.

20 de janvier.

Vous avez eu la bonté, mon cher ange, de me faire préfent du livre de notre ami *Grifet*, et moi je prends la liberté de vous envoyer un manufcrit qui furement n'eft pas de lui. Vous voulez vous amufer avec madame d'*Argental* de cette comédie de feu l'abbé de *Châteauneuf*, mort il y a plus de foixante ans. Je vous envoie une copie que j'ai fait faire fur le champ à la réception de vos ordres. Mon manufcrit eft bien meilleur que celui de *Thiriot*, plus ample, plus correct, beaucoup plus plaifant à mon gré, et purgé furtout des expreffions qui pourraient préfenter la moindre idée de dévotion, et par conféquent de fcandale. Je ne fais fi vous trouverez la pièce paffable ; elle eft bien différente du goût d'aujourd'hui ; ce n'eft point du tout une tragi-comédie de *la Chauffée* ; elle m'a paru tenir un peu de l'ancien ftyle ; mais on ne rit plus, et on ne veut plus rire.

Si vous fuppofez pourtant, vous et madame d'*Argental*, qu'on puiffe encore aller à la comédie pour s'épanouir la rate ; fi vous trouvez dans cette pièce des mœurs vraies et quelque chofe de plaifant, alors on pourra la faire jouer. Il n'y aura nulle difficulté du côté de la police ; mais, en ce cas, il faudrait envoyer chercher *Thiriot*, et lui donner

copie de la copie que je vous envoie, en lui recom- ——
mandant le fecret : il eft intéreffé à le garder. Je
lui envoyai ce rogaton, il y a quelques mois, pour
lui aider à faire reffource ; et comme je lui mandai
que tous les émolumens ne feraient pas pour lui, il
fe pourrait bien faire auffi que votre protégé *le Kain*
en retirât quelque avantage.

Je ne fais point où demeure *Thiriot* qui change
de gîte tous les fix mois, et qui ne m'a point écrit
depuis plus de quatre. On peut s'informer de fa
demeure chez le fecrétaire de M. d'*Ormeffon*, nommé
Faget de Villeneuve; voilà tout ce que j'en fais.

Je vous avertis que je prends la liberté d'envoyer
à monfieur le duc de *Praflin* la pièce de l'abbé de
Châteauneuf; il la lira s'il veut, et fera dans le fecret
pour fe dépiquer des belles manières des Anglais et
de meffieurs de Tunis. Je lui écris en même temps
pour le remercier de fes bontés pour les vingt-fix
diamans qui courent grand rifque d'être perdus,
attendu que les marchands n'ont rien fait en forme
juridique.

J'ignore encore fi on ofera faire jouer à Touloufe la
tragédie de la Tolérance ; ce ferait prêcher l'Alcoran
à Rome. Je fais feulement qu'on la répète actuellement à Grenoble, mais il n'eft pas bien sûr qu'on
l'y joue.

Vous me feriez plaifir, mon cher ange, de m'apprendre fi M. le maréchal de *Richelieu* va à Bordeaux,
comme on me l'a mandé. Il eft fi occupé de fes
grandes affaires qu'il ne m'écrit point.

Je ne fais fi vous favez qu'on a mis dans quelques gazettes qu'on donnait la Corfe au duc de

—— Parme, et que vous étiez chargé de cette négocia-tion. Il eſt bon que vous ſoyez informé des bruits qui courent, quelque mal fondés qu'ils puiſſent être.

Le progrès des armes de *Catau* eſt très-certain. On n'a jamais fait une campagne plus heureuſe. Si elle continue ſur ce ton, elle ſera l'automne pro-chain dans Conſtantinople. Nos opéra comiques ſont bien brillans, mais ils n'approchent pas de cette pièce étonnante qui ſe joue des bords du Danube au mont Caucaſe et à la mer Caſpienne. Les géo-graphes doivent avoir de grands plaiſirs.

L'oncle et la nièce ſe mettent ſous les ailes des anges. *V.*

A propos, c'eſt bien à vous de parler de neige; nous en avons dix pieds de haut, et quatre-vingts lieues de pourtour.

Nota bene que ſi on me ſoupçonne d'être le prête-nom de l'abbé de *Châteauneuf*, tout eſt perdu.

LETTRE CXXVIII.

AU MEME.

24 de janvier,

C'EST pour dire à mes anges que, dans l'idée de les amuſer, et au riſque de les ennuyer, j'ai envoyé un énorme paquet que j'ai pris la liberté d'adreſſer à M. le duc de *Praſlin.* Ce paquet contient une pièce qui a l'air d'être du temps paſſé, et qu'on attribue à l'abbé de *Châteauneuf* ou à *Raimond* le grec, comme on voudra.

Cet énorme paquet doit être actuellement arrivé ——
à l'hôtel des anges. Ils s'apercevront que, par une
jufte Providence, une pièce, dont le principal perfonnage eft un caiffier dévot, vient tout jufte dans
le temps des cilices du fieur *Billard* et des confef-
fions de l'abbé *Grizel*. Je ne bénirai pourtant pas
la Providence *fi quefta coioneria* n'amufe pas mes
anges.

J'ai lu le livre de l'abbé *Galliani*. O le plaifant
homme! ô le drôle de corps! On n'a jamais eu
plus gaiement raifon. Faut-il qu'un napolitain donne
aux Français des leçons de plaifanterie et de police!
Cet homme-là ferait rire la grand'chambre, mais
je ne fais s'il viendrait à bout de l'inftruire.

J'ai vraiment lu Bayard et Hamlet. Je me réfugie
fous les ailes de mes anges. *V.*

LETTRE CXXIX.

A M. ELIE DE BEAUMONT.

A Ferney, le 24 de janvier.

MON cher *Cicéron*, je reçois les papiers que vous
avez eu la bonté de m'envoyer. Vous voyez bien
qu'il n'y a là qu'un ménage de gâté. J'entends fort
mal les affaires; mais je ne crois pas que la fentence du lieutenant civil, qui ordonne qu'on enfer-
mera chez des moines, par avis de parens, un fils
de famille, en cas que le roi lui rende la liberté,
puiffe fubfifter après dix ans, quand le père et la

Q 3

—— mère font morts, quand le fils de famille eſt père
1770. de famille, quand il a cinquante-trois ans, quand
ſa mère s'eſt oppoſée à cette étonnante ſentence,
et l'a fait ſon légataire univerſel.

Ma foi, juge et plaideurs, il faudrait tout lier.

J'ignore encore ſi l'homme aux cinquante-trois
ans ne reſſemble pas aux nèfles qui ne mûriſſent
que ſur la paille. Je me ſuis chargé par pitié de
deux perſonnes fort extraordinaires; l'une eſt cet
original, l'autre eſt une nièce de l'abbé *Nollet*, qui
lui eſt attachée depuis quatorze ans, et qu'on va
tâcher de marier.

L'affaire principale eſt d'achever de payer le peu
de dettes contractées dans ce pays par le ſieur interdit, de procurer audit interdit des meubles, et de
ne lui pas laiſſer toucher un denier, attendu que
je ſuis prêt à ſigner avec les parens qu'il a la tête
un peu légère, avec l'air poſé d'un homme capable.

Je vous ſupplie très-inſtamment, mon cher *Cicéron*,
de me donner des nouvelles poſitives des deux mille
écus, afin que je prenne des meſures juſtes, et qu'a-
près l'avoir *alimenté*, *raſé*, *déſaltéré*, *porté* pendant
un an, on ne m'accuſe pas d'avoir la tête auſſi
légère que lui.

Point de nouvelles de *Sirven*, ſinon qu'il eſt à
Toulouſe, et qu'on y veut jouer les Guèbres. Autre
tête encore que ce *Sirven*. Le monde eſt fou.

Mille tendres reſpects à vous et à madame de
Canon, à vous les deux ſages, et les deux ſages
aimables.

LETTRE CXXX.

A M. DE LA HARPE.

26 de janvier.

Dieu et les hommes vous en fauront gré, mon cher confrère, d'avoir mis en drame l'aventure de cette pauvre novice qui, en fe mettant une corde au cou, apprit aux pères et aux mères à ne jamais forcer leurs filles à prendre un malheureux voile. Cela eft digne de l'auteur de la réponfe à ce fou mélancolique de *Rancé*.

Savez-vous bien que cette réponfe eft un des meilleurs ouvrages que vous ayez jamais faits. On l'imprime actuellement dans un recueil qu'on fait à Laufane. Savez-vous bien ce que vous devriez faire, fi vous avez quelque amitié pour moi ? me faire envoyer votre École des pères et mères acte par acte. Nous la lirons, madame *Denis* et moi. Nous méritons tous deux de vous lire.

Je fuis bien étonné que *Panckoucke* ne vous ait rien dit au fujet de la partie littéraire du nouveau *Dictionnaire encyclopédique;* mais il était engagé avec M. *Marmontel* qui fera tout ce qui regarde la littérature. Peut-être donnera-t-on dans quelque temps un petit fupplément; mais vous favez que les libraires mes voifins ne font pas gens à encourager la jeuneffe, comme on fait à Paris. Je craindrais fort que vous ne perdiffiez votre temps; et je vous confeille de l'employer à des chofes qui vous foient plus

Q 4

utiles. Je voudrais que chacune de vos lignes vous fût payée comme aux *Robertson*.

J'ai lu un petit ouvrage de M. de *Falbaire* où il fait voir que, depuis les premiers commis des finances jusqu'au portier de la comédie, tout le monde est bien payé, hors les auteurs.

Je viens de recevoir le Mercure. Je vous suis bien obligé d'avoir séparé ma cause de celle de mon prédécesseur *Garnier* (*). Je vous embrasse de tout mon cœur.

LETTRE CXXXI.

A MADAME

LA MARQUISE DU DEFFANT.

A Ferney, 28 de janvier.

Qu I moi, Madame, que je n'aye point répondu à une de vos lettres! que je n'aye pas obéi aux ordres de celle qui m'honore depuis si long-temps de son amitié! de celle pour qui je travaille jour et nuit, malgré tous mes maux! vous sentez bien que je ne suis pas capable d'une pareille lâcheté. Tout ours que je suis, soyez persuadée que je suis un très-honnête ours.

Je n'ai point du tout entendu parler de monsieur *Crawfort*; si j'avais su qu'il fût à Paris, je vous aurais suppliée très-instamment de me protéger

(*) M. *Crébillon*.

un peu auprès de lui, et de faire valoir les fentimens d'eftime et de reconnaiffance que je lui dois.

Vous m'annoncez, Madame, que M. *Robertfon*
veut bien m'envoyer fa belle *Hiftoire de Charles-
Quint*, qui a un très-grand fuccès dans toute l'Europe,
et que vous aurez la bonté de me la faire parvenir.
Je l'attends avec la plus grande impatience ; je vous
fupplie d'ordonner qu'on la faffe partir par la guimbarde de Lyon.

C'était autrefois un bien vilain mot que celui de
guimbarde ; mais vous favez que les mots et les
idées changent fouvent chez les Français, et vous
vous en apercevez tous les jours.

Vous avez la bonté, Madame, de m'annoncer
une nouvelle cent fois plus agréable pour moi que
tous les ouvrages de *Robertfon*. Vous me dites que
votre grand-papa, le mari de votre grand'maman,
fe porte mieux que jamais ; j'étais très-inquiet de
fa fanté ; vous favez que je l'aime comme monfieur
l'archevêque de Cambrai aimait DIEU, pour lui-
même. Votre grand'maman eft adorable. Je m'imagine
l'entendre parler quand elle écrit ; elle me mande
qu'elle eft fort prudente ; de-là je juge qu'elle n'a
montré qu'à vous les petits verficulets de monfieur
Guillemet.

Si je retrouve un peu de fanté dans le trifte état
où je fuis, je vais me remettre à travailler pour
vous. Je ne vous écrirai point des lettres inutiles,
mais je tâcherai de faire des chofes utiles qui puiffent
vous amufer. C'eft à vous que je veux plaire, vous
êtes mon public. Je voudrais pouvoir vous défen-
nuyer quelques quarts d'heure, quand vous ne

dormez pas, quand vous ne courez pas, quand vous n'êtes pas livrée au monde. Vous faites très-bien de chercher la diffipation, elle vous eft néceffaire comme à moi la retraite.

Adieu, Madame ; jouiffez de la vie autant qu'il eft poffible, et foyez bien fûre que je fuis à vous, que je vous appartiens jufqu'au dernier moment de la mienne.

LETTRE CXXXII.

A M. DE CHABANON.

6 de février.

MON cher ami, nous vous fommes trop attachés, madame *Denis* et moi, pour fouffrir que vous épui-fiez votre génie à faire Alcefte après *Quinault*. Vous êtes obligé d'en retrancher tout le pittorefque et tout le merveilleux, afin d'éviter la reffemblance. Vous vous mettez vous-même à la gêne ; vous vous privez du pathétique, et vous affaibliffez l'intérêt. Le comique, qui était encore à la mode dans nos premiers opéra, eft réprouvé aujourd'hui. Vous ne tombez pas dans ce défaut, et c'eft probablement ce qui vous a féduit. Mais à ce comique il faut fub-ftituer la tendreffe, un nœud qui attache, du brillant, du théâtral. Et quand même vous jetteriez ces beautés avec profufion dans les premiers actes, jamais on ne vous pardonnera d'avoir fupprimé les enfers et le retour d'*Alcefte*.

Tout le monde fait par cœur ces beaux vers
d'*Alcide* à *Pluton* :

> Si c'eft te faire outrage
> D'entrer par force dans ta cour,
> Pardonne à mon courage,
> Et fais grâce à l'amour.

J'ai toujours été étonné que *Quinault* n'ait pas
ofé imiter *Euripide*, et fait préfenter *Alcefte* voilée
à fon mari. Ce ferait cette hardieffe d'*Euripide* qu'il
faudrait imiter. Nous préfumons qu'elle aurait un
grand fuccès, fi on avait à l'opéra des acteurs comme
on y a des chanteurs. Voilà ce que nous avons penfé,
madame *Denis* et moi.

Si vous voulez abfolument traiter ce fujet après
Quinault, vous êtes tenu étroitement de donner un
ouvrage admirable dans toutes fes parties, et d'ame-
ner des fêtes charmantes prifes dans le fond du fujet.

Nous ne parlerions pas fi hardiment à tout autre
qu'à vous. Nous vous difons ce que nous croyons
la vérité, parce que vous méritez qu'on vous la
dife. Nous pouvons nous tromper, mais nous ne
voulons pas certainement vous tromper. Reconnaiffez
la tendre amitié que nous avons pour vous à la
liberté que nous prenons ; nous croyons vous en
donner une preuve, en vous parlant à cœur ouvert.
Pardonnez-nous et aimez-nous. *V.*

J'ai lu une partie de la traduction des *Géorgiques ;*
j'y ai vu l'extrême mérite de la difficulté furmontée.
Je ne m'attendais pas à voir tant de poëfie dans
la gêne d'une traduction. Je crois que cet ouvrage

aura une très-grande réputation parmi les amateurs des anciens et des modernes.

Je vous supplie, mon cher ami, de vouloir bien affurer M. *Delille* de ma reconnaiffance et de ma très-fincère eftime.

LETTRE CXXXIII.

A M. LE RICHE, *à Amiens.*

6 de février.

VOUS avez quitté, Monfieur, des velches pour des velches (*). Vous trouverez par-tout des barbares têtus. Le nombre des fages fera toujours petit. Il eft vrai qu'il eft augmenté ; mais ce n'eft rien en com-paraifon des fots, et par malheur on dit que DIEU eft toujours pour les gros bataillons. Il faut que les honnêtes-gens fe tiennent ferrés et couverts. Il n'y a pas moyen que leur petite troupe attaque le parti des fanatiques en rafe campagne.

J'ai été très-malade ; je fuis à la mort tous les hivers ; c'eft ce qui fait, Monfieur, que je vous ai répondu fi tard. Je n'en fuis pas moins touché de votre fouvenir. Continuez - moi votre amitié ; elle me confole de mes maux et des fottifes du genre-humain. Recevez les affurances, &c.

(*) M. *le Riche* avait été directeur des domaines à Befançon.

LETTRE CXXXIV.

A M. LE MARECHAL DUC DE RICHELIEU.

9 de février.

JE préfume, Monfeigneur, que vous reçûtes en fon temps le petit livre de madame de *Caylus* que j'eus l'honneur de vous envoyer. Vos occupations et vos plaifirs ne vous ont pas laiffé le temps de m'en inftruire. C'eft un livre fort rare ; je ne crois pas qu'il y en ait encore à Paris d'autre exemplaire que le vôtre. Vous y aurez vu que monfieur le duc votre père mettait les portraits de fes anciens ferviteurs au grenier ; mais, fi j'étais dans votre grenier, je me tiendrais encore très-heureux.

Je fuis très-fâché de mourir fans avoir pu vous donner ma bénédiction. Vous êtes tout étonné du terme dont je me fers, mais il me fied très-bien ; j'ai l'honneur d'être capucin. Notre général qui eft à Rome m'a envoyé mes patentes fignées de fa vénérable main. Je fuis du tiers-ordre, mes titres font *fils fpirituel de St François, et père temporel.*

Dites-moi laquelle de vos défuntes maîtreffes vous voulez que je tire du purgatoire, et je vous réponds fur ma barbe qu'elle n'y fera pas vingt-quatre heures.

Je dois vous dire qu'en qualité de capucin j'ai renoncé aux biens de ce monde, et que, parmi quelques arrangemens que j'ai faits avec ma famille, je lui ai abandonné ce qui me revenait, tant fur la fucceffion de madame la princeffe de *Guife*, que fur votre intendant; mais je n'ai point prétendu vous gêner, et je ferais au défefpoir de vous caufer le moindre embarras. Ma famille recevra vos ordres, et les recevra comme des bienfaits.

Vous me parliez, Monfeigneur, dans votre dernière lettre, de votre beau jardin de Paris, et je fuis entouré actuellement de quatre-vingts lieues de neiges. J'aimerais mieux vous faire ma cour dans votre palais de Richelieu que dans tout autre; mais vous n'habiterez jamais Richelieu. Vous êtes fait pour aller briller tantôt à Verfailles, tantôt à Bordeaux. J'admire comme vous éparpillez votre vie. Souffrez que, du fond de ma caverne, je vous renouvelle mon très-tendre refpect, et que madame *Denis* le faffe valoir auprès de vous.

Recevez la bénédiction de *V.* capucin indigne, qui n'a point de bonne fortune de capucin. *V.*

LETTRE CXXXV.

A M. L'ABBÉ AUDRA, *à Touloufe.*

Le 14 de février.

JE fuis plus étonné que jamais, mon cher philofophe, de n'avoir aucune nouvelle de *Sirven.* M. de *la Croix* avait eu la bonté de me mander qu'il travaillait à un mémoire en fa faveur, mais que ce *Sirven* voulait faire l'entendu, et qu'il dérangeait fes mefures. Je commence à croire qu'il a pris fon parti, et qu'il ne fonge qu'à rétablir le petit bien qu'on lui

a rendu. Il a fes deux filles à quelques lieues de
moi. S'il veut avoir fes deux filles auprès de lui,
je leur donnerai de quoi faire leur voyage honnêtement. Si le père a befoin d'argent, je lui en donnerai
auffi pour achever de réparer fes malheurs.

Je vous demande en grâce de vouloir bien faire
mes complimens et mes remercîmens à M. de *la
Croix*, et l'affurer de la véritable eftime que je conferverai pour lui toute ma vie.

Qu'eft devenue votre *Hiftoire univerfelle*? eft-elle
imprimée? êtes-vous toujours bien content de Touloufe? avez-vous reçu un petit paquet que j'adreffai
pour vous à Lyon, il y a quelques mois, à l'adreffe
que vous m'avez donnée?

Je vous embraffe fans cérémonie, en philofophe
et en ami.

1770.

LETTRE CXXXVI.

A M. ELIE DE BEAUMONT.

16 de février.

J'IGNORE, mon cher *Cicéron*, fi les défordres de
Genève permettront que ma lettre aille jufqu'à la
pofte. Les bourgeois tuèrent hier trois habitans, et
l'on dit, dans le moment, qu'ils en ont tué quatre
ce matin. Les battus payent l'amende dans la coutume de *Lori*; mais, dans la coutume de Genève,
les battus font pendus; et l'on affure qu'on pendra
trois ou quatre habitans dont les compagnons ont

été tués. Toute la ville est en armes, tout est en combustion dans cette sage république; il y a quatre ans qu'on s'y dévore.

Nos philosophes ont vraiment bien pris leur temps pour faire l'éloge de ce beau gouvernement. Cela ne m'empêche pas de prendre un vif intérêt à l'horrible aventure des *Péra*. Vous pouvez, mon cher *Cicéron*, m'envoyer votre mémoire en deux ou trois paquets, par la poste, adressés à Ferney par Lyon et Verfoy.

Je n'entends pas plus parler de ce pauvre entêté de *Sirven* que s'il n'avait jamais eu de procès criminel.

A l'égard de l'interdit-démarié, j'ai écrit à monsieur *Jardin*, greffier en chef du châtelet, son tuteur, que je ne me chargerais des deux mille écus qu'à condition que toutes les dettes criardes qu'il a faites dans ce pays-ci, et toutes les dettes de bienséance et d'honneur seraient préalablement acquittées; que je lui ferais acheter un lit et quelques meubles, afin qu'il pût reparaître d'une manière décente et honorable dans le pays de Neuchâtel, et que le frère de madame l'intendante de Paris ne fît point de honte à sa famille dans le pays étranger. J'ai laissé en dépôt, chez M. de *Laleu*, les deux mille écus, et je ne ferai rien sans être autorisé de son tuteur. Je crois devoir cette attention à sa famille. J'espère que, moyennant les arrangemens que je prendrai, et moyennant les cinq cents francs qu'il touchera par mois dorénavant, somme qui augmentera toutes les années, il pourra se donner la consideration que doit avoir un homme si bien allié.

Il

Il ne peut réparer ſes fautes paſſées que par la plus grande ſageſſe.

Je vous ſupplie, Monſieur, de parler à meſſieurs les avocats de la commiſſion, ſi vous les rencontrez, et à M. *Boudot*, en conformité de ce que j'ai l'honneur de vous mander.

Permettez que je vous donne ma bénédiction en qualité de capucin. J'ai non-ſeulement l'honneur d'être nommé père temporel des capucins de Gex, mais je ſuis aſſocié, affilié à l'ordre, par un décret du révérend père général. *Jeanne* la pucelle et la tendre *Agnès Sorel* ſont toutes ébaubies de ma nouvelle dignité.

Mille reſpects et mille bénédictions à madame de *Beaumont*.

LETTRE CXXXVII.

A *MECENAS-ATTICUS* DUC DE CHOISEUL, &c.

A Ferney, 18 de février.

La voix de *Jean* criant dans le déſert vous dit ces choſes :

Ce n'eſt pas aſſez que vous ayez fait des pactes de famille, donné un royaume à l'aîné de la famille, fait un pape madré ou non madré, et mis les ſoldats d'Iſraël ſur un meilleur pied qu'ils n'ont jamais été ; tout cela n'eſt rien ſans la charité. Le Dieu d'Iſraël eſt irrité contre les enfans de *Jacob*, qui aſſaſſinent dans les rues des vieillards de quatre-vingts ans, des innocens deſtitués d'armes ; bleſſent des femmes groffes, et fe préparent à pendre ceux qu'ils n'ont pu affaffiner.

C'eft une des fuites de l'infolence avec laquelle ils en ont ufé envers l'ambaffadeur de l'oint du Seigneur et envers *Meffala-Atticus*, premier miniftre de cet oint. Le fanhédrin n'eft pas moins coupable d'avoir fomenté, préparé, autorifé les abominations des enfans de *Bélial*.

Voici ce que dit le Seigneur : Si vous aviez feulement fait bâtir à Verfoy une cinquantaine de maifons de boue, vous auriez actuellement dans Verfoy quatre cents habitans qui ne favent où coucher, qui vous feraient attachés pour jamais, et qui probablement iront habiter l'Angleterre que mon cœur réprouve, ou la Hollande que je vomis de ma bouche, parce qu'elle eft tiède.

J'ai ordonné à mon ferviteur *François V.*, capucin digne, d'avoir foin de ces malheureux, en attendant que votre rofée puiffe les confoler.

Je fais que mon ferviteur chargé de la bourfe commune loge le diable dans fa bourfe, c'eft-à-dire, rien ; et qu'il ne pourra donner cent mille ficles pour bâtir des maifons.

Mon ferviteur *François V.* eft encore plus pauvre pour le moment préfent ; mais vous pourriez trouver quelque bon ami, non pas de cour ; mais de finance, qui prêterait des ficles pour bâtir des maifons. Il n'eft pas befoin d'édit pour donner à qui voudra de quoi repofer fa tête.

Vous avez une galère dans un port qui n'eft pas fait ; mais des familles ne peuvent coucher dans une galère, à moins que ce ne foit la famille de *Fréron*.

L'efprit de charité pourrait vous porter encore à empêcher qu'on ne pende plufieurs de vos ferviteurs **1770.** qui fe font engagés à vous, dont vous avez la figna-ture, qui fe font foumis à coucher dans les maifons que vous n'avez pas bâties, qui fe font déclarés français, et qui, pour cette raifon, font préfumés avoir inceffamment la hart au cou.

Je vous dis donc, de la part du Seigneur : Faites comme vous voudrez ; car vous avez l'œil de l'aigle, et la prudence du ferpent.

Signé *Jean*, prédicateur du défert,

Et plus bas, *François V.*, capucin indigne, admis à la dignité de capucin par frère *Amatus Dalamballa*, général des capucins, réfident à Rome ; et de plus déclaré père temporel des capucins de Gex.

Lequel *François* prie DIEU pour vous et pour votre digne époufe.

LETTRE CXXXVIII.

A M. LE COMTE D'ARGENTAL.

19 de février.

Mon cher ange, les vieillards de quatre-vingts ans qu'on affaffine à Genève, n'ont pas laiffé de m'affecter un peu, attendu que les gens de foixante et feize ans font réputés octogénaires. Je n'aime pas non plus qu'on bleffe des femmes groffes, qu'on tue du monde dans les rues, fans favoir pourquoi. On veut pendre auffi ceux qui voulaient fe retirer à Verfoy, ville que M. le duc de *Choifeul* fait bâtir. Je ne crois pas qu'il trouve toute cette aventure fort honnête. Tout cela nous a fait frémir d'horreur, madame *Denis* et moi. Quoique j'aye fait beaucoup de tragédies, ces fcènes tragiques à ma porte me paraiffent abominables ; c'eft pis que ce qui fe paffe en Pologne.

La comédie du Dépofitaire eft plus confolante. On y a rapetaffé une trentaine de vers qu'on vous enverra très-fidellement.

Il vaut mieux payer des dixièmes que d'être aux portes de Genève. Ces gens-là font devenus des fous barbares. Je fuis très-convaincu que, fi vous aviez été plénipotentiaire chez eux, vous auriez adouci leur efprit, et que rien de ce qui arrive aujourd'hui ne ferait arrivé.

Du moins en France vous payez vos dixièmes paifiblement ; vous lifez paifiblement Gabrielle de Vergy ; vous allez dans vos petites loges ; vous n'avez pas vingt pieds de neige ; votre plus grand malheur eft de vous ennuyer aux pièces nouvelles et aux livres nouveaux.

M. le duc de *Praflin* a eu encore la bonté de m'écrire, et de daigner faire de nouvelles tentatives pour faire rendre les diamans pris par le corfaire de Tunis, quoiqu'il n'en efpère rien. Je vous fupplie de lui bien dire combien je fuis pénétré de fes bontés. Vous aviez bien raifon quand vous me difiez qu'il était plus effentiel que bruyant. Je lui ferai attaché jufqu'au dernier moment de ma pauvre vie.

Je fuis bien malade, mon cher ange. Mille tendres refpects à madame d'*Argental*, et mille vœux pour fa fanté. Je vous donne à tous deux ma bénédiction.

Frère V., capucin indigne.

Si vous êtes furpris de ma fignature, fachez que
je fuis non-feulement père temporel des capucins
de Gex, mais encore agrégé au corps par le général
Amatus Dalamballa, réfident à Rome. Voilà ce que
m'a valu St *Cucufin*. Vous voyez que DIEU n'abandonne pas fes dévots.

LETTRE CXXXIX.

A MADAME

LA MARQUISE DU DEFFANT.

21 de février.

J'AI reçu, Madame, le *Charles - Quint* anglais ; je
n'en ai pu lire que quelques pages ; mes yeux me
refufent le fervice, tant que la neige eft fur la terre.
Il eft bien étrange que je m'obftine à refter dans ma
folitude pour y être aveugle pendant quatre mois ;
mais la difficulté de fe tranfplanter à mon âge eft fi
grande et fi défagréable, que je n'ai pu encore me
réfoudre à páffer mon hiver dans des climats plus
chauds. Je me fuis confolé en me regardant comme
votre confrère ; et puifque vous fouffrez une privation totale, j'ai cru qu'il y aurait de la pufillanimité
à n'en pas fupporter une paffagère.

Je voulais vous remercier plutôt ; les éclabouffures
de Genève m'ont dérangé pendant quelques jours.
On s'eft mis à tirer fur les paffans dans la fainte cité
de maître *Jean Calvin*. On a tué tout roides quatre

ou cinq perſonnes en robe de chambre, et moi, qui paſſe ma vie en robe de chambre comme *Jean-Jacques*, je trouve fort mauvais qu'on reſpecte ſi peu les bonnets de nuit. On a tué un vieillard de quatre-vingts ans, et cela me fâche encore; vous ſavez que j'approche plus de quatre-vingts que de ſoixante et dix, et vous n'ignorez pas combien la réputation d'octogénaire me flatte, et m'eſt néceſſaire. Vous êtes très-coupable envers moi d'avoir étriqué mon âge, au lieu de lui donner de l'ampleur. Vous m'avez réduit malignement à ſoixante-quinze ans et trois mois, cela eſt infame; donnez-moi, s'il vous plaît, ſoixante et dix-ſept ans, pour réparer votre faute.

On a encore appuyé la baïonnette ſur le ventre ou dans le ventre d'une femme groſſe; je crois qu'elle en mourra; tout cela eſt abominable, mais les prédicans diſent que c'eſt pour avoir la paix. Il a fallu avoir quelques ſoins des battus qui ſe ſont enfuis; car, quoique je ſois capucin, je ne laiſſe pas d'avoir pitié des huguenots.

Mais, mon Dieu, Madame, ſaviez-vous que j'étais capucin? c'eſt une dignité que je dois à madame la ducheſſe de *Choiſeul* et à Sᵗ *Cucufin*. Voyez comme DIEU a ſoin de ſes élus, et comme la grâce fait des tours de paſſe-paſſe avant que d'arriver au but. Le général m'a envoyé de Rome ma patente. Je ſuis capucin au ſpirituel et au temporel, étant d'ailleurs père temporel des capucins de Gex.

Tant de dignités ne m'ont point tourné la tête; les honneurs chez moi ne changent point les mœurs. Vous pouvez toujours compter, Madame, ſur mon attachement, comme ſi je n'étais qu'un homme du

monde. Il eft vrai que je n'ai pas les bonnes fortunes
du capucin de madame de *Forcalquier*, mais on ne 1770.
peut pas tout avoir. Recevez ma bénédiction.

† *Frère V.* , capucin indigne.

L E T T R E   C X L.

A M. LE CHEVALIER DE MONTFORT,
A Florac en Gévaudan.

21 de février.

MONSIEUR,

Celui à qui vous avez écrit fe fent très-indigne
des éloges que vous voulez bien lui donner, mais il
eft touché de votre mérite et du foin que vous avez
pris de vous inftruire.

La differtation de *Calmet*, dont vous parlez, eft une
de fes plus faibles. Il vous fuffira d'un coup d'œil
pour juger des paroles de ce pauvre homme.

,, Je pourrais avancer que le voyage de St *Pierre*
,, à Rome eft prouvé par St *Pierre* même qui marque
,, expreffément qu'il a écrit fa lettre de Babylone,
,, c'eft-à-dire de Rome, comme nous l'expliquons
,, avec les anciens. Cette preuve feule fuffirait pour
,, trancher la difficulté. ,,

Vous voyez, Monfieur, combien il ferait ridicule
de dire qu'une lettre datée de Paris vient de Touloufe.

Le premier qui écrivit ce prétendu voyage et les
aventures de *Simon Barjone* avec *Simon* qu'on difait

R 4

magicien, eſt un nommé *Abdias* fort au-deſſous des hiſtoriens de *Robert le diable* et des *Quatre fils Aymon.* *Marcel*, autre auteur digne de la Bibliothéque bleue, ſuivit *Abdias; Egéſippe* enchérit encore ſur eux. C'eſt ce même *Egéſippe* qui écrivit que *Domitien*, ayant ſu que les petits-fils de *Jude* étaient à Rome, qu'ils étaient parens de *Jéſu* et deſcendans de *David* en droite ligne, les fit venir devant lui dans la crainte qu'ils ne s'emparaſſent du royaume de Jéruſalem auquel ils avaient un droit inconteſtable, &c. &c. &c.

Soyez très-ſûr que l'hiſtoire eccléſiaſtique n'a pas été écrite autrement juſqu'au ſeizième ſiècle. Mais, puiſque tout cela vaut cent mille écus de rente à certains abbés, des ſouverainetés à d'autres hommes, il ne faut pas ſe plaindre.

L'artillerie, dans laquelle vous êtes officier, ne peut rien contre les remparts que l'erreur s'eſt bâtis; mais le bon eſprit ſert à ne ſe laiſſer pas ſubjuguer par ces erreurs.

J'ai l'honneur d'être, &c.

LETTRE CXLI.

A M. PANCKOUCKE.

21 de février.

Consolez-vous, Monſieur; il eſt impoſſible que les captifs qui ſont à Alger (*) ne ſoient pas délivrés par les mathurins quand le temps ſera favorable; puiſqu'on a rendu les premiers, on rendra

(*) Les volumes de l'*Encyclopédie* détenus à la Baſtille.

les feconds; les cadets ne peuvent être traités plus

durement que les aînés.

J'ai dû à M. d'*Alembert* et à M. *Diderot* la politeffe que j'ai eue pour eux. Il n'était pas jufte que
mon nom parût avant le leur, et il faut furtout
qu'il n'y paraiffe point. Ceux qui travaillent à deux
ou trois volumes de Queftions fur l'encyclopédie,
croient vous rendre un très-grand fervice. Ils
donnent les plus grands éloges à la première édition,
ils annoncent la feconde; ils efpèrent décréditer un
peu les contrefaçons, et ils s'amufent.

Je n'ai point vu mon ami *Cramer*. Tout eft en
combuftion dans Genève, tout eft fous les armes;
on a affaffiné fept ou huit perfonnes juridiquement
dans les rues, dans les maifons; un vieillard de
quatre-vingts ans a été tué en robe de chambre; une
femme groffe, bourrée à coups de croffe de fufil, eft
mourante; une autre eft morte. *Cramer* commande
la garde. Il faut efpérer que fon magafin ne fera pas
brûlé. Le diable eft par-tout. J'efpère que je l'exorci-
ferai, en qualité de capucin; car il faut que vous
fachiez que je fuis aggrégé à l'ordre des capucins
par notre général *Amatus Dalamballa*, réfident à
Rome, qui m'a envoyé mes lettres patentes. C'eft
une obligation que j'ai à S Cucufin, et j'en fens tout
le prix. Je prie DIEU pour vous. Recevez ma bénédiction.

Fr. François V., capucin indigne.

LETTRE CXLII.

A MADAME

LA DUCHESSE DE CHOISEUL.

A Ferney , 24 de février.

MADAME,

Tout l'ordre des capucins n'a pas affez de bénédictions pour vous. Je n'ofais ni efpérer ni demander ce que vous avez daigné faire pour ce pauvre canonnier *Fabry*. Nous avons bien des faintes en paradis, mais il n'y en a pas une qui foit auffi bienfefante que vous l'êtes. Je fuis à vos pieds, non pas à ces pieds de quatorze pouces dont vous m'avez envoyé les fouliers, mais à ces pieds de quatre pouces et demi, tout au plus, qui portent un corps auffi aimable, dit-on, que votre ame.

La dernière lettre que j'eus l'honneur de vous écrire était au fujet du brigandage de Genève, et des meurtres qui fe font commis dans cette abominable ville. On ne tue plus à préfent, mais on pille. M. le duc de *Choifeul*, mon bienfaiteur, eft inftruit par M. le réfident *Hénin* de toutes les horreurs qui s'y paffent. J'achève mes jours dans un bien trifte voifinage; j'ai de quoi fournir à notre patriarche St *François* plus d'un million de femmes de neige. C'eft ainfi qu'il les aimait, tant il avait de feu; mais, pour moi pauvre moine, trente lieues de neige dont je fuis entouré, et des affassinats à ma porte, ne font pas une perspective agréable. Vos extrêmes bontés, Madame, font ma confolation.

Je ne crois pas que ce foit en abufer que de vous préfenter les refpects et la reconnaiffance de mon gendre *Dupuits*, et d'ofer même vous fupplier de daigner le recommander en général à M. *Bourcet* (*). Mon gendre eft votre ouvrage; c'eft vous, Madame, qui l'avez placé. Il ne s'eft pas affurément rendu indigne de votre protection. Il fert bien, il eft actif, fage, intelligent, et de la meilleure volonté du monde. M. *Bourcet* en paraît fort content. Mon gendre ne demande qu'un mot de votre bouche, qui témoigne que vous l'êtes auffi. Toute ma famille ainfi que notre couvent fe regardent comme vos créatures.

Agréez, Madame, notre attachement refpectueux et inviolable; j'y ajoute mes ferventes prières et ma bénédiction.

Frère François, capucin indigne.

LETTRE CXLIII.

A M. DE LA HARPE.

2 de mars.

J'ALLAIS vous écrire, mon cher confrère, tout occupé et tout languiffant que je fuis, lorfque j'ai reçu votre lettre du 23 de février. Je tremble pour la religieufe, fi elle n'eft pas imprimée avant l'affemblée du clergé; mais les cris du public feront taire ceux

(*) M. le duc de *Choifeul*.

—— qui oferont murmurer. Votre ouvrage a enchanté tout
Paris; M. d'*Alembert* en eft idolâtre. Vous avez pour
vous les philofophes et les femmes ; avec cela on va
loin.

Je regarde la prifon des quatre mille volumes in-
folio comme une lettre de cachet qu'on donne à un
fils de famille pour le mettre à la baftille, de peur
que le parlement ne le mette fur la fellette.

Il m'eft tombé, il y a quelques mois, entre les
mains, un ouvrage philofophique et honnête, intitulé:
Dieu et les hommes. On le dit imprimé en Hollande;
mais l'extrême honnêteté dont il eft, fait qu'on n'ofe
pas l'envoyer par la pofte, de peur des curieux mal-
honnêtes.

Vous avez bien raifon de dire que la philofophie
gagne, et que les arts fe perdent. Heureux ceux qui,
comme vous, font une religieufe dont la philofophie
fait verfer des larmes !

Vraiment, vous ne connaiffez pas toutes mes dignités.
Non-feulement je fuis père temporel des capucins,
mais je fuis capucin moi-même. Je fuis reçu dans
l'ordre, et je recevrai inceffamment le cordon de
St *François*, qui ne me rendra pas la vigueur de la
jeuneffe.

A l'égard du cordon dont on régale actuellement
bien des gens à Conftantinople, je ne puis mieux
faire que d'en envoyer une aune à *Martin Fréron*.

Madame *Denis* vous fait mille complimens. Je vous
embraffe auffi tendrement que je vous félicite de vos
fuccès. Mes hommages à madame de *la Harpe*.

Vous favez qu'on s'eft un peu égorgé à Genève; on
y a affaffiné jufqu'à des femmes : tout cela ne fera rien.

LETTRE CXLIV.

A MADAME

LA MARQUISE DE FLORIAN, *à Paris.*

Le 3 de mars.

JE vous prie, ma chère nièce, de me faire un très-grand plaisir. J'implore furtout l'affiftance de monfieur le grand écuyer de *Cyrus*, qui eft un homme ingambe et ferviable.

J'ai le plus grand et le plus preffant befoin des livres dont vous trouverez la note fur un petit billet. Je ne fais où ils fe vendent. M. de *Florian*, en allant à la comédie, peut aifément les acheter, et donner ordre qu'on me les envoye par les guimbardes de Lyon.

Croiriez-vous qu'un docteur de forbonne, ami et parent de l'abbé *Morellet*, profeffeur d'hiftoire à Touloufe, enfeigne publiquement mon Hiftoire générale, que tout le parlement vient l'écouter, qu'il l'a fait imprimer pour l'ufage des colléges, en y retranchant feulement quelques petites libertés philofophiques ; qu'un prêtre fanatique l'a brûlée devant fa porte pour faire amende honorable à la fainte Eglife ; que le premier préfident l'a fait prendre par deux huiffiers, et l'a menacé du cachot en pleine audience ; que la fille du premier préfident m'a écrit d'affez jolis vers ; que *Sirven* va demander la permiffion de prendre fes premiers juges à partie ; que la philofophie expie au bout de huit ans l'affaffinat de *Calas* ?

Allons, courage, monfieur le turc (*), monfieur du parlement de Paris (**), mettez la philofophie, l'humanité à la mode. Que fera-t-on pour *Martin*?

J'ai obtenu deux mille écus des créanciers de *Durey*, par les bons offices de M. de *Beaumont*. J'ai marié mademoifelle *Nollet*, qui l'avait fuivi dans tous fes malheurs depuis douze ans, et que l'abbé *Nollet* fon oncle reniait comme un beau diable. *Durey*, dans le fond, n'eft pas à beaucoup près auffi coupable qu'on le dit; c'eft un bon homme très-ferviable, très-faible, qui a fait de très-mauvais marchés, et dont le plus grand crime eft d'avoir demandé, par écrit, à fa femme, en grâce, de le faire cocu. Je vous jure d'ailleurs qu'il n'a jamais empoifonné perfonne.

Avez-vous lu le dernier mémoire d'*Elie*? n'eft-il pas bien fort, bien convaincant, bien utile? *la Harpe* vous a-t-il récité fa religieufe? avez-vous pleuré? avez-vous vu l'opéra comique de *Marmontel*? comment vous portez-vous, tous tant que vous êtes? J'ai une enflure à la gorge qui n'eft point du tout plaifante au milieu de quarante ou cinquante lieues de neige. Sur ce je vous donne à tous ma bénédiction.

Fr. François, capucin indigne.

(*) M. l'abbé *Mignot*.
(**) M. d'*Ornoi*.

LETTRE CXLV. 1770.

A M. TABAREAU, *à Lyon.*

3 de mars.

M. *Tabareau* et M. *Vaffelier* favent, fans doute, ce qui fe paffe à Genève : on y affaffine dans les rues des vieillards de quatre - vingts ans et des femmes groffes ; la fainte cité eft devenue un enfer. Grâce au ciel, on ne voit point de pareilles horreurs à Lyon.

Je réciterai pour vous la prière des voyageurs ; je ne cefferai de demander au ciel qu'il vous rende l'argent que vous avez perdu au *Billard.* J'efpère tout obtenir par l'interceffion de mon confrère St *Cucufin.*

Je vois que vous n'étiez pas inftruit de ma fortune. Non-feulement je fuis père temporel des capucins de Gex, mais j'ai l'honneur d'être capucin moi-même. J'ai droit de porter le cordon et l'habit ; j'ai reçu ma patente de notre révérend père général *Amatus Dalamballa*, à qui, fans doute, vous vous êtes con-feffé quand vous étiez à Rome.

Oferais-je vous demander ce que c'eft que cette équipée de faifir toutes les refcriptions aux particu-liers ? on m'a pris le feul argent dont je pouvais dif-pofer. Dieu veuille que vous ne foyez pas traité de même ! Je n'entends rien à cette nouvelle opération de finance, car je fuis fort ignorant. J'avais écrit, il y a quelques femaines, à M. de *la Borde* qui avait eu lui-même la bonté de placer en refcriptions toute la fortune dont je pouvais difpofer ; je crois qu'il a été

—— fi embarraffé pour lui-même qu'il ne m'a point encore fait de réponfe ; il attend apparemment qu'il y ait quelque chofe de décidé. On m'avait écrit, il y a quelques mois, que M. de *la Borde* était exilé ; mais je crois qu'il n'y a de banni que l'argent de la caiffe d'efcompte.

Permettez à votre bibliothécaire de demander juftice contre toutes les lettres fimples qu'on me fait payer doubles. Je fuis d'ailleurs affaffiné de lettres d'inconnus que je fuis obligé de renvoyer. Pardonnez à un pauvre capucin à qui M. l'abbé *Terrai* ravit deux cents mille francs dans fa beface, de ménager quatre fous. Vous me dites que le miniftère veut protéger l'agriculture ; il ne devait donc pas dépouiller un laboureur de deux cents mille francs qui font tout fon patrimoine. Il faut mettre ces petites aventures, comme bien d'autres, au pied de fon crucifix. Voici des orémus de *frère François*, capucin indigne.

LETTRE CXLVI.

A M. LE COMTE D'ARGENTAL.

5 de mars.

Mon cher ange, je devrais m'adreffer à St *Cucufin* mon confrère, mais je vous donne la préférence. M. *Bouvard* vient fouvent chez vous ; je vous prie de lui communiquer ma petite requête. Il conduit fi bien la fanté de madame d'*Argental*, que j'ai en

lui

lui une extrême confiance. Je fais bien qu'il ne l'a
point mife au lait de chèvre; mais comme je fuis plus
fec, plus vieux, plus attaqué que madame d'*Argental*,
je veux abfolument tâter du lait de chèvre, et que
M. *Bouvard* foit de mon avis. Ainfi, je vous demande
votre protection ; plaidez pour ma chèvre, je vous
en prie.

Vous avez vu, fans doute, la belle pancarte du
roi d'Efpagne, fignée d'*Aranda*, par laquelle on
coupe les ongles jufqu'au vif au très-révérend grand
inquifiteur, archevêque de Pharfale. Cet archevêque
me paraît être l'aumônier de *Pompée*. Le voilà battu
fans reffource.

Tout capucin que je fuis, je ne laiffe pas de bénir
DIEU de cette petite mortification donnée à monfieur de Pharfale.

Vous devez favoir fi cet archevêque de Pharfale
n'eft pas confeffeur du roi. Ayez la bonté, je vous
prie, de me le mander ; car je m'intéreffe vivement
à toutes les affaires eccléfiaftiques.

Je crois que vous n'ignorez pas ma nouvelle dignité.
J'en ai la première obligation à madame la ducheffe
de *Choifeul.* Si elle a la ceinture de *Vénus*, j'ai le
cordon de St *François*.

On dit que, fi M. l'abbé *Terrai* continue fon petit
train, nombre d'honnêtes gens feront obligés de
quêter comme mes confrères.

Croiriez-vous qu'on a imprimé à Touloufe une
certaine Hiftoire générale des mœurs et de l'efprit des
nations, à l'ufage des colléges, avec privilége du roi,
qu'un docteur de forbonne, profeffeur en hiftoire,
l'enfeigne publiquement, et que tout le parlement va

l'entendre, Vous voyez comme DIEU bénit ceux qui
1770. font à lui.

Mille tendres refpects à mes deux anges.

† *Frère François*, capucin indigne.

LETTRE CXLVII.

A M. BOUVARD, *médecin.*

5 de mars.

UN vieillard de foixante et feize ans attaqué
depuis long-temps d'une humeur fcorbutique qui
l'a toujours réduit à une très-grande maigreur, qui
lui a enlevé prefque toutes fes dents, qui s'attache
quelquefois aux amygdales, qui lui caufe fouvent
des borborygmes, des infomnies, &c. &c., attachées
à cette maladie :

Supplie M. *Bouvard* de vouloir bien avoir la bonté
d'écrire, au bas de ce billet, s'il penfe que le lait de
chèvre pourrait procurer quelques foulagemens.

Il eft ridicule peut-être de prétendre guérir à cet
âge ; mais le malade ayant quelques affaires qui ne
pourront être finies que dans fix mois, il prend la
liberté de demander fi le lait de chèvre pourrait le
mener jufque-là ?

Il demande fi on a l'expérience que le lait de chèvre,
avec quelques purgations abfolument néceffaires, ait
fait quelque bien en cas pareil ?

LETTRE CXLVIII.

A M. DE LA HARPE.

7 de mars.

J'AVAIS grand befoin de ce que je viens de recevoir. Je fuis très-malade, mon cher enfant; mais j'ai oublié tous mes maux en vous lifant. Voilà le vrai ftyle, clair, naturel, harmonieux, point d'ornement recherché; tous les vers frappés et fentencieux naiffent du fond du fujet, et fe préfentent d'eux-mêmes; grande fimplicité, grand intérêt; on ne peut quitter la pièce dès qu'on en a lu quatre vers, et les yeux fe mouillent à mefure qu'ils lifent. Il faut jouer cette pièce dans tous les couvens, puifqu'on ne la jouera pas fur le théâtre; mais je fuis perfuadé qu'on la jouera dans trente familles : je dis plus; je parie qu'elle fera beaucoup de bien, et que plus d'une fille vous aura l'obligation de n'être point religieufe.

J'ai reçu cette femaine deux pièces qui m'ont bien confolé. Premièrement la vôtre, et enfuite celle de M. le comte d'*Aranda* qui porte le dernier coup à l'inquifition.

En voici une troifième non moins agréable que je trouve dans le paquet avec Mélanie : c'eft votre joli envoi. Je ne fuis pas en état de vous payer en même monnaie. Votre jeune et brillante mufe me prend trop à fon avantage. Il m'eft plus aifé, dans mes fouffrances, de fentir votre mérite que d'y répondre.

Madame *Denis* m'arrache Mélanie, et va pleurer comme moi.

LETTRE CXLIX.

A M. DE CHABANON.

7 de mars.

VOUS m'avez fait un grand plaifir, mon cher confrère. Comme·vous favez que j'ai l'honneur d'être capucin, vous devez préfumer que je n'aime pas les dominicains. Nous ne pouvons fouffrir, nous autres ferviteurs de DIEU, les gens qui fe croient en droit de venir voir ce que nous fefons dans nos couvens.

Je remercie bien M. le duc de *Villa-Hermofa*; je bénis M. le comte d'*Aranda*; je fais mes complimens de condoléance à la fainte inquifition. Cette petite anecdote trouvera fa place avant qu'il foit peu. Il y a d'honnêtes gens qui ne laiffent rien échapper. J'avais befoin d'une confolation; je fuis dans un état affez trifte. Une humeur de foixante et feize ans s'eft jetée fur mes glandes, et le contrôleur général fur mes refcriptions. Je vous embraffe de toute mon ame. Sœur *Denis* vous eft toujours très-dévouée.

Frère François.

LETTRE CL.

A M. AUDIBERT, *à Marseille.*

A Ferney, le 9 de mars.

SAVEZ-vous bien, Monfieur, que vous avez affifté le ferviteur de DIEU ? Sans y penfer vous avez fait une œuvre pie, tout maudit huguenot que vous êtes. Je fuis capucin ; j'ai le droit de porter le cordon de St *François.* Le général des capucins m'a envoyé de Rome ma patente ; n'en riez point, rien n'eft plus vrai. Cela m'a porté bonheur, car DIEU a été fur le point de m'appeler à lui, et j'aurais été infaillible-ment canonifé. M. le marquis de * * * n'y aurait gagné qu'une rente de cinq cents quarante livres qui ne vaut pas la vie éternelle. Il eft vrai que j'ai prêché la tolérance ; mais cela n'a pas empêché qu'on ne s'égorge à Genève. Dieu merci, ce n'eft pas pour des argumens de théologie ; il ne s'agit que d'une querelle profane, ainfi elle ne durera pas long-temps. S'il était queftion de controverfe, nous en aurions pour trente années.

Vous favez, fans doute, que le pouvoir de l'inqui-fition vient d'être anéanti en Efpagne ; il n'en refte plus que le nom : c'eft un ferpent dont on a empaillé la peau. Le roi d'Efpagne, par un édit, a défendu que l'inquifition fît jamais emprifonner aucun de fes fujets. Nous voilà enfin parvenus au fiècle de la raifon, depuis Pétersbourg jufqu'à Cadix ; et ce qui vous furprendra, c'eft qu'il y a des philofophes dans le parlement de Touloufe. Je ne vois pas qu'il fe foit fait une révolution plus prompte dans les efprits. La canaille eft et fera toujours la même ; mais tous les honnêtes gens commencent à penfer d'un bout de l'Europe à l'autre.

Madame *Denis* vous fait les plus fincères complimens. Agréez, Monfieur, la reconnaiffance de votre, &c.

LETTRE CLI.

A M. LE DUC DE CHOISEUL.

A Ferney, 17 de mars.

NOTRE PROTECTEUR,

VOUS ne croyez donc pas aux femmes groffes affaffinées ? Tenez, voyez, lifez. Il y a huit jours que je n'ai vu votre réfident. Il fe peut faire qu'on vous ait caché une partie des horreurs qui fe font paffées à Genève. Très-fouvent on ne fait pas dans une rue ce qu'on a fait dans l'autre. Pour moi, qui fuis bien malade, et qui paraîtrai bientôt devant DIEU, je vous dis la vérité telle qu'on me l'a dite. Je n'en aime pas moins mon libraire *Philibert Cramer*, confeiller de Genève.

Je pardonnerai à l'article de la mort, et pas plutôt, à M. l'abbé *Terrai*, et je ne pardonnerai ni dans ce monde ni dans l'autre à ceux qui voudraient vous contrecarrer : voilà ma dernière volonté. Mes petits

neveux verront Verſoy, mais moi je verrai DIEU face
à face : je vous aurais donné volontiers la préférence.   1770.

Agréez le profond reſpect du capucin, et moquez-
vous de lui ſi vous voulez. *V.*

LETTRE CLII.

A MADAME

LA DUCHESSE DE CHOISEUL.

17 de mars.

MADAME,

IL ne s'agit point ici de capucins, il s'agit de femmes
groſſes ; vous devez les protéger, et plût à Dieu que
vous le fuſſiez ! (car *la fuſſiez* n'eſt pas français,
régulièrement parlant,) je ferais une belle offrande
à St *François* mon patron. Oui, Madame, on a
aſſaſſiné des femmes groſſes à Genève, et je vous
demande juſtice de monſeigneur votre époux. Je vous
demande en grâce de lui faire lire cette lettre, quoiqu'il n'ait pas beaucoup de temps à perdre.

Je ne veux pas abuſer du vôtre et de vos bontés ;
je ſuis très-malade ; ma dernière volonté eſt pour
votre ſalut ; et, ſi je réchappe, je compte avoir l'honneur de vous envoyer des œufs de Pâques. En attendant, daignez agréer le reſpect paternel, les prières et
les bénédictions de *frère François*, capucin indigne.

S 4

LETTRE CLIII.

A M. LE COMTE D'ARGENTAL.

17 de mars.

JE reçois, mon cher ange, aujourd'hui 17 de mars, votre lettre du 27 de février. Cela est aussi difficile à concilier que la chronologie de la *Vulgate* et des *Septante*.

Quoique votre lettre vienne bien tard, je ne laisse pas d'envoyer sur le champ à M. le duc de *Choiseul* les attestations de la mort des femmes grosses. Je prétends qu'on me croye quand je dis la vérité. Un capucin est fait pour être cru sur sa parole qui est celle de DIEU. D'ailleurs on ne ment point quand on est aussi malade que je le suis ; on a sa conscience à ménager.

Si les choses de ce monde profane me touchaient encore, je vous parlerais de M. l'abbé *Terrai*, votre ancien confrère, qui, sans respecter votre amitié pour moi, m'a pris, dans la caisse de M. de *la Borde*, tout ce que j'avais, tout ce que je possédais de bien libre, toute ma ressource. Je lui donne ma malédiction séraphique. Mais, plaisanterie à part, je suis très-fâché et très-embarrassé. Je n'ai assurément ni assez de santé, ni assez de liberté dans l'esprit pour songer au Dépositaire. Mon dépositaire est le contrôleur général ; mais il n'est pas marguillier. J'ai soupçonné que, dans toute cette affaire, il y avait eu quelque malin vouloir ; et vous pouvez, en général, me mander si je me trompe.

Je vous ai envoyé une petite confultation pour
M. *Bouvard :* elle arrivera peut-être au mois d'avril,
comme votre lettre de février eft arrivée en mars. Je
voulais favoir s'il avait des exemples que le lait de
chèvre eût fait quelque bien à des pauvres diables
de mon âge, attaqués de la maladie qui me mine.
N'ayant point de réponfe, j'ai confulté une chèvre ;
et, fi elle me trompe, je la quitterai.

J'imagine qu'à préfent vous avez quelques beaux
jours à Paris, et que madame d'*Argental* s'en trouve
mieux. Je vous fouhaite à tous deux tous les plaifirs,
toutes les douceurs, tous les agrémens poffibles.
Vous pouvez être toujours fûrs de ma bénédiction.
Non-feulement je fuis capucin, mais je fuis fi bien
avec les autres familles de St *François*, que frère
Ganganelli m'a fait des complimens.

Vraiment oui, j'ai lu la religieufe, et ce n'a pas
été avec des yeux fecs. Tout ce qui intéreffe les couvens me touche jufqu'au fond de l'ame.

Recommandez-vous bien aux faintes prières de
frère François, capucin indigne.

LETTRE CLIV.

AU MEME.

18 de mars.

JE reçois la lettre du 13 de mars, mon cher ange. Il n'y a point eu de retardement à celle-ci. Il faut que la première, du 27 de février, ait traîné dans quelque bureau, ce qui arrive quelquefois.

Je ne fuis pas affurément en état de travailler au Dépofitaire, pour le moment préfent; mais j'efpère que DIEU m'exaucera quand j'aurai fait mes pâques. Jamais temps ne fut plus favorable pour des reftitutions de dépôt. J'efpère que la grâce fe fera entendre au cœur de M. l'abbé *Terrai*. Voudrait-il m'enlever mon feul bien de patrimoine, que j'avais en dépôt dans la caiffe de M. de *la Borde;* le feul bien qui puiffe répondre à mes nièces des claufes de leurs contrats de mariage, le feul avec lequel je puiffe récompenfer mes domeftiques? dans quel tribunal une telle action ferait-elle admife? en a-t-on un feul exemple, excepté dans les profcriptions de *Sylla* et du triumvirat? M. l'abbé *Terrai*, qui fort de la grand'chambre, ne devrait-il pas diftinguer entre ceux qui achètent du papier fur la place, et ceux qui dépofent chez le banquier du roi leur bien paternel? Je vois bien qu'il faudra que je meure en capucin, tel que j'aurai vécu.

Dès que j'aurai chaffé ces triftes idées de ma cervelle encapuchonnée, et que ma chèvre aura mis un peu de douceur dans mon fang, je vous parlerai de *Ninon*, je vous dirai qu'elle ne ferait pas *Ninon*, fi elle ne formait pas les jeunes gens, et qu'alors il faudrait lui donner tout un autre nom. Le plaifant et l'utile, à mon gré, eft qu'une coquette foit cent fois plus vertueufe qu'un marguillier, fans quoi il n'y a plus de pièce.

1770.

Je ne connais ni *Silvain* ni les trois capucins. Je fuis entièrement de votre avis fur la religieufe. C'eft la feule pièce de théâtre qui nous tire de la barbarie velche ; elle eft écrite comme il faut écrire.

Je tremble fur la démarche de mademoifelle *Daudet*. Comment l'envoyer dans un pays fi orageux pendant une guerre ruineufe, et qui peut finir d'une manière terrible, quoiqu'elle ait heureufement' commencé. En vérité, je ne fais quel parti prendre. Mon avis eft qu'on attende les événemens de cette campagne ; eft-ce le vôtre ?

On dit qu'on ne pendra ni *Billard* le dévot, ni *Grizel* l'apôtre ; c'eft bien dommage que ce confeffeur ne foit pas martyr. J'ai quelque envie de donner à M. *Garant* le nom de *Grizant* au moins.

Mais, fi vous avez quelqu'un à pendre, je vous donne *Fréron*. Lifez, je vous prie, le mémoire ci-joint que m'a envoyé fon beau-frère. Tâchez d'approfondir cette affaire, quand ce ne ferait que pour vous amufer. On m'affure que *Fréron* eft efpion de la police, et que c'eft ce qui le foutient dans le beau monde. Je me flatte que vous diftribuerez des copies du petit mémoire du beau-frère. Il faut rendre juftice aux gens de bien.

Nous fefons mille vœux ici pour la fanté de madame d'*Argental* ; vous favez fi nos cœurs font aux deux anges. *V.*

LETTRE CLV.

A M. ELIE DE BEAUMONT.

Le 19 de mars.

JE crois, mon cher *Cicéron*, qu'il ne fera pas difficile de vous faire tenir les pièces de l'interrogatoire de *Sirven*, par le nouveau juge nommé pour juger en première inftance. J'attends ces pièces dans deux ou trois jours. Je les avais demandées inutilement pendant quatre mois. Vous verrez ce que vous en pourrez faire. Le fumier deviendra or entre vos mains.

Vous aurez le temps de faire votre mémoire pour Pâques; c'eft après Pâques que l'affaire fera jugée.

Vous vous reffouvenez bien que *Sirven* était détenu très-rigoureufement au fecret par l'ancien juge même de Mazamet, qui s'était fait le geolier de fon confrère fubrogé à fa place. Il ne lui était pas permis de recevoir une lettre. Il a fallu que j'aye écrit au procureur général, et que je lui aye envoyé une lettre ouverte pour *Sirven*. Le procureur général a réprimandé le geolier-juge ; et le nouveau juge, nommé *Aftruc*, forcé de reconnaître l'innocence de *Sirven*, n'a donné fa fentence que comme le diable eft obligé de reconnaître la juftice de DIEU.

Je crois qu'on a pillé un peu *Sirven* dans fa prifon, car j'ai été obligé de lui envoyer de l'argent deux fois.

Je dévore votre factum pour M. de *Lupé*. J'en fuis à l'endroit où la mère voit le portrait d'*Henri IV* et de *Louis XV*. Si vous plaidiez devant eux, vous gagneriez bientôt votre caufe avec dépens.

L'abbé *Grizel* n'était-il pas confeffeur de *Fréron*? Que dites-vous de l'enlèvement de nos refcriptions? font-elles plus juftes que l'enlèvement du beau-frère de maître *Aliboron*? faviez-vous que ce coquin était efpion de la police, et que c'était cela feul qui le foutenait et qui lui facilitait les moyens de vivre dans la plus infame crapule?

Mon cher ami, je vous crois néceffaire dans Paris. Plus les injuftices font atroces, plus on a befoin d'un homme comme vous.

Madame *Denis* et moi, qui fentons également votre mérite, nous vous béniffons tous deux, et je vous donne auffi mon autre bénédiction de capucin dans ce faint temps de carême.

P. S. Si vous voyez M. de *la Harpe*, dites-lui combien je l'aime lui et fa religieufe.

LETTRE CLVI.

A M. LE MARQUIS DE FLORIAN, *à Paris*.

Le 21 de mars.

VRAIMENT le grand écuyer de *Cyrus* eft devenu un excellent ambaffadeur. Je le remercie très-tendrement des livres qu'il veut bien me faire avoir, et que probablement je recevrai bientôt.

J'accable aujourd'hui toute ma famille de requêtes.

—— Je recommande à M. d'*Ornoi* l'infortune d'un pauvre
1770. diable qui se trouve vexé par des fripons. J'ennuie
le turc du compte que je lui rends d'un mauvais
chrétien. J'envoie un petit sommaire du désastre
d'un beau-frère de *Fréron*, qui pourra vous paraître
extraordinaire; mais je m'adresse à vous, Monsieur,
pour l'objet le plus intéressant.

M. l'abbé *Terrai* me saisit tout le bien libre que
j'avais en rescriptions, les seuls effets dont je pusse
disposer, mon unique bien, tout le reste périssant
avec moi. Il est un peu dur de se voir ainsi dépouillé
à l'âge de soixante et seize ans, et de ne pouvoir aller
mourir dans un pays chaud, s'il m'en prend fantaisie.

J'ai quelque curiosité de savoir comment on
débrouillera le chaos où nous sommes. Vous me
paraissez d'ordinaire assez bien instruit. Voici le
temps des grandes nouvelles. Les Russes pourront
bien être à Constantinople dans six mois, et les Français à l'hôpital.

La petite ville de Genève est toujours sous les armes,
et les émigrans sont à Versoy sous des planches. J'en
ai logé quelques-uns à Ferney. On aligne les rues
de Versoy; mais il est plus aisé d'aligner que de
bâtir; et s'il arrivait malheur à M. le duc de *Choiseul*,
adieu la nouvelle ville.

Je vous embrasse tous deux du meilleur de mon
cœur avec la plus vive tendresse.

LETTRE CLVII.

A MADAME

LA DUCHESSE DE CHOISEUL.

A Ferney , 26 de mars.

MADAME ,

J'AI envoyé bien vîte à votre protégé , M. *Fabry*, la lettre que vous avez bien voulu faire paffer par mes mains. Vous avez , comme M. le duc de *Choifeul*, le département de la guerre. Vous faites du bien aux pacifiques capucins et aux meurtriers canonniers. Je vous dois , en outre , mon falut ; car c'eft à vous , après DIEU et frère *Dalamballa*, que je dois mon cordon. Frère *Ganganelli* efpère beaucoup des opé-rations de la grâce fur ma perfonne ; vous êtes , Madame , le premier principe de tant de faveurs.

> Il faut avouer que la grâce
> Fait bien des tours de paffe-paffe
> Avant que d'arriver au but.

Je me flatte que , quand Verfoy fera bâti , mon-feigneur votre époux voudra bien me nommer aumônier de la ville. Je fuis encore un peu gauche à la meffe , mais on fe forme avec le temps , et l'envie de vous plaire donne des talens.

Un de nos frères, qui fait des vers, m'a envoyé ces petits quatrains (*), et m'a prié de vous les préfenter. Je m'acquitte de ce devoir en vertu de la fainte obédience.

Je vous fupplie, Madame, d'agréer toujours mon profond refpect, ma reconnaiffance et ma bénédiction.

> *Frère François*,
> capucin par la grâce de DIEU
> et de madame la ducheffe de *Choifeul*.

LETTRE CLVIII.

A M. L'ABBÉ AUDRA.

Le 26 de mars.

MON cher philofophe, c'eft apparemment depuis que je fuis capucin que vous me croyez digne d'entrer dans des difputes théologiques. Vous n'ignorez pas qu'ayant obtenu de M. le duc de *Choifeul* une gratification pour les capucins de mon pays, frère *Amatus Dalamballa*, notre général réfident à Rome, m'a fait l'honneur de m'agréger à l'ordre ; mais je n'en fuis pas plus favant.

J'attends toujours, avec la plus grande impatience, le mémoire de M. de *la Croix*, en faveur de *Sirven*. Je vous prie de vouloir bien me mander fi *Sirven* a reçu quinze louis d'or que je lui envoyai à la réception de votre dernière lettre.

(*) Voyez les ftances à madame de *Choifeul*, volume d'Epîtres.

Je

Je fuis toujours bien malade. La juftification entière de *Sirven*, et ce coup effentiel porté au fanatifme, me feront plus de bien que tous les remèdes du monde. On m'a mis au lait de chèvre, mais j'aime mieux écrafer l'hydre.

Amufez mes confrères, les maîtres des jeux floraux, de ces petits verficulets (*); vous verrez qu'ils font d'un capucin bien réfigné.

Donnez-moi votre bénédiction, et recevez celle de *frère François*, capucin indigne.

P. S. M. d'*Alembert* eft bien content de votre Abrégé de mon Effai fur l'hiftoire générale de l'efprit et des mœurs des nations. Quelques fanatiques n'en font pas fi contens, mais c'eft qu'ils n'ont ni efprit ni mœurs : auffi n'eft-ce pas pour ces monftres que l'on écrit, mais contre ces monftres.

LETTRE CLIX.

A M. LE COMTE D'ARGENTAL.

26 de mars.

Mon cher ange, je vous remercie, de tout mon cœur, de la confultation de M. *Bouvard;* j'avais oublié de vous remercier de Sémiramis, c'eft un vice de mémoire et non du cœur. Je vous ai envoyé un mémoire fur *Fréron*, qui m'a été adreffé par

(*) Voyez, dans le volume d'Epîtres, les ftances à M. *Saurin :*
Il eft vrai, je fuis capucin, &c.

fon beau-frère, et qui me paraît bien étrange. Si vous découvrez quelque chofe touchant cette affaire, ayez la bonté, je vous prie, de m'en inftruire.

Je ne fais aucune nouvelle des grandes opérations de M. l'abbé *Terrai*, je trouve feulement qu'il reffemble à M. *Bouvard*, il met au régime

Je m'amufe actuellement à travailler à une efpèce de petite Encyclopédie, que quelques favans brochent avec moi. J'aimerais mieux faire une tragédie, mais les fujets font épuifés et moi auffi.

Les comédiens ne le font pas moins, on ne peut plus compter que fur un opéra comique.

J'avais fait, il y a quelque temps, une petite réponfe à des vers que m'avait envoyés M. *Saurin*: cela n'eft pas trop bon; mais les voici, de peur qu'il n'en coure des copies fcandaleufes et fautives. Je ne voudrais déplaire pour rien du monde, ni à mon bon patron St *François*, ni à frère *Ganganelli*.

Comme l'ami *Grizel* n'eft pas de notre ordre, je crois que la charité chrétienne ne me défend pas de fouhaiter qu'il foit pendu, et que l'archevêque le confeffe à la potence, ce qui ne fera qu'un rendu.

Je me flatte que la fanté de madame d'*Argental* fe fortifie et fe fortifiera dans le printemps. Je me mets au bout des ailes de mes deux anges. *V.*

LETTRE CLX.

A M. BOUVARD.

26 de mars.

LE vieux capucin de Ferney, qui a eu l'honneur de confulter M. *Bouvard*, le remercie très-fenfible-ment des confeils qu'il a bien voulu lui donner.

Il a eu précifément les gonflemens fanglans dont M. *Bouvard* parle. Il prend le lait de chèvre avec beaucoup de retenue, dans un pays couvert de glaces et de neiges fix mois de l'année, et où il n'y a point d'herbe encore.

Il croit qu'il fera obligé de chercher un climat plus doux l'hiver prochain ; et, en ce cas, il demande à M. *Bouvard* neuf mois de vie au moins, au lieu de fix, fauf à lui préfenter une nouvelle requête après les neuf mois écoulés. Il en eft de la vie comme de la cour ; plus on en reçoit de grâces, plus on en demande. Il prie M. *Bouvard* de vouloir bien agréer les fentimens de reconnaiffance dont il eft pénétré pour lui. *V.*

LETTRE CLXI.

A MADAME

LA MARQUISE DU DEFFANT.

26 de mars.

JE ne vous ai point écrit, Madame, depuis que j'ai obtenu ma dignité de capucin : ce n'eſt pas que les honneurs changent mes mœurs ; mais c'eſt que j'ai été entouré de maſſacres, et que les génevois qui n'ont pas voulu être tués, et qui ſe ſont réfugiés chez moi, n'ont pas laiſſé que de m'occuper.

Je crains bien de ne pas vous tenir parole ſur les rogatons que je vous avais promis pour vos pâques. De deux frères libraires qui avaient long-temps imprimé mes ſottiſes, l'un eſt devenu magiſtrat, et eſt actuellement ambaſſadeur de la république à la cour, où il fera, dit-on, beaucoup d'*impreſſion* : l'autre monte la garde ſoir et matin, et ne marche qu'au ſon du tambour. Ainſi vous courez grand riſque de vous paſſer de ma petite Encyclopédie. D'ailleurs vous n'aimez guère que le plaiſant ; mon Encyclopédie eſt rarement plaiſante. Je la crois ſage et honnête, et puis c'eſt tout. Elle ne ſera bonne que pour les pays étrangers, où l'on ne rit pas tant qu'en France, quoiqu'à préſent nous n'ayons pas trop de quoi rire.

Si M. l'abbé *Terrai* vous a rogné un peu les ongles, il me les a coupés juſqu'au vif. J'avais en reſcriptions tout le bien dont je pouvais diſpoſer,

toutes mes reſſources ſans exception. Vous verrez par
les petits quatrains (*) que je vous envoie, qu'il 1770.
veut que je m'occupe uniquement de mon ſalut. J'y
ſuis bien réſolu, et je ſens plus que jamais les vanités des choſes de ce monde, d'autant plus que je
ſuis malade depuis ſix ſemaines, et ſi malade que
je n'ai pas conſulté M. *Tronchin*. L'eſtomac, l'eſtomac, Madame, eſt la vie éternelle. Je ne ſuis pas
mal, heureuſement, avec frère *Ganganelli*; c'eſt une
petite conſolation.

C'en eſt une fort grande que l'aventure de l'abbé
Grizel : on dit que les dévotes ſe trémouſſent prodigieuſement à Paris et à Verſailles. Je m'intéreſſe
paſſionnément à ce ſaint homme ; et, s'il eſt pendu,
je veux avoir de ſes reliques. Il y a quelques années
qu'on fit cette cérémonie à un nommé l'abbé *Fleur*,
bachelier de ſorbonne, qui, dit-on, ne prêchait pas
mal.

Si les quatrains ſur mon capuchon ne vous
déplaiſent pas abſolument, il y en a d'autres encore
plus mauvais qui ſont entre les mains de votre
grand'maman, et qu'elle pourra vous montrer. Elle
a eu pour moi des bontés dont je ſuis confus. C'eſt à
vous, Madame, que je dois toutes les grâces dont
elle m'a comblé. Je n'ai nulle idée de ſa jolie figure ;
je ne la connais que par ſon ſoulier. Jouiſſez, pendant quarante ans, Madame, d'une ſociété ſi déli-
cieuſe ; je vous ferai entièrement attaché tant que
ma vie durera, mais elle ne tient à rien.

(*) Stances à M. *Saurin* :

Il eſt vrai, je ſuis capucin, &c.

T 3

LETTRE CLXII.

A M. LE COMTE D'ARGENTAL.

Mars.

JE reçois, en ce moment, les faveurs de M. *Bouvard*, dont je vous remercie tous deux. J'ai renoncé à ma chèvre, mon cher ange; le temps est trop affreux; je suis plongé dans les neiges.

Je vous demande quelques mois de grâce pour le Dépositaire; il m'est impossible de travailler dans l'état où je suis; quand je serai en vie, à la bonne heure, je serai assurément à vos ordres.

Les petits versiculets faits pour madame la duchesse de *Choiseul* et pour M. *Saurin*, n'étaient faits que pour eux.

C'est apparemment pour faire sa cour à M. l'abbé *Terrai* qu'on les a montrés.

Voulez-vous me faire un plaisir? informez-vous, je vous en prie, si on a *fulminé*, le jeudi de l'ab-soute, la bulle *In cœna domini*. Quel mot, *fulminé!* cela m'est important pour fixer mes idées sur *Ganganelli*; il faut avoir des idées nettes.

Mais surtout dites à madame de *Choiseul* que vous vous êtes chargé expressément de la gronder.

Me pardonnez-vous tout ce bavardage?

LETTRE CLXIII.

A M. LE MARQUIS DE FLORIAN.

Le 7 d'avril.

Mon cher grand écuyer, il faut que *frère François* mette tout au pied de son crucifix. Les livres, qui font ma consolation, ne me viennent point; il faut que l'abbé *Terrai* ait arrêté les guimbardes avec les rescriptions. Il m'a pris tout mon bien de patrimoine, et fort au-delà. Non-seulement il me traite en capucin, mais il me traite en évêque. Il veut que je meure banqueroutier comme la plupart de nosseigneurs. Le bon Dieu soit loué! La fin de la vie est triste, le milieu n'en vaut rien, et le commencement est ridicule.

M. de *Laleu* a trop d'affaires pour m'avoir jamais entendu. Je lui ai toujours dit que le plaisir que me fesait M. de *la Borde*, était de m'épargner sept à huit pour cent, pour le change et pour la conversion de l'argent de Genève en argent de France.

Au reste, je trouve très-bon qu'on prenne les rescriptions des financiers qui ont gagné beaucoup en pillant l'Etat; mais je trouve très-mauvais qu'on prenne le patrimoine des particuliers, et qu'on ruine des familles innocentes. Vous vous en sentirez comme moi, Messieurs; je vous exhorte à entrer, à mon exemple, dans l'ordre des capucins.

Je remercie bien le conseiller du parlement de

T 4

la bonté qu'il a pour l'affaire de mon benêt de franc-comtois. Je le prie de vouloir bien me mander combien cela aura coûté de frais. J'enverrai fur le champ une lettre de change, en dépit de M. l'abbé *Terrai*.

Si j'avais des refcriptions fur le grand-turc, l'impératrice de Ruffie me les ferait bien payer. Je crois vous avoir dit qu'elle m'a mandé qu'elle ne manquerait ni d'hommes ni d'argent ; tout le monde n'en peut pas dire autant.

Genève fe dépeuple, mais le contrôleur général de France leur paye toujours quatre millions cinq cents mille livres de rente. Pourquoi ne pas perdre cet argent au lieu du nôtre ?

Allez au plus vîte jouir des douceurs de la campagne avec madame de *Florian*. Nous fommes enchantés d'apprendre que fa fanté s'eft rétablie.

Nous vous embraffons vous et elle, et le grand confeil et le parlement.

Frère François.

LETTRE CLXIV.

A MADAME

LA DUCHESSE DE CHOISEUL.

A Ferney, 9 d'avril.

MADAME,

EN attendant que vous veniez faire votre entrée dans votre nouvelle ville qu'il eſt ſi difficile de fonder, avant que je vous harangue à la tête des capucins, avant que je vous préſente le vin de ville, le plus déteſtable vin qu'on ait jamais bu ; avant que je vous affuble du cordon de St *François*, que je vous dois ; avant que je mette mon vieux cœur à vos pieds ; pendant que les tracaſſeries ſifflent à vos oreilles, pendant que des poliſſons font ſous les armes dans le trou de Genève, pendant que tout le monde fait ſon jubilé chez les catholiques-apoſtoliques - romains, pendant que votre ami *Mouſtapha* tremble d'être détrôné par une femme ; je chante en ſecret ma bienfaitrice, dans le fond de mes déſerts ; et, comme on ne vous peut écrire que pour vous louer et vous remercier, je vous remercie de ce que vous avez bien voulu faire pour mon gendre *Dupuits-Corneille*.

J'ai eu l'inſolence d'envoyer à vos pieds et à vos jambes les premiers bas de ſoie qu'on ait jamais faits dans l'horrible abyme de glaces et de neiges où j'ai eu la fottife de me confiner. J'ai aujourd'hui une infolence beaucoup plus forte. A peine monfeigneur *Atticus-Corficus Pollion* a dit, en paffant dans fon cabinet, je confens qu'on reçoive des émigrans, que fur le champ j'ai fait venir des émigrans dans mes chaumières. A peine y ont-ils travaillé, qu'ils ont fait affez de montres pour en envoyer une petite caiffe en Efpagne. C'eft le commencement d'un très-grand commerce (ce qui ne devrait pas déplaire à M. l'abbé *Terrai*). J'envoie la caiffe à monfeigneur le duc, par ce courier, afin qu'il voye combien il eft aifé de fonder une colonie quand on le veut bien. Nous aurons, dans trois mois, de quoi remplir fept ou huit autres caiffes; nous aurons des montres dignes d'être à votre ceinture, et *Homère* ne fera pas le feul qui aura parlé de cette ceinture.

Je me jette à vos gros et grands pieds, pour vous conjurer de favorifer cet envoi, pour que cette petite caiffe parte fans délai pour Cadix, foit par l'air, foit par la mer; pour que notre protecteur, notre fondateur daigne donner les ordres les plus précis. J'écris paffionnément à M. de *la Ponce*, pour cette affaire dont dépend abfolument un commerce de plus de cent mille écus par an. Je gliffe même dans mon paquet un placet pour le roi. J'en préfenterais un à DIEU, au diable, s'il y avait un diable; mais j'aime mieux préfenter celui-ci aux Grâces.

O Grâces, protégez-nous!

C'eft à vous qu'il faut s'adreffer en vers et en profe.

Agréez, Madame, le profond refpect, la reconnaiffance, le zèle, l'impatience, les fentimens exceffifs de votre très-humble et très-obligé ferviteur,

Frère François,

capucin plus indigne que jamais.

LETTRE CLXV.

A M. TABAREAU, *à Lyon.*

14 d'avril.

JE fais toujours de fincères vœux, dans ce faint temps de Pâques, pour la délivrance de St *Grizel* et de St *Billard;* mais je fais encore plus de vœux pour être en état de vous recevoir à Verfoy ou à Ferney. Si les nouveaux établiffemens vous engagent à faire encore quelque voyage dans notre pays, vous y trouverez des amis véritables ; car vous êtes aimé par-tout où vous allez, et furtout de madame *Denis* et de *frère François.*

Je ne fais s'il me ferait permis de repréfenter, à monfieur le contrôleur général, que c'eft mon patrimoine que j'avais mis en refcriptions, que ce n'eft point une affaire de finance, que c'eft un bien dont je fuis comptable à ma famille, &c. Probablement il ne m'écouterait pas; ventre affamé n'a point d'oreilles; il faut, en France, fouffrir et fe taire.

J'ai bien peur, Monfieur, que vous ne foyez pas payé de ce que vous doit St *Billard.* Que ne vous rejetez-vous fur le faint confeffeur qui, de ma connaiffance, a volé cinquante mille francs à la fille de M. le duc de *Villars*, qu'il a fait religieufe? Par le mémoire que M. *l'affelier* a bien voulu m'envoyer, je vois que l'affaire durera long-temps, et que St *Billard* mériterait bien un bout de corde au moins, autant qu'une auréole.

Pigal m'a fait penfant et parlant, mais il n'a pu empêcher que je ne fuffe fouffrant; les honneurs ne guériffent perfonne.

LETTRE CLXVI.

A M. DE LA BORDE,

BANQUIER DE LA COUR.

A Ferney, 16 d'avril.

JE n'ai l'honneur de vous connaître, Monfieur, que par votre générofité; vous commençâtes par m'aider à marier la petite-fille de *Corneille*; vous avez eu toujours la bonté de me faire toucher mes rentes, fans fouffrir que je perdiffe un denier par le change; vous avez bien voulu encore placer mon petit pécule: qu'ai-je fait pour vous? rien.

Si j'étais jeune, je viendrais en pofte vous embraffer à la Ferté; mais j'ai bientôt foixante et dix-fept ans, et je fuis très-malade.

Je ne favais pas un mot des belles chofes qui fe font faites, quand je vous écrivis le 5 de mars. Je n'ai encore vu ni édit ni déclaration; je fuis enterré dans les neiges où je meurs.

Je comprends un peu à préfent, et je conçois qu'on a jeté fur votre maifon une groffe bombe, dont un éclat eft tombé fur ma chaumière. Dans ce défaftre, vous voulez encore rétablir mon toit que les ennemis ont brûlé. C'en eft trop, Monfieur; il ne faut pas que vous payiez tous les frais de la guerre; vous êtes trop noble. J'accepte tout ce que vous me propofez, excepté ce dernier trait de grandeur d'ame.

Oui, Monfieur, votre idée des rentes fur la ville eft très-bonne, et je vous fupplie de donner ordre qu'on l'exécute.

Vous favez les deffeins de M. le duc de *Choifeul*, fur la fondation d'une ville dans mon voifinage. Vous êtes inftruit des meurtres commis à Genève, et de la protection que la cour donne aux émigrans.

Je n'ai pas déplu à M. le duc de *Choifeul*, en recueillant chez moi plufieurs habitans de Genève. En fix femaines, ils ont fait des montres; j'en ai envoyé une caiffe à M. le duc de *Choifeul* lui-même. J'établis une manufacture confidérable; fi elle tombe, je ne perdrai que l'argent que je prête fans aucun profit.

Les feize mille cinq cents livres dont vous me parlez viendraient très-bien au fecours de notre manufacture au mois d'augufte.

Si vous pouviez m'indiquer quelque manière d'avoir de l'or d'Efpagne en lingots ou efpèces, vous me rendriez un grand fervice; il ne nous en faudra que pour environ mille louis par an. Les ouvriers difent que l'or eft beaucoup trop cher à Genève, et qu'on perd trop fur les louis d'or; on donnerait des lettres fur Lyon pour chaque envoi de matière.

Tout cela eſt fort éloigné de mes occupations ordinaires ; mais j'ai le plaiſir de décupler les habitans de mon hameau, de faire croître du blé où il croiſſait des chardons, d'attirer des étrangers, et de faire voir au roi que je fais faire autre choſe que l'hiſtoire du Siècle de *Louis XIV*, et des vers.

Je fais ſurtout, Monſieur, ſentir tout votre mérite et toutes les obligations que je vous ai. Je vous crois fort au - deſſus des revers que vous avez eſſuyés. Toutes les ames nobles ſont fermes.

J'ai l'honneur d'être avec une reconnaiſſance inviolable, avec l'eſtime qu'on vous doit, avec l'amitié que vous m'inſpirez, Monſieur, &c.

LETTRE CLXVII.

A M. LE MARECHAL DUC DE RICHELIEU.

Par Verſoy, pour le château de Ferney, 20 d'avril.

JE ſuis enchanté quand vous avez la bonté de m'écrire, mais je ne me plains point quand vous me négligez. Il faudrait que je radotaſſe cent fois plus que je ne fais, pour exiger que mon héros, vice-roi d'Aquitaine, premier gentilhomme de la chambre, entouré d'enfans, de parens, d'amis, d'affaires conſidérables, domeſtiques et étrangères, eût du temps à perdre avec ce vieux ſolitaire qui vous ſera attaché juſqu'à ſon dernier moment.

Je m'attendais bien, Monſeigneur, que *les Souvenirs* de madame de *Caylus* vous en rappelleraient

beaucoup d'autres. Ils ne difent prefque rien, mais
ils rafraîchiffent la mémoire fur tout ce que vous
avez vu dans votre première jeuneffe. Tout eft précieux du fiècle de *Louis XIV*, jufqu'aux bêtifes du
valet de chambre *la Porte*. Je ne crois pas qu'il y ait
un feul nom des perfonnes dont fa cour était compofée, qui ne puiffe exciter encore de l'attention ,
non-feulement en France, mais chez les étrangers.

Il faut à préfent aller en Ruffie , pour voir de
grandes chofes. Si on vous avait dit , dans votre
enfance , qu'il y aurait à Mofcou des carroufels
d'hommes et de femmes plus magnifiques et plus
galans que ceux de *Louis XIV;* fi on avait ajouté
que les Ruffes, qui n'étaient alors que des troupeaux
d'efclaves , fans habits et fans armes , feraient trembler le Turc dans Conftantinople , vous auriez pris
ces idées pour des contes des *Mille et une nuits.*

L'impératrice me fefait l'honneur de me mander, il n'y a pas quinze jours, qu'elle ne manquait
et ne manquerait ni d'hommes ni d'argent. Pour
des hommes, il y en a en France , et pour de l'argent , votre contrôleur général doit en avoir , car
il nous a pris tout le nôtre. La bombe a crevé fur
moi ; il m'a pris deux cents mille francs qui fefaient
tout mon patrimoine , et que j'avais mis entre les
mains de M. de *la Borde.* Si cet holocaufte eft utile
à l'Etat , je fais le facrifice fans murmurer.

J'avais déjà partagé mon bien comme fi j'étais
mort. Mes befoins fe réduiront à peu de chofe pour
quelques jours que j'ai encore à vivre ; ainfi je ne
regrette rien.

Vous avez eu trop de bonté de vous arranger fi

vîte avec ma famille ; vous favez que j'étais bien éloigné de demander pour elle un payement fi prompt. Je ferais extrêmement affligé que vous vous fuffiez gêné.

Je ne fais pas à quoi aboutiront toutes les fecouffes que l'on donne aux fortunes des particuliers. J'imagine toujours que le gouvernement fera prudent et équitable.

Je ne m'attendais pas que mon neveu, qui a eu l'honneur de vous parler, fût jamais juge de M. le duc d'*Aiguillon ;* cela me paraît ridicule. Je fuis entouré de ridicules plus férieux. Vous favez, fans doute, qu'il y a eu du monde de tué à Genève, et que ces pauvres enfans de *Calvin* font fous les armes depuis deux mois. Genève n'eft plus ce que vous l'avez vue. Mon petit château, que vous avez daigné honorer de votre préfence, et que j'ai beaucoup agrandi depuis, eft plein actuellement de génevois fugitifs à qui j'ai donné un afile. J'ai eu chez moi des bleffés, la guerre a été à ma porte. La république a envoyé mon libraire en ambaffade à Verfailles ; je m'imagine que le roi lui enverra fon relieur pour mettre la paix chez elle.

Je conçois que vous avez des affaires qui doivent vous occuper davantage ; les tracafferies de ce monde ne finiffent point tant qu'on eft fur le trottoir.

La Fontaine avait bien raifon de dire :

Jamais un courtifan ne borna fa carrière.

On n'attrape jamais le repos après lequel tout le monde foupire ; le repos n'eft que dans le tombeau.

J'ai

J'ai été fur le point de le trouver au milieu de mes
neiges, il n'y a pas long-temps; j'en fuis encore
entouré l'efpace de quarante lieues; il y en a
actuellement de trente pieds de hauteur dans les
abymes du mont Jura. La Sibérie eft le paradis terreftre, en comparaifon de ce petit morceau.

Franchement, j'aurais mieux aimé vous faire ma
cour dans votre beau palais, qui eft auffi brillant que
votre place royale était trifte; mais je vois bien que
je mourrai fans avoir eu la confolation de vous
revoir, et cela me fâche.

Si vous êtes le doyen de notre académie, je fuis,
moi, le doyen de vos courtifans; il n'y a perfonne
en France qui puiffe me difputer ce titre.

Je ferais enchanté que vous puffiez rendre mademoifelle *Clairon* au théâtre. Je ne jouirais pas, à la
vérité, de cette converfion; mais le public vous en
faurait gré (fi le public fait jamais gré de quelque
chofe). On paffe fa vie à travailler pour des ingrats;
on voit deux ou trois générations paffer fous fes
yeux; elles fe reffemblent comme deux gouttes
d'eau, j'entends pour les vices du cœur; car pour
les beaux arts et le bon goût, c'eft autre chofe. Le
bon temps eft paffé, il faut en convenir. Enveloppez-
vous dans votre gloire et dans les plaifirs, c'eft affurément le meilleur parti. Vous pourriez très-bien,
quand vous ferez dans le royaume du prince noir,
vous donner l'amufement de faire jouer les Guèbres.
Il y a là un jeune avocat général, M. *Dupaty*, qui
pétille d'efprit, et qui détefte cordialement les prêtres
de *Pluton*. Il eft idolâtre de la tolérance. Mon apof-
tolat n'a pas laiffé de faire fortune parmi les honnêtes

1770.

gens ; c'eft ce qui berce ma vieilléffe. Mais ce qui la bercerait avec plus de charmes , ce ferait de vous apporter ma maigre figure , avec mon très - tendre et très-profond refpect.

En attendant, je prierai DIEU pour vous, en qualité de bon capucin. Cette nouvelle dignité , dont je fuis décoré , a beaucoup réjoui *Ganganelli* , qui eft , en vérité , un homme de beaucoup d'efprit.

Daignez recevoir ma bénédiction , comme vous la reçûtes à Notre-Dame de Cléry.

Frère François , capucin indigne.

LETTRE CLXVIII.

A M. DE SUDRE, *avocat à Touloufe.*

20 d'avril.

MONSIEUR ,

QUARANTE lieues de neige qui m'entourent, foixante et feize ans fur ma tête, ma vue prefqu'entièrement perdue , trois mois de fuite dans mon lit , m'ont privé de l'honneur de vous répondre plutôt.

Il me femble qu'il eft fort peu important que meffieurs les avocats faffent un corps ou un ordre. Les ducs et pairs, les maréchaux de France, font un corps : on dit le corps du parlement, et non pas l'ordre du parlement. Les mots ne font que des mots. Ce qui eft effentiel , c'eft que les juges ne faffent pas rouer un innocent, quand les avocats

1770.

ont démontré fon innocence; c'eft qu'un gradué de village n'ait pas l'infolence de condamner à mort la famille de *Sirven*, fur les préfomptions les plus abfurdes; c'eft qu'on refpecte plus la vie des citoyens, et que nos barbares ufages, qu'on appelle jurif-prudence, ne déshonorent pas notre nation.

Dieu merci, la françaife eft la feule, dans l'univers entier, chez qui l'on achète le droit de juger les hommes, et chez qui les avocats ne parviennent pas à être juges par leur feul mérite. Nous avons été gaulois, oftrogoths, vifigoths, francs; et nous tenons encore beaucoup de notre ancienne barbarie, dans le fein de la politeffe.

Ce font-là mes griefs; et je fouhaite paffionnément que votre corps ou votre ordre puiffe les corriger. Si cela était, ma lettre ferait à M. le préfident de *Sudre*.

J'ai l'honneur d'être, &c.

LETTRE CLXIX.

A M. DE LA HARPE.

23 d'avril.

Mon cher enfant, n'efpérez pas rétablir le bon goût. Nous fommes en tout fens dans le temps de la plus horrible décadence. Cependant foyez sûr qu'il viendra un temps où tout ce qui eft écrit dans le ftyle du fiècle de *Louis XIV*, furnagera, et où tous les autres écrits goths et vandales refteront plongés dans

—— le fleuve de l'oubli. Les hommes veulent bien se tromper pour quelque temps, cabaler, en impofer; mais ils ne veulent point s'ennuyer.

Il eſt impoſſible de lire la plupart des ouvrages qu'on fait aujourd'hui; mais on lira toujours la religieuſe. Pourquoi ? parce qu'elle eſt écrite dans le ſtyle de *Jean Racine*.

Je crois qu'à préſent on ne lit guère dans Paris que les arrêts du conſeil : l'auteur a bien ſenti qu'il fallait intéreſſer pour être lu, et parler aux paſſions. Je ſuis même perſuadé que les écrits de monſieur le contrôleur général ont touché juſqu'aux larmes quatre ou cinq mille pères et mères de famille. Jamais mademoiſelle *Clairon* ni mademoiſelle *Duménil* n'en ont fait tant répandre; mais on ne peut pas dire à l'auteur, avec *Horace* et *Boileau* :

Pour m'arracher des pleurs, il faut que vous pleuriez.

Celui qui vous a prié, dans ſa lettre anonyme, de ne me point reſſembler, a bien raiſon ; ne reſſemblez jamais qu'à vous-même.

Nous embraſſons de tout notre cœur, madame *Denis* et moi, le père et la marraine de *Mélanie*.

LETTRE CLXX.

A M. LE KAIN.

25 d'avril.

MON très-grand et très-cher foutien de la tragédie expirante, on avait dit dans la chambre du roi que vous étiez mort ; on me l'avait mandé, et au lieu de vous répondre, je vous ai pleuré. Dieu merci, j'apprends que vous êtes en vie. La vérité ne fe dit guère dans la chambre du roi.

Vous allez briller à Verfailles, et faire voir à madame la dauphine ce que c'eft que la tragédie françaife bien jouée. Elle n'en a furement pas d'idée.

Pigal, mon cher ami, tout *Pigal*, tout *Phidias* qu'il eft, ne pourra jamais animer le marbre comme vous animez la nature fur le théâtre. Vous avez, au-deffus des fculpteurs et des peintres, un grand avantage, c'eft celui de rendre tous les fentimens et toutes les attitudes, et ils n'en peuvent exprimer qu'un feul.

Nous favons à peu-près ce que c'eft que la petite drôlerie dont vous nous avez parlé, c'eft une ancienne pièce qui n'eft point du tout dans le goût d'à préfent. Elle fut faite par l'abbé de *Châteauneuf*, quelque temps après la mort de mademoifelle *Ninon de l'Enclos*. Je crois même qu'elle ne pourrait réuffir qu'autant qu'on faurait qu'elle eft du vieux temps. Ce ferait aujourd'hui une trop grande impertinence

V 3

—— d'entreprendre de faire rire le public qui ne veut,
1770. dit-on, que des comédies larmoyantes.

Je crois qu'il n'y a dans Paris que M. d'*Argental* qui
ait une bonne copie du Dépoſitaire. Je ſais, de gens
très-inſtruits, que celle qu'on a lue à l'aſſemblée eſt
non-ſeulement très-fautive, mais qu'elle eſt pleine
de petits complimens aux dévots, que la police ne
ſouffrirait pas. L'exemplaire de M. d'*Argental* eſt,
dit-on, purgé de toutes ces horreurs.

Au reſte, ſi on la joue, on pourra très-bien s'arranger
en votre faveur avec *Thiriot*; mais il faut que le tout
ſoit dans le plus profond ſecret, à ce que diſent les
parens de l'abbé de *Châteauneuf* qui ont hérité de ſes
manuſcrits.

Je ne crois pas, entre nous, que les eaux, de quelque nature qu'elles ſoient, puiſſent faire du bien;
mais je crois que l'eau pure en fait beaucoup, et le
régime encore davantage. Les voyages des eaux ont
été inventés par des femmes qui s'ennuyaient chez
elles.

Conſervez votre ſanté malgré M. l'abbé *Terrai*, et
qu'il ne vous ôte pas ce bien ineſtimable.

LETTRE CLXXI.

A M. LE COMTE D'ARGENTAL.

25 d'avril.

Mon cher ange, on m'avait mandé que *le Kain* était mort; paffe pour moi qui ai, comme vous favez, foixante et dix-fept ans, et qui n'en peux plus; mais il faut que *le Kain* vive, et qu'il faffe vivre mes enfans. Permettez que je vous adreffe ma lettre pour lui.

Il me femble que les cifeaux de M. l'abbé *Terrai* font encore plus tranchans que ceux de la parque. Ce diable d'homme, en deux coups, me dépouille de tout le bien que j'ai en France.

Je ne fais fi vous avez vu milord *Cramer*, ambaffa-deur de la république de Genève; et fi, en qualité de mon libraire, il a fait, comme on dit, *une grande impreffion* à Verfailles. N'allez-vous pas les mardis dans ce pays-là ?

Je vous demande très-inftamment une grâce auprès des puiffances ; c'eft de gronder beaucoup madame la ducheffe de *Choifeul*, et même, s'il le faut, mon-fieur fon mari, et, par-deffus le marché, M. de *la Ponce* fon fecrétaire.

J'ai recueilli chez moi des horlogers français établis ci-devant à Genève; j'ai rendu une cinquantaine de familles à la patrie ; j'ai établi une manufacture de montres ; j'ai prêté de l'argent à tous ces ouvriers, pour les aider à travailler ; ils ont, en fix femaines de temps, rempli de montres une boîte pour Cadix.

V 4

J'ai pris la liberté de l'envoyer à M. le duc de Choiseul, comme un essai de ce qu'on pouvait faire dans sa nouvelle colonie. J'ai écrit la lettre la plus pressante à madame la duchesse de Choiseul, et une autre non moins vive à M. de la Ponce. Si on ne me répond point, vous sentez bien qu'on ne survit point à ces outrages-là, quand on est attaqué de la poitrine, au milieu des neiges, à la fin d'avril.

Si on ne favorise pas ma manufacture de toutes ses forces, il est certain que je n'ai pas huit jours à vivre. Il n'est pas juste que, quand M. l'abbé Terrai m'assassine à droite, M. le duc de Choiseul m'égorge à gauche. En vérité, sans St Billard et St Grizel, qui font mourir de rire, je crois que je mourrais de douleur.

Mettez-vous donc en fureur contre madame la duchesse de Choiseul. On dit qu'elle est emportée comme vous dans la conversation, qu'elle n'a ni finesse ni agrément; c'est précisément ce qu'il vous faut.

Comment se porte madame d'Argental ? Vous n'avez pas nos neiges, mais vous avez, dit-on, de la pluie et du froid.

Les solitaires de Ferney sont à vous plus que jamais.

Lisez, s'il vous plaît, cette réponse au frère de Fréron; et, si vous la trouvez bien, ayez la bonté de la faire mettre à la poste. Je crois qu'il faut affranchir pour Londres.

Je vous demande bien pardon de tant de peines; mais, quand il s'agit de Fréron, il n'y a rien qu'on ne fasse.

Point du tout, ce pauvre diable, accufé par fon beau-frère *Fréron* d'avoir cabalé à Rennes, eft actuellement en Efpagne. Dieu veuille délivrer la France de fon cher beau-frère, et qu'il foit affifté en place de Grève par l'abbé *Grizel! V.*

1770.

LETTRE CLXXII.

A MADAME

LA MARQUISE DU DEFFANT.

25 d'avril.

Vous voulez être taupe, Madame : favez-vous bien qu'il y a un proverbe qui dit que les taupes fervent d'exemple ? *exemplum ut talpa.* Il eft vrai que nous avons, vous et moi, quelque reffemblance avec ces animaux qui paffent pour aveugles. Je fuis toujours de la confrérie, tant que les neiges couvrent nos montagnes : je ne vois guère plus qu'une taupe ; et d'ailleurs j'irai bientôt dans leur royaume, en regrettant fort peu celui-ci, mais en vous regrettant beaucoup.

Vous avez deviné très-jufte, Madame, en devinant que M. l'abbé *Terrai* m'a pris fix fois plus qu'à vous ; mais c'eft à ma famille qu'il a fait cette galanterie : car il m'a pris tout le bien libre dont je pouvais difpofer, et je ferai probablement, en mourant, banqueroute comme un évêque.

Vous voulez avoir cette prétendue Encyclopédie qui n'en eſt point une : c'eſt un ouvrage malheureuſement fort ſage (à ce que je crois), mais fort ennuyeux (à ce que j'affirme). Je ferai mort avant qu'il ſoit imprimé, attendu que, de mes deux libraires, l'un eſt devenu magiſtrat et ambaſſadeur, l'autre monte la garde continuellement, en qualité de major, dans le tripot de Genève qu'on appelle république.

Cependant, Madame, afin que vous ne m'accuſiez pas de négligence, voici trois feuilles qui me tombent ſous la main. Faites-vous lire ſeulement les articles *Adam* et *Adultère*. Notre premier père eſt toujours intéreſſant, et adultère eſt toujours quelque choſe de piquant. Vous pourriez auſſi vous faire lire l'article *Adorer*, parce qu'il y a réellement une chanſon compoſée par *Jéſus-Chriſt*, qui eſt fort curieuſe. Ce n'eſt point une plaiſanterie; la choſe eſt très-vraie. Vous verrez même que c'eſt une chanſon à danſer, et qu'on danſait alors dans toutes les cérémonies religieuſes.

Quand vous vous ferez amuſée ou ennuyée de ces trois rogatons, n'oubliez pas, je vous prie, de gronder horriblement votre grand'maman. Elle m'a comblé de grâces, elle m'a fait capucin, elle a fait capitaine d'artillerie un homme que j'ai pris la liberté de lui recommander ſans le connaître, elle a donné une penſion à un médecin que je ne connais pas davantage et que je ne conſulte jamais ; et, ce qui eſt le plus eſſentiel, elle m'a écrit des lettres charmantes ; mais elle eſt devenue une cruelle, une perfide qui m'abandonne dans ma plus grande détreſſe, dans une affaire très-importante, dans une manufacture que j'ai établie et que j'ai mife fous fa

protection.

C'eft la plus belle entreprife qu'on ait faite dans le mont Jura, depuis qu'il exifte; cela eft bien au-deffus de ma manufacture de foie. Je fers l'Etat, je donne au roi de nouveaux fujets, je fournis de l'argent même à M. l'abbé *Terrai;* et on ne me fait pas le moindre remercîment, on ne répond point à mes lettres, on fe moque de moi, et le mari de madame *Gargantua* s'en moque tout le premier: voilà comme font faites les puiffances de ce monde. Je fais bien qu'elles ont d'autres affaires que celles du mont Jura; mais on peut faire écrire un mot, con-foler, encourager un pauvre homme.

Enfin, Madame, grondez votre grand'maman, fi vous pouvez; mais on dit qu'il eft impoffible d'en avoir le courage. Portez-vous bien, Madame; ayez du moins cette confolation. Qu'importent mon atta-chement inviolable et mon refpect du mont Jura à Saint-Jofeph? L'éloignement entre les gens qui pen-fent eft horrible.

Frère François.

LETTRE CLXXIII.

A M. SENAC DE MEILHAN.

Au château de Ferney, le 1 de mai.

MONSIEUR,

Sɪ vous vous fouvenez encore de moi, permettez que je recommande, avec la plus vive inftance, à vos bontés un citoyen de la Rochelle, qui, à la vérité, a le malheur d'être miniftre du faint Evangile à Genève (*), mais qui eft le plus doux, le plus honnête, et le plus tolérant des hommes. Il ne vient dans fa patrie, pour quelque temps, que pour les intérêts de fa famille, et compte repartir dès qu'il les aura arrangés. Il ne s'agit ici, en aucune manière, de la parole de DIEU qu'il prêche le plus rarement qu'il peut à Genève, et qu'il ne prêchera certainement point à la Rochelle. Il a été pafteur d'une églife où j'avais un banc, et nous l'appelions *brebis* plutôt que pafteur. C'eft le meilleur diable qui foit parmi les hérétiques. Je vous prie, Monfieur, de lui accorder votre protection, et point d'eau bénite de cour, attendu qu'il n'aime l'eau bénite d'aucune façon. Je regarderai comme des faveurs faites à moi-même toutes les bontés que vous voudrez bien avoir pour lui.

J'ai l'honneur d'être, avec refpect, &c,

(*) M. *Perdriaux.*

LETTRE CLXXIV.

A M. LE COMTE DE SCHOMBERG.

8 de mai.

FRÈRE *François*, Monfieur, eft pénétré de la bonté que vous avez de mettre dans le tronc pour faire placer fon image dans une niche; il vous fupplie de ne pas oublier l'auréole.

Comme il fait qu'on ne canonife les gens qu'après leur mort, il fe difpofe à cette cérémonie. Une fluxion très-violente fur la poitrine le tient au lit depuis un mois. Il tombe encore de la neige au 8 de mai, et il n'y a pas un arbre qui ait des feuilles. Si j'étais moins vieux et plus alerte, je crois que j'irais paffer la fin de mes jours en Gréce, dans le pays de mes maîtres *Homére*, *Sophocle*, *Euripide* et *Hérodote*. Je me flatte qu'à préfent *Catherine II* eft maîtreffe de ce pays-là. Les Lacédémoniens et les Athéniens reprennent courage fous fes ordres. Nous touchons au moment d'une grande révolution dont l'opéra comique de Paris ne fe doute pas. St *Nicolas* va chaffer *Mahomet* de l'Europe; je dois en bénir DIEU, en qualité de capucin.

On dit que frère *Ganganelli* a fupprimé la belle bulle *In cœna Domini*, le dernier jeudi de l'abfoute; cela eft d'un homme fage.

Si vous voyez mon cher commandant, je vous prie, Monfieur, de vouloir bien entretenir la bienveillance qu'il veut avoir pour moi, et de me conferver la vôtre; elle fait ma confolation dans le trifte état où je fuis. Agréez mon tendre refpect et ma bénédiction.

Frère François, capucin indigne.

LETTRE CLXXV.

A M. LE COMTE D'ARGENTAL.

16 de mai.

Mon cher ange, je me hâte de vous remercier de votre lettre du 10 de mai. Je vous enverrai la copie de la lettre du beau-frère de *Martin Fréron*, dès que je l'aurai retrouvée dans le tas de paperaffes que je mets en ordre; cela vous mettra entièrement au fait. Il eft bon de rendre juftice aux gens qui honorent le fiècle et l'humanité.

Je fuis bien fâché que les prémices de ma manufacture ne puiffent être acceptées. J'avais envoyé à madame la ducheffe de *Choifeul* une petite boîte de fix montres charmantes, et qui coûtent très-peu; ce ferait d'affez jolis préfens à faire à des artiftes qui auraient fervi aux fêtes. La plus chère eft de quarante-fix louis, et la moindre eft de douze : tout cela coûterait le double à Paris. J'aurais voulu furtout que le roi eût vu les montres qui font ornées de fon portrait en émail, et de celui de monfeigneur le dauphin. Je fuis perfuadé qu'il aurait été furpris et bien aife de voir que, dans un de fes plus chétifs villages, on eût pu faire, en auffi peu de temps, des ouvrages fi parfaits; mais le voyage de madame la duchesse de *Choiseul* à Chanteloup

dérange toutes mes idées. Elle va aussi prendre soin de ses manufactures. C'est une philosophe pas plus haute qu'une pinte, et dont l'esprit me paraît furieusement au-dessus de sa taille.

Je songe comme vous à mademoiselle *le Couvreur-Daudet;* je frémis de l'envoyer en Russie : mais qu'en faire ? a-t-elle au moins quatre ou cinq cents livres de rente ? voilà ce que je voudrais savoir. J'aimerais mieux établir une manufacture de filles qu'une de montres ; mais la chose est faite, je suis embarqué. Votre prince donne un plus bel exemple ; il établit une manufacture de comédies. Il faut que M. le duc d'*Aumont* en fasse une d'acteurs ; cela devient impossible, on ne joue plus que des opéra comiques dans les provinces. Il faut que tout tombe, quand tout s'est élevé ; c'est la loi de la nature.

Vous êtes tout étonné, mon cher ange, que je me vante de soixante et dix-sept ans, au lieu de soixante et seize ; est-ce que vous ne voyez pas que, parmi les fanatiques même, il y a des gens qui ne persécuteront pas un octogénaire, et qui pileraient, s'ils pouvaient, un septuagénaire dans un bénitier ?

J'ai pensé comme vous sur frère *Ganganelli*, dès que j'ai vu qu'il ne fesait point de sottises.

N'allez-vous pas à Compiègne ? attendez-vous à faire vos complimens à Versailles ?

Voudriez-vous bien faire parvenir à M. le duc d'*Aumont* ma respectueuse reconnaissance de toutes les bontés qu'il me témoigne ?

Je me doutais bien que madame d'*Argental* se porterait mieux au mois de mai; mais c'est l'hiver, le fatal hiver, qui me défefpère. J'en éprouve encore d'horribles coups de queue. Une maudite montagne couverte de neige fait le malheur de ma vie.

Madame *Denis* et moi, nous vous renouvelons à tous deux le plus tendre attachement qui fut jamais.

LETTRE CLXXVI.

AU MEME.

21 de mai.

Mon cher ange, les bonnes actions ne font jamais fans récompenfe, car DIEU eft jufte. On ne peut vous donner un prix qui foit plus fuivant votre goût qu'une tragédie ; en voici une qui m'eft tombée entre les mains, et dont je viens de corriger moi-même toutes les fautes typographiques. C'eft à vous à juger fi M. *Lantin* était auffi bon réparateur de Sophonisbe que M. *Marmontel* l'a été de Venceflas. Il y aura des malins qui diront que M. *Lantin* fe moque du monde, et qu'il n'y a pas un mot dans Sophonisbe qui reffemble à celle de *Mairet* ; mais il faut laiffer dire ces gens-là, et ne pas s'en embarraffer.

Au refte, je ferais au défefpoir qu'on pût m'accu-fer d'avoir la moindre correfpondance avec les héri-tiers de M. *Lantin*. M. *Marin*, qui a fait imprimer cette pièce, dont l'original eft chez M. le duc de *la Vallière*, peut me rendre la juftice qui m'eft due ; mais fi on fait une fottife dans Paris, tout auffitôt on me l'attribue. Je ne doute pas que votre amitié et

votre

votre zèle pour la vérité ne s'oppofent à ce torrent de
calomnies.

On a bien eu la cruauté de m'imputer le Dépofitaire. Il faut que ce foit l'abbé *Grizel* qui ait débité
cette impofture, et c'eft ce qui m'empêche de donner
la pièce. Je ferai écrouer l'abbé *Grizel* comme calom-
niateur impudent. Il avait volé cinquante mille francs
à madame d'*Egmont*, fille de M. le duc de *Villars*,
lorfqu'il la convertit. Je ne fais pas au jufte ce qu'il a
volé depuis, pour la plus grande gloire de DIEU;
mais je le tiens pour damné, s'il dit que le Dépofitaire
eft de moi.

Voici un tarif très-honnête des montres que M. le
duc de *Praflin* a bien voulu demander. On ne peut
mieux faire que de s'adreffer à nous; nous fommes
bons ouvriers et très-fidelles. Si quelqu'un de
vos miniftres étrangers veut des montres à bon
marché, qu'il s'adreffe à Ferney. Secourez notre
entreprife, mes chers anges; nous avons vingt familles à nourrir.

A l'égard des humeurs fcorbutiques, je plains
bien madame d'*Argental* fi fon état approche de mon
état. Portez-vous bien tous deux, jouiffez d'une vie
douce, confervez-nous vos bontés, protégez nos
manufactures, mais protégez auffi celle de feu monfieur *Lantin*. Nous vous préfentons nos cœurs,
madame *Denis* et moi. *V.*

LETTRE CLXXVII.

A MADAME

LA MARQUISE DU DEFFANT.

25 de mai.

Je soupçonne, Madame, que vous vous souciez peu de la métaphysique ; cependant il est assez curieux de chercher si on a une ame ou non, et de voir tous les rêves qu'on a faits sur cet être incompréhensible. Nous ressemblons tous au capitaine suisse qui priait dans un buisson, avant une bataille, et qui disait : *Mon Dieu, s'il y en a un, ayez pitié de mon ame, si j'en ai une.* Vous me paraissez fort indifférente sur ces bagatelles ; on s'endurcit en vivant dans le monde.

Vous avez voulu absolument que je vous envoyasse quelques chapitres ; mais j'ai peur qu'ayant beaucoup lu et beaucoup réfléchi vous ne soyez plus amusable, et que je ne sois point du tout amusant. Vous en savez trop pour que je vous donne du plaisir.

Voyez si les articles *Alchimiste, Alcoran, Alexandre,* qui sont remplis d'historiettes, pourront vous désennuyer un moment. Je suis avec vous comme *Arlequin* à qui on disait : Fais-moi rire, et qui ne pouvait en venir à bout.

J'imagine que votre grand'maman est une vraie philosophe ; elle s'en va voir sa colonie que vous appelez fi bien Salente. Elle va faire le bonheur de fes vaffaux, au lieu d'avoir la tête étourdie du fracas des fêtes , dont il ne refte rien que de la laffitude, quand elles font paffées. Je crois le fonds de fon caractère un peu férieux , d'une couleur très-douce , toute brodée de fleurs naturelles. Je me figure qu'elle a une ame égale et conftante, fans oftentation ; qu'elle n'aime point à fe prodiguer dans le monde ; que chaque jour elle aimera davantage la retraite ; qu'en connaiffant les hommes par la fupériorité de fa raifon, elle aime à répandre des bienfaits par inftinct ; qu'elle eft très-inftruite et ne veut point le paraître : voilà le portrait que je me fais de la fouveraine d'Amboife , au pied de mes Alpes où j'ai encore de la neige.

J'ai pris avec elle une étrange liberté ; j'ai mis fous fa protection des effais de ma manufacture de montres : que ne fuis-je un de fes vaffaux d'Amboife ! On dit que le blé a manqué jufque dans fes Etats ; nous n'en avons point dans notre pays barbare.

Je crois que les Ruffes mangeront bientôt celui des Turcs. Il me femble que voilà une révolution qui fe prépare , et à laquelle perfonne ne s'attendait : c'eft de quoi exercer la philofophie de votre grand'maman.

La mienne confifte à fouffrir patiemment , ce qui coûte un peu, et à vous être attaché , Madame, avec le plus tendre refpect. Il ne faut affurément nul effort pour vous aimer.

Voulez-vous bien , Madame , avoir la bonté de me mettre aux pieds de votre grand'maman ?

LETTRE CLXXVIII.

A M. LE COMTE DE SCHOMBERG.

A Ferney, 28 de mai.

MONSIEUR,

JE perfifte à croire que les philofophes m'ont daigné prendre pour leur repréfentant, comme une compagnie fait fouvent figner pour elle le moindre de fes affociés. Je confens de figner, quoique j'aye la main fort tremblante.

Vous avez donc la bonté, Monfieur, d'être un des protecteurs de la ftatue. M. le duc de *Choifeul* y a de plus grands droits qu'on ne penfe; il fait des vers plus jolis que ceux de nous autres fefeurs, et tient le cas fecret; j'en ai de lui qui font charmans.

Je ne fais comment reconnaître fes bontés : il protége une manufacture de montres que les émigrans de Genève ont établie dans mon hameau; il a bien voulu defcendre jufqu'à leur faciliter le débit. Je ne verrai pas la ville qu'il va bâtir dans mon voifinage, mais je jouis déjà de tout le bien qu'il veut faire.

Je goûte à préfent, malgré tous mes maux, le plus grand des plaifirs; je vois les fruits de la philofophie éclore. Soixante artiftes huguenots, répandus tout d'un coup dans ma paroiffe, vivent avec les catholiques comme des frères; il ferait impoffible à un étranger de deviner qu'il y a deux religions dans ce petit canton-là. En confcience, meffieurs les moines,

M. *Rofe* évêque de Senlis , MM. les curés *Aubry* et ———
Guinceftre , cela ne vaut-il pas mieux que vos Saint- 1770.
Barthelemi ?

Peut-être l'impératrice de Ruffie opère-t-elle à préfent une grande révolution chez les Turcs ; mais j'aime mieux celle dont je fuis témoin , et j'ai la mine de mourir content. Je crois que ces nouvelles ne déplairont pas au refpectable M. d'*Alembert* , l'appui de la tolérance et de la vertu , et fi digne d'être votre ami.

Confervez vos bontés, Monfieur , à votre très-humble et très-obéiffant et très-reconnaiffant ferviteur, le languiffant *frère François* , plus humain que tous les capucins du monde.

LETTRE CLXXIX.

A MADAME

LA DUCHESSE DE CHOISEUL.

Ferney, 1 de juin.

MADAME,

JE crois que vous avez fait une gageure d'exercer votre patience , et moi de pouffer à bout vos bontés. J'ai eu l'honneur de vous parler , dans une de mes lettres , de fept frères , tous au fervice du roi, dont les jéfuites avaient ufurpé l'héritage pour la plus grande gloire de Dieu. Voici , je penfe , l'aîné de

X 3

1770.

ces fept *Machabées*. Il prétend qu'ayant été auprès de vous, Madame, le fecrétaire des capucins, je dois, à plus forte raifon, être celui des officiers qui ont été bleffés au fervice. Je ne fais pas ce qu'il demande. Pour moi, je ne demanderais à Verfailles que l'honneur et la confolation de vous entendre. Tout le monde croit, dans mon pays de neiges, que j'ai un grand crédit auprès de vous, depuis l'aventure des capucins, et furtout depuis celle des montres. Moi qui fuis exceffivement vain, je ne les détrompe pas; ils viennent tous me dire : Allons, nôtre fecrétaire, vîte une lettre pour madame la ducheffe, qui *fait du bien pour fon plaifir*. Je baiffe les oreilles, j'écris, et puis je fuis tout honteux, et je voudrais m'aller cacher.

J'ai l'honneur d'être, avec un profond refpect, et en rougiffant de mes hardieffes, Madame, votre très-humble, très-obéiffant et très-obligé ferviteur *V*.

LETTRE CLXXX.

A MADAME

LA MARQUISE DU DEFFANT.

1 de juin.

Vous avez dû voir, Madame, que je confume ma pauvre vie dans mes déferts de neige pour vous récréer un quart d'heure, vous et votre grand'-maman. Il y a des infectes qui font trois ans à fe

former, pour vivre quelques minutes : c'eſt, le fort ——
de la plupart des ouvrages en plus d'un genre. Je ¹⁷⁷⁰.
vous prie toutes deux de prêter un peu d'attention à
l'article *Anciens et Modernes* ; c'eſt une affaire de
goût : vous êtes juges en dernier reſſort.

Quant aux choſes ſcientifiques , je ne crois pas
que tout ce qu'on ne peut comprendre ſoit inutile.
Perſonne ne ſait comment une médecine purge , et
comment le ſang circule vingt fois par heure dans
les veines ; cependant il eſt très-ſouvent utile d'être
purgé et ſaigné.

Il eſt fort utile d'être défait de certains abominables préjugés, ſans qu'on ait quelque choſe de bien
ſatisfeſant à mettre à la place. C'eſt aſſez qu'on ſache
certainement ce qui n'eſt pas , on n'eſt pas obligé de
ſavoir ce qui eſt. Je ſuis grand démoliſſeur , et je ne
bâtis guère que des maiſons pour les émigrans de
Genève. La protection de madame la ducheſſe de
Choiſeul leur a fait plus de bien que leurs compatriotes ne leur ont fait de mal. Qui m'aurait dit que
je lui devrais tout, et qu'un jour je ſonderais au
mont Jura une colonie qui ne proſpèrerait que par
ſes bontés ? et puis qu'on diſe qu'il n'y a point de
deſtinée ! C'eſt vous , Madame, qui m'avez valu
cette deſtinée-là ; c'eſt à vous que je dois votre
grand'maman.

Je lui ai envoyé le mémoire des communautés de
Franche-Comté , d'accord ; mais il eſt ſigné des ſyn-
dics , et non pas de moi. Je ne ſuis point avocat : le
fond du mémoire eſt de M. *Chriſtin* avocat de Beſan-
çon ; je l'ai un peu retouché. Il n'y a rien que de
très-vrai. L'avocat au conſeil , chargé de l'affaire , l'a

approuvé, l'a donné à plufieurs juges. S'il n'eft pas permis de foutenir le droit le plus évident, où fuir? Je tiens qu'il faut le foutenir très-fortement, ou l'abandonner.

Ce n'eft point ici une grâce qu'on demande. Ces communautés font précifément fur la route que M. le duc de *Choifeul* veut ouvrir de fa colonie en Franche-Comté. Ces gens-là feraient fort aifes d'être les ferfs du mari de votre grand'maman, mais ils ne veulent point du tout l'être des moines de faint *Benoît*, devenus chanoines. La prétention de Saint-Claude eft abfurde. S¹ *Claude* eft un grand faint, mais il eft auffi ridicule qu'injufte, du moins il me paraît tel. J'ai cru qu'il fallait faire fentir cette abfurdité, avant qu'on difcutât des fatras de papiers que les miniftres n'ont jamais le temps de lire.

J'avoue que mon nom eft fatal en matière eccléfiaftique; mais je n'ai jamais prétendu que mon nom parût; Dieu m'en préferve; et d'ailleurs ceci eft matière féodale. Le roi ne lit point ces factums préparatoires, on ne les met point fous fes yeux. Le rapporteur feul eft écouté; et comme tout dépend ordinairement de lui, il nous a paru effentiel que les juges fuffent bien au fait. Ils jettent fouvent un coup d'œil égaré fur ces pièces ennuyeufes; j'ai voulu les intéreffer par la tournure; j'ai voulu les amufer, eux, et non pas le roi qui a d'autres affaires, et qui très-communément laiffe décider ces procès fommaires fans y affifter, comme il arriva dans le procès des *Sirven*, où M. le duc de *Choifeul* fut net contre moi, et avec raifon.

Enfin, fi j'ai tort, on perdra de bons fujets, et

j'en fuis fâché ; mais je me réfigne , car il faut toujours fe réfigner, et je ne fuis pas capucin pour rien.

Réfignez-vous , Madame , à la fatalité qui gouverne ce monde. *Horace* recommandait cette philofophie , il y a quelque dix-huit cents ans ; il recommandait auffi l'amitié , et la vôtre fait le charme de
ma vie. *V.*

LETTRE CLXXXI.

A M. LE COMTE D'ARGENTAL.

4 de juin.

Mon cher ange , je vous dirai d'abord , pour
m'infinuer dans vos bonnes grâces , que l'abbé de
Châteauneuf s'eft arrangé tout comme vous l'avez
voulu avec le Dépofitaire. *Ninon* n'a point couché
avec le jeune *Gourville ;* et quant à M. *Agnant,* il
n'eft point un ivrogne à balbutiement et à hoquets ;
c'eft un buveur du quartier qui peut regarder les
gens fixement et d'un air comique , en difant fon
mot ; mais qui n'eft point du tout ivre : et en cela
même , il eft un perfonnage affez neuf au théâtre.

Dès que meffieurs du clergé feront prêts à plier
bagage , je vous enverrai celui de *Ninon ;* l'*Encyclopédie* ne me laiffe pas à préfent à moi.

Venons maintenant au profane. Je crains bien que
M. le duc de *Praflin* ne faffe pas fitôt des préfens de
montres aux janiffaires et aux douaniers de la Porte
ottomane. Vous favez comme on s'égorge dans la

patrie de *Sophocle* et de *Platon*, comme on maffacre et comme on pille. Cependant, fi nos confuls reftent, fi M. le duc de *Praflin* veut des montres, nous fommes à fes ordres.

M. le duc de *Choifeul* a la bonté de nous en prendre. Favorifez-nous, je vous en conjure ; engagez vos camarades, meffieurs les miniftres étrangers, à nous donner la préférence. Si nous avions une eftampe de votre prince, nous lui enverrions une montre avec fon portrait en émail, qui ne ferait pas chère.

Nous avons fait celui du roi et de monfeigneur le dauphin, qui ont parfaitement réuffi. Nous fefons à préfent celui de M. le comte d'*Aranda* ; c'eft une entreprife très-confidérable. M. l'abbé *Terrai* en a fait une bien cruelle en me faififfant deux cents mille francs d'argent comptant qui n'avaient rien à démêler avec les deniers de l'Etat, et qui auraient fervi à bâtir des maifons pour nos artiftes, et à augmenter la fabrique. Il a fait un mal irréparable.

On avait bien trompé, ou du moins voulu tromper M. le duc de *Choifeul*, quand on lui avait dit que les natifs de Genève, maffacrés par les bourgeois, n'étaient que des gredins et des féditieux. Je vous affure que ceux qui travaillent chez moi font les plus honnêtes gens du monde, les plus fages, les plus dignes de fa protection.

Dites bien, je vous prie, à MM. les ducs de *Choifeul* et de *Praflin* combien je leur fuis attaché ; mon cœur vous en dit toujours autant. *V.*

LETTRE CLXXXII.

A M. DE LISLE DE SALES.

A Ferney, 6 de juin.

J'AI lu, Monfieur, votre livre (*) avec enchante-ment. Je vous fuis d'autant plus obligé que je le crois capable de faire le plus grand bien. Tous les gens fages le liront, et eftimeront l'auteur ; mais c'eft principalement aux malades à lire les bons livres de médecine. Vous leur avez emmiellé les bords du vafe, comme dit *Lucrèce*. Vous ne vous contentez pas de leur parler raifon, vous y joignez l'éloquence qui eft fon paffe-port : *utile dulci* eft votre devife.

· La lecture de votre ouvrage, Monfieur, m'a fait oublier ma vieilleffe et les maux dont je fuis accablé. Vous êtes comme les anciens mages qui guériffaient avec des paroles enchantées.

· J'ai l'honneur d'être avec toute la reconnaiffance et toute l'eftime que je vous dois, &c.

(*) *La Philofophie de la nature.*

LETTRE CLXXXIII.

A M. LACOMBE, *libraire à Paris.*

Juin.

Ah, Monfieur, que je fuis content de *Mélanie !* voilà le ftyle dont il faut écrire. Les Velches vont être débarbarifés.

Je ne regarde l'aventure de l'*Encyclopédie* que comme une défenfe aux rôtiffeurs de Paris d'étaler des perdrix pendant le carême. Je fuis perfuadé qu'après Pâques on fera très-bonne chère. Je fouhaite beaucoup la délivrance des volumes de l'*Encyclo-pédie* et des *Refcriptions.* Les dernières m'intéreffent très-particulièrement.

Je vous remercie, mon cher Monfieur, de la *Gazette littéraire* et de la lettre de M. de *Fontanelle,* et d'avoir purgé votre librairie des follicules de ce maraud de maître *Aliboron.* Vous imprimez le *Suétone* au lieu de l'*Ane littéraire,* c'eft mettre un dia-mant à la place de la boue. Vous me faites un plaifir extrême de me dire que les remarques font excellentes; je m'en doutais bien. Perfonne, à mon gré, n'a le jugement plus sûr que M. de *la Harpe ;* fon ftyle eft clair et vigoureux; il dit beaucoup en peu de mots; c'eft le grand ennemi du fatras. Il faut abfolument le mettre de l'académie, quand il décampera quelque évêque ou moi. Je vous réponds de moi dans peu de temps.

Vous devez avoit vu une affez belle bibliothéque
à Manheim. Vous êtes fans doute en correfpondance
avec M. *Colini*, mon ami. Je me flatte que je puis
vous appeler du même nom. Vous devez bien compter
fur tous les fentimens, &c.

1770.

LETTRE CLXXXIV.

A MADAME

LA MARQUISE DU DEFFANT.

A Ferney, 18 de juin.

ON fait ce qu'on peut, Madame, dans nos déferts,
pour vous faire paffer quelques minutes à Saint-
Jofeph; et, malgré la crainte de vous ennuyer, on
vous envoie ces deux feuilles détachées. Impofez
filence à votre lecteur, fitôt que vous vous fentirez
la moindre envie de bâiller.

J'ignore tout ce qui fe fait à préfent fur la terre.
Je ne fais pas même fi Lacédémone appartient à
Catherine II ou à *Mouflapha;* je ne fais où eft votre
grand'maman, et c'eft ce qui m'intéreffe davantage.
Si elle eft dans fon palais de Chanteloup, occpuée
de fa floriffante colonie, je la déclare philofophe.
J'entends furtout, par ce mot, philofophe-pratique;
car ce n'eft pas affez de penfer avec jufteffe, de
s'exprimer avec agrément, de fouler aux pieds les
préjugés de tant de pauvres femmes, et même de
tant de fots hommes, de connaître bien le monde,
et par conféquent de le méprifer; mais fe retirer

1770.

de la foule pour faire du bien, encourager des arts néceffaires, être fupérieure à fon rang par fes actions comme par fon efprit, n'eft-ce pas là la véritable philofophie ?

Je vous plains toutes deux de ne pouvoir pas aller enfemble dans le paradis terreftre de Chanteloup. Il faut toujours, Madame, que je vous remercie de toutes les bontés dont elle m'a comblé, car fans vous elle m'aurait peut-être ignoré. Elle protége, du haut de fa colonie de Carthage, la colonie de mon hameau; elle me fait goûter chaque jour le plaifir de la reconnaiffance. Je me flatte qu'elle était dans fon royaume dans le temps que les badauds de Paris fe tuaient au milieu des fêtes, affez près de fon hôtel; elle aurait été trop fenfiblement frappée de ce défaftre. Eft-il poffible qu'on s'égorge pour aller voir des lampions !

Adieu, Madame ; confervez du moins votre fanté ; la mienne eft défefpérée. Mille tendres refpects. *V.*

LETTRE CLXXXV.

A M. L'ABBÉ AUDRA.

Le 19 de juin.

MON très-cher philofophe, vous m'avez raccommodé avec *Sirven*. Je vois avec plaifir qu'il pourfuit fon affaire ; je ne doute pas qu'un homme auffi fage et auffi éloquent que M. de *la Croix* ne lui faffe remporter une victoire entière. Tous les honnêtes gens lui applaudiront. Dites-lui, je vous prie, qu'il ait la bonté d'adreſſer ſon mémoire à M. *Vaſſelier*, premier commis de la poſte de Lyon. Il ne ſerait pas mal qu'il y en eût deux exemplaires dans le paquet, l'un pour M. *Vaſſelier*, l'autre pour moi. Vive déſormais le parlement de Toulouſe !

Je dois vous dire que j'ai prié M. de *la Croix* de gronder *Sirven* d'avoir été ſix mois entiers ſans écrire à ſes filles.

A l'égard de votre ſage hardieſſe, vous n'avez rien à craindre. Il n'y a pas un mot dans votre *Abrégé* ſur lequel on puiſſe vous inquiéter. On ſera fâché, mais comme les plaideurs qui ont perdu leur procès. Vous avez d'ailleurs un archevêque (*) qui penſe comme vous, qui eſt prudent comme vous, et qui ſera bientôt de l'académie ; il ne reſſemble point du tout à *Martin le Franc de Pompignan*.

Je vous demande votre bénédiction, mon cher docteur de ſorbonne ; et je vous donne la mienne, en qualité de capucin.

(*) M. de *Brienne.*

LETTRE CLXXXVI.

A MADAME NECKER.

A Ferney, 21 de juin.

MADAME,

Quand les gens de mon village ont vu *Pigal* déployer quelques inftrumens de fon art : Tiens, tiens, difaient-ils, on va le difféquer ; cela fera drôle. C'eft ainfi, vous le favez, que tout fpectacle amufe les hommes. On va également aux marionnettes, au feu de la Saint-Jean, à l'opéra comique, à la grand'meffe et à un enterrement. Une ftatue fera fourire quelques philofophes, en refrognant les fourcils réprouvés de quelques coquins d'hypocrites, ou de quelque poliffon de folliculaire. Vanité des vanités ! mais tout n'eft pas vanité ; ma tendre reconnaiffance pour mes amis, et furtout pour vous, Madame, n'eft pas vanité.

LETTRE CLXXXVII.

A M. LE COMTE DE SCHOMBERG.

23 de juin.

MON aimable commandant est ici, Monsieur ; ma consolation aurait été parfaite, si vous étiez venu avec lui. *Pigal* a déjà modelé le squelette dont l'ame subsiste encore et vous sera très-attachée jusqu'au moment où elle sera dissipée et rendue à la matière subtile dont elle est venue.

Je vous fais bien bon gré de ne point aimer du tout ce fanatique de *Joad*. Je bénis DIEU de ce que le petit-fils d'*Henri IV* pense comme vous sur ce barbare énergumène.

J'ai raisonné beaucoup avec *Pigal* sur le veau d'or qui fut jeté en fonte, en une nuit, par cet autre grand-prêtre *Aaron* ; il m'a juré qu'il ne pourrait jamais faire une telle figure en moins de six mois. J'en ai conclu pieusement que DIEU avait fait un miracle pour ériger le veau d'or en une nuit, et pour avoir le plaisir de punir de mort vingt-trois mille juifs qui murmuraient de ce qu'il était trop long-temps à écrire ses deux tables.

Agréez toujours, Monsieur, ma tendre reconnaissance de toutes les bontés que vous me témoignez.

LETTRE CLXXXVIII.

A M. LE MARECHAL DUC DE RICHELIEU.

A Ferney, 25 de juin.

J'APPRENDS que le vainqueur de Mahon et le dictateur des Fourches caudines de Clofter-Seven a bien voulu faire pour fon vieux ferviteur ce que les Génois firent pour mon héros ; proportion gardée, s'entend, entre le héros et le barbouilleur de papier. Je le prie de recevoir les très-humbles remercîmens du fquelette de Ferney que *Pigal* a fu rendre vivant. Ce fquelette n'eft en vie que pour fentir la reconnaiffance qu'il doit à fon doyen de l'académie.

Comme vous ferez un jour le doyen des pairs, permettez-moi de vous féliciter fur le fuccès indubitable du procès que M. le duc d'*Aiguillon* a voulu abfolument avoir devant les pairs. Il ne tiendrait qu'à vous d'avoir la bonté de faire gagner le procès des Guèbres au parlement du parterre de Bordeaux. Un mot à l'avocat général M. *Dupaty*, qui eft un franc guèbre, ferait l'affaire.

On dit que vous protégez prodigieufement une nouvelle pièce de *Paliffot*, intitulée le Satirique ; c'eft un beau grenier à tracafferiés. Je vois que vous faites la guerre aux philofophes, ne pouvant plus la faire aux Anglais et aux Allemands : cela vous amufe, et c'eft toujours beaucoup. Puiffiez-vous vous amufer pendant tout le fiècle où nous fommes ! Vous en avez fait l'ornement et vous en ferez la fatire mieux que perfonne.

Je voudrais bien avoir une copie de votre ſtatue, pour que la mienne fût aux pieds de la vôtre.

Agréez toujours, Monſeigneur, mon tendre reſpect. *V.*

LETTRE CLXXXIX.

A M. LE MARQUIS DE JAUCOURT,

COMMANDANT EN BRESSE.

Juin.

MON très-généreux et très-cher commandant, je ſuis votre ſujet plus que jamais. J'ai établi dans le hameau de Ferney-les-Verſoy une petite annexe de vos manufactures de montres de votre capitale de Bourg-en-Breſſe. Cette ſalle de théâtre que vous connaiſſez eſt changée en ateliers ; on fond de l'or, on polit des rouages là où on déclamait des vers ; il faut bâtir de nouvelles maiſons pour les émigrans ; tous les ouvriers de Genève viendraient, s'il y avait de quoi les loger. Il faut ſonger que chacun veut avoir une montre d'or, depuis Pékin juſqu'à la Martinique, et qu'il n'y avait que trois grandes manufactures, Londres, Paris et Genève.

Les ames tolérantes et ſenſibles feront encore fort aiſes d'apprendre que ſoixante huguenots vivent avec mes paroiſſiens de façon qu'il ne ſerait pas poſſible de deviner qu'il y a deux religions chez moi ; voilà qui eſt conſolant pour la philoſophie,

Y 2

et qui démontre combien l'intolérance eſt abſurde et abominable. La révolution s'eſt faite tout douce- ment dans les têtes les moins inſtruites comme dans les plus éclairées ; nous verrons la même choſe dans dix ans en Turquie, ſi mon impératrice pouſſe ſa *pointe*, comme dit le père *Daniel.* Ma foi, le temps de la raiſon eſt venu, et j'en bénis DIEU, tout capucin que je ſuis : c'eſt dommage que je ſois ſi vieux et ſi malade, car je me flatte que dans quel- ques années je verrais le vrai paradis de mon vivant.

Conſervez-moi vos bontés, Monſieur ; elles ſont un des ingrédiens de mon paradis.

Frère François.

Je lis actuellement tous les articles de M. le chevalier de *Jaucourt;* vous ne ſauriez croire com- bien il me fait aimer ſa belle ame, et comme je m'inſtruis avec lui.

LETTRE CXC.

A M. LE MARECHAL DUC DE RICHELIEU.

A Fenney, 11 de juillet.

Monseigneur, j'ai reçu, comme j'ai pu dans mon miſérable état, M. le prince *Pignatelli*, mais avec tout le reſpect que j'ai pour ſon nom et avec l'extrême ſenſibilité que ſon mérite m'a inſpirée.

Je vous avoue que je ſuis flatté de ma ſtatue poſée aux pieds de la vôtre, plus que mademoiſelle *le Maure*

ne l'était d'être dans le carroffe de madame la dauphine. Le carroffe et les chevaux ne font plus ; votre 1770.
ftatue durera, et votre gloire encore davantage.
Vous me poufferez à la poftérité.

Mon héros, en me careffant d'une main, m'égra-
tigne un peu de l'autre, felon fa louable coutume.
Voici ce que je réponds à ces belles invectives contre
la philofophie à laquelle il vous plaît de déclarer
la guerre par paffe-temps. Lifez, je vous prie, cette
page que je détache d'une feuille d'une Encyclopédie de ma façon ; elle m'eft apportée dans le moment ;
c'eft le commencement d'un article où l'on réfute
une partie des extravagances abfurdes de *J. Jacques*.
Je détefte l'infolence d'une telle philofophie, autant
que vous la méprifez. Le fyftême de l'égalité m'a
toujours paru d'ailleurs l'orgueil d'un fou. Il n'en
eft pas de même de la tolérance. Non-feulement
les philofophes qui méritent votre fuffrage, l'ont
annoncée, mais ils l'ont infpirée aux trois quarts
de l'Europe entière. Ils ont détruit la fuperftition
jufque dans l'Italie et dans l'Efpagne. Elle eft fi
bien détruite que, dans mon hameau, où j'ai reçu
plus de cent génevois avec leurs familles, on ne
s'aperçoit pas qu'il y ait deux religions. J'ai une
colonie entière d'excellens artiftes en horlogerie ; j'ai
des peintres en émail. Le roi a acheté plufieurs
montres de ma manufacture. Cet établiffement fait
venir en foule des marchands de toute efpèce. Je
bâtis des maifons, je vivifie un défert. Si j'avais été
affez heureux pour en faire autant dans les landes
de Bordeaux, je fuis fûr que vous m'en fauriez
gré, et que vous appelleriez mes efforts du nom de

véritable philofophie. Il était digne de vous de vous déclarer le protecteur des philofophes plutôt que celui de *Paliffot*. Vous favez qu'ils ont un grand parti, et qu'on ambitionne leur fuffrage. Je n'ai plus qu'un défir, c'eft celui de vous renouveler mes très-tendres hommages, de vous entretenir, de vous ouvrir mon cœur, de vous faire voir qu'il n'eft pas indigne de vos bontés. Il eft vrai que la vie de Paris me tuerait en huit jours. Il y a plus d'un an que je fuis en robe de chambre. J'ai bientôt foixante et dix-fept ans, je fuis très-affaibli; mais je donnerais ma vie pour paffer quelques jours auprès de vous, dès que ma colonie n'aura plus befoin de moi.

Il eft plaifant qu'un garçon horloger, avec un décret de prife de corps, foit à Paris, et que je n'y fois pas.

Votre Paris eft plein de tracafferies, tandis que celles de *Catherine II* vont à exterminer l'empire des Turcs. Croyez qu'elle eft bien loin d'être dans la fituation équivoque où de fauffes nouvelles la repréfentent. Elle a fait deux légions de Spartiates qui ont tout le courage des héros de la guerre de Troye. Elle peut dans deux mois être maîtreffe de la Gréce et de la Macédoine; et, à moins d'un revers qui n'eft pas vraifemblable, vous verrez une grande révolution. Songez que cette même impératrice, dans fon code qu'elle a daigné m'envoyer écrit de fa main, a établi la tolérance univerfelle pour la première de fes lois.

Je vous demande la vôtre. Vous favez fi mon cœur eft à vous, et quel eft mon refpect, ma paffion, mon idolâtrie pour mon héros. *V.*

LETTRE CXCI.

A MADAME

LA MARQUISE DU DEFFANT.

12 de juillet.

JE vous ai parlé plus d'une fois à cœur ouvert, Madame; il eft actuellement fendu en deux, et je vous envoie les deux moitiés dans cette lettre.

L'Envie et la Médifance font deux nymphes immortelles. Ces demoifelles ont répandu que certains philofophes, que vous n'aimez pas, avaient imaginé de me dreffer une ftatue, comme à leur député; que ce n'était pas les belles-lettres qu'on voulait encourager, mais qu'on voulait fe fervir de mon nom et de mon vifage pour ériger un monument à la liberté de penfer. Cette idée, dans laquelle il y a du plaifant, peut me faire tort auprès du roi. On m'affure même que vous avez penfé comme moi, et que vous l'avez dit à une de vos amies. Cette pauvre philofophie eft un peu perfécutée. Vous favez que le gros recueil de l'*Encyclopédie* eft prifonnier d'Etat à la baftille avec St *Billard* et faint *Grizel;* cela eft de fort mauvais augure.

Je me trouve actuellement dans une fituation où j'ai le plus grand befoin des bontés du roi. Je ne fais fi vous favez que j'ai recueilli chez moi une centaine d'émigrans de Genève, que je leur bâtis

des maifons, que j'établis une manufacture de montres ; et, fi le roi ne nous accorde pas des priviléges qui nous font abfolument néceffaires, je cours
rifque d'être entièrement ruiné, furtout après les
diftinctions dont M. l'abbé *Terrai* m'a honoré.

Il eft donc très-expédient qu'on n'aille point dire
au roi, en plaifantant à fouper : Les encyclopédiftes
font fculpter leur patriarche. Cette raillerie qui pourrait être trop bien reçue, me porterait un grand
préjudice. Je pourrais offrir ma protection en Sibérie
et au Kamshatka ; mais, en France, j'ai befoin de
la protection de bien des gens, et même de celle
du roi. Il ne faut donc pas que ma ftatue de marbre
m'écrafe. Je me flatte que les noms de M. et de
madame de *Choifeul* feront ma fauve-garde.

J'aurai l'honneur de vous envoyer, Madame,
les articles de la petite Encyclopédie, que je croirai
pouvoir vous amufer un peu ; car il ne s'agit à
nos âges que de paffer le temps et de gliffer fur
la furface des chofes. On doit avoir fait fes provi-
fions un peu avant l'hiver ; et quand il eft venu,
il faut fe chauffer doucement au coin du feu qu'on
a préparé.

Adieu, Madame ; jouiffez du peu que la nature
nous laiffe. Soumettons-nous à la néceffité qui gouverne toutes chofes. *Homère* avoue que *Jupiter* obéif-
fait au deftin, il faut bien que nos imaginations
lui obéiffent auffi. Mon deftin eft de vous être bien
tendrement attaché jufqu'à ce que mon faible corps
foit changé en chou ou en carotte, *V.*

LETTRE CXCII.

A M. DUPONT,

Auteur des Ephémérides du citoyen.

De Ferney, le 16 de juillet.

M. *Bérenger* m'a fait le plaifir, Monfieur , de m'apporter votre ouvrage qui eft véritablement d'un *citoyen*. *Bérenger* l'eft auffi , et c'eft ce qui fait qu'il eft hors de fa patrie. Je crois que c'eft lui qui a rectifié un peu les premières idées qu'on avait données d'abord fur Genève. Pour moi, qui fuis citoyen du monde , j'ai reçu chez moi une vingtaine de familles génevoifes, fans m'informer ni de quel parti ni de quelle religion elles étaient. Je leur ai bâti des maifons, j'ai encouragé une manufacture affez confidérable, et le miniftère et le roi lui - même m'ont approuvé. C'eft un effai de tolérance et une preuve évidente que , dans le fiècle éclairé où nous vivons , cette tolérance ne peut avoir aucun effet dangereux ; car un étranger qui demeurerait trois mois chez moi , ne s'apercevrait pas qu'il y a deux religions différentes. Liberté de confcience et liberté de commerce, Monfieur, voilà les deux pivots de l'opulence d'un Etat petit ou grand.

Je prouve par les faits, dans mon hameau , ce que, vous et M. l'abbé *Roubaud*, vous prouvez éloquemment par vos ouvrages.

J'ai lu, avec l'attention que mes maladies me permettent encore, tout ce que vous dites de curieux sur la compagnie des Indes et sur le syſtême. Tout cela n'eſt pas à l'honneur de la nation. Vous m'avouerez, au moins, que cet extravagant syſtême n'aurait pas été adopté du temps de *Louis XIV*, et que *Jean-Baptiſte Colbert* avait plus de bon ſens que *Jean Law*.

A l'égard de la compagnie des Indes, je doute fort que ce commerce puiſſe jamais être floriſſant entre les mains des particuliers. J'ai bien peur qu'il n'eſſuye autant d'avanies que de pertes, et que la compagnie anglaiſe ne regarde nos négocians comme de petits interlopes qui viennent ſe gliſſer entre ſes jambes. Les vraies richeſſes ſont chez nous, elles ſont dans notre induſtrie; je vois cela de mes yeux. Mon blé nourrit tous mes domeſtiques; mon mauvais vin, qui n'eſt point malfeſant, les abreuve; mes vers à ſoie me donnent des bas; mes abeilles me fourniſſent d'excellent miel et de la cire; mon chanvre et mon lin me fourniſſent du linge. On appelle cette vie patriarcale; mais jamais patriarche n'a eu de grange telle que la mienne, et je doute que les poulets d'*Abraham* fuſſent meilleurs que les miens. Mon petit pays, que vous n'avez vu qu'un moment, eſt entièrement changé en très-peu de temps.

Vous avez bien raiſon, Monſieur; la terre et le travail ſont la ſource de toūt, et il n'y a point de pays qu'on ne puiſſe boṅifier. Continuez à inſpirer le goût de la culture, et puiſſe le gouvernement feconder vos vues patriotiques!

Mettez-moi, je vous prie, aux pieds de M. le ——
duc de *Saint-Mégrin*, qui m'a paru fait pour rendre ¹⁷⁷⁰·
un jour de véritables fervices à fa patrie, et dont
j'ai conçu les plus grandes efpérances.

J'ai l'honneur d'être, avec la plus haute eftime
et tous les autres fentimens que je vous dois ,
    Monfieur ,

                    votre, &c.

P. S. Voulez - vous bien, Monfieur, faire mes
tendres complimens à M. l'abbé *Morellet*, quand vous
le verrez ?

LETTRE CXCIII.

A M. LE COMTE D'ARGENTAL.

22 de juillet.

Mon cher ange , il y a long-temps que je ne
vous ai écrit ; la raifon en eft qu'étant très-malade,
quoi qu'on die , et ayant une affez nombreufe colonie à conduire , ma tête qui n'eft pas plus groffe
que celle d'un lapin , m'a un peu tourné. Il faut
digérer et avoir une groffe tête, pour bâtir des maifons et des comédies, et pour diriger les têtes des
autres.

Je fuis donc très-malade , vous dis-je , malgré les
calomnies de *Pigal* qui répand par-tout que je me
porte bien.

Je vous avertis qu'il faudrait jouer le Dépofitaire avant qu'on piloriât Sᵗ *Grizel* et Sᵗ *Billard ;* car

quand ils feront piloriés, la pitié fuccédera dans les cœurs à l'indignation , et ce qui aurait été plaifant pourra paffer pour cruel : mais, comme meffieurs du clergé , que *Grizel* confeffait , ne fe fépareront pas fitôt , je laiffe le tout à votre prudence , et je vous enverrai , quand il vous plaira , le Dépofitaire de l'abbé de *Châteauneuf* , et la Sophonisbe de monfieur *Lantin* pour mettre avec l'Ecoffaife de M. *Jérôme Carré.*

Il me paraît que vos ambaffadeurs ne font pas grand cas de nos montres de Ferney ; cependant je compte qu'il y en aura une inceffamment avec le portrait du comte *d'Aranda* , qu'il faudra bien que monfieur l'ambaffadeur d'Efpagne prenne.

J'ai reçu de mon mieux M. le prince *Pignatelli* , fon fils , malgré mes maux , ma mifère et ma colonie.

Le beau-frère de *Fréron* me perfécute toujours pour lui faire avoir juftice ; mais je ne fais ce que c'eft que fon affaire. Ce beau-frère me paraît un bavard ; et d'ailleurs on dit qu'il fuffit d'être allié de *Fréron* pour ne valoir pas grand'chofe.

Le Kain nous a envoyé trois grandes lettres, pour avoir deux copies de mon vifage en plâtre. Je lui réponds par un petit billet que je vous prie de lui faire tenir ; on n'a pas des vifages de plâtre fi aifément qu'il le penfe.

Je ne fais , mon cher ange , fi vous êtes à Paris ou à Compiègne. Suppofé que ce foit à Compiègne, je vous fupplie de communiquer à M. le duc de *Choifeul* mon étonnement dont je ne fuis pas encore revenu. J'avais pris la liberté d'envoyer fous fon enveloppe, en Efpagne , une caiffe des ouvrages de ma manufacture. Il daigna fe charger de la faire paffer par la pofte à Bordeaux, et de l'adreffer à un patron de vaiffeau pour la rendre à Cadix; et voici qu'il m'envoie lui-même le reçu du patron : mon protecteur devient mon commiffionnaire. Mons de *Louvois* n'aurait pas fait de ces chofes-là; auffi je l'aime autant que je hais mons de *Louvois*.

Il a fait encore bien pis; il a acheté de nos montres pour le compte du roi. Nos émigrans l'adorent, et j'en fais tout autant. Il fera de notre petit pays, jufqu'à préfent inconnu, un pays charmant. Mais que dites-vous de moi qui rifque de me ruiner pour établir chez moi des familles génevoifes? L'ingénieur du roi de Narfingue n'y fefait œuvre. Je fens bien que cela eft un peu ridicule à mon âge et. avec mes maladies.

> Un octogénaire plantait,
> Paffe encor de bâtir : mais planter à fon âge !

A quelque âge que ce foit, radoteur ou non, je ferai tendrement attaché à mes deux anges jufqu'au dernier moment de ma drôle de vie.

Madame *Denis* fe joint à moi pour vous dire les mêmes chofes. Ce n'eft pas qu'elle radote comme moi, elle n'en eft pas là, mais elle vous aime comme moi. *V.*

LETTRE CXCIV.

A M. TABAREAU, *à Lyon.*

Juillet.

SAVEZ-VOUS quelque chofe de l'effroyable nouvelle du Portugal? on dit qu'elle n'eft venue que par Rome et par l'Angleterre. Si elle était vraie, ne la faurions-nous pas par l'ambaffadeur de France à Lisbonne, par nos confuls et par nos marchands? l'idée feule de cette aventure fait frémir.

Je vous remercie de tout mon cœur, Monfieur, des bonnes nouvelles que vous me donnez du fuccès de vos affaires. Vous favez combien je m'y intéreffe. Je trouve le procès de meffieurs des poftes très-bon, et je ne fuis pas fûr qu'ils le gagnent. Vous favez que tout eft arbitraire, et que le parlement aime un peu à dégraiffer tout fermier du roi. Pour St *Billard* et St *Grizel*, j'opine au pilori.

A l'égard du procès du parlement avec le roi, il eft curieux. Nous attendons le dénouement. Je crois que rien ne pourra empêcher le factum de M. de *la Chalotais* de paraître. Le public s'amufera, difputera, s'échauffera; dans un mois tout finira, dans cinq femaines tout s'oubliera.

Eft-on encore, Monfieur, dans l'ufage de prendre des refcriptions des poftes en payant à Paris au caiffier qui ne foit pas un faint? Madame *Denis* veut faire venir deux cents louis de Paris; pourriez-vous les lui faire tenir par la pofte, &c? Nous avons lu,

dans le mémoire de meſſieurs les fermiers des poſtes, ———
que cet uſage était établi ; ainſi c'eſt à la fête de **1770.**
St *Billard* et de St *Grizel* que vous devez attribuer
cette importunité.

Vraiment oui, je n'ai pas manqué d'écrire à
M. le duc de *Choiſeul* que j'envoyais une petite
caiſſe de montres à Marſeille , par la poſte. Il le
trouve très-bon ; et vous ſavez que lui-même a eu la
bonté d'en faire parvenir une caiſſe à Cadix. Il eſt
très-important de donner à notre manufacture naiſ-
ſante toute la faveur poſſible ; c'eſt par-là ſeul qu'elle
peut ſe ſoutenir.

Verſoy deviendra un lieu très-conſidérable , mais
il ne l'eſt pas encore. Ferney eſt un petit entrepôt
qui s'augmente de jour en jour. Nous feſons tout
ce que nous pouvons pour reconnaître les bontés de
M. le duc de *Choiſeul* , par notre zèle.

Adieu , Monſieur ; perſonne ne vous eſt plus tendrement attaché que l'hermite de Ferney.

LETTRE CXCV.

A M. DE LA HARPE.

27 de juillet.

Suétone ne voit-il pas que l'ami *Lantin* a voulu
rire quand il a exhorté les jeunes gens à rapetaſſer
les déteſtables pièces et les déteſtables ſujets du
raiſonneur ampoulé qui ne fut jamais tragique que
dans trois ou quatre ſcènes , quand il fit un petit
voyage en Eſpagne ?

L'ami *Lantin* ne s'eft amufé à reffemeler Sophonisbe que pour montrer qu'il y avait du tragique
avant le raifonneur. Le cinquième acte de *Mairet*
avait un très-grand fonds de tragique ; mais on ne
pouvait pas faire grand'chofe de *Maffiniffe* ; il en a
fallu faire un jeune imprudent qui fe laiffe prendre
comme un fot. *Non eft hic vis tragica.*

Dans tout ce qui fe paffe aujourd'hui en France,
il y a *comica*, mais non pas *vis*.

J'attends *Suétone* l'anecdotier ; et je me doute bien
que l'efprit mâle et judicieux, qui l'a traduit et com-
menté, aura pefé toutes ces anecdotes dans la balance
de la raifon.

On va jouer la religieufe à Lyon ; cela vaut mieux
fans doute que vingt-quatre pièces du raifonneur ;
et cependant.... Oh , qu'il fait bon venir à propos !

LETTRE CXCVI.

A M. ELIE DE BEAUMONT.

A Ferney , le 3o de juillet.

On me dit , il y a un mois , mon cher *Cicéron* ,
que vous étiez en Normandie. Je ne vous écrivis
point, attendant votre retour. Je ne fais plus où vous
êtes , mais je ne puis refter long-temps fans vous
remercier de votre dernière lettre. J'ignore fi vous
embelliffez Canon, fi vous faites vos moiffons, ou
fi vous prenez la défenfe de quelque innocent perfécuté. Vous donneriez bien tous vos vergers et tout

votre

votre froment pour fecourir quelque infortuné. *Sirven* ne l'eft plus. Il eft toujours demandeur en répara-tion, dommages et intérêts, qu'il obtiendra diffici-lement. Je ne fais pas un mot des procédures ; je fais feulement que nous avons affaire à un pro-cureur général un peu dur.

1770.

Savez-vous bien que ce M. *Riquet* avait conclu à pendre madame *Calas* et à faire rouer fon fils et *Lavaiffe* ? Je tiens cette horrible anecdote de madame *Calas* elle-même. Le pays des Chicachas et des Topinambous eft la patrie de la raifon et de l'humanité, en comparaifon de ces horreurs : et voilà de quels hommes nos vies et nos fortunes dépendent !

L'affaire de *Sirven* ne fera décidée qu'après la Saint-Martin. Il y a huit ans que cette pauvre famille combat contre l'injuftice.

Avez-vous fu l'hiftoire des deux amans de Lyon ? Un jeune homme de vingt-cinq ans et une fille de dix-neuf, tous deux d'une figure charmante, fe don-nent rendez-vous avec deux piftolets dont la détente était attachée à des rubans couleur de rofe ; ils fe tuent tous deux en même temps ; cela eft plus fort encore qu'*Arrie* et *Petus*. La juftice n'a fait nulle infamie dans cette affaire ; cela eft rare.

Avez-vous lu le *Syftême de la nature*? il ne me paraît pas confolant ; mais nous avons d'autres fyf-têmes qui le font encore moins ; par exemple, celui des janféniftes.

Adieu, mon cher *Cicéron* ; ne m'oubliez pas, je vous prie, auprès de madame *Terentia*.

LETTRE CXCVII.

A M. LE MARQUIS D'ARGENCE DE DIRAC.

3 d'auguſte.

Mon cher philoſophe militaire, vous m'aviez mandé, il y a deux mois, que vous paſſeriez chez nous, et je vous attendais. J'imaginais que vous alliez voir meſſieurs vos enfans, et ç'aurait été une grande conſolation pour moi de vous embraſſer ſur la route. Je ſuis tombé dans un état de faibleſſe dont j'ai l'obligation à ma vieilleſſe et à un travail un peu forcé; mais il faut travailler juſqu'à la fin de ſa vie. *Job*, un de mes patrons, dit que l'homme eſt né pour travailler comme l'oiſeau pour voler.

J'ai été tout émerveillé de la petite galanterie que vous m'avez envoyée; j'en ſuis très-touché. Vous ſentez combien je ſuis ſenſible à une telle marque d'amitié.

Vous ne ſaviez pas apparemment l'autre galan-terie que les gens de lettres de Paris ont bien voulu me faire. Si vous étiez venu à Ferney, vous y auriez vu M. *Pigal* qu'ils m'ont envoyé, et qui a fait le modèle d'une ſtatue dont ils honorent ma très-chétive figure. Je n'ai point un viſage à ſtatue, mais enfin, il a bien fallu me laiſſer faire. Il n'y a pas eu moyen de refuſer un honneur que me font cin-quante gens de lettres des plus conſidérables de Paris : cette faveur eſt rare. Ils ont fait un fonds pour donner à M. *Pigal* un honoraire convenable;

j'en ai été furpris, et le fuis encore. Je ne puis attribuer une chofe fi extraordinaire qu'au défir qu'on 1770.
a eu de confoler votre ami des chofes dont vous
parlez. Il doit actuellement les oublier. Une ftatue
de marbre annonce un tombeau, et j'y defcendrai
en vous étant auffi attaché que je l'ai été depuis
que j'ai eu l'honneur de vous connaître. *V.*

LETTRE CXCVIII.

A M. LE MARQUIS DE FLORIAN.

Le 3 d'augufte.

Mon cher grand écuyer de *Cyrus*, buvez à ma
fanté le jour de la noce, vous et madame de *Florian*.
L'homme du monde qui a le moins l'air d'un garçon
de la noce, c'eft moi. Si mon cœur décidait de
ma conduite, j'affifterais au mariage. Ma chétive
fanté et mon âge ne me laiffent prétendre à d'autre facrement pour ma perfonne, qu'à celui de
l'extrême-onction. Je paffe mes derniers jours à établir une colonie; je ne jouirai pas du fruit de mes
travaux : il eft beaucoup plus aifé de marier un jeune
confeiller du parlement, que de loger et d'accorder
une trentaine de familles. Cependant nous travaillons
nuit et jour à préfenter à la nouvelle mariée les
fruits de notre nouvel établiffement. Nous avons
fait une montre affez jolie et qui fera fort bonne.
Nos artiftes font excellens; il n'y en a point
de meilleurs à Paris : mais leur tranfmigration ne

Z 2

1770. leur a pas permis d'aller auffi vîte en befogne que M. d'*Ornoi*. Il fe marie le 7, et nous ne ferons prêts que le 15. Nous enverrons notre offrande, madame *Denis* et moi, par M. d'*Ogny* à qui nous l'adrefferons. Nos fabricans ont voulu abfolument mettre mon portrait à la montre. Puifque *Pigal* m'a fculpté, il faut bien que je fouffre qu'on me peigne ; j'ai toute honte bue.

J'embraffe tendrement le nouveau marié, fa mère et fon oncle le turc.

Je fais grand cas de votre philofophie qui vous ramène à la campagne. J'aime à être encouragé, par votre exemple, à chérir la folitude et à fuir le tracas du monde.

On ne peut vous être plus tendrement dévoué que l'hermite de Ferney.

LETTRE CXCIX.

A M. DORAT.

A Ferney, le 6 d'augufte.

J'IGNORE, Monfieur, et je veux ignorer quel eft le fot ou le fripon, ou celui qui, revêtu de ces deux caractères, a pu vous dire que j'étais l'auteur des *Anecdotes fur Fréron* ; il aura pu dire, avec autant de vraifemblance, que j'ai fait *Gufman d'Al-farache*. Je n'ai jamais, Dieu merci, ni vu ni connu ce miférable *Fréron* ; je n'ai jamais vu aucune de fes rapfodies, excepté une demi-douzaine que

je tiens de M. *Lacombe* ; je fais feulement que c'eft ——
un barbouilleur de papier complétement déshonoré. 1770.

Je ne connais pas plus fes prétendus croupiers
que fa perfonne. Je fuis abfent de Paris depuis plus
de vingt ans, et je n'y ai jamais fait , avant ce
temps, qu'un féjour très-court. L'auteur des *Anecdotes fur Fréron* dit qu'il a été très-lié avec lui ;
j'ai effuyé bien des malheurs en ma vie, mais j'ai
été préfervé de celui-là.

Je n'ai jamais vu M. l'abbé de *la Porte* dont il
eft tant parlé dans ces *Anecdotes*. On dit que c'eft
un fort honnête homme , incapable des horreurs
dont *Fréron* eft chargé par tout le public.

Vous fentez , Monfieur, qu'il eft impoffible que
j'aye vu *Fréron* au café de *Vifeu* dans la rue Maza-
rine. Je n'ai jamais fréquenté aucun café, et j'apprends,
pour la première fois, par ces *Anecdotes* que ce café
de *Vifeu* exifte ou a exifté.

Il eft de même impoffible que je fache quels font
les marchés de *Fréron* avec les libraires , et tous
les vils détails des friponneries que l'auteur lui reproche. Il ferait abfurde de m'imputer la forme et le
ftyle d'un tel ouvrage.

Vous vous plaignez que votre nom fe trouve
parmi ceux que l'auteur accufe d'avoir travaillé
avec *Fréron* : ce n'eft pas affurément ma faute. Tout
ce que je puis vous dire , c'eft que vous me femblez
avoir tort d'appeler cela un affront, puifque vous
pouvez très-bien lui avoir prêté votre plume fans
avoir eu part à fes infamies. Vous m'apprenez
vous-même que vous avez inféré , dans les feuilles
de ce *Fréron*, un extrait contre M. de *la Harpe*.

Z 3

Je ne fais ce que c'eft que l'autre imputation dont vous me parlez.

Si vous êtes curieux de favoir quel eft l'auteur des *Anecdotes* , adreffez-vous à M. *Thiriot* ; il doit le connaître, et il y a quelques années qu'il m'écrivit touchant cette brochure. Adreffez-vous à M. *Marin* qui eft au fait de tout ce qui s'eft paffé depuis quinze ans dans la librairie, et qui fait parfaitement que je ne puis avoir la moindre part à toutes ces futilités. Adreffez-vous à madame *Duchefne* , à M. *Guy* , lefquels doivent être fort inftruits des geftes de *Fréron*. Adreffez-vous à *Lambert* chez qui l'auteur dit avoir vu les pièces d'un procès entre *Fréron* et fa fœur la fripière. Adreffez-vous à M. l'abbé de *la Porte* qui doit être mieux informé que perfonne. L'auteur paraît avoir écrit il y a fix ou fept ans , et je vous avoue que j'ai la curiofité de favoir fon nom.

Je connais deux éditions de ces *Anecdotes;* l'une qui eft celle dont vous me parlez , l'autre qui fe trouve dans un pot-pourri en deux volumes. Il faut qu'il y en ait une troifième un peu différente des deux autres , puifque vous me parlez d'une nouvelle accufation contre vous, que je ne trouve pas dans celle qui eft en ma poffeffion.

En voilà trop fur un homme fi méprifable et fi méprifé. Vous pouvez faire imprimer votre lettre et la mienne.

J'ai l'honneur d'être , &c.

LETTRE CC.

A MADAME

LA MARQUISE DU DEFFANT.

8 d'auguste.

EH bien, Madame, je ne peux en faire d'autres; je ne peux louer les gens férieufement en face. Vous vous doutez bien que les fix vers qui commencent par *étudiez leur goût*, font pour la petite-fille, et tout le refte pour la grand'maman. J'ai été bien aife de finir par *la Harpe*, parce que le mari de la grand'maman lui fait du bien, et lui en pourra faire encore. (*)

Il faut un tant foit peu de fatire pour égayer la louange. La fatire eft fort jufte, et tombe fur le plus déteftable fou que j'aye jamais lu. Son *Héloïfe* me paraît écrite moitié dans un mauvais lieu, et moitié aux petites maifons. Une des infamies de ce fiècle eft d'avoir applaudi quelque temps à ce monftrueux ouvrage. Les dames qu'il outrage font affurément d'une autre nature que lui. La *Zaïde* de madame de *la Fayette* vaut un peu mieux que la fuiffeffe de *Jean-Jacques*, qui accouche d'un faux germe pour fe marier. Ce poliffon m'ennuie et m'indigne, et fes partifans me mettent en colère. Cependant il faut être véritablement philofophe et calmer fes paffions, furtout à nos âges.

(*) Epître à madame la ducheffe de *Choifeul.*, vol. d'Epîtres.

Z 4

Votre homme qui ne s'intéreſſait qu'à ce qui le regardait, doit vous raccommoder avec la philoſophie. Tout ce qui regarde le genre-humain doit nous intéreſſer eſſentiellement, parce que nous ſommes du genre - humain. N'avez - vous pas une ame ? n'eſt - elle pas toute remplie d'idées ingénieuſes et d'imagination ? s'il y a un Dieu qui prend ſoin des hommes et des femmes, n'êtes-vous pas femme ? s'il y a une Providence, n'eſt - elle pas pour vous comme pour les plus ſottes bégueules de Paris ? ſi la moitié de Saint-Domingue vient d'être abymée, ſi Lisbonne l'a été, la même choſe ne peut-elle pas arriver à votre appartement de Saint-Joſeph? Un diable d'homme, inſpiré par *Belzébuth*, vient de publier un livre intitulé, *Syſtême de la nature*, dans lequel il croit démontrer à chaque page qu'il n'y a point de Dieu. Ce livre effraie tout le monde, et tout le monde le veut lire. Il eſt plein de longueurs, de répétitions, d'incorrections ; et, malgré tout cela, on le dévore. Il y a beaucoup de choſes qui peuvent ſéduire ; il y a de l'éloquence ; et quoiqu'il ſe trompe groſſièrement en quelques endroits, il eſt fort au-deſſus de *Spinoſa*.

Au reſte, croyez que la choſe vaut bien la peine d'être examinée. Les nouvelles du jour n'en approchent pas, quoiqu'elles ſoient bien intéreſſantes.

Ceux qui diſent que les pairs du royaume ne peuvent être jugés par les pairs et par le roi, ſans le parlement de Paris, me paraiſſent ignorer l'hiſtoire de France. Il ſemble qu'à force de livres on eſt devenu ignorant. Je ne me mêle point de ces querelles ; je ſonge à celle que nous avons avec la

nature. J'en ai d'ailleurs une affez grande avec
Genève. Je lui ai volé une partie de fes habitans, **1770.**
et je fonde ma petite colonie, que le mari de votre
grand'maman protége de tout fon cœur.

Il n'y a maintenant qu'un tremblement de terre
qui puiffe ruiner mon établiffement; mais je veux
que celui à qui j'ai tant d'obligations donne fon
denier à la ftatue, et je veux furtout qu'il donne
très-peu ; 1°. parce qu'on n'en a point du tout befoin;
2°. parce qu'il donne trop de tous les côtés. C'eft
une affaire très-férieufe : je cafferais à la ftatue les
bras et les jambes, fi fon nom ne fe trouvait pas
fur la lifte.

Adieu, Madame ; faites comme vous pourrez :
vivez, portez-vous bien, digérez, cherchez le plaifir,
s'il y en a. Luttez contre cette fatale nature dont
je parle fans ceffe, et où j'entends fi peu de chofe.
Ayez de l'imagination jufqu'à la fin, et aimez votre
très-ancien ferviteur qui vous eft plus attaché que
tous vos ferviteurs nouveaux. *V.*

LETTRE CCI.

A M. LE MARECHAL DUC DE RICHELIEU.

A Ferney, 15 d'auguſte.

JE me dis toujours, Monfeigneur, que vos occupations et vos plaifirs partagent vos journées, que
je ne dois pas fatiguer vos bontés, et qu'il n'appartient pas à ceux qui font morts au monde d'écrire
aux vivans.

Cependant il faut que je vous informe d'un gros paquet que j'ai reçu et qui vous regarde ; il est d'un M. de *Caflera* qui me paraît très-malheureux, et qui me fait juger par fon ftyle qu'il s'eft attiré fes malheurs. Je doute même fi fa tête n'eft pas auffi dérangée que fes lettres font prolixes; en ce cas, il n'eft que plus à plaindre. Il m'a mis au fait de toute fa conduite avec affez de naïveté. Je préfume à la quantité de procès qu'il a effuyés, qu'il def-cend en droite ligne de la comteffe de *Pimbèche*. S'il a dit des injures, on les lui a bien rendues.

Je vois, par tout ce qu'il me mande, que fa plus grande ambition eft de rentrer dans vos bonnes grâces. Sa deftinée me paraît déplorable ; c'eft un homme chargé de onze enfans. Je m'acquitte du devoir de l'humanité, en vous rendant compte de fon état, fans prétendre le juftifier auprès de vous, ni vous demander autre chofe que ce que votre fageffe et votre juftice vous prefcrivent. Vous con-naiffez l'homme dont il s'agit, et c'eft à vous feul de voir ce que vous devez faire. Il me femble qu'il avait un oncle chargé des affaires de France en Pologne ; c'eft tout ce que je connais de fa famille.

Après avoir achevé la miffion que m'a donnée M. de *Caflera*, que puis-je dire à mon héros du fond de ma folitude, finon que je lui fouhaite une fanté meilleure que la mienne et des jours plus brillans.? Il ne m'appartient pas de parler des tracafferies de la France. Je m'intéreffais fort à celles des Turcs, c'eft-à-dire que je fouhaitais paffionnément qu'on les chafsât de l'Europe, parce qu'ils ont afservi les

descendans des *Alcibiade* et des *Sophocle*. J'entends
dire que ces circoncis ont repris le Péloponèse; en ce
cas, je me raccommoderai avec eux ; car j'ai établi,
des débris de Genève, une petite société qui est fort
en relation avec Constantinople.

J'aimerais encore mieux de bons acteurs et de
bonnes pièces au théâtre de Paris, sous la protection
du premier gentilhomme de la chambre; mais cette
manufacture paraît furieusement tombée.

Me permettez-vous, Monseigneur, de me mettre
aux pieds de madame la comtesse d'*Egmont*, quoiqu'elle soit alliée à la maison d'un pape? Vous
devez juger combien j'ambitionne ses bontés, puisqu'elle a toutes les grâces de votre esprit, sans
compter les autres.

Agréez, avec votre bienveillance ordinaire, le très-
tendre respect du vieux solitaire des Alpes. *V.*

LETTRE CCII.

A MADAME

LA DUCHESSE DE CHOISEUL.

A Ferney, 20 d'auguste.

MADAME,

APRÈS tout ce que vous m'avez fait l'honneur
de m'écrire, j'ai vu tant de justesse d'esprit que je
vous ai crue philosophe; passez-moi ce mot. Votre
petite-fille me paraît un peu dégoûtée de la métaphysique; je lui pardonne aisément ce dégoût. La

métaphyfique n'eft d'ordinaire que le roman de l'ame, et ce roman n'eft pas fi amufant que celui des *Mille et une nuits*. Vous m'avouerez du moins, Madame, que le fujet qu'on traite dans la petite brochure qu'on met à vos pieds eft affez intéreffant ; chacun y eft pour fa part, et cette part eft tout fon être. Cela eft un peu plus important que les tracafferies dont on s'entretient fi profondément à Paris et à Verfailles. Je n'ofe demander que, dans un moment de loifir, vous daigniez, Madame, me dire en deux mots ce que vous en penfez ; je ne veux que deux mots, car vous êtes fi occupée à fervir l'Etre fuprême en fefant du bien, que vous n'avez guère le temps d'examiner ce que de faibles cervelles difent pour ou contre fon exiftence.

M. de *Craffier* m'a mandé qu'il avait obtenu, par votre protection, une très - grande grâce. Songez, Madame, que c'eft à vous feule uniquement qu'il la doit, et que je n'avais pas ofé feulement vous la demander. Voilà comme vous êtes ; dès qu'on vous offre de loin la moindre petite ouverture pour faire du bien, vous faififfez la chofe avec un acharnement qui n'a point d'exemple : j'en fuis confondu, je ne fais plus que vous dire.

M. le marquis d'*Offun*, ambaffadeur en Efpagne, favorife de tout fon pouvoir la fabrique de Ferney, faubourg de Verfoy ; il y prend autant d'intérêt que fi c'était fon propre ouvrage. Oferais-je vous fupplier, Madame, d'obtenir que monfieur le duc voulût bien lui marquer qu'il eft fenfible à tous fes bons offices qui font en vérité très-confidérables, et qui pourront être efficaces. M. l'abbé *Billardi* n'a pas

eu les mêmes bontés que M. le marquis d'*Offun* ; il ——
ne m'a pas fait de réponfe ; apparemment que l'in- 1770.
quifition le lui a défendu.

Nos artiftes de Ferney donnent , le jour de la
Saint-Louis , une belle fête ; je crois que leur zèle
ne déplaira pas à monfieur le duc.

C'eft votre nom , Madame , que je fête tous les
jours de l'année. Je vous fuis attaché pour ma vie
avec le plus profond refpect et la plus vive reconnaiffance.

Le vieil hermite de Ferney.

LETTRE CCIII.

A MADAME D'ORNOI.

A Ferney , 20 d'augufte.

Vous faites, Madame, le bonheur d'un homme
à qui je tiens par les liens de l'amitié encore plus
que par ceux de la nature. Le feul plaifir qui refte
aux vieillards eft d'être fenfible à celui des autres.
Je vous dois la plus grande fatisfaction que je puiffe
goûter ; la vôtre eft bien rare de vivre avec un bon
mari fans quitter le meilleur des pères. M. d'*Ornoi*
égaie la retraite de madame *Denis* et la mienne,
en nous difant combien il eft enchanté. Madame
Denis doit vous dire tout ce qui peut plaire à de
nouveaux mariés ; les femmes entendent cela cent
fois mieux que les hommes. Pour moi, je vous dirai
que vous êtes bien bonne , au milieu du fracas

des noces, de l'embarras des visites, et des complimens, et des occupations plus sérieuses, d'écrire
à un vieux solitaire inutile au monde; je vous
en remercie. Vous avez encore un mérite de plus,
c'est que votre lettre est fort jolie, et que votre
écriture ne ressemble pas à celle de votre mari qui
écrit comme un chat, aussi-bien que son autre oncle
l'abbé *Mignot*. L'abbé *Dangeau*, de notre académie
française, renvoyait les lettres de sa maîtresse quand
elles étaient mal orthographiées, et rompait avec
elle à la troisième fois. Moi qui suis aussi de l'académie, je ne vous renverrai pas votre lettre, Madame;
il n'y manque rien; je la garderai comme une chose
qui m'est bien chère. Je vous aime déjà comme si
je vous avais vue; et, sans oublier le respect qu'on
doit aux dames, j'ai l'honneur d'être de tout mon
cœur, Madame, votre, &c.

LETTRE CCIV.

A M. LE COMTE DE SCHOMBERG.

Ferney, 25 d'auguste.

PUISQUE vous poussez vos bontés, Monsieur,
jusqu'à vouloir bien honorer encore de votre présence la solitude du mont Jura, et consoler un vieux
malade par les charmes de votre conversation, je
vous avertis, pour vous encourager à cette bonne
œuvre, que vous y trouverez probablement
M. d'*Alembert*.

Il a femblé bon au Saint-Efprit et à lui de paffer ——
par chez moi en allant voir le pape. On ne peut 1770.
mieux prendre fon temps ; j'ai établi une colonie
de huguenots ; c'eft un petit commencement de réu-
nion entre les deux plus belles fectes de philofophie,
qui font tant d'honneur à l'efprit humain , les
papiftes et les calviniftes. Vous ferez trève, pour
quelques jours, dans ma retraite pacifique, à votre
grand art de tuer les hommes avec gloire et falaire.
Que ne puis-je , tous les ans , me trouver fur votre
route !

Agréez toujours , Monfieur , mon refpectueux
attachement.

LETTRE CCV.

A MADAME

LA DUCHESSE DE CHOISEUL.

Ferney , 27 d'augufte.

MADAME ,

APRÈS avoir embelli votre royaume de Chanteloup par vos bienfaits, vous venez encore , M. le
duc de *Choifeul* et vous , d'étendre vos grâces fur
notre hameau de Ferney. Peut-être apprendrez-vous
tous deux , avec quelque fatisfaction , que nos émigrans ont donné pour la Saint-Louis une petite fête,
qui a confifté en un très-bon fouper de cent couverts , avec illumination , feu d'artifice et des *vive*

—— *le roi* fans fin. Peut-être même monfieur le Duc ne fera pas fâché d'apprendre au roi qu'il eft aimé et célébré par fes nouveaux fujets comme par les anciens.

Vos noms, Madame, n'ont été oubliés ni en buvant, ni dans le feu d'artifice.

> Nous étions tous fort attendris,
> Voyant, du fond de nos tanières,
> Des Choifeul les beaux noms écrits
> En caractère de lumières,
> Sur nos vieux chênes rabougris,
> Et parmi nos sèches bruyères.

C'était un plaifir de voir nos huguenots et nos papiftes être tous de la même religion, et montrant à leurs bienfaiteurs la même reconnaiffance.

> Rien n'eft plus felon mon humeur
> Que de voir ces bons hérétiques
> Boire et chanter de fi grand cœur
> Avec nos pauvres catholiques.
> Dans cet afile du bonheur,
> Le prêche eft ami de la meffe ;
> Ils fe font dit : Vivons heureux,
> Et tolérons avec fageffe
> Ceux qui fe moquent de nous deux.

> Que j'aime à voir notre vicaire
> Appliquer affez pefamment
> Un baifer près du fanctuaire
> A la femme du prédicant !

On voit bien après cela, Monfeigneur, qu'il n'y a pas moyen de refufer un édit de tolérance. Nos

colons,

colons, vos protégés, fe mettent à vos pieds, et
nous fupplions tous notre bienfaiteur et notre bienfaitrice d'agréer nos profonds refpects et notre reconnaiffance.

Le vieil hermite de Ferney, fecrétaire.

LETTRE CCVI.

A MADAME

LA MARQUISE DU DEFFANT.

2 de feptembre.

JE vous envoie, Madame, par votre grand'-
maman, la petite drôlerie en faveur de la Divinité,
contre le volume du *Syflême de la nature*, que furement vous n'avez pas lu ; car la matière a beau être
intéreffante, je vous connais, vous ne voulez pas
vous ennuyer pour rien au monde ; et ce terrible
livre eft trop plein de longueurs et de répétitions,
pour que vous puiffiez en foutenir la lecture. Le
goût, chez vous, marche avant tout. Celui qui vous
amufera le plus, en quelque genre que ce foit, aura
toujours raifon avec vous. Si je ne vous amufe pas,
du moins je ne vous ennuierai guère, car je réponds
en vingt pages à deux gros volumes.

Je me flatte que votre grand'maman s'eft enfin
réconciliée avec *Catherine II.* Tant de fang ottoman
doit effacer celui d'un ivrogne qui l'aurait mife dans
un couvent ; et, après tout, ma *Catau* vaut beaucoup

—— mieux que *Mouſtapha*. Avouez, Madame, que dans
1770. le fond du cœur vous êtes pour elle.

Des lettres de Veniſe diſent que la canaille muſulmane a tué l'ambaſſadeur de France et preſque toute
ſa ſuite, que l'ambaſſadeur d'Angleterre s'eſt ſauvé
en matelot, et que *Mouſtapha* a donné une garde de
mille janiſſaires au baile de Veniſe. Je veux ne point
croire ces étranges nouvelles; mais ſi malheureuſement elles étaient vraies, votre grand'maman,
elle - même, ferait des vœux pour que *Catherine*
fût couronnée à Conſtantinople.

Le roi de Pruſſe eſt allé en Moravie rendre à
l'empereur ſa viſite familière. Il y a actuellement
entre les ſouverains chrétiens une cordialité qui ne
ſe trouve pas entre les miniſtres.

Voilà, Madame, tout ce que fait un vieux ſolitaire qui voit avec horreur les jours s'accourcir, et
l'hiver s'approcher. Conſervez votre ſanté, votre
gaieté, votre imagination et votre bonté pour votre
très-vieux et très-malingre ſerviteur qui vous eſt bien
tendrement attaché pour le reſte de ſes jours. *V.*

LETTRE CCVII.

A MADAME

LA DUCHESSE DE CHOISEUL.

A Ferney, 2 de septembre.

MADAME,

Puisque votre petite-fille veut voir la cause du père défendu par un homme qui passe pour n'être pas l'ami du fils, je prends la liberté de la mettre sous vos auspices. Au bout du compte, quoi qu'elle en dise, la chose vaut la peine d'être examinée. Je n'ai pu encore, à mon âge, m'accoutumer à l'indifférence et à la légèreté avec laquelle des personnes d'esprit traitent la seule chose essentielle; je ne m'accoutume pas plus aux sottises énormes dans lesquelles le fanatisme plonge tous les jours des têtes, qui d'ailleurs n'ont pas perdu absolument le sens commun sur les choses ordinaires de la vie : ces deux contrastes m'étonnent encore tous les jours.

Je n'ai dit que ce que je pense dans ma petite réponse à l'auteur du *Syslême de la nature;* il a dit aussi ce qu'il pensait, et vous jugerez entre nous deux, Madame, sans me dire tout ce que vous pensez.

Une chose assez plaisante, c'est que le roi de Prusse m'a envoyé de son côté une réponse sur le même objet. Il a pris le parti des rois, qui ne font pas

Aa 2

—— mieux traités que D I E U dans le *Syſtême de la nature* :

pour moi, je n'ai pris que le parti des hommes.

Je crois avoir deviné quelle eſt l'épreuve à laquelle ce capitaine du régiment de Bavière veut que vous le mettiez. Je crois qu'il reſſemble à celui qui diſait à la reine *Anne d'Autriche :* Madame, dites-moi qui vous voulez que je tue, pour vous faire ma cour.

Il eſt vrai, Madame, que je ne prends point tant de liberté avec monſieur le Duc qu'avec vous; mais c'eſt que j'imagine que vous avez un peu plus de temps que lui, quoique vous n'en ayez guère, et que votre département de faire du bien vous occupe beaucoup. Je me ſers de vous effrontément pour lui faire parvenir les ſentimens qui m'attachent à lui pour le reſte de ma vie, et je mets ma reconnaiſſance ſous votre protection , ſans vous faire le même compliment qu'on feſait à la reine-mère, car vous êtes trop douce et trop bonne.

Si vous daignez lire mon rogaton théologique, je vous prie d'être bien perſuadée que je ne crois point du tout à la Providence particulière ; les aventures de Lisbonne et de Saint-Domingue l'ont rayée de mes papiers.

On dit que les Turcs ont aſſaſſiné votre ambaſſadeur de France ; cela ſerait fort triſte ; mais le grand Etre n'entre pas dans ces détails.

Pardonnez , Madame, au vieux bavard qui eſt à vos pieds avec le plus profond reſpect.

Voltaire.

LETTRE CCVIII.

A M. LE MARQUIS D'ARGENCE DE DIRAC.

Ferney, 3 de feptembre.

Vous ne me mandez point, mon cher philofophe militaire, où vous logez à Paris. Je hafarde ma réponfe à l'hôtel d'*Entragues*, où il me femble que vous étiez à votre dernier voyage. Vous fentez bien qu'il ne convient guère à un vieux pédant comme moi d'ofer me mêler des affaires des colonels, et que cette indifcrétion de ma part fervirait plutôt à reculer vos affaires qu'à les avancer.

Horace dit qu'il faut que chacun refte dans fa peau; mais je tâcherai de trouver quelque ouverture pour me mettre à portée de parler de vous comme je le dois, et de fatisfaire mon cœur. Je regarderai d'ailleurs cette démarche comme une des claufes de mon tefta-ment; car j'approche tout doucement du moment où les philofophes et les imbécilles ont la même deftinée. Je fuis furieufement tombé, et il n'y a plus de fociété pour moi. La vôtre feule me ferait précieufe, fi l'état où je fuis me permettait d'en jouir auffi agréablement qu'autrefois. Je n'ai plus guère que des fentimens à vous offrir; car, pour les idées, elles s'enfuient. L'ef-prit s'affaiblit avec le corps; les fouffrances augmen-tent et les penfées diminuent; tout le monde en vient là; il n'y a que du plus ou du moins. Il faut avouer que nous fommes de pauvres machines; mais il eft bon d'avoir fait fa provifion de philofophie et de conftance pour les temps d'affaibliffement : on arrive au tombeau d'un pas plus ferme et plus délibéré. Jouiffez de la fanté fans laquelle il n'y a rien, établiffez meffieurs vos enfans, vivez, et vivez pour eux et pour vous; confervez-moi vos bontés qui font des foutiens de ma petite philofophie. *V.*

LETTRE CCIX.

A M. LE DUC DE CHOISEUL.

A Ferney, 7 de feptembre.

NOTRE BIENFAITEUR,

Vous favez probablement que le roi de Pruffe a été fur notre marché, et qu'il fait venir dix-huit familles d'horlogers de Genève. Il les loge *gratis* pendant douze ans, les exempte de tous impôts, et leur fournit des apprentiffage dont il paye l'apprentiffage: c'eft du moins une preuve que les natifs de Genève ne veulent pas refter dans cette ville : mais ces dix-huit familles de plus nous auraient fait du bien; elles font prefque toutes d'origine françaife. Je fuis fâché qu'elles fe tranfportent fi loin de leur ancienne patrie; mais je me flatte que votre colonie l'emportera fur toutes les autres.

Dieu me préferve des lettres de Venife, qui difent qu'après la bataille navale contre les Turcs, ces meffieurs ont voulu affaffiner l'ambaffadeur de France, parce qu'il portait un chapeau; que l'ambaffadeur

d'Angleterre a été obligé de fe fauver déguifé en
matelot, et que l'ambaffadeur de Venife a échappé, à
la faveur d'une garde. Je ne crois point la canaille
turque fi barbare, quoiqu'elle le foit beaucoup.

J'ai eu la vifite d'un ferf et d'une ferve des chanoines
de Saint - Claude. Ce ferf eft maître de la pofte de
Saint-Amour, et receveur de M. le marquis de *Choifeul*
votre parent, et, par conféquent, vous appartient à
double titre; mais les chapitres de Saint-Claude n'en
ont aucun pour les faire ferfs. Ils diront comme *Sofie :*

> Mon maître eft homme de courage ;
> Il ne fouffrira pas que l'on batte fes gens.

On les bat trop; les chanoines les accablent : et vous
verrez que tout ce pays-là, qui doit nourrir Verfoy,
s'en ira en Suiffe, fi vous ne le protégez. Le procureur
général de Befançon eft dans des principes tout-à-fait
oppofés aux vôtres, quand il s'agit de faire du bien.

Le vieil hermite de Ferney, très-malade et n'en
pouvant plus, fe met à vos pieds avec la reconnaiffance et le refpect qu'il vous confervera jufqu'au
dernier moment de fa chétive exiftence.

LETTRE CCX.

A M. LE COMTE D'ARGENTAL.

26 de feptembre.

Mon cher ange, quoique mon ame et mon corps foient terriblement en décadence, il faut que je vous écrive au plus vîte concernant votre protégée de Strafbourg (*). Il me paraît qu'elle n'a nulle envie de fe tranfporter au foixante et deuxième degré ; et je crois qu'actuellement cette tranfmigration ferait difficile.

Il y a deux grands obftacles, fa naiffance et le peu de goût qu'on a actuellement pour la nation françaife. Je ne lui ai point encore fait réponfe fur fon deffein d'aller à Paris et de pouvoir fe ménager pendant l'hiver quelque afile agréable où elle pourrait refter jufqu'au printemps. Ma maifon eft à fon fervice, dès ce moment jufqu'à celui où elle pourra fe tranfporter à Paris : je vous prie de le lui mander, et je lui écrirai en conformité, dès que vous aurez appris fes fentimens et fes deffeins ; mais je vous prie auffi de lui dire combien mes affaires ont mal tourné, et combien peu je fuis en état de faire pour elle ce que je voudrais. Mon zèle pour les colonies m'a mangé ; le zèle de monfieur le contrôleur général pour les refcriptions m'a achevé. Il ne m'eft pas poffible dans cette fituation de payer aux manes d'*Adrienne* ce que je voudrais.

(*) Mademoifelle *Daudet le Couvreur*, fille de la célébre actrice.

Je penfe que vous pouvez lui parler à cœur ouvert fur tout ce que je vous mande. Madame *Denis* tâcherait de lui rendre la vie agréable pendant le temps de fon entrepôt; pour moi, je ne dois fonger qu'à achever ma vie au milieu des fouffrances.

J'ai ici pour confolation M. d'*Alembert* et M. le marquis de *Condorcet*. Il ne s'en eft fallu qu'un quart d'heure que M. *Séguier* et M. d'*Alembert* ne fe foient rencontrés chez moi; cela eût été affez plaifant. J'ai appris bien des chofes que j'ignorais. Il me femble qu'il y a eu dans tout cela beaucoup de mal-entendu, ce qui arrive fort fouvent. La philofophie n'a pas beau jeu; mais les belles-lettres ne font pas dans un état plus floriffant. Le bon temps eft paffé, mon cher ange; nous fommes en tout dans le fiècle du bizarre et du petit.

On m'a parlé d'une tragédie en profe, qui, dit-on, aura du fuccès. Voilà le coup de grâce donné aux beaux arts.

Traître, tu me gardais ce trait pour le dernier!

J'ai vu une comédie où il n'était queftion que de la manière de faire des portes et des ferrures. Je doute encore fi je dors ou fi je veille.

Je vous avoue que j'avais quelque opinion de la Pandore de *la Borde* : cela eût fait certainement un fpectacle très-neuf et très-beau; mais *la Borde* n'a pas trouvé grâce devant M. le duc de *Duras*.

La Sophonisbe de *Lantin* aurait réuffi il y a cinquante ans; je doute fort qu'elle foit foufferte aujourd'hui, d'autant plus qu'elle eft écrite en vers.

S'il ne tenait qu'à y faire encore quelques répara-
tions , *Lantin* ferait encore tout prêt; mais n'eft - il
pas inutile de réparer ce qui eft hors de mode ?

J'aurai beaucoup d'obligation à monfieur le duc de
Praflin, s'il daigne envoyer des montres au dey et à
la milice d'Alger , au bey et à la milice de Tunis.

A l'égard des diamans qu'on envoyait à Malte ,
comme les marchands qui les ont perdus n'avaient
point de reconnaiffance en forme , je ne crois pas
que je doive importuner davantage un miniftre d'Etat
pour cette affaire ; mais, quand il voudra des montres
bien faites et à bon marché, ma colonie eft à fes ordres.

Adieu , mon très-cher ange ; confervez vos bontés ,
vous et madame d'*Argental*, au vieux et languiffant
hermite. *V.*

LETTRE CCXI.

A M. DE CHABANON.

28 de feptembre.

M. d'*Alembert*, mon cher ami , me donne les mêmes
confolations que j'ai reçues de vous , quand vous avez
égayé et embelli Ferney de toutes vos grâces. Non-
feulement il n'a point de mélancolie , mais il diffipe
toute la mienne. Il me fait oublier la langueur qui
m'accable et qui m'a empêché pendant quelques
jours de vous écrire. Il arriva à Ferney dans le moment
où M. *Séguier* en partait. J'aurais bien voulu qu'ils
euffent dîné enfemble , mais DIEU n'a pas permis
cette plaifante fcène.

En récompenfe, j'ai M. le marquis de *Condorcet* qui eft plus aimable que tout le parquet du parlement de Paris.

Il me paraît qu'on maltraite un peu en France les penfées et les bourfes. On craint l'exportation du blé et l'importation des idées. *Platon* dit que les ames avaient autrefois des ailes; je crois qu'elles en ont encore aujourd'hui, mais on nous les rogne.

Pour les ailes qui ont élevé l'auteur du *Syſtême de la nature*, il me paraît qu'elles ne l'ont conduit que dans le chaos. Non-feulement ce livre fera un tort irréparable à la littérature, et rendra les philofophes odieux; mais il tiendra la philofophie ridicule. Qu'eft-ce qu'un fyſtême fondé fur les anguilles de *Néedham*? quel excès d'ignorance, de turpitude et d'impertinence de dire froidement qu'on fait des animaux avec de la farine de feigle ergoté! Il eft très-imprudent de prêcher l'athéifme, mais il ne fallait pas du moins tenir fon école aux petites maifons.

Ma foi, juge et plaideurs, il faudrait tout lier.

Voilà ce que je dis toujours, et fauve qui peut; et fur ce je vous embraffe tendrement : ainfi font tous ceux qui habitent Ferney. *V.*

LETTRE CCXII.

A MADAME

LA DUCHESSE DE CHOISEUL.

A Ferney, 8 d'octobre.

MADAME,

JE venais de vous écrire, lorfque j'ai reçu le paquet dont vous m'honorez, du premier d'octobre. Tout ce paquet n'eft plein que de vos bontés; mais votre lettre furtout m'a enchanté. J'y vois la fenfibilité de votre cœur, et l'étendue de vos lumières.

Permettez-moi encore un mot fur les efclaves des moines, pour qui vous avez de la compaffion, fur *Catau* qui vous caufe toujours quelque indignation, et fur DIEU qui nous laiffe tous dans le doute et dans l'ignorance. Il y aurait là de quoi faire trois volumes, et j'efpère que vous n'aurez pas trois pages. A grands feigneurs peu de paroles, et à bons efprits encore moins.

Je veux bien que les *Comtois*, appelés *francs*, foient efclaves des moines, fi les moines ont des titres; mais fi ces moines n'en ont point, et fi ces hommes pour qui je plaide en ont, ces hommes doivent être traités comme les autres fujets du roi : *nulle fervitude fans titre*, c'eft la jurifprudence du parlement de Paris. La même affaire a été jugée, il y a dix ans, à la grand'- chambre, contre les mêmes chanoines de Saint-Claude, au rapport de M. *Séguier* qui me l'a dit chez moi, en allant en Languedoc. Je vous fupplie de vouloir bien lire cette anecdote au généreux mari de la généreufe grand'maman.

Pour *Catau*, je vous renvoie, Madame, à l'hiftoire turque; et je vous laiffe à décider fi les fultans n'ont pas fait cent fois pis. Demandez furtout à M. l'abbé *Barthelemi* fi la langue grecque n'eft pas préférable à la langue turque.

A l'égard de DIEU, je vous affure que rien n'eft plus nouveau que le fyftême des anguilles, par lequel on croit prouver que la farine aigrie peut former de l'intelligence. *Spinofa* ne penfait pas ainfi : il admet l'intelligence et la matière; et fon livre eft fupérieur à celui dont M. *Séguier* a fait l'analyfe, comme le fiècle de *Louis XIV* eft fupérieur au nôtre, et comme le mari de la grand'maman eft fupérieur à . . . . .

Me voilà plongé, Madame, dans les affaires de ce monde, lorfque je fuis près de le quitter. J'ai voulu faire une niche à mon neveu *la Houlière*, et je me fuis adreffé à votre belle ame, pour en venir à bout. Il n'en fait rien. Si je pouvais obtenir ce que je demande, fi monfieur le Duc pouvait me remettre le brevet, fi vous pouviez me l'adreffer contre-figné, fi je pouvais l'envoyer par Lyon et Touloufe, qui font fur la route de Perpignan, fi je pouvais étonner un homme qui ne s'attend point à cette aubaine, ce ferait affurément une très-bonne plaifanterie : elle ferait très-digne de vous, et je vous devrais le bonheur de la fin de ma vie.

Il y a encore un article fur lequel je dois vous ouvrir mon cœur, c'eft que je ne demanderai rien pour le pays de Gex à celui qui m'a ôté les moyens d'y faire un peu de bien ; je n'aime à demander qu'à certaines ames élevées.

Les sœurs de la charité prient DIEU pour vous ; elles sont comblées de vos grâces ainsi que les capucins. Vous aurez de tous côtés des protections en paradis. Mais, comme vous êtes faite pour avoir des amis partout, je vous supplie, Madame, de compter sur moi et sur mon neveu , en enfer.

Je me mets aux pieds de ma protectrice pour les quatre jours que j'ai à végéter dans ce bas monde , et je la prie toujours d'agréer le profond respect et la reconnaissance du vieil hermite.

LETTRE CCXIII.

A M. LE MARECHAL DUC DE RICHELIEU.

A Ferney, 8 d'octobre.

JE suis très-reconnaissant, Monseigneur, de votre lettre du 30 de septembre. Je suis charmé qu'elle soit datée de Versailles, et encore plus que vous ayez été à Richelieu. Il y a là je ne sais quel esprit de philosophie qui me fait bien augurer de vous. Pour votre souper à Bordeaux , je sais qu'il a été excellent , que tous les convives en ont été fort contens , qu'il y en a à qui vous avez fait mettre de l'eau dans leur vin, et que le roi a dû trouver que vous êtes le premier homme du monde pour arranger ces soupers-là.

Ayez la bonté d'agréer mon compliment sur la

paternité de M. le prince *Pignatelli*, puisque je ne puis vous en faire sur la maternité de madame la comtesse d'*Egmont*. C'est bien dommage assurément qu'elle ne produise pas des êtres ressemblans à son grand-père et à elle. Je vous demande votre protection auprès d'elle et auprès de monsieur son beau-frère. Ils m'ont tous deux lié à vous par de nouvelles chaînes ; madame la comtesse d'*Egmont* par la lettre pleine d'esprit et de grâces qu'elle a bien voulu m'écrire, et M. le prince *Pignatelli* par la supériorité d'esprit qu'il m'a paru avoir sur les jeunes gens de son âge.

Vous me reprochez toujours les philosophes et la philosophie. Si vous avez le temps et la patience de lire ce que je vous envoie, et de le faire lire à madame votre fille, vous verrez bien que je mérite vos reproches bien moins que vous ne croyez. J'aime passionnément la philosophie qui tend au bien de la société et à l'instruction de l'esprit humain, et je n'aime point du tout l'autre. Il n'y a qu'à s'entendre, et jusqu'ici vous ne m'avez pas trop rendu justice sur cet article. Comme d'ailleurs il est question de chimie dans le chiffon que je mets à vos pieds, vous en êtes juge très-compétent.

Vous ne l'êtes pas moins de ce pauvre théâtre français qui était si brillant sous *Louis XIV*, et qui tombe dans une si triste décadence, ainsi que bien des choses. Si d'ici à la Saint-Martin vous avez quelques momens à perdre, je vous supplierai de jeter les yeux sur quelque chose dont le tripot d'aujourd'hui pourra se mêler. Je conçois bien que notre théâtre sera toujours meilleur que celui de Pétersbourg où l'on ne joue plus de tragédies françaises, parce que l'on n'a pas trouvé un seul acteur. Il faudra déformais repréfenter les pièces de *Sophocle* dans Athènes, fi on enlève la Gréce aux Turcs, comme on vient de leur enlever les bords de la mer Noire, à droite jufqu'aux embouchures du Danube, et à gauche jufqu'à Trébifonde. Ils ont été battus au pied du Caucafe dans le même temps que le grand-vifir perdait fa bataille et abandonnait tout fon camp. Si vous trouvez cela peu de chofe, vous êtes difficile en opérations militaires; mais affurément c'eft à vous qu'il eft permis d'être difficile.

Je fupplie mon héros d'être toujours un peu indulgent envers fon ancien ferviteur qui n'en peut plus, et qui vous fera attaché jufqu'au dernier moment de fa vie, avec le plus profond et le plus tendre refpect. *V.*

LETTRE CCXIV.

A M. LE MARQUIS DE CONDORCET.

11 d'octobre.

L E vieux malade de Ferney embraffe de fes deux maigres bras les deux voyageurs philofophes qui ont adouci fes maux pendant quinze jours.

Un grand courtifan m'a envoyé une fingulière réfutation du *Syfléme de la nature*, dans laquelle il dit que la nouvelle philofophie amènera une révolution horrible, fi on ne la prévient pas. Tous ces cris s'évanouiront, et la philofophie reftera. Au bout du compte, elle eft la confolatrice de la vie, et fon contraire en eft le poifon. Laiffez faire; il eft impoffible d'empêcher

de

de penfer ; et plus on penfera, moins les hommes
feront malheureux. Vous verrez de beaux jours, vous 1770.
les ferez ; cette idée égaie la fin des miens.

Agréez, Meffieurs, les regrets de l'oncle et de la
nièce.

LETTRE CCXV.

A M. LE MARQUIS DE VOYER D'ARGENSON.

A Ferney, 12 d'octobre.

MONSIEUR,

JE ne fuis pas étonné qu'un maître de pofte, tel que
vous, mène fi bon train l'auteur du *Syftême de la nature ;*
il me paraît que les maîtres de pofte de France ont bien
de l'efprit. Vous avez daté votre lettre d'un château
où il y en a plus qu'ailleurs, et c'eft auffi la deftinée
du château des Ormes, où je me fouviens d'avoir
paffé des jours bien agréables.

Je ne favais pas quand je vous fis ma cour à Colmar,
que vous étiez philofophe ; vous l'êtes, et de la bonne
fecte : je n'approche pas de vous, car je ne fais que
douter. Vous fouvenez-vous d'un certain *Simonide* à
qui le roi *Hiéron* demandait ce qu'il penfait de tout
cela ? il prit deux jours pour répondre, enfuite quatre,
puis huit, il doubla toujours, et mourut fans avoir
eu un avis.

Il y a pourtant des vérités, et c'en eft une peut-être
de dire que les chofes iront toujours leur train, quelque

opinion qu'on ait ou qu'on feigne d'avoir fur DIEU, fur l'ame, fur la création, fur l'éternité de la matière, fur la néceffité, fur la liberté, fur la révélation, fur les miracles, &c. &c. &c.

Rien de tout cela ne fera payer les refcriptions, ni ne rétablira la compagnie des Indes. On raifonnera toujours fur l'autre monde, mais fauve qui peut dans celui-ci.

L'ouvrage dont vous m'avez honoré, Monfieur, me donne une grande eftime pour fon auteur, et un regret bien vif d'être fi loin de lui. Ma vieilleffe et mes maladies ne me permettent pas l'efpérance de le revoir; mais je lui ferai bien refpectueufement attaché, à lui et à toute fa maifon, jufqu'au dernier moment de ma vie. *V.*

LETTRE CCXVI.

A MADAME

LA MARQUISE DU DEFFANT.

21 d'octobre.

M. *Crawfort*, Madame, a quelquefois de petites velléités de fortir de la vie, quand il ne s'y trouve pas bien, et il a grand tort, car ce n'eft pas aux gens aimables de fe tuer; cela n'appartient qu'aux efprits infociables comme *Caton*, *Brutus*, et à ceux qui ont été enveloppés dans la banqueroute du porteur de cilice *Billard*. Mais pour les gens de bonne compagnie, il faut qu'ils vivent, et furtout qu'ils vivent avec vous.

Vous me demandez fi je fuis à peu-près heureux? il n'y a en effet en ce genre que des à peu-près; mais quel eft votre à peu-près, Madame? vous avez perdu deux yeux que j'ai vus bien beaux, il y a trente ans; mais vous avez confervé des amis, de l'efprit, de l'imagination et·un bon eftomac. Je fuis beaucoup plus vieux que vous, je ne digère point, je deviens fourd, et voilà les neiges du mont Jura qui me rendent aveugle : cela eft à peu-près abominable.

1770.

Je ne puis ni refter à Ferney ni le quitter. Je me fuis avifé d'y fonder une colonie, et d'y établir deux belles manufactures de montres. J'en forme actuellement une troifième d'étoffes de foie. C'eft dans le fort de ces établiffemens que M. l'abbé *Terrai* m'a pris deux cents mille francs que j'avais mis en dépôt chez M. de *la Borde;* et l'irruption faite fur ces deux cents mille francs me caufe une perte de trois cents mille. Cela eft embarraffant pour un barbouilleur de papier tel que j'ai l'honneur de l'être; cependant je ne me tuerai point : la philofophie eft bonne à quelque chofe, elle confole.

Je n'ai, Dieu merci, aucun intérêt dans mes fondations; j'ai tout fait par pure vanité. On dit que DIEU a créé le monde pour fa gloire; il faut l'imiter autant qu'on peut. Je ne fais pas à qui il voulait plaire; pour moi, je voulais plaire à votre grand'maman et à monfieur fon mari; ils m'accablent de bontés, ils viennent encore de faire un de mes neveux brigadier. Je ne fonge qu'à mourir leur vaffal dans leur fondation de Verfoy. Je leur fuis attaché à la fureur; car mes paffions font toujours vives, et l'efprit eft auffi prompt chez moi que la chair eft faible, comme dit

—— cet étrange *Paul* que vous ne lisez point et que je lis

pour mon plaisir.

Vous devez être informée, Madame, de la santé du mari de votre grand'maman. Vous me mandâtes, il y a quelque temps, que cela allait à merveille, malgré les insomnies qu'on tâchait de lui donner. Mandez-moi donc la confirmation de ces bonnes nouvelles.

Tout le monde me paraît malade. Il y a des compagnies entières qui ont le scorbut, des factions qui ont la fièvre chaude, des gens qui font en langueur; c'est un hôpital.

Je ne sais s'il vous paraîtra aussi plaisant qu'à moi que M. *Séguier* soit venu dans mon hermitage le même jour que M. d'*Alembert* y arriva.

Les philosophes ne font pas bien en cour; *le Système de la nature* est comme le système de *Lass* : il fait tort au monde; celui qui l'a réfuté, bien ou mal, a fait fort sagement. A quoi servirait l'athéisme? certainement, il ne rendra pas les hommes meilleurs.

Adieu, Madame; quelque chose que vous pensiez, de quelque chose que vous soyez dégoûtée, quelque vie que vous meniez, l'hermite de Ferney vous sera tendrement attaché jusqu'au moment où il ira savoir qui a raison de *Platon* ou de *Spinosa*, de St *Paul* ou d'*Epictète*, de *Confucius* ou du *Journal chrétien*. Pour *Catherine II* et *Moustapha*, c'est assurément *Catherine* qui a raison. *V.*

LETTRE CCXVII.

A M. DE LA HOULIERE,

COMMANDANT A SALSES.

A Ferney, 22 d'octobre.

Mon cher neveu à la mode de Bretagne, car vous l'êtes, et non pas mon coufin, apprenez, s'il vous plaît, à prendre les titres qui vous conviennent.

Vous vous lamentez, dans votre lettre du 20 de feptembre, de n'être point brigadier des armées du roi, tandis que vous l'êtes. Fi, que cela eft mal de crier famine fur un tas de blé !

Pour vous prouver que vous avez tort de dire que vous n'êtes point brigadier, lifez, s'il vous plaît, la copie de ce que M. le duc de *Choifeul* a la bonté de m'écrire de fa main potelée et bienfefante, du 14 d'octobre.

» J'ignorais, mon cher *Voltaire*, que M. de *la*
» *Houlière* fût votre neveu, mais je favais qu'il méritait
» de l'être, et d'être brigadier ; qu'il nous a bien
» fervis, et qu'il s'occupe d'agriculture, ce qui eft
» encore un fervice pour l'Etat, pour le moins auffi
» méritoire que celui de détruire. Votre lettre m'ap-
» prend l'intérêt que vous prenez à M. de *la Houlière*, et
» j'ofe me flatter que le roi ne me refufera pas la grâce
» de le faire brigadier à mon premier travail, &c. &c.

M. *Gayot*, à qui j'avais pris la précaution d'écrire auffi, me mande :

—— „ Les difpofitions du miniftre n'ont rien laiffé à
1770. „ faire à mes foins pour le fuccès. J'aurai tout au
„ plus le petit mérite d'accélérer, autant qu'il fera en
„ moi, l'expédition de la grâce accordée, &c. &c.

Dormez donc fur l'une et l'autre oreille, mon cher
petit neveu, et mandez cette petite nouvelle à votre
frère. Il eft vrai qu'il ne me fit point part du mariage
de fa fille; mais il eft fermier général, ce qui eft une
bien plus grande dignité que celle de brigadier, d'autant plus qu'ils ont des brigadiers à leur fervice. Il n'y
a pas long-temps que M. le brigadier *Courtmichon* fe
fit annoncer chez moi; c'était un employé au bureau
de la douane.

Madame *Denis*, qui eft véritablement votre coufine,
vous fait les plus tendres complimens; je préfente
mes très-humbles obéiffances à madame la brigadière.

LETTRE CCXVIII.

A M. LE MARECHAL DUC DE RICHELIEU.

1 de novembre.

AH, ah! mon héros eft auffi philofophe! il a mis
le doigt deffus, il a découvert tout d'un coup le pot
aux rofes. Je ne fuis pas étonné qu'il juge fi bien de
Cicéron, mais je fuis furpris qu'au milieu de tant
d'affaires et de plaifirs qui ont partagé fa vie, il ait
eu le temps de le lire. Il l'a lu avec fruit, il le définit
très-bien. L'auteur du *Syftême de la nature* eft encore
plus bavard; et le fyftême fondé fur des anguilles faites
avec de la farine, eft digne de notre pauvre fiècle.

Cette fauſſe expérience n'avait point été faite du temps de *Mirabaud*; et *Mirabaud*, notre ſecrétaire perpétuel, était incapable d'écrire une page de philoſophie.

Quel que ſoit l'auteur, il faut l'ignorer; mais il était pour moi de la plus grande importance, dans les circonſtances préſentes, qu'on ſût que je n'approuve pas ſes principes. Je ſuis perſuadé d'ailleurs que mon héros n'eſt pas mécontent de la modeſtie de ma petite *drôlerie*. Je lui aurais bien de l'obligation, et il ferait une action fort méritoire ſi, dans ſes goguettes avec le roi, il avait la bonté de gliſſer gaiement, à ſon ordinaire, que j'ai réfuté ce livre qui fait tant de bruit, et que le roi lui-même a donné à M. *Séguier* pour le faire ardre.

Au reſte, je penſe qu'il eſt toujours très-bon de ſoutenir la doctrine de l'exiſtence d'un Dieu rémunérateur et vengeur; la ſociété a beſoin de cette opinion. Je ne ſais ſi vous connaiſſez ce vers:

Si Dieu n'exiſtait pas, il faudrait l'inventer.

Le faut eſt grand de Dieu à la comédie: je ſais bien que ce tripot eſt plus difficile à conduire qu'une armée; les gens tenant la comédie et les gens tenant le parlement, ſont un peu difficiles: mais, en tout cas, je vous envoie une pièce qui m'eſt tombée entre les mains, et dans laquelle j'ai corrigé quelques vers; elle m'a paru mériter d'être reſſuſcitée; c'eſt la première du théâtre français. Ne peut-on pas rajuſter les anciens habits, quand on n'en a pas de nouveaux? *Le Kain* fait ſon rôle de *Maſſiniſſe*, et cela pourrait vous amuſer à Fontainebleau; car enfin, il faut s'amuſer, et plaiſir vaut mieux que tracaſſerie.

Je ne fuis plus fait ni pour avoir du plaifir, ni pour en donner; mes maladies augmentent tous les jours; mais mon tendre attachement pour vous ne diminue pas, et mon cœur fera plein de vous jufqu'à mon dernier foupir. *V.*

LETTRE CCXIX.

A M. LE MARQUIS DE VOYER D'ARGENSON.

6 de novembre.

AURIEZ-VOUS jamais, Monfieur, dans vos campagnes en Flandre et en Allemagne, porté les Satires de *Perfe* dans votre poche ? Il y a un vers qui eft curieux, et qui vient fort à propos :

De Jove quid fentis ? minimum eft quod fcire laboro.

Il ne s'agit que d'une bagatelle, que penfez-vous de DIEU?

Vous voyez que l'on fait de ces queftions depuis long-temps. Nous ne fommes pas plus avancés qu'on n'était alors. Nous favons très-bien que telles et telles fottifes n'exiftent pas, mais nous fommes fort médiocrement inftruits de ce qui eft. Il faudrait des volumes, non pas pour commencer à s'éclaircir, mais pour commencer à s'entendre. Il faudrait bien favoir quelle idée nette on attache à chaque mot qu'on prononce. Ce n'eft pas encore affez : il faudrait favoir quelle idée ce mot fait paffer dans la tête de votre adverfe

partie. Quand tout cela eſt fait, on peut diſputer
pendant toute ſa vie ſans convenir de rien.

Jugez ſi cette petite affaire peut ſe traiter par lettres.
Et puis vous ſavez que, quand deux miniſtres négo-
cient enſemble, ils ne diſent jamais la moitié de leur
ſecret.

J'avoue que la choſe dont il eſt queſtion mérite qu'on
s'en occupe très-ſérieuſement; mais gare l'illuſion et
les faibleſſes!

Il y a une choſe peut-être conſolante, c'eſt que la
nature nous a donné à peu-près tout ce qu'il nous
fallait; et ſi nous ne comprenons pas certaines choſes
un peu délicates, c'eſt apparemment qu'il n'était pas
néceſſaire que nous les compriſſions.

Si certaines choſes étaient abſolument néceſſaires,
tous les hommes les auraient, comme tous les chevaux
ont des pieds. On peut être aſſez ſûr que ce qui n'eſt
pas d'une néceſſité abſolue pour tous les hommes, en
tous les temps et dans tous les lieux, n'eſt néceſſaire
à perſonne. Cette vérité eſt un oreiller ſur lequel on
peut dormir en repos : le reſte eſt un éternel ſujet
d'argumens pour et contre.

Ce qui n'admet point le pour et le contre, Monſieur;
ce qui eſt d'une vérité inconteſtable, c'eſt mon ſincère
et reſpectueux attachement pour vous.

Le vieux malade.

LETTRE CCXX.

A MADAME

LA DUCHESSE DE CHOISEUL.

A Ferncy, 16 de novémbre.

MADAME,

Je voudrais amufer notre bienfaitrice philofophe, et je crains fort de faire tout le contraire. L'auteur de cette épître au roi de la Chine dit qu'il eft accoutumé à ennuyer les rois : cela peut être : je l'en crois fur fa parole ; mais il ne faut pas pour cela ennuyer madame la philofophe grand'maman qui a plus d'efprit que tous les monarques d'Orient, car pour ceux d'Occident je n'en parle pas.

Si, malgré mes remontrances, fa majefté chinoife veut venir à Paris, je lui confeillerai, Madame, de fe faire de vos amis et de tâcher de fouper avec vous ; je n'en dirai pas autant à *Mouftapha*. Franchement, il ne m'en paraît pas digne, je le crois d'ailleurs très-incivil avec les dames, et je ne penfe pas que fes eunuques lui aient appris à vivre.

Si, par un hafard que je ne prévois pas, cette épître au roi de la Chine trouvait un moment grâce devant vos yeux, je vous dirais : Envoyez-en copie pour amufer votre petite-fille, fuppofé qu'elle foit amufable et qu'elle ne foit pas dans fes momens de dégoût.

Pour réuffir chez elle, il faut prendre fon temps.

Puiffe-je, Madame, prendre toujours bien mon temps en vous préfentant le profond refpect, la reconnaiffance et l'attachement du vieil hermite de Ferney!

LETTRE CCXXI.

A M. LE MARQUIS DE VILLEVIEILLE.

A Ferney, 16 ou 17 de novembre.

VOTRE lettre de Cirey, Monfieur, adoucit les maux qui font attachés à ma vieilleffe. J'aimerai toujours le maître du château, et je n'oublierai jamais les beaux jours que j'y ai paffés. Je vous fais très-bon gré d'être attaché à votre colonel qui eft affurément un des plus eftimables hommes de France (*). Je l'ai vu naître, et il a paffé toutes mes efpérances.

Je ne fais comment je pourrai vous faire tenir la petite réponfe au *Syftême de la nature;* ce n'eft point un ouvrage qui puiffe être imprimé à Paris. En rendant gloire à DIEU, il dit trop la vérité aux hommes. Il leur faut un Dieu auffi impertinent qu'eux; ils l'ont toujours fait à leur image. Paris s'amufe de ces difputes comme de l'opéra comique. Il a lu *le Syftême de la nature*, avec le même efprit qu'il lit de petits romans; au bout de trois femaines on n'en parle plus. Il y a, comme vous le dites, des morceaux d'éloquence dans ce livre; mais ils

(*) M. le duc *du Châtelet.*

———— font noyés dans des déclamations et dans des répétitions. A la longue, il a le fecret d'ennuyer fur le
fujet le plus intéreffant.

La chanfon que vous m'envoyez, doit avoir beaucoup mieux réuffi. Je fuis bien aife qu'elle foit en
l'honneur de l'homme du monde à qui je fuis le
plus dévoué, et à qui j'ai le plus d'obligation ; j'ofe
être fûr que les niches qu'on a voulu lui faire ne
feront que des chanfons. S'il me tombe entre les
mains quelque rogaton qui puiffe vous amufer,
je ne manquerai pas de vous l'envoyer. Je fuis à
vous tant que je ferai encore un peu en vie. *V.*

LETTRE CCXXII.

A M. LE COMTE D'ARGENTAL.

A Ferney, 24 de novembre.

MON cher ange, je fuis prefque aveugle ; j'écris
de ma main et le plus gros que je peux. Celui qui
me foulageait dans ce bel art de mettre fes idées et
fes penfées en noir fur du blanc, s'eft fendu la tête
par une chute horrible, et j'écris très-lifiblement.
Vous favez que j'ai écrit auffi au roi de la Chine,
et je vous ai envoyé la lettre. Je m'imagine qu'on
ne pourra repréfenter Sophonisbe et le Dépofitaire
que chez lui. J'ai prié, de votre part, M. *Lantin*
d'ajouter quelques vers au quatrième acte ; il était
impoffible de faire mander *Maffiniffe* par *Scipion*,

parce que deux actes , dans cette pièce , finiffent par
un pareil meffage , et que M. *Mairet* faurait très-
mauvais gré à M. *Lantin* de cette répétition.

A l'égard du Dépofitaire , je penfe qu'il faut auffi
mettre ce drame au cabinet. La cabale fréronique eft
trop forte ; le dépit contre la ftatue , trop amer ;
l'envie de la caffer, trop grande. De plus, la métaphyfique et le larmoyant ont pris la place du comique.
Le public ne fait plus où il en eft. J'aime ce petit
ouvrage ; et plus je l'aime , plus je fuis d'avis qu'on
ne le rifque pas. Je fuis dans mon défert fi éloigné
de Paris et de fon goût , que je n'oferais pas confeiller à *Molière* de donner le Tartufe. Il me paraît
que le goût eft égaré dans tous les genres , et que
la littérature ne va pas mieux que les finances.

J'ai écrit à mademoifelle *Daudet* , conformément
à ce que vous m'aviez mandé. Je l'aurais gardée très-
volontiers pendant fix mois , et je lui aurais donné
un petit viatique pour Paris ; mais il s'eft fait un tel
bouleverfement dans ma fortune , que je n'aurais pu
rien faire pour la fienne. La faifie de tout mon argent
comptant par M. l'abbé *Terrai* , dans le temps que
j'établiffais une colonie affez nombreufe , que je bâtif-
fais huit maifons , et que je commençais à faire
fleurir une manufacture , a été un coup de tonnerre
qui a tout renverfé. Figurez-vous un vieux malade
obligé d'entrer dans tous les détails, accablé de foins,
de vers et de l'*Encyclopédie ;* il n'y avait que vous et
l'empereur de la Chine qui puffent me confoler.

M. le duc de *Choifeul* a favorifé ma manufacture
autant qu'il l'a pu ; je fouhaite que M. le duc de
Praflin envoye beaucoup de montres à fon ami , le

—— bey de Tunis, et au prétendu nouveau roi d'Egypte 1770. *Ali-bey*; et même qu'il ne m'oublie pas, quand il aura procuré la paix entre *Mouftapha* et *Catherine*. Je vous prie inftamment de l'en faire fouvenir.

On nous a menacés quelque temps de la guerre et de la pefte; mais, Dieu merci, nous n'avons que la famine, du moins dans nos cantons. Le blé vaut plus de cinquante francs le fetier, depuis un an, à trente lieues à la ronde. Je ne fais pas ce qu'ont opéré meffieurs les économiftes ailleurs, mais je foupçonne meffieurs les Velches de ne pas entendre parfaitement l'économie.

A l'égard de l'économie des pièces de théâtre, je vous dirai que M. le maréchal de *Richelieu* refufe fon fuffrage à *Mairet*; et c'eft encore une raifon pour ne la pas hafarder. Les fifflets font encore plus à craindre que la difette. Mes deux aimables et chers anges, vivez auffi gaiement qu'il eft poffible; et fi vous rencontrez M. *Séguier*, recommandez-lui d'être fobre en réquifitoires, à moins qu'il n'en faffe pour des filles. Et, fur ce, je me mets à l'ombre de vos ailes, au milieu de quatre pieds de neiges. *V.*

LETTRE CCXXIII.

A M. LE CLERC DE MONTMERCI.

24 de novembre.

LE vieux malade de Ferney, Monsieur, vous doit depuis long-temps une réponse; il vous l'envoie de la Chine, et peut-être trouverez-vous les vers un peu chinois. Quand vous n'aurez rien à faire, et que vous voudrez écrire à ce vieillard, je vous prie de donner votre lettre à M. *Marin ;* vous pourrez me dire, à cœur ouvert, tout ce que vous penserez ; j'aime bien autant votre prose que vos vers.

C'est au bout de trois ans que j'ai su votre demeure par M. *Marin*, à qui je l'ai demandée. Si vous m'en aviez instruit, je vous aurais remercié plutôt, tout malade que je suis. Je ne vous ai point écrit depuis la mort de M. *Damilaville*, notre ami; il se chargeait de mes lettres et de mes remercîmens.

Il y a toujours, dans vos vers, des morceaux pleins d'esprit et d'imagination ; on se plaint seulement de la profusion qui empêche qu'on ne retienne les morceaux les plus marqués. Vous trouverez ma lettre bien courte, pour tant de beaux vers dont vous m'avez honoré ; mais pardonnez à un malade qui est absolument hors de combat, et qui sent tout votre mérite beaucoup plus qu'il ne peut vous l'exprimer.

Voltaire.

LETTRE CCXXIV.

A M. DE L'ISLE DE SALES.

25 de novembre.

JE fuis bien sûr, Monfieur, que vos mélanges fur *Suétone* me donneront autant de plaifir que votre dernier ouvrage, et que j'y trouverai par-tout la main du philofophe.

Je mets une différence effentielle entre *la Philofophie de la nature* et *le Syftême de la nature*. Il y a, j'en conviens, deux ou trois chapitres éloquens dans *le Syftême*, mais tout le refte eft déclamation et répétition.

L'auteur fuppofe tout et ne prouve rien. Son livre eft fondé fur deux grands ridicules : l'un, eft la chimère que la matière non penfante produit néceffairement la penfée, chimère que *Spinofa* même n'ofe admettre ; l'autre, que la nature peut fe paffer de germes. Je ne vois pas que rien ait plus avili notre fiècle, que cette énorme fottife. *Maupertuis* fut le premier qui adopta la prétendue expérience du jéfuite anglais *Néedham*, qui crut avoir fait, avec de la farine de feigle, des anguilles qui, le moment d'après, engendraient d'autres anguilles. C'eft la honte éternelle de la France que des philofophes, d'ailleurs inftruits, aient fait fervir ces inepties de bafe à leurs fyftêmes.

Vous êtes bien loin, Monfieur, de tomber dans de pareils travers ; et je n'ai vu, dans votre livre, que du génie, du goût, des connaiffances et de la raifon.

Vous

Vous vous défiez, fans doute, de tout ce que ——— rapportent des voyageurs qui ont ignoré la langue 1770. des pays dont ils parlent; défiez-vous auffi des écrivains qui vous ont dit que *Newton*, dans fa vieilleffe, n'entendait plus fes ouvrages. *Pemberton* dit expreffément le contraire, et je puis vous le certifier. Sa tête ne s'affaiblit que trois mois avant fa mort, dans les douleurs de la gravelle.

J'ai l'honneur d'être, &c.

LETTRE CCXXV.

A M. LE MARECHAL DUC DE RICHELIEU.

A Ferney, 26 de novembre.

Mon héros me gronde quelquefois de ce que je ne l'importune pas de toutes les fottifes auxquelles fe livre un vieux malade dans fa retraite. Je ne fais fi mon commerce avec le roi de la Chine vous amufera beaucoup. Comme il eft affez gai, j'ai cru que vous pourriez pardonner la hardieffe en faveur de la plaifanterie. Je crois que je fuis à préfent en correfpondance avec tous les rois, excepté avec le roi de France; mais, de tous ces rois, il n'y en a pas un jufqu'à préfent qui protége la manufacture que j'ai établie dans mon hameau. On y fait pourtant les meilleures montres de l'Europe, et bien moins chères que celles de Londres et de Paris. M. le cardinal de *Bernis* pouvait très-aifément favorifer cet établiffement en cour de Rome, et il ne l'a point fait. Je ne me suis jamais senti mieux excommunié.

1770.

Vous savez bien, Monseigneur, que la Sophonisbe rapetassée est de M. *Lantin*, de Dijon. Cette pièce, à la vérité, ridicule, mais qui l'emporta autrefois sur la Sophonisbe de *Corneille*, non moins ridicule et beaucoup plus froide, mérite votre protection, puisque c'est la première qui ait fait honneur au théâtre français. Il y a cent quarante ans qu'elle est faite.

Je prends la liberté de vous demander plus vivement votre protection pour M. *Gaillard*, qui sollicite la place du jeune *Moncrif*. L'historien de *François I* vaut mieux que l'historien des chats. Conservez toujours vos bontés à celui de *Louis XIV* et au vôtre.

Voltaire.

LETTRE CCXXVI.

A MADAME

LA MARQUISE DU DEFFANT.

5 de décembre.

VOUS avez vu, Madame, finir votre ami que vous aviez déjà perdu. C'est un spectacle bien triste; vous l'avez supporté pendant plus de deux années. Le dernier acte de cette fatale pièce fait toujours de douloureuses impressions. Je suis actuellement, sans contredit, le premier en date de vos anciens serviteurs. Cette idée redouble mon chagrin de ne vous point voir, et de me dire que peut-être je ne vous reverrai jamais.

Je regrette jufqu'au fond de mon cœur le préfi-dent *Hénault:* je le rejoindrai bientôt; mais où ? et comment ? On chantait à Rome, fur le théâtre public, devant quarante mille auditeurs : *Où va-t-on après la mort ? — où l'on était avant de naître.*

On voudrait cuire aujourd'hui, devant quarante mille hommes, celui qui répèterait ce paffage de *Sénèque.* Nous fommes encore des poliffons et des barbares. Il y a des gens d'un très-grand mérite chez les Velches, mais le gros de la nation eft ridi-cule et déteftable. Je fuis bien aife de vous le dire avec autant de franchife que je vous dis combien je vous aime, combien j'eftime votre façon de penfer, à quel point je regrette d'être loin de vous.

Je voudrais bien favoir s'il y a quelques particu-larités intéreffantes dans le teftament du préfident. Je ferais bien fâché qu'il y eût quelque trait qui fentît encore le père de l'Oratoire. Je voudrais que, dans un teftament, on ne parlât jamais que de fes parens et de fes amis.

Adieu, Madame; confervez votre fanté, et quel-quefois même de la gaieté : mais n'eft pas gai qui veut; et ce monde, en général, ne réjouit pas les efprits bien faits. Mille tendres refpects. *V.*

LETTRE CCXXVII.

A M. LE MARQUIS DE CONDORCET.

Du 5 de décembre.

Puisque M. le marquis de *Condorcet* tolère les vers, le roi de la Chine le prie de le tolérer. Il avait envoyé un exemplaire pour vous, Monfieur, à votre compagnon de voyage. Je ne fais fi on oublie Pékin quand on eft à Paris. Cet exemplaire français n'eft imprimé que dans une forte de caractères. Vous favez qu'à la Chine on en a employé foixante et quatre pour rendre l'impreffion et la lecture plus faciles. C'eft de la pâture pour meffieurs des infcriptions et belles-lettres. Au refte ; je ne doute pas que le roi de la Chine n'aime auffi les mathématiques. Pour moi, Monfieur, j'aime paffionnément les deux mathématiciens qui ont autant de jufteffe que de grâce dans l'efprit.

Je fuis très-malade, et tout de bon, quoique l'hiver foit doux. La faculté digérante me quitte, et par conféquent la faculté penfante. Il me refte l'aimante; j'en ferai ufage pour vous, tant que je ferai dans l'état du préfident *Hénault*, dont j'approche fort; j'entends l'état où il était avant de finir. C'eft peu de chofe qu'un vieil académicien.

La faculté écrivante me quitte. Le vieil hermite vous affure de fes très-tendres refpects *V.*

LETTRE CCXXVIII.

A M. LAUS DE BOISSY,

REDACTEUR DU SECRETAIRE DU PARNASSE.

A Ferney, 7 de décembre.

MONSIEUR,

J'AI reçu votre *Secrétaire du Parnasse*. S'il y a beaucoup de pièces de vous dans ce recueil, il y a bien
de l'apparence qu'il réussira long-temps ; mais je crois
que votre secrétaire n'est pas le mien. Il m'impute
une épître à mademoiselle *Ch....* actrice de la comédie
de Marseille. Je n'ai jamais connu mademoiselle *Ch...*,
et je n'ai jamais eu le bonheur de courtiser aucune mar-
seilloise. Le *Journal encyclopédique* m'avait déjà attribué
ces vers, dans lesquels je promets à mademoiselle *Ch...*

> Que malgré les *Tisiphones*
> L'amour unira nos *personnes*.

Je ne sais point quelles sont ces *Tisiphones*, mais
je vous jure que jamais la personne de mademoiselle
Ch.... n'a été unie à la mienne, ni ne le sera.

Soyez bien sûr encore que je n'ai jamais fait rimer
Tisiphone, qui est long, à *personne*, qui est bref. Autrefois, quand je fesais des vers, je ne rimais pas trop
pour les yeux, mais j'avais grand soin de l'oreille.

Soyez très-persuadé, Monsieur, que *mon barbare
sort ne m'a jamais ôté la lumière des yeux de mademoiselle
Ch....,* et que je *n'erre point dans ma triste carrière.* Je

————— ſuis ſi loin *d'errer dans ma carrière*, que, depuis deux
1770. ans, je ſors très-rarement de mon lit, et que je ne
ſuis jamais ſorti de celui de mademoiſelle *Ch*.... Si
je m'y étais mis, elle aurait été bien attrapée.

Je prends cette occaſion pour vous dire qu'en
général c'eſt une choſe fort ennuyeuſe que cet amas
de rimes redoublées qui ne diſent rien, ou qui répètent ce qu'on a dit mille fois. Je ne connais pas l'amant
de votre gentille marſeilloiſe, mais je lui conſeille
d'être un peu moins prolixe.

D'ailleurs, toutes ces épîtres à *Aglaure*, à *Flore*, à
Philis, ne ſont guère faites pour le public : ce ſont
des amuſemens de ſociété. Il eſt quelquefois auſſi
ridicule de les livrer à un libraire, qu'il le ſerait d'imprimer ce qu'on a dit dans la converſation.

Meſſieurs *Cramer* m'ont rendu un très-mauvais
ſervice, en publiant les fadaiſes dans ce goût, qui
me ſont ſouvent échappées. Je leur ai écrit cent fois
de n'en rien faire. Les vers médiocres ſont ce qu'il
y a de plus inſipide au monde. J'en ai fait beaucoup
comme un autre; mais je n'y ai jamais mis mon
nom, et je ne le mettais à aucun de mes ouvrages.
Je ſuis très-fâché qu'on me rende reſponſable, depuis ſi
long-temps, de ce que j'ai fait et de ce que je n'ai point
fait ; cela m'eſt arrivé dans des choſes plus ſérieu-
ſes. Je ne ſuis qu'un vieux laboureur réformé à la ſuite
des *Ephémérides du citoyen*, défrichant des campagnes
arides, et ſemant avec le ſemoir; n'ayant nul commerce avec mademoiſelle *Ch*..., ni avec aucune *Tiſi-
phone*, ni avec aucune *perſonne* de ſon eſpèce agréable.

J'ai l'honneur d'être avec tous les ſentimens que
je vous dois, Monſieur, votre, &c. *Voltaire.*

J'ajoute encore que je ne fuis point né en 1696, —————
comme le dit votre graveur ; mais en 1694, dont 1770.
je fuis plus fâché que du peu de reffemblance.

LETTRE CCXXIX.

A MADAME

LA COMTESSE D'ARGENTAL.

7 de décembre.

J'AI commandé fur le champ, Madame, à mes
Vulcains quelque chofe de plus galant que la ceinture de *Vénus*, pour madame la marquife de *Chalvet*,
la touloufaine. Elle aura cercle de diamans, boutons,
repouffoir, aiguilles de diamans, crochet d'or, chaîne
d'or colorié. Vous aurez du très-beau et du très-bon.
J'ai un des meilleurs ouvriers de l'Europe : c'était lui
qui fefait à Genève les montres à répétition, où les
horlogers de Paris mettaient leur nom impudemment.
Je ne faurais vous dire le prix actuellement, cela
dépendra de la beauté des diamans.

Vous voulez peut-être, Madame, des chaînes de
marcaffites féparément ; c'eft fur quoi je vous demande
vos ordres. Les chaînes ordinaires font d'argent doré,
dont chaque chaton porte une pierre : ces chaînes
valent fix louis d'or.

Celles dont les chatons portent des pierres appe-
lées jargon, qui imitent parfaitement le diamant,
valent onze louis.

Voilà tout ce que je fais de mes fabricans ; car je

C c 4

——— ne les vois guère : ils travaillent fans relâche. Vous prétendez que j'en fais autant de mon côté, vous me faites bien de l'honneur. Je n'ai guère de momens à moi ; il m'a fallu bâtir plus de maifons que le préfident *Hénault* n'en avait dans le quartier Saint-Honoré ; et il me faut à préfent combattre la famine. Le pain blanc vaut chez nous huit fous la livre. J'ai envie d'en porter mes plaintes aux *Ephémérides du citoyen.*

Vous me dites que, du temps des forciers, j'aurais été brûlé ; vraiment, Madame, je le ferais bien à préfent, fi on en croyait l'honnête gazetier eccléfiaftique. Mais n'appelez point l'épître au roi de la Chine un ouvrage ; ce font les vers de fa majefté chinoife qui font un ouvrage confidérable. On y trouve fa généalogie ; il defcend en droite ligne d'une vierge : cela n'eft point du tout extraordinaire en Afie.

Je ne fais pas encore ce qui s'eft paffé au parlement. Il a dû trouver fort mauvais qu'on veuille le policer, lui qui prétend avoir la grande et la petite police. Il ferait bien mieux peut-être de ne point ordonner des auto-da-fé pour des chanfons.

La Sophonisbe de *Lantin* deviendra ce qu'elle pourra. On tâchera de trouver un quart d'heure pour envoyer quelques pompons à cette africaine ; mais la journée n'a que vingt-quatre heures, et on n'eft pas forcier comme vous le prétendez.

On dit que *le Kain* eft plus gras que jamais, et fe porte à merveille ; cela doit réjouir infiniment M. d'*Argental ;* il aura enfin des tragédies bien jouées.

Je me mets à l'ombre des ailes de mes anges. Madame *Denis* leur eft attachée autant que moi, c'eft beaucoup dire. Mille refpects. V.

LETTRE CCXXX.

A M. LE MARQUIS DE THIBOUVILLE.

10 de décembre.

M. *Lantin* de Dijon préfente fes refpects à M. de *Thibouville* et aux anges ; il les fupplie de fe contenter du petit billet qu'il leur envoie ; il lui eft impoffible de s'occuper davantage des affaires des Romains ; il en a de fi preffantes au fujet d'une colonie moderne et de la famine qui eft dans fon pays, que fa pauvre petite ame en eft toute entreprife.

Il s'eft trompé, en écrivant que M. le maréchal de *Richelieu* n'eft pas pour Sophonisbe ; c'eft bien vraiment tout le contraire.

Le fufdit *Lantin* penfe qu'il fera néceffaire de faire annoncer la Sophonisbe comme la véritable pièce de *Mairet*, dont on a retouché le ftyle, et comme la première pièce qui ait fondé le théâtre français, ce qui eft très-vrai et trop oublié.

Il eft à croire que Sophonisbe aura bien autant de repréfentations que Venceflas, et pourra fervir un peu à ranimer le théâtre.

Il eft affez fingulier que ce foit un américain qui débute par *Zamore* ; la balle va au joueur.

Madame *Denis* fait mille complimens à M. de *Thibouville*. Qu'il conferve fa bienveillance pour celui qui n'eft ni *Jean* ni *Pierre*, qui n'aime point du tout le raifonné de *Pierre*, et qui n'approche point du fenti de *Jean ! V.*

LETTRE CCXXXI.

A M. LE MARQUIS DE VOYER D'ARGENSON.

A Ferney, 14 de décembre.

MONSIEUR,

JE crois vous avoir mandé que j'ai foixante et dix-fept ans ; que de douze heures j'en fouffre onze ou environ ; que je perds la vue dès que mes déferts font couverts de neige ; qu'ayant établi des fabriques de montres tout autour de mon tombeau, dans mon petit village où l'on manque de pain , malgré les *Ephémérides du citoyen*, je me trouve accablé des maux d'autrui encore plus que des miens ; que j'ai très-rarement la force et le temps d'écrire, encore moins de pouvoir être philofophe. Je vous dirai ce que répondit *Saint-Evremond* à *Waller*, lorfqu'il fe mou-rait, et que *Waller* lui demandait ce qu'il penfait fur les vérités éternelles et fur les menfonges éternels: *M. Waller , vous me prenez trop à votre avantage.*

Je fuis avec vous , Monfieur, à peu-près dans le même cas : vous avez autant d'efprit que *Waller* ; je fuis prefqu'auffi vieux que *Saint-Evremond* , et je n'en fais pas autant que lui.

Amufez-vous à rechercher tout ce que j'ai cherché en vain pendant foixante ans. C'eft un grand plaifir de mettre fur le papier fes penfées, de s'en rendre un compte bien net, et d'éclairer les autres en s'éclai-rant foi-même.

Je me flatte de ne point reſſembler à ces vieillàrds qui craignent d'être inſtruits par des hommes qui ſortent de la jeuneſſe. Je recevrai, avec grande joie, une vérité aujourd'hui, étant condamné à mourir demain.

Continuez, Monſieur, à rendre vos vaſſaux heureux, et à inſtruire vos anciens ſerviteurs. Mais que je traite avec vous, par lettres, des choſes où *Ariſtote*, *Platon*, St *Thomas* et St *Bonaventure* ſe ſont caſſé le nez, c'eſt ce qu'aſſurément je ne ferai pas : j'aime mieux vous dire que je ſuis un vieux pareſſeux qui vous eſt attaché avec le plus tendre reſpect ; et cela de tout ſon cœur. *V.*

LETTRE CCXXXII.

A M. DUPATY,

AVOCAT GENERAL DU PARLEMENT DE BORDEAUX. (*)

15 de décembre.

MONSIEUR,

LE jour que j'appris votre étrange malheur, on imprimait à Genève des Queſtions ſur l'encyclopédie, et je mis vîte, au troiſième volume, page 144, votre nom à côté de celui du chancelièr d'*Agueſſeau*; c'eſt-à-dire que je fis cet honneur à ce magiſtrat, qui n'était pas, comme vous, philoſophe et patriote.

(*) Alors détenu à Pierre-Encife.

Je voudrais bien favoir comment on peut s'y prendre pour mettre ce livre à vos pieds, car rien ne
paffe. Pour cette lettre, elle paffera, et elle vous dira,
Monfieur, que fi mon âge de foixante-dix-fept ans
et mes maladies m'empêchent de venir vous parler de
Henri IV et de vous, rien ne m'empêchera de vous
affurer du zèle, de l'eftime et du refpect de votre
très-humble, &c.

A U M E M E.

Décembre.

LE paquet dont vous m'avez honoré, Monfieur,
et mon petit billet fe font croifés, comme vous l'avez
vu. Ah, ah, vous êtes donc auffi des nôtres ! votre
poëfie eft pleine d'imagination. Tous les hommes
éloquens ont commencé par faire des vers. *Cicéron*
et *Céfar* en firent avant d'être confuls ; ils eurent l'un
et l'autre de furieufes lettres de cachet : mais je ne
fais s'il ne vaut pas mieux être affaffiné par ceux que
l'on peut affaffiner auffi, que de voir fa deftinée
dépendre entièrement de quatre mots griffonnés par
un commis. Ce n'eft pas moi qui vous écris cela, au
moins ; c'eft un fuiffe qui a foupé chez moi avec un
anglais. Pour moi, je n'écris à perfonne ; je fuis très-
vieux et très-malade. Si vous voulez venir chez moi,
vous me rendrez la vie, car vous me ferez penfer. Je
m'intéreffe à vous comme un père à fon fils, et le
fils eft très-refpecté par le père. *V.*

Mille très-humbles et très-tendres obéiffances à
M. de *Bory.*

LETTRE CCXXXIII. 1770.

A M. D'AGINCOURT,

FERMIER GENERAL.

17 de décembre.

Non, Monfieur, je ne fuis point affurément de l'avis des fots et des ignorans qui penfent que les chevaliers romains, chargés du recouvrement des impôts publics, n'étaient pas des citoyens néceffaires et eftimables. Je fais que *Jéfus - Chrift* les anathématife; mais en récompenfe il prit un commis de la douane pour un de fes évangéliftes. Pour moi, je n'ai qu'à me louer de meffieurs les fermiers généraux et de leur générofité, depuis que j'ai établi une petite colonie dans un défert qui n'eft pas celui de *Jean*.

Je recommande encore cette colonie à leur bienveillance. Ces nouveaux habitans ne font venus que fur la promeffe royale, expédiée en bonne forme, d'être exèmpts de toutes charges et de tous droits jufqu'à nouvel ordre. Vous m'avouerez qu'un fuiffe ne peut pas deviner qu'en France, il faut, d'un village à un autre, pour une livre de beurre, un *acquit à caution* qui coûte de l'argent.

Certainement l'intention du roi, ni celle des fermes générales, n'eft pas que des fabricans payent pour les outils qu'ils apportent.

Je laiffe à votre humanité, et à votre fageffe, et à celle de meffieurs vos confrères, à vous arranger avec

M. le duc de *Choiseul*, quand il aura fondé la ville de Verſoy. Vous penſez comme lui ſur l'avantage du royaume. Je me flatte que nous lui aurons l'obligation de la paix, parmi tant d'autres. Si la guerre ſe déclare, notre petit canton eſt perdu pour long-temps.

Oui, Monſieur, j'ai dit que *Newton* et *Locke* étaient les précepteurs du genre-humain, et cela eſt vrai; mais *Locke* et *Newton* n'auraient pas mis le monde en feu pour une île déſerte, ſituée vers le pays des Patagons.

Il eſt encore très-vrai que *Louis XIV* dut la paix d'Utrecht au miniſtère d'Angleterre; mais ce n'eſt pas une raiſon pour que la France faſſe la guerre au roi *George III*, qui n'en a certainement nulle envie.

Je vois, Monſieur, que vous êtes patriote et homme de lettres autant pour le moins que fermier général. Vous me faites ſouvenir d'*Atticus*, qui était fermier général auſſi, mais c'était de l'Empire romain.

J'ai l'honneur d'être, &c.

LETTRE CCXXXIV.

A M. LE COMTE D'ARGENTAL.

19 de décembre.

QUE l'on faſſe ou non la guerre aux Anglais; que le parlement faſſe ou non des ſottiſes, moi je fais ſottiſes et guerre.

Mes anges recevront par M. le duc de *Praſlin* un paquet. Ce paquet eſt la tragédie des Pélopides;

c'eft-à-dire Atrée et Thyefte. Il eft vrai qu'elle a été
faite fous mes yeux, en onze jours, par un jeune 1770.
homme. La jeuneffe va vîte, mais il faut l'encourager.

Ma fottife, — vous la voyez.

Ma guerre eft contre les allobroges qui ont foutenu qu'un vifigoth, nommé *Crébillon*, avait fait des
tragédies en vers français; ce qui n'eft pas vrai.

Mes divins anges, il y va ici de la gloire de la
nation.

De plus, ce nafillonneur *Debroffes*, préfident, veut
être de l'académie; c'eft *Foncemagne* qui veut le faire
entrer. Il eft bon que *Foncemagne* fache que j'ai une
confultation de neuf avocats de Paris, qui m'auto-
rife à lui faire un procès pour dol.

J'enverrai cette confultation, fi on veut. Le préfident, pour détourner le procès, m'a écrit pour me
faire entendre que fi je lui fefais un procès, il me
dénoncerait comme auteur de quelques livres contre
la religion, moi qui affurément n'en ai jamais fait.

J'enverrai la lettre, fi on veut.

Tous les gens de lettres doivent avoir *Debroffes* en
recommandation.

Mes anges diront à M. de *Foncemagne* ce qu'ils
voudront; je m'en remets à leur bonté, difcrétion,
prud'hommie, et à leur horreur contre de tels procédés.

Voltaire.

LETTRE CCXXXV.

A. MADAME

LA COMTESSE D'ARGENTAL.

26 de décembre.

E N attendant, Madame, que les metteurs en œuvre me donnent les inftructions précifes fur vos chaînes de montre ; en attendant que je puiffe vous dire pourquoi on ne monte jamais en or les chaînes qui font entièrement de marcaffites, je vous dirai un petit mot du jeune metteur en œuvre dont vous avez reçu probablement cinq pierres fauffes par M. le duc de *Praflin*.

Je lui ai fait enfin comprendre que fon cinquième acte ne valait rien du tout. Je lui ai dit : Vous croyez, parce que vous êtes jeune, qu'on peut faire une bonne tragédie en onze jours; vous verrez, quand vous ferez plus mûr, qu'il en faut quinze pour le moins. Il m'a cru, car il eft fort docile. Il a fait fur le champ un nouveau cinquième acte qu'il met fous les ailes de mes anges.

Tout cela était affez difficile ; car ce pauvre enfant n'avait à mettre, dans toute fa pièce, que du fentiment. Point d'aventure romanefque; point de fils de *Thyefle* amoureux d'une jeune inconnue trouvée fur le fable de la mer, et qui eft reconnue enfin pour fa fœur; point de galimatias ; il n'était foutenu par

rien

rien ; il fallait que, pour la première fois , une honnête femme avouât à fon mari qu'elle a un enfant
d'un autre , et cela fans faire rire.

Il fallait qu'une bonne mère s'offrît pour prendre
foin de l'enfant fans faire rire auffi , et qu'*Atrée* fût
un barbare fans être trop révoltant.

Encore une fois , il y avait du rifque ; mais mon
jeune metteur en œuvre croit avoir marché fur ces
charbons ardens fans fe brûler ; il croit même avoir
parlé au cœur, dans un ouvrage qui ne femblait fuf-
ceptible que de faire dreffer les cheveux à la tête.

Voici les éclairciffemens des metteurs en œuvre.
Nous fouhaitons une quantité prodigieufe de bonnes
années à nos anges. *V.*

LETTRE CCXXXVI.

A M. PHILIPPON,

AVOCAT DU ROI AU BUREAU DES FINANCES,

à Befançon. (*)

28 de décembre.

MONSIEUR,

Vous m'avez envoyé un ouvrage dicté par l'humanité et par l'éloquence. On n'a jamais mieux
prouvé que les juges doivent commencer par être
hommes , que les fupplices des méchans doivent être

_____

(*) M. *Philippon* avait envoyé à M. de *Voltaire* fon *Difcours fur la
néceffité et les moyens de fupprimer les peines capitales.*

utiles à la fociété, et qu'un pendu n'eft bon à rien. Il eft vrai que les affaffinats prémédités, les parrici- des, les incendiaires, méritent une mort dont l'ap- pareil foit effroyable. J'aurais condamné, fans regrets, *Ravaillac* à être écartelé ; mais je n'aurais pas livré au même fupplice celui qui n'aurait voulu ni pu donner la mort à fon prince, et qui aurait été évi- demment fou. Il me paraît diabolique d'avoir arque- bufé loyalement l'amiral *Bing* pour n'avoir pas fait tuer affez de français. La mort de la maréchale d'*Ancre*, du maréchal de *Marillac*, du chevalier de *la Barre*, du général *Lalli*, me paraiffent......ce qu'elles vous paraiffent.

Je me fens le très-obligé de quiconque écrit en citoyen : ainfi, Monfieur, je vous ai plus d'obliga- tion qu'à perfonne.

J'ai l'honneur d'être, &c.

LETTRE CCXXXVII.

A M. DE LA CROIX, *avocat à Touloufe.*

A Ferney, le 28 de décembre.

Votre mémoire pour *Sirven*, Monfieur, eft auffi perfuafif qu'éloquent. Nous verrons fi la juftice fera jufte. Je puis vous affurer que le public le fera. Qui ne frémirait d'indignation en lifant les conclufions de ce procureur fifcal *Trinquet*, qui requiert qu'on ban- niffe du village une famille dûment atteinte et con- vaincue de parricide. Ce poliffon a trouvé le fecret de faire rire de pitié en infpirant l'horreur.

L'archevêque de Touloufe fe défend beaucoup
d'avoir perfécuté l'abbé *Audra*. Il dit qu'il avait
voulu le fervir, et que l'abbé ne voulut jamais entendre à fes propofitions.

Agréez, Monfieur, les proteftations de ma reconnaiffance, de mon eftime et de mon attachement. *V.*

1770.

LETTRE CCXXXVIII.

A M. CHRISTIN.

31 de décembre.

MON cher philofophe, voici le cas d'exercer fa
philofophie.

> *Aequam memento rebus in arduis*
> *Servare mentem, non fecus in bonis.*

Vous favez peut-être déjà que M. le duc de
Choifeul eft à Chanteloup pour long-temps, et qu'il
ne rapportera point l'affaire des efclaves qui peut-
être ne fera point rapportée du tout. Il en fera de
même de votre pauvre curé. Un mot d'un feul
homme fuffit pour déranger les idées de cent mille
citoyens. Heureux qui vit tranquille et ignoré!

Je vous remercie des taxes en cour de Rome,
autant que des gélinottes. Vous me ferez grand plaifir
de me prêter ce livre de M. *le Pelletier;* je vous le
renverrai après en avoir fait mon profit.

Bonfoir, mon cher philofophe.

LETTRE CCXXXIX.

A M. LE COMTE D'ARGENTAL.

1 de janvier.

Mon cher ange, le jeune étourdi qui vous a envoyé l'œuvre des onze jours, vous demande en grâce de le lui rendre. Il m'a dit qu'il était honteux, mais qu'il fallait pardonner aux emportemens de la jeuneffe; qu'il voulait abfolument y mettre vingt - deux jours au moins.

A propos de jours, je vous en fouhaite à tous deux de fort agréables: mais on dit que cela eft difficile par le temps qui court. Vous ne perdez rien, et je perds tout. Voilà ma colonie anéantie; je fondais Carthage, et trois mots ont détruit Carthage.

Je n'ai pas une paffion bien violente pour la Sophonisbe de *Lantin*, mais je ferais fort aife qu'on rejouât Olimpie; c'eft un beau fpectacle. Mademoifelle *Clairon* avait grand tort, et on dit que mademoifelle *Veftris* s'en tirerait à merveille. Vous devriez bien préfenter requête à *le Kain* pour jouer *Caffandre;* ce ferait même une fête à donner à la cour, en guife de feu d'artifice. Chargez-vous, je vous prie, de cette importante négociation, et moi je me chargerai de faire la paix de *Catherine* et de *Mouftapha*.

On me mande que M. le maréchal de *Richelieu* eft fort malade; il devrait pourtant fe bien porter. J'écris à M. le duc de *Praflin*. Voilà qui eft fait;

il n'enverra plus de mes montres au prétendu roi
d'Egypte, mais il lui reſte *Praſlin* : c'eſt une belle et
bonne conſolation, non pas en hiver, mais dans
les grandes chaleurs. Le lieu eſt froid, ſombre et d'une
beauté aſſez triſte. Vous y attendiez-vous ? Dites-moi
enfin ſi *meſſieurs* obtempèrent et ſe tempèrent.

On fait vos montres. Madame d'*Argental* ſera plutôt ſervie que le roi d'Egypte.

Mille tendres reſpects. *V.*

LETTRE CCXL.

A MADAME

LA MARQUISE DU DEFFANT.

6 de janvier.

M ADAME, je ſuis enterré tout vivant : c'eſt la différence qui eſt entre le préſident *Hénault* et moi ; il
n'a été enterré que lorſqu'il a été tout-à-fait mort.

Mais je ne ſuis occupé actuellement que de votre
grand'maman et de ſon mari. Puis-je me flatter que
vous aurez la bonté de lui mander que, dans le nombre
très-grand de ſes ſerviteurs, je ſuis le plus inutile et
le plus triſte ; et que, ſi je pouvais quitter mon lit,
je viendrais lui demander la permiſſion de me mettre
au chevet du ſien pour lui faire la lecture ? mais je
commencerais d'abord par vous, Madame. Ce ſerait
vraiment un joli voyage à faire que de venir paſſer
quinze jours auprès de vous, et de là quinze jours

—— auprès d'elle. On dit qu'elle ne se portait pas bien à son départ. Je tremble toujours pour sa petite santé.

On dit tant de sottises que je n'en crois aucune. Il faut pourtant que le coup ait été porté assez inopinément, puisqu'on n'avait encore pris aucunes mesures pour les places à donner. On parle de M. de *Monteynard* de Grenoble, qu'on regarde comme un homme sage. Je ne sais pas encore s'il est bien vrai que M. le comte de *la Marche* ait les suisses.

J'ai vu des *Questions sur le droit public*, à l'occasion de l'affaire de M. le duc d'*Aiguillon* ; cet ouvrage me paraît fort instructif. Je doute pourtant que vous le lisiez : il me semble que vous donnez la préférence à ceux qui vous plaisent sur ceux qui vous instruisent; d'ailleurs cet ouvrage roule sur des formes juridiques qui ne sont point du tout agréables. C'est bien assez de savoir que la mauvaise humeur du parlement de Paris contre M. le duc d'*Aiguillon* est aussi ridicule que tout ce qu'il a fait du temps de la fronde, mais non pas si dangereux.

Je m'intéresse plus à la guerre des Russes contre les Ottomans qu'à la guerre de plume du parlement. Cependant, Madame, je vous avoue que vous me feriez grand plaisir de dicter à quoi on en est, ce qu'on fait et ce qu'on dit que l'on fera. Pour moi, je crois que dans six semaines on n'en parlera plus, et que tout rentrera dans l'ordre accoutumé.

Si à vos momens perdus vous voulez m'écrire tout ce que vous avez sur le cœur et tout ce qui se débite, vous le pouvez en toute sureté en envoyant la lettre à M. *Marin*, secrétaire général de la librairie. Il m'envoie mes lettres sous un contre-seing très-respecté;

et d'ailleurs quand on ne garantit point toutes les
fottifes qu'on entend dire, on n'en eft point refpon-
fable.

On m'a envoyé un tome de *Lettres à une illuftre
morte* : elles m'auraient fait mourir d'ennui, fi je ne
l'étais déjà de chagrin.

On nous dit que M. le marquis d'*Offun*, ambaffadeur en Efpagne, a les affaires étrangères, et que
monfieur l'évêque d'Orléans n'a plus celles de l'Eglife.

J'ai beaucoup de relations avec l'Efpagne pour la
vente des montres de ma colonie, ainfi je m'intéreffe
fort à M. le marquis d'*Offun* qui la protége; mais
pour les affaires de l'Eglife, vous favez que je ne m'en
mêle pas.

Portez-vous bien, Madame; confervez-moi une
amitié qui fait ma plus chère confolation. Ecrivez-
moi tout ce que vous pourrez m'écrire, et envoyez,
encore une fois, votre lettre chez M. *Marin*.

1771.

LETTRE CCXLI.

A M. LE MARQUIS DE THIBOUVILLE.

9 de janvier.

Je ne crois pas, mon cher *Baron* (*), que madame
Denis vous ait encore écrit; mais moi, je vous écris
quoi que vous en difiez, et c'eft pour vous dire que
je vous ai envoyé une Sophonisbe de M. *Lantin*; que

(*) Allufion à l'acteur de ce nom.

Dd 4

—— s'il faut encore quelques vers, ils font tout prêts ; mais que je doute fort qu'on joue cette pièce.

Les Pélopides de M. *Durand* feraient plus faits pour la nation ; il y a là une petite pointe d'adultère qui ne réuffirait pas mal ; il y a même un incefte affez galant et très-honnête ; on ne peut pas faire un enfant avec un beau-frère avec plus de modeftie. La vengeance eft dure, je l'avoue ; mais cela fe pardonne dans un premier mouvement.

Un des malheurs de *Crébillon* (et fes malheurs font innombrables), c'était de fe venger après vingt ans de cocuage. et de fe venger par plaifir, comme on fait une partie de chaffe. M. *Durand* a mis beaucoup de nouvelles nuances à fon enfeigne à bière ; il a fait un cinquième acte tout battant neuf. Il a prié M. d'*Argental* de lui renvoyer toute l'ancienne copie ; il vous en fera tenir une autre inceffamment. Il faut, s'il vous plaît, le plus profond fecret.

Il ne ferait pas mal de favoir de M. d'*Argental* fi on pourrait faire jouer cela pour le mariage, en s'adreffant à M. le duc de *Duras*.

Voilà le fommaire de tous les articles. Preffez-vous de me répondre ; car je me meurs, et je veux favoir à quoi m'en tenir avant ma mort. Ma dernière volonté eft que je vous aime de tout mon cœur. *V.*

LETTRE CCXLII.

A M. LE MARECHAL DUC DE RICHELIEU.

A Ferney, 16 de janvier.

MON HEROS,

JE vous repréfentai mes raifons fort à la hâte par le dernier courier, étant fort preffé par le temps. Permettez que je vous parle encore de cette petite affaire qui ne vous intéreffe en aucune façon, et qui m'intéreffe infiniment. Pour peu que vous fuffiez lié avec l'homme en queftion, vous favez avec quel plaifir je facrifierais mes répugnances à vos goûts ; mais vous ne le connaiffez point du tout, et moi je le connais pour m'avoir trompé, pour m'avoir ennuyé, et pour m'avoir voulu dénoncer. Si vous aviez eu le malheur de lire fes *Fétiches* et fes *Terres auftrales*, vous ne voudriez pas affurément de lui. Hélas! nous avons affez de préfidens. Encore fi on nous donnait un préfi-dent *Hénault!* mais nous n'en aurons plus de fi aimable.

Je vous conjure, encore une fois, de ne nous point charger de celui qui fe préfente ; ce ferait un affront pour moi, dans l'état où font les chofes, et ce ne ferait pas une grande fatisfaction pour lui. Il eft même dit dans nos ftatuts qu'un homme, obligé par fa place de réfider toujours en province, ne peut être de l'académie.

Vous me demandez fi je veux qu'on joue Sopho-nisbe. Hélas! je veux fur cela tout ce qu'on voudra, et furtout ce que vous ordonnerez. Ce que je voudrais

——— principalement, ce font des acteurs, et on dit qu'il n'y en a point. Laiffera-t-on ainfi tomber le théâtre qui fefait tant d'honneur à la France dans les pays étrangers, et n'aurons-nous plus que des opéra comiques ? il y va de la gloire de la nation, et vous êtes accoutumé à la foutenir.

Vous me parlez du carillon de mon village et de mes montres démontées. Je puis vous affurer que c'eft une entreprife qui mérite toute la protection du minif-tère. Il eft affez fingulier qu'un petit particulier comme moi ait peuplé un défert, et ait bâti douze maifons pour des artiftes qui ont déjà établi leur commerce dans les pays étrangers. Le roi lui-même a pris quelques-unes de nos montres, et en a fait des préfens. Nous avons quelques-uns des meilleurs ouvriers de l'Europe, et nous étendrions notre commerce en Turquie avec un grand avantage, s'il plaifait à *Catherine II* de faire la paix. Je n'ai aucun intérêt dans cet établiffe-ment Je fuis comme les gens qui fondent des hôpitaux, mais qui ne s'y font point recevoir. M. le duc de *Duras* a eu la bonté d'encourager nos fabriques, en prenant quelques-unes de nos montres pour les pré-fens du mariage de monfeigneur le comte de Provence. Nous vous demanderions la même grâce, fi vous étiez d'année. Ma nièce foutiendra cette manufacture après moi ; vous lui continuerez les bontés dont vous m'avez honoré fi long-temps, et elle vous atteftera que vous êtes l'homme de l'Europe à qui j'ai été attaché avec le plus de refpect et de tendreffe. *V.*

LETTRE CCXLIII.

A M. LE COMTE D'ARGENTAL.

19 de janvier,

Mon cher ange, j'ai dit au jeune homme que la fin de fon fecond acte était froide, et je l'en ai fait convenir. C'eft une chofe fort plaifante que la docilité de cet enfant; il s'eft mis fur le champ à faire un nouvel acte. Je vous l'enverrais aujourd'hui, s'il ne retravaillait pas les autres.

Quand je vous dis que vous n'avez rien perdu, j'entends que vous confervez votre place, votre belle maifon de Paris, et que vous allez au fpectacle tant qu'il vous plaît. Pour moi, je vous ai donné des fpectacles, et je ne les ai point vus. J'ai établi une colonie, et je crains bien qu'elle ne foit détruite. Les fermiers généraux la perfécutent, perfonne ne la foutiendra. Je ne fuis pas même à portée de folliciter la reftitution de mon propre bien qu'on s'eft avifé de me prendre fans aucune forme de procès. Voilà comme j'entends que je perds; et malheureufement je perds auffi la vue. Je fuis enfeveli dans les neiges qui m'ont arraché les yeux par l'âcreté de l'air qu'elles apportent avec elles. Je maudis Ferney quatre mois de l'année au moins; mais je ne puis le quitter, je fuis enchaîné à ma colonie.

J'ai bien envie de vous envoyer, pour votre amufement, une grande lettre en vers que j'ai écrite au roi de Danemarck fur la liberté de la preffe qu'il a donnée dans tout fon royaume; bel exemple que nous fommes

—— bien loin de fuivre. Vous l'aurez dans quelques jours ; on ne peut pas tout faire à la fois, furtout quand on fouffre.

Je vous prie de vouloir bien me mander s'il eft vrai qu'un homme de confidération, qui écrivit le 23 de décembre à un de fes anciens amis, lui manda qu'il l'aurait envoyé voyager plus loin fans madame fa femme qui eft fort délicate.

Au refte, cette dame a encore plus de délicateffe dans l'efprit que dans la figure, et à cette délicateffe fe joint une grandeur d'ame fingulière, qui n'eft égalée que par la bonté de fon cœur.

Eft-il vrai, comme on le dit, que monfieur et madame font endettés de deux millions ?

-, Eft - il vrai qu'on leur ait offert douze cents mille francs le jour de leur départ ?

Reçoivent-ils des vifites ? comment fe porte votre ami de 35 ans (*)? fon féjour eft bien beau, mais il eft bien trifte en hiver.

Pouvez-vous encore me dire ce que devient M. de la Ponce ? Vous me direz que je fuis un grand queftionneur ; mais vous répondrez ce qu'il vous plaira, on ne vous force à rien.

Confervez votre fanté, mes deux anges; c'eft-là le grand point. Je fens ce que c'eft que de n'en avoir point ; c'eft être damné, au pied de la lettre. Je mets ma mifère à l'ombre de vos ailes. V.

(*) M. le duc de Praflin.

LETTRE CCXLIV.

A MADAME

LA MARQUISE DU DEFFANT.

19 de janvier.

Votre grand'maman, Madame, me fait l'honneur de m'appeler son confrère. Je prends la liberté de me dire plus que jamais votre confrère auffi, car il y a quatre jours que je fuis abfolument aveugle. Nous fommes enterrés fous la neige. En voilà pour un grand mois au moins.

Votre grand'maman ; Dieu merci, eft moins à plaindre. Elle eft dans le plus beau climat de la terre. Elle fera honorée par-tout ; elle fera plus chère à fon mari ; elle pofsède un petit royaume où elle fera du bien.

Mais j'ai un fcrupule. On dit que fon mari a autant de dettes qu'il a fait de belles actions. On les porte a plus de deux millions. On ajoute qu'un homme de quelque confidération lui a mandé que, fans fa femme, il aurait été ailleurs que chez lui. Voilà de ces chofes que vous pouvez favoir et que vous pouvez me dire.

Cette petite *Vénus* en abrégé me paraît un *Caton* pour les fentimens, et fon catonifme eft plein de grâces. Vous ne fauriez croire combien je fuis fâché de mourir fans vous avoir revues l'une et l'autre.

Un jeune homme, qui me paraît promettre quelque chofe, eft venu me montrer cette lettre traduite de

——— l'arabe, que je vous envoie (*). Je penſe que votre
1771. grand'maman l'a reçue. Je vous conjure de n'en point
laiſſer prendre de copie.

Adieu, Madame; je ſouffre beaucoup, je ne pourrais rien écrire qui pût vous amuſer. Je ſuis forcé de
finir en vous diſant que je vous ſerai attaché juſqu'au
dernier moment de ma vie. *V.*

LETTRE CCXLV.

A M. LE MARECHAL DUC DE RICHELIEU.

A Ferney, 4 de février.

Mon héros paſſe ſa vie à m'accabler de bontés
et de niches. On me mande qu'il eſt à la tête d'une
faction brillante contre M. *Gaillard.* Je le ſupplie de
deſcendre un moment du grand tourbillon dans lequel
il plane, pour conſidérer que M. *Gaillard* travaille au
Journal des ſavans depuis 24 ans, qu'il a remporté des
prix à l'académie, qu'il a fait l'*Hiſtoire de François I*,
laquelle eſt très-eſtimée, et qu'il n'a fait ni les *Fétiches*
ni les *Terres auſtrales.*

Je ſupplie notre reſpectable doyen, le neveu de
notre fondateur, de ne pas contriſter à ce point ma
pauvre vieilleſſe toute décrépite. Je ſais bien qu'il ne
fera que rire de mes lamentations, et qu'il ſe moquera de
moi juſqu'au dernier moment de ma vie. Mon héros
eſt très-capable de me venir voir, et de m'accabler de
plaiſanteries. Il daigne m'aimer depuis long-temps,

(*) Voyez dans le volume d'Epîtres celle de *Benaldaki* à *Caramouftée.*

et me tourner parfois en ridicule. Je fuis accoutumé
à fon jeu, et il fait que je fupporte la chofe avec une
patience angélique.

1771.

Il me reproche toujours des chimères, des préfé-
rences qu'il imagine, des négligences qui n'exiftent
pas, et, fur ce beau fondement, il mortifie fon très-
humble et très-obéiffant ferviteur.

L'Europe croit que j'ai beaucoup de crédit fur
l'efprit de mon héros, l'Europe fe trompe, et je lui
certifierai, quand elle voudra, que je n'en ai aucun,
et qu'il paffe fa vie à fe moquer de moi; cependant
il faut qu'il foit jufte.

Là, mon héros, mettez la main fur la confcience;
vous avez fait ferment devant DIEU de donner votre
voix au plus digne, fans écouter la brigue et les cabales.
Jugez quel eft le plus digne, et fongez à ce que dira
de vous la poftérité, fi vous me bafouez dans cette
affaire de droit. Je vous avertis que cette poftérité a
l'œil fur vous, quoique vous foyez continuellement
occupé du préfent. Je me plaindrai à elle, comme font
tous les mauvais poëtes; et, toute prévenue qu'elle eft
en votre faveur, elle me rendra juftice. Ne défefpérez
point le très-vieux et très-raillé folitaire du mont Jura,
qui vous a toujours aimé et révéré d'un culte de dulie,
et qui en eft pour fon culte. V.

LETTRE CCXLVI.

A M. JOLY DE FLEURI,

CONSEILLER D'ETAT.

A Ferney , le 4 de février.

MONSIEUR,

Vous ne ferez point furpris qu'un homme, qui a eu l'honneur de vous faire fa cour pendant que vous étiez intendant de Bourgogne, vous implore pour des infortunés ; il vous voyait alors occupé du foin de les foulager.

L'avocat que je prends la liberté de vous préfenter n'eft point un homme que l'on doive juger par la taille (*). Il joint à la plus grande probité une fcience au-deffus de fon âge. Il eft le défenfeur de douze ou quinze mille bons fujets du roi, que vingt chanoines veulent rendre efclaves. Il a cru que quinze mille cultivateurs pouvaient être auffi utiles à l'Etat, du moins dans cette vie, que vingt chanoines qui ne doivent être occupés que de l'autre.

Vous connaiffez cette affaire, Monfieur; vous en êtes juge. Il ne m'appartient pas d'ofer vous parler en faveur d'aucune des parties; mais il m'eft permis de vous dire que l'impératrice de Ruffie a rendu libres quatre cents mille efclaves de l'Eglife grecque, que le roi de Sardaigne a aboli la fervitude dans fes Etats, et

(*) M. *Chriftin.*

je

je puis encore ajouter à ces exemples celui du roi de ———
Danemarck qui a la bonté de me mander qu'il eſt 1771.
actuellement occupé à détruire dans ſes deux royaumes
cet opprobre de la nature humaine. Tout ce que déſi-
reraient les quinze mille hommes à qui on refuſe les
droits de l'humanité, ferait que vous en fuſſiez le
rapporteur.

J'ai l'honneur d'être avec beaucoup de reſpect,
Monſieur, votre, &c.

LETTRE CCXLVII.

A M. LE CHEVALIER DE CHATELLUX.

A Ferney, 5 de février.

MONSIEUR,

JE ſais depuis long-temps que vous n'employez qu'à
faire du bien les talens de votre eſprit et la conſidération dont vous jouiſſez.

Permettez que je prenne la liberté de vous adreſſer
l'avocat d'une province entière. Les mémoires ci-joints
vous feront connaître de quoi il s'agit. Quinze mille
infortunés, opprimés ſans aucun titre par vingt chanoines, demandent votre protection auprès de monſieur d'*Agueſſeau* l'un de leurs juges. Il égalera la gloire
de ſon père, s'il contribue à l'abolition de l'eſclavage;
et le genre-humain vous devra des remercîmens, ſi
vous déterminez M. d'*Agueſſeau*.

Souffrez, Monſieur, que je joigne ma faible et
mourante voix aux cris de la reconnaiſſance d'une

——— province que vous aurez fait jouir des droits de l'humanité.

.J'ai l'honneur d'être avec refpect, Monfieur, votre, &c.

LETTRE CCXLVIII.

A M. LE COMTE D'ARGENTAL.

6 de février.

MES anges, notre jeune homme m'a remis enfin fon manufcrit que je vous envoie. Je ne chercherai point à vous féduire en fa faveur, je ne remarquerai point combien le fujet était difficile, je ne vous dirai point que *Sénèque* fut un plat déclamateur, et que *Joliot de Crébillon* fut un plat barbare ; je n'infifterai point fur l'artifice des premiers actes et fur la terreur des derniers ; c'eft à vous de juger, et à moi de me taire.

Je vous prierai feulement de fonger que mon jeune homme aurait très-grand befoin d'un fuccès. Ce fuccès fervirait à faire voir qu'il n'eft pas poffible qu'il faffe tous les ouvrages qu'on lui impute contre l'*inf...* , tandis qu'il eft tout entier à fa chère *Melpomène*.

Notre adolefcent pourrait alors prendre cette occafion pour venir faire un petit tour en tapinois dans la capitale des Velches. Je vous avertis qu'il fait beaucoup plus de cas des Pélopides que de la Sophonisbe, et quil n'y met aucune comparaifon. C'eft à Pâques qu'il faudrait donner la famille de *Tantale* ; c'eft à préfent qu'il aurait fallu donner Sophonisbe. Si *le Kain*

ſe donne au genre tempéré, il devrait débuter par ——
Maſſiniſſe qui ne demande aucun effort, et qui n'exige 1771.
un peu de véhémence qu'au cinquième acte.

J'ai parlé à M. *Lantin* de votre plaiſante idée, que
Sophonisbe faſſe des façons comme une femme qui ſe
défend au premier rendez-vous, ou comme une fille
qui combat pour ſon pucelage. Une femme telle que
Sophonisbe, m'a-t-il dit, doit ſe marier ſur la cendre
chaude de *Syphax*, ſans délibérer. L'horreur de l'eſclavage et la haine des Romains doivent dreſſer l'autel
ſur le champ, et allumer les flambeaux de l'hymen
pour en brûler le camp des Romains, et pour la conduire
en triomphe au camp d'*Annibal*.

La petite prétendue bienſéance françaiſe eſt en
pareille occaſion une puérilité froide et miſérable.

> A ces conditions j'accepte la couronne ;
> Ce n'eſt qu'à mon vengeur que ma fierté ſe donne.

Voilà ce qu'il faut qu'une *Sophonisbe* diſe ; elle n'eſt
pas une petite fille ſortant du couvent.

Je me ſuis rendu au ſentiment de M. *Lantin*, et
je lui ai ſeulement ſouhaité des acteurs qui puſſent
rendre ſa tragédie de *Mairet*, dans laquelle il n'y a
pas, Dieu merci, un ſeul mot de *Mairet*.

Il m'a aſſuré qu'il avait envoyé à M. de *Thibouville*
ces vers dont je vous parle, et vous êtes prié de les
mettre ſur votre copie.

Quant au Dépoſitaire, nous en parlerons une autre
fois. On vous enverra Barmécide ; vous aurez auſſi le
Roi de Danemarck. Mais la journée n'a que vingt-
quatre heures ; les Queſtions ſur l'encyclopédie en prennent douze, le reſte du temps eſt employé à ſouffrir ;

—— j'ai la goutte, je fuis prefque aveugle. J'ai de plus une
colonie à conduire; on n'eft pas de fer : un peu de
patience.

Madame d'*Argental* aura fa chaîne et fa montre
dans quelques jours.

Que dites-vous de M. le maréchal de *Richelieu* qui
fe met à la tête d'une faction, en faveur du nafillonneur
Debroffes ? Parlez fortement à M. de *Foncemagne* , à
M. de *Sainte-Palaye*, à M. de *Mairan*. Il faut, malgré
ma tendreffe pour notre doyen, qu'il ne remporte pas
cette victoire. Ne paffons pas fous le joug comme le
duc de *Cumberland* à Clofter-Seven. Il a d'ailleurs affez
d'avantage, et fon dernier triomphe eft affez complet.

Je ne puis finir ma lettre fans vous dire encore un
mot des Pélopides. Faudra-t-il que je fois toujours
reconnu comme M. de *Pourceaugnac*? ne pourrez-vous
point, vous et M. de *Thibouville*, baptifer mon jeune
homme ? M. de *Thibouville* ne peut-il pas connaître
des jeunes gens de bonne volonté , parmi lefquels il
choifirait un prête-nom , quelqu'un qui aurait une
belle voix, et qui lirait la pièce aux comédiens comme
fi elle était de lui ? n'y aurait-il pas un plaifir infini
de jouer ce tour au public et aux foldats de *Corbulon* ?
Rêvez à cela, mes anges; ne m'oubliez pas auprès de
votre ami le campagnard.

Adieu, mes anges gardiens; veillez bien fur moi,
car je ne puis rien par moi-même fans votre grâce. *V*.

LETTRE CCXLIX.

A M. DE CHABANON.

6 de février.

Mon cher ami, je n'écris jamais pour écrire, mais quand j'ai un sujet, je n'épargne pas ma plume, tout vieux et tout mourant que je suis. Mon sujet aujourd'hui est un étrange livre qu'on vient de m'envoyer contre M. *Delille* et contre M. de *Saint-Lambert*.

Quel est donc ce législateur, nommé *Clément*, qui dicte ses arrêts du haut de son trône ? Je vous avoue que je n'ai jamais rien lu de plus injuste et de plus insolent. Je regarde la traduction des *Géorgiques* par M. *Delille* comme un des ouvrages qui font le plus d'honneur à la langue française, et je ne sais même si *Boileau* aurait osé traduire les *Géorgiques*.

Dites-moi donc ce que c'est que ce *Clément*. J'en connais un qui est fils d'un procureur de Dijon, et qui porta, il y a deux ans, une tragédie de sa façon aux comédiens, et qui fut éconduit par eux dès qu'ils eurent lu le premier acte.

Voilà les barbouilleurs qui se mêlent de juger les peintres. Ce qu'il y a de pis dans cet ouvrage, c'est qu'on y trouve par-ci, par-là d'assez bonnes choses, et que les gens malins, à la faveur d'une bonne critique, en adoptent cent mauvaises.

Je ne vous parle point de la critique que monsieur le chancelier a faite du parlement de Paris ; j'ai toujours cru, et surtout depuis la catastrophe du chevalier de *la*

Barre, que ſes arrêts pouvaient être ſujets à la réviſion de la poſtérité ; mais je ne me mêle point de cette eſpèce de controverſe. Il me paraît que vous ne vous en mêlez pas plus que moi. Vous êtes occupé de vos plaiſirs et de vos talens ; moi, je le ſuis de mes misères qui augmentent tous les jours, et qui m'annoncent la fin de ma vie. En attendant, je vous embraſſe de tout mon cœur. *V.*

LETTRE CCL.

A MADAME

LA MARQUISE DU DEFFANT.

11 de février.

VOTRE camarade le quinze-vingt, Madame, affligé de la goutte et de la fièvre, ramaſſe le peu de forces qui lui reſte pour vous écrire, et pour vous ſupplier de faire paſſer à votre grand'maman la lettre ci-jointe.

Je n'ai depuis huit jours aucunes nouvelles de Paris, dans mon enceinte de neiges. Enfermé dans ce ſépulcre blanc, j'ignore où vous en êtes, ſi vous allez trouver votre amie à la campagne, ſi la perſonne que vous me diſiez devoir être nommée lundi a été en effet nommée et déclarée, ſi les avocats ſe ſont remis à plaider, ſi le châtelet continue à faire ſes fonctions, ſi l'opéra comique attire toujours tout Paris. Je ſuis mort au monde ; ce ſerait un état aſſez doux, ſi je ne ſouffrais pas horriblement.

Vous faites cas de la nation anglaise, vous avez —— raison de l'estimer. Elle a trouvé un très-beau secret, c'est qu'aucun particulier chez elle ne va à la campagne que quand il lui en prend envie. **1771.**

On m'a mandé que M. et madame *Barmécide* sont endettés de près de trois millions ; en ce cas, ils ont besoin d'une nouvelle vertu, la seule peut-être qui leur manquât, et qu'on appelle l'économie.

Mais vous, Madame, comment vous êtes-vous tirée d'affaire dans les réductions qu'on a faites sur votre revenu ? vous n'êtes pas une personne à devoir des trois millions.

Comment vous portez-vous, Madame ? comment passez-vous vos vingt-quatre heures ? comment supportez-vous la vie ? La mienne est à vous, mais très-inutilement ; et probablement je ne vous reverrai jamais, ce dont je suis beaucoup plus affligé que de ma goutte et de ma fièvre. Vous ne savez pas combien le vieil hermite vous regrette. *V.*

LETTRE CCLI.

A MADAME

LA DUCHESSE DE CHOISEUL.

A Ferney, 11 de février.

Vous prétendez donc, Madame, être fort orgueilleuse ? il y a bien des personnes qui en effet le seraient, si elles étaient à votre place. Je m'imagine que vous mettez votre orgueil à être bien douce, bien égale, bien préparée à tout : c'eſt un fort bon vice que cet orgueil-là. Il n'y a point de vertu cardinale et théologale qui approche de ce péché mortel. Pour moi, je ſuis obligé de mettre mon petit orgueil à ſouffrir l'aveuglement preſque total où je ſuis réduit dans une enceinte de quatre-vingts lieues de neiges, la goutte et tous ſes accompagnemens, et tout ce que la vieilleſſe traîne après elle. Ainſi quand, dans mes premiers tranſports, je diſais que je me ferais porter en brancard, du mont Caucaſe où je demeure ſur les bords de l'Oronte, chez le grand *Barmécide*, comme homme à lui appartenant, c'était ſuppoſé que je fuſſe encore en vie et que j'euſſe un firman par écrit. Madame ſait ce que c'eſt qu'un firman en arabe et en turc. Je ſuis, Madame, un mort fort orgueilleux, mais non pas indiſcret.

Je ne ſais ſi le bienfeſant *Barmécide* trouvera bon que le jour même qu'on fut au mont Caucaſe la nouvelle de ſon voyage à la campagne, les commis des douanes du calife aient fouillé dans les poches de mes nouveaux colons, et leur aient pris tout ce qu'ils portaient : pour moi, j'ai trouvé ce trait abominable. Il n'y a plus de généroſité muſulmane ſur la terre ; *Allah* nous en punit : nous éprouvons la famine en attendant la peſte ; car pour la guerre, le bienfeſant *Barmécide* nous en a préſervés immédiatement avant que d'aller à ſa belle campagne ſur l'Oronte.

Je m'imagine qu'à préſent vous placez ce bel orgueil dont vous me parlez à mettre de l'ordre dans vos affaires, après que le viſir s'eſt amuſé pendant douze ans à régler celles de l'Europe. C'était ainſi qu'en uſait *Scipion* à Linterne. Je ne crois pas que Linterne valût Chanteloup, ni que *Scipion* eût fait d'auſſi grandes

dépenfes, ni qu'il eût été auffi généreux, ni que madame
Scipion valût madame *Barmécide.*

Il aimait un peu les vers de *Térence* ; il avait raifon, car *Térence* écrivait très-purement dans fa langue,
et il n'employait jamais que le mot propre. Comme
je n'ai pas le même talent, je n'ofe vous envoyer une
épître au roi de Danemarck fur la liberté qu'il a
donnée dans fes Etats d'écrire et d'imprimer tout ce
qu'on voudrait. Il eft ridicule que je faffe des vers
arabes à mon âge ; auffi vous voyez que je ne les
montre qu'en tremblant.

Je me mets en profe à vos pieds, Madame, tout
imperceptibles qu'ils font. Je préfente mon refpectueux et inviolable attachement au généreux *Barmécide*,
ainfi qu'à madame la ducheffe de la grande montagne.
Au refte, les échos du mont Caucafe fe joignent à
tous les autres échos.

Par-tout également on vous chante, on vous loue ;
  On vous voit par-tout du même œil ;
Vous êtes adorée, et tout le monde avoue
Que vous avez raifon d'avoir beaucoup d'orgueil.

LETTRE CCLII.

A MADAME

LA MARQUISE DU DEFFANT.

A Ferney, 15 de février.

JE vous demande en grâce, Madame, de me faire écrire fur le champ s'il eft vrai que la grand'maman ait reçu une lettre du *patron*, et fi cette lettre eft auffi agréable qu'on le dit. Les petits verficulets barmécidiens ont couru. Je peux en être fâché pour eux qui ne valent pas grand'chofe, mais je ne faurais en être fâché pour moi qui ne rougis point d'un fentiment honnête. J'aurais trop à rougir, fi je craignais de montrer mon attachement pour mes bienfaiteurs; je ne leur ai jamais demandé de grâce qu'ils ne me l'aient accordée fur le champ. Il eft vrai que ces grâces étaient pour d'autres, mais c'eft ce qui me rend plus reconnaiffant encore. Je leur ferai dévoué jufqu'à mon dernier foupir.

Je voudrais vous accompagner, Madame, dans votre voyage, mais mon trifte état ne me permet pas de me remuer; et d'ailleurs je n'ai pas le bonheur d'être de ce pays que vous aimez et où l'on va coucher chez qui l'on veut. Tout ce que je puis faire, c'eft de vous être dévoué comme à vos amis; on ne s'eft point encore avifé de nous défendre ce fentiment-là.

Portez-vous bien, écrivez-moi tout ce qui vous plaira, et confervez-moi un peu d'amitié. *V.*

LETTRE CCLII.

A M. CHRISTIN.

Février.

MON très-cher avocat de l'humanité contre la rapine facerdotale, voici deux lettres (*) que je vous envoie; c'eft tout ce que peut faire pour le préfent votre ami moribond. Je ne crois pas que votre affaire foit fitôt jugée; tout le confeil eft actuellement occupé à remplacer le parlement. Il me femble qu'on fe foucie fort peu à Paris de ce parlement. Au bout du compte, il eft dans fon tort avec le roi; et l'affaffinat du chevalier de *la Barre* et de *Lalli* ne doit pas le rendre cher à la nation.

On dit que monfieur le chancelier prépare un nouveau code dont nous avons grand befoin. M. *Chéry* devrait bien l'engager à mettre, dans fon corps de lois, quelque règlement en faveur des hommes libres que des chanoines veulent rendre efclaves. Il doit favoir s'il eft vrai qu'on va refferrer la juridiction de Paris dans des limites plus convenables, et qu'on ne fera plus forcé d'aller fe ruiner à Paris en dernier reffort, à cent-cinquante lieues de chez foi. C'eft le plus grand fervice que monfieur le chancelier puiffe rendre; fon nom fera béni.

Si j'étais à Paris, mon cher philofophe, je me ferais votre clerc, votre commiffionnaire, votre folliciteur; je frapperais à toutes les portes, je crierais à

(*) A M. *Joly de Fleuri*, confeiller d'Etat, du 4 de février, et celle à M. le chevalier de *Châtellux*, du 5 du même mois.

—— toutes les oreilles. Dès que vous ferez près d'être jugé,
1771. je prendrai la liberté d'écrire à monfieur le chancelier
à qui j'ai déjà écrit fur cette affaire; vous pouvez en
affurer vos cliens. Je penfe fermement qu'il eft de fon
intérêt de vous être favorable, et qu'il fe couvrira de
gloire en brifant les fers honteux de douze mille fujets
du roi très-utiles, enchaînés par vingt chanoines très-
inutiles.

Adieu, mon cher ami; je fuis à vous et à vos
cliens jufqu'au dernier jour de ma vie.

LETTRE CCLIV.

A M. LE MARÉCHAL DUC DE RICHELIEU.

A Ferney, 18 de février.

OUI, mon héros, je vous l'avoue, j'ai ri un peu
quand vous m'avez mandé que vous aviez la goutte;
mais favez-vous bien pourquoi j'ai ri? c'eft que je
l'ai auffi. Il m'a paru affez plaifant qu'ayant penfé
comme vous prefque en toutes chofes, ayant eu les
mêmes idées, j'aye auffi les mêmes fenfations. DIEU
m'avait fait pour être réformé à votre fuite; c'eft
bien dommage que je fois toujours fi éloigné de vous,
et que je fois une planète fi diftante du centre de
mon orbite.

D'Argens vient de mourir à Toulon, il ne vous
refte plus que moi de vos anciens ferviteurs bafoués
ou par vous ou par les rois. Je le fuis fort auffi

1771.

par la nature ; mes yeux à l'écarlate font abfolument aveuglés par la neige, à l'heure que je vous
écris.

Je cours actuellement ma foixante et dix-huitieme
année, et vous êtes un jeune homme de près de foixante
et quinze. Voilà, fi je ne me trompe, le temps de faire
des réflexions fur les vanités de ce monde. Deux jours
que j'ai à vivre, et une vingtaine d'années qui vous
reſtent, ne diffèrent pas beaucoup.

Je ris des folies de ce monde encore plus que de
ma goutte ; mais je ne ris point quand mon héros
me gronde, felon fa louable coutume, de ne lui
avoir pas envoyé je ne fais quels livres imprimés en
Hollande, dont il me parle. Voulait-il que je les lui
envoyaffe par la poſte, afin que le paquet fût ouvert,
faifi et porté ailleurs ? m'a-t-il donné une adreffe ?
m'a-t-il fourni des moyens ? ignore-t-il que je ne fuis
ni en Pruffe, ni en Ruffie, ni en Angleterre, ni en
Suède, ni en Danemarck, ni en Hollande, ni dans
le nord de l'Allemagne où les hommes jouiffent du
droit de favoir lire et écrire ?

Ne fe fouvient-il plus du pauvre garçon apothicaire qui fut, il y a deux ans, fouetté, marqué d'une
fleur de lis toute chaude, condamné aux galères per-
pétuelles par *meffieurs*, et qui mourut de douleur le
lendemain avec fa femme et fa fille, pour avoir
vendu, dans Paris, une mauvaife comédie intitulée
la Veſtale, laquelle avait été imprimée avec une
permiffion tacite ?

Ne vous fouvient-il plus qu'un des plus horribles
crimes mentionnés dans le procès du chevalier de *la
Barre*, était d'avoir, dans fon cabinet, des livres

qu'on appelle défendus? ce qui, joint à l'abomina-
tion de n'avoir pas ôté son chapeau pendant la pluie,
devant une proceſſion de capucins, engagea les tuteurs
des rois à lui faire couper le poing, à lui arracher la
langue, et à faire jeter dans les flammes ſa tête d'un
côté et ſon corps de l'autre.

Ne ſaviez-vous pas, mon héros, que, parmi ces
Velches pour leſquels vous avez combattu ſous
Louis XIV et ſous *Louis XV*, pendant ſoixante ans, il
y a des tigres acharnés à dévorer les hommes, comme
il y a des ſinges occupés à faire la culbute?

J'ai été aſſez perſécuté, je veux mourir tranquille.
Dieu merci, je ne fais point de livres, puiſqu'il eſt
ſi dangereux d'en faire. J'achève ma vie au pied du
mont Jura, et j'irais mourir au pied du Caucaſe, ſi
on me perſécutait encore. J'euſſe aimé mieux rire avec
vous à Richelieu; mais mon héros eſt incapable de
porter la philoſophie juſque là. Il ſera dans le tourbillon juſqu'à l'âge de quatre-vingt-dix ans, comme
le duc d'*Epernon* qui ne le valait pas. Il faut que
chaque individu rempliſſe ſa deſtinée.

Je vous remercie très-tendrement d'avoir favoriſé
M. *Gaillard* qui en eſt digne.

Je crois votre goutte auſſi légère que votre brillante imagination. Il n'eſt pas poſſible que, vous
étant baigné preſque tous les jours, l'accès ſoit bien
violent et bien douloureux. La mienne eſt peu de
choſe auſſi; mais mes yeux, mes yeux, voilà ce qui
m'accable. Je ne conçois pas comment madame *du
Deffant* peut être ſi gaie et ſi ſemillante après avoir
perdu la vue. DIEU vous conſerve vos deux yeux
qui ont été tant lorgneurs et tant lorgnés! DIEU vous

conferve tout le refte ! Ne grondez plus votre vieux ferviteur qui affurément ne le mérite pas.

Vous fouvenez-vous de *Couratin* qui avait tou-jours tort avec vous, quelque chofe qu'il fît ?

Permettez-moi de me mettre aux pieds de madame la comteffe d'*Egmont*.

Le vieil hermite.

LETTRE CCLV.

A MADAME

LA PRINCESSE DE TALMONT.

A Ferney, 23 de février.

MADAME,

J'AI foixante et dix-huit ans, je fuis né faible, je fuis très-malade et prefque aveugle : *Mouftapha* lui-même excuferait un homme qui, dans cet état, ne ferait pas exact à écrire.

Si M. le prince de *Salm* vous a dit que je me por-tais bien, je lui pardonne cette horrible calomnie, en confidération du plaifir infini que j'ai eu, quand il m'a fait l'honneur de venir dans ma chaumière.

A l'égard du grand-turc, Madame, je ne puis abfolument prendre fon parti. Il n'aime ni l'opéra, ni la comédie, ni aucun des beaux arts ; il ne parle point français, il n'eft pas mon prochain : je ne puis l'aimer. J'aurai toujours une dent contre des gens qui ont dévaſté, appauvri et abruti la Gréce entière. Vous ne pouvez pas honnêtement exiger de moi que j'aime les deſtructeurs de la patrie d'*Homère*, de *Sophocle* et de *Démoſthène*. Je vous reſpecte même aſſez pour croire que, dans le fond du cœur, vous penſez comme moi.

J'aurais déſiré que vos braves Polonais, qui ſont ſi généreux, ſi nobles et ſi éloquens, et qui ont toujours réſiſté aux Turcs avec tant de courage, ſe fuſſent joints aux Ruſſes pour chaſſer de l'Europe la famille d'*Ortogul*. Mes vœux n'ont pas été exaucés, et j'en ſuis bien fâché; mais, quelque choſe qui arrive, je ſuis perſuadé que votre reſpectable nation conſervera toujours ce qu'il y a de plus précieux au monde, la liberté. Les Turcs n'ont jamais pu l'entamer, nulle puiſſance ne la ravira. Vous eſſuierez toujours des orages; mais vous ne ſerez jamais ſubmergés; vous êtes comme les baleines qui ſe jouent dans les tempêtes.

Pour vous, Madame, qui êtes dans un port aſſez commode, je conçois quel eſt le chagrin de votre belle ame de voir les peines de vos compatriotes. Vous avez toujours penſé avec grandeur; et j'oſe dire qu'il y a une eſpèce de plaiſir à ſentir qu'on ne peut ſouffrir que par le malheur des autres. Je ne puis qu'approuver tous vos ſentimens, excepté votre tendre amitié pour des barbares qui traitent ſi mal votre ſexe, et qui lui ôtent cette liberté dont vous faites tant de cas. Que vous importe, après tout, qu'ils ſe lavent en commençant par le coude? Comme vous n'avez aucun intérêt à ces ablutions, autant vaudrait-il pour vous qu'ils fuſſent auſſi craſſeux que

les

les Samoïèdes. Il faut que tous les mufulmans foient
naturellement bien mal-propres, puifque DIÈU a été
obligé de leur ordonner de fe laver cinq fois par
jour.

Au refte, Madame, je fens que je ferai toujours rempli de refpect et d'attachement pour vous,
foit que vous fuffiez à la Mecque, ou à Jérufalem,
ou dans Aftracan. Je finis mes jours dans un défert
fort différent de tous ces lieux fi renommés. J'y fais
des vœux pour votre bonheur, fuppofé qu'en effet il
y ait du bonheur fur notre globe. Vous avez vu des
malheurs de toutes les efpèces; je vous recommande
à votre efprit et à votre courage.

Agréez, Madame, le profond refpect, &c.

1771.

L E T T R E   C C L V I.

A M.   D E   L A   H A R P E.

A Ferney, 25 de février.

LE diable fe fourre par-tout depuis long-temps. Si
on vous a imputé des vers contre M. le maréchal de
Richelieu, on m'attribue une lettre au pape. On veut
vous faire arrêter, et on veut m'excommunier : perfonne n'eft en fureté ni dans cette vie ni dans l'autre;
il fuffit d'avoir de la réputation pour être perfécuté et
damné. Il faut fe foumettre à tous les ordres de la
Providence; nous lui devons des remercîmens, puifqu'elle vous a choifi pour punir maître *Aliboron* dit
Fréron. Le Mercure, en effet, eft devenu le feul

1771.

—— journal de France, grâce à vos foins. L'âne d'*Apulée* mangeait des rofes, l'âne de *Fréron* s'enivre ; chacun fe confole à fa façon ; je plains feulement fon cabaretier. A l'égard du libraire qui fefait la litière d'*Aliboron*, il ne rifque rien ; il lui reftera toujours le *Journal chrétien*, avec lequel on fait fon falut, fi on ne fait pas fa fortune.

On dit que gentil *Bernard* a perdu la mémoire ; il a pourtant pour mère une des filles de mémoire, et il doit avoir du crédit dans la famille.

Eft il vrai que M. de *Mairan* fe dégoûte de fon âge de quatre-vingt-treize ans, et qu'il veuille aller trouver *Fontenelle* ? Pour moi, j'irai bientôt trouver *Pellegrin*, *Danchet* et le barbare *Crébillon*. En attendant, je vous embraffe de tout mon cœur. *V.*

LETTRE CCLVII.

A M. LE MARQUIS DE FLORIAN.

Le 25 de février.

LA nature et la fortune nous traitent tous bien mal. Il eft trifte d'avoir à combattre à la fois deux puiffances auffi formidables. Madame de *Florian* languiffante et malade encore, fon fils confiné avec fa femme dans un pauvre village à plus de cent lieues de vous, madame *Denis* au mont Jura avec une très-mauvaife fanté, moi, chétif, devenu aveugle et attaqué de la goutte ; ma colonie, qui commençait à profpérer, frappée d'un coup de foudre ; tout prefque

détruit en un moment, des dépenfes immenfes per- ———
dues; quand tout cela fe joint enfemble, c'eft un 1771.
amas d'infortunes dont il eft bien difficile de fe
tirer.

Je ne fais pas comment finira l'affaire du parlement; mais j'oferais bien dire que les compagnies
font de plus grandes fautes que les particuliers,
parce que perfonne n'en répondant en fon propre
nom, chacun en devient plus téméraire. Il m'a toujours paru abfurde de vouloir inculper un pair du
royaume, quand le roi, dans fon confeil, a déclaré
que ce pair n'a rien fait que par fes ordres, et a très-
bien fervi. C'eft au fond vouloir faire le procès au
roi lui-même; c'eft de plus fe déclarer juge et partie;
c'eft manquer, ce me femble, à tous les devoirs.

Je vous avoue encore que j'ai fur le cœur le fang
du chevalier de *la Barre* et du comte de *Lalli*. Heureufement d'*Ornoi* n'y a point trempé fes mains;
mais ceux qui ont à fe reprocher ces cruautés, dont
l'Europe eft indignée, font-ils bien à plaindre d'être
à la campagne? Il y a dix-fept ans que j'y fuis, et
je n'ai pourtant affaffiné perfonne.

Le fetier de blé, mefure de Paris, vaut toujours
chez nous environ vingt écus. C'eft un très-petit
malheur pour moi, mais c'en eft un fort grand pour
le peuple.

Je vous embraffe tous deux tendrement, et je fuis
défefpéré de n'être d'aucun fecours à ma nièce.

LETTRE CCLVIII.

A M. DE VEYMERANGE.

Le 25 de février.

LE vieux malade, goutteux, aveugle, n'en pouvant plus, remercie bien tendrement M. de *Veymerange* de ses bontés et de ses nouvelles. Il tient encore au monde par les bontés que vous avez pour lui. Il est très-affligé des brigandages dont il a été témoin dans le pays barbare qu'il habite. Il est fâché d'avoir vu tout le blé du pays vendu impunément à l'étranger par un génevois; il est fâché que le froment coûte encore près de vingt écus le setier, mesure de Paris. Il voit avec douleur sa colonie vexée et dégoûtée. Il a levé les épaules quand la cohue des enquêtes s'est mise à contrarier le roi, et à vouloir entacher les gens. Il a ri; mais il ne rit point quand on manque de pain. C'est-là l'essentiel; et le *Pater noster* commence par là, ce qui est, à mon avis, fort sensé.

Je m'intéresse fort à vos yeux, Monsieur; je suis d'ailleurs du métier, une fluxion épouvantable m'a rendu aveugle.

Je vous remercie, encore une fois, de tout ce que vous avez bien voulu m'apprendre.

On me mande de Lyon que monsieur le chancelier a déjà nommé onze conseillers du conseil suprême qu'il veut établir à Lyon. Si la chose est vraie, c'est

un des plus grands services qu'il puisse rendre à
l'Etat, et il sera béni à jamais. N'était-il pas horrible 1771.
d'être obligé de s'aller ruiner, en dernier ressort, à
cent lieues de chez soi, devant un tribunal qui n'entend
rien au commerce, et qui ne sait pas comment on
file la soie? Monsieur le chancelier paraît un homme
d'esprit, très-éclairé et très-ferme. S'il persiste, il se
couvrira de gloire; s'il mollit, il aura toujours des
ennemis à combattre.

Délivrez-nous du génevois *Cambassadès* qui, à présent, au lieu de vendre notre blé à l'étranger, vend
notre pain tout cuit.

Madame *Denis* vous fait les plus sincères complimens. Je suis entièrement à vos ordres.

Le vieux malade du mont Jura,
et le plus inutile des hommes.

LETTRE CCLIX.

A M. LE MARECHAL DUC DE RICHELIEU.

A Ferney, 27 de février.

Comme je suis réformé à la suite de mon héros,
et que je suis quitte de ma goutte, je me flatte qu'il
en est délivré aussi; elle ne lui allait point du tout.
Passe pour un prélat désœuvré; mais monseigneur le
maréchal n'est pas fait pour se tenir couché sur le
dos avec un cataplasme sur le pied. C'est une chose
bien plaisante que la goutte, et qui confond terriblement l'art prétendu de la médecine. Comment

—————— fe peut-il faire que la douleur paffe tout d'un coup
1771. d'un doigt de la main gauche à l'orteil du pied
droit , fans qu'on fente le moindre effet de ce paffage
dans le refte du corps ? Quand les médecins m'ex-
pliqueront cette tranfmigration , et qu'ils y remédie-
ront , je croirai en eux.

On dit que nous allons avoir un nouveau code;
nous en avons grand befoin. Cette réforme immor-
taliferait le règne du roi. Il eft furtout bien à défirer
qu'on ne voye plus de jugemens femblables à ceux
du lieutenant général *Lalli* et du chevalier de *la Barre*,
qui n'ont pas fait honneur à la France dans le refte
de l'Europe. J'avoue encore que je ne fais rien de fi
ridicule que la rage d'entacher ; il y a eu des chofes
plus odieufes du temps de la fronde , mais rien de
plus impertinent. On croit que c'eft à l'opéra comique que la nation eft folâtre ; on fe trompe , c'eft à
la cohue des enquêtes, et le parterre juge beaucoup
mieux qu'elle.

C'eft trop raifonner pour un pauvre aveugle ; j'ai
prefque perdu la vue dans mes neiges ; je ne pourrai
plus voir mon héros, mais je lui ferai attaché, jufqu'au dernier moment de ma vie, avec le plus tendre
refpect. *V.*

LETTRE CCLX.

A L'ACADEMIE FRANÇAISE.

A Ferney , 4 de mars.

MESSIEURS ,

PERMETTEZ-MOI de vous foumettre une idée dans laquelle j'ofe me flatter de me rencontrer avec vous. Rempli de la lecture des *Géorgiques* de M. *Delille* , je fens tout le mérite de la difficulté fi heureufement furmontée , et je penfe qu'on ne pouvait faire plus d'honneur à *Virgile* et à la nation. Le poëme des *Saifons* et la traduction des *Géorgiques* me paraiffent les deux meilleurs poëmes qui aient honoré la France après l'*Art poëtique*. Vous avez donné à M. de *Saint - Lambert* la place qu'il méritait à plus d'un titre , il ne vous refte qu'à mettre M. *Delille* à côté de lui. Je ne le connais point , mais je préfume , par fa préface , qu'il aime la liberté académique , qu'il n'eft ni fatirique ni flatteur , et que fes mœurs font dignes de fes talens.

Je me confirme dans l'eftime que je lui dois , par la critique odieufe et fouvent abfurde qu'un nommé *Clément* a faite de cet important ouvrage , ainfi que du poëme des *Saifons*. Ce petit ferpent de Dijon s'eft caffé les dents à force de mordre les deux meilleures limes que nous ayons.

Je penfe , Meffieurs , qu'il eft digne de vous de récompenfer les talens , en les fefant triompher de

—— l'envie. La critique eft permife, fans doute ; mais la
1771. critique injufte mérite un châtiment ; et fa vraie
punition eft de voir la gloire de ceux qu'elle attaque.

M. *Delille* ne fait point quelle liberté je prends
avec vous. Je fouhaite même qu'il l'ignore, et je me
borne à vous faire juges de mes fentimens que je dois
vous foumettre.

J'ai l'honneur d'être avec un profond refpect, &c.

A M. Duclos, fecrétaire perpétuel, &c.

Si M. *Duclos* penfe comme moi, et s'il trouve ma
lettre à l'académie convenable, je le fupplie de la
préfenter dans la féance qui lui paraîtra la mieux
difpofée. Je m'en rapporte à fes lumières, à toutes
les vues qu'il peut avoir, et à l'amitié dont il m'a
toujours honoré. Je puis l'affurer que je n'ai jamais
eu la moindre liaifon avec M. *Delille*, que je ne lui
ai jamais écrit, que j'ignore même s'il fait des
démarches pour être reçu à l'académie ; mais il me
paraît fi digne d'en être, que je n'ai pu m'empêcher
de dire ce que j'en penfe, fuppofé que cela foit permis par nos flatuts.

Je préfente mes refpects à M. *Duclos*.

LETTRE CCLXI.

A M. LE COMTE DE ROCHEFORT.

4 de mars.

MON cher lieutenant de la garde prétorienne , je
viens de lire la meilleure pièce qu'on ait faite depuis
bien long-temps , pour le fond , pour la conduite et
pour le ftyle. Je ne fais pas fi elle réuffit à Paris
comme en province ; mais je fais qu'elle eft excel-
lente , et que c'eft ainfi qu'il faut écrire en profe. La
pièce, à la vérité, eft en fix actes ; mais ces fix actes
font très-bien diftribués , et chacun d'eux doit faire
un très-bon effet. Il me paraît que l'auteur a deux
chofes néceffaires et rares, du génie et de l'efprit. Si,
par hafard , vous le voyez à Verfailles , je vous fupplie de lui dire que j'admire fon plan , et que je fuis
enchanté de fon ftyle. Cet ouvrage doit aller à l'immortalité. Rien n'eft fi beau que la juftice gratuite ,
rien n'eft fi confolant que de n'être pas obligé d'aller
fe ruiner à cent lieues de chez foi ; c'eft le plus grand
fervice rendu à la nation.

Comment fe porte madame *Dixneufans* ? ferez-
vous un petit tour cette année dans le Vivarais ?
aurons-nous le bonheur de vous poffe´der ?

Madame *Denis* vous fait mille complimens. Le
pauvre vieux malade vous embraffe comme il peut ,
car il n'en peut plus.

LETTRE CCLXII.

A MADAME

LA COMTESSE D'ARGENTAL.

9 de mars.

JE ne pourrai aujourd'hui, Madame, parler à mes anges ni de M. *Lantin* ni du petit anti-*Crébillon* que M. de *Thibouville* a si heureusement trouvé. Je suis absolument aveugle pour le moment présent. Je sais bien qu'il serait fort mal de renoncer aux vers, parce qu'on a perdu les yeux ; au contraire, c'est alors qu'on en doit faire plus que jamais ; on a l'esprit bien plus recueilli, et l'exemple d'*Homère* encourage infiniment : mais l'état où je me trouve a été si embelli par tant d'autres accompagnemens dignes de mon âge, que je suis obligé de demander quartier pour quelques jours.

Je vous avertis seulement, mes anges, que j'ai une répugnance infinie à tuer la reine-mère, après avoir empoisonné sa bru. Je vous trouve trop cruels ; ne pourriez-vous point prendre des mœurs un peu plus douces ?

M. d'*Argental* a donc toujours un grand goût pour ce *Système de la nature ?* Je le supplie de bien effacer les vers dans lesquels on en parle au roi de Danemarck. Cependant je vous jure que ce livre est farci de déclamations, de répétitions, et très-peu fourni de raisons. Il y a des morceaux éloquens, d'accord ;

mais il me paraît abfurde de nier qu'il y ait une
intelligence dans le monde. *Spinofa* lui - même , qui 1771.
était bon géomètre , eft obligé d'en convenir. L'intelligence répandue dans la matière fait la bafe de fon
fyftême. Cette intelligence eft affurément démontrée
par les faits, et l'opinion oppofée de notre auteur me
femble très-anti-philofophique : d'ailleurs , qu'eft-ce
qu'un fyftême uniquement fondé fur une balourdife
d'un pauvre jéfuite qui crut avoir fait des anguilles
avec de la farine de blé ergoté ? J'avoue que tout
cela me paraît le comble de l'extravagance. *Spinofa*
eft moins éloquent , mais il eft cent fois plus rai-
fonnable.

Je paffe volontiers de ce chaos à la nouvelle pièce
en fix actes, que le roi vient de faire. Je trouve ces
fix actes admirables, furtout fi on trouve des acteurs.
Il me paraît que la pièce réuffit beaucoup auprès de
tous les gens défintéreffés. Il faut la jouer au plutôt.
Je la regarde comme un chef - d'œuvre qui doit
enchanter la nation malgré la cabale.

Je parlerai de la famille d'*Atrée* et de celle d'*Annibal*,
dès que je ferai quitte de mes fouffrances.

Mille tendres refpects à mes anges.

LETTRE CCLXIII.

A M. LE MARECHAL DUC DE RICHELIEU.

A Ferney, 11 de mars.

IL n'y a rien à répliquer, Monseigneur, au
mémoire dont vous m'avez favorisé, si ce n'est ce
que disait M. *le Grand* à *Louis XIV*, sur les rangs
que le roi venait de régler : Sire, le charbonnier est
maître chez lui.

Le roi peut arranger les choses comme il lui plaît
à un bal, à son souper, à sa chapelle ; mais, pour
la constitution de l'Etat, elle demande un peu plus
d'attention et de connaissances.

Il est prouvé que la pairie est la vraie noblesse et
la vraie juridiction suprême du royaume ; c'est l'ancien baronage, c'est le véritable parlement aussi ancien
que la monarchie.

Guillaume le conquérant, premier vassal du roi de
France, porta les lois fondamentales de la France
dans l'Angleterre où elles se sont fortifiées, tandis
qu'elles se sont affaiblies dans le lieu de leur origine.
Cela est si vrai, que la pairie a été toujours com-
posée en Angleterre de ducs, de marquis, au nombre
de deux, de comtes, de vicomtes et de barons ; les
ducs y ont toujours eu, et prennent encore le titre
de très-haut et de très-puissant prince, et on les
appelle encore *votre grâce*, qualité qu'on donne au
roi.

Voilà pourquoi *François de Montmorenci*, pair et maréchal de France (cité dans le *Mémoire*, page 11,) fut infcrit dans le rôle des chevaliers de la Jarretière, en 1572, fous ce titre: *His grace the moft high and potent ;* fa grâce, le très-haut et puiſſant prince le duc de *Montmorenci*.

La raifon en eft que, dans ce temps, les ducs et pairs étaient tous en Angleterre de la famille royale, comme ils l'avaient été en France. Les Anglais ont confervé leur ancienne prérogative, et c'eft encore la raifon pour laquelle les ducs et pairs anglais, qui étaient dans l'armée du roi *Guillaume III*, ne voulurent jamais céder aux princes de l'Empire. Les princes étrangers n'ont aucun rang en Angleterre que par courtoifie, et les chevaliers de la Jarretière ne marchent que fuivant l'ordre de leur féception, indiftinctement, felon l'ancien ufage de France.

Puifque me voilà embarqué dans les profondeurs de la pairie, je vous dirai que la juridiction fuprême, en matière d'Etat, a toujours continué d'être en Angleterre la feule cour des pairs, et qu'elle eft feule le parlement, comme elle l'était chez nous.

Le roi de France peut encore affembler fes pairs où il veut, et juger la caufe d'un pair où il veut, fans y appeler aucun homme de robe, cela eft inconteftable ; c'eft pourquoi les difficultés que le parlement de Paris a faites au roi en dernier lieu, m'ont toujours paru très-mal fondées.

Votre jurifprudence ayant continuellement changé, ainfi que tous vos ufages, vous avez certainement befoin d'une réforme.

Un des plus grands abus était de fe voir obligé

d'aller plaider trop loin de chez foi. Cet abus a ruiné mille familles, et la juftice n'en a pas été mieux rendue. Si on peut y remédier, c'eſt un très-grand fervice rendu à l'Etat, et qui mérite la reconnaiſſance de la nation.

Voilà mes petites idées , elles fe foumettent entièrement aux vôtres , comme de raiſon ; vous devez aſſurément en favoir plus que moi fur tout ce qui concerne votre très-refpectable petaudièle. J'en parle comme un moineau qui ne doit pas juger les aigles de fon pays.

Je me mets , dans le fond de mon pot à moineaux, fous la protection de l'aigle de Fontenoi, de Gênes et de Minorque.

Confervez vos bontés pour ce vieil aveugle qui vous eſt dévoué avec un refpect auſſi tendre que s'il avait deux yeux.

Si vous pouviez me gratifier des remontrances de la cour des aides , je vous ferais infiniment obligé; mais de quoi s'aviſe la cour des aides ? et que fera la cour des monnaies ? *V.*

LETTRE CCLXIV.

A M. LE COMTE DE SCHOMBERG.

13 de mars.

Le vieux malade, que fes fluxions ont rendu aveugle, remercie bien tendrement fon cher et refpectable infpecteur de fon fouvenir.

Je n'ai point lu les remontrances de la cour des aides, et je n'entends point pourquoi la cour des aides fe mêle des confeils fouverains que le roi juge à propos de créer dans fon royaume pour le foulagement de fes peuples; mais puifqu'elles font fi bien écrites, je fuis curieux de les voir comme pièce d'éloquence, et non pas comme affaire d'Etat. Si vous pouvez, Monfieur, avoir la bonté de me les faire parvenir contre-fignées du nom de monfeigneur le duc d'*Orléans*, je vous ferai très-obligé; fi cela fait la moindre difficulté, je retire ma très-humble prière. Quand je verrai des remontrances qui opèreront le payement de nos rentes, je ferai fort content; jufque-là je ne vois que des phrafes inutiles. L'*Oraifon* de *Cicéron*, *pro lege manilia*, fit donner le commandement d'Afie à *Pompée*. Toutes les belles harangues de *meffieurs* n'ont produit, depuis *François I*, que des lettres de cachet. Il aurait bien mieux valu ne fe point baigner dans le fang du chevalier de *la Barre* et du comte de *Lalli*.

Votre héros, le prince *Adolphe*, devenu roi, n'honorera point Ferney de fa préfence. J'aurais été affez embarraffé de le recevoir dans l'état où je fuis. Je n'ai qu'un fouffle de vie; mais tant que je refpirerai, ce fera, Monfieur, pour vous aimer et pour vous refpecter.

LETTRE CCLXV.

A MADAME

LA DUCHESSE DE CHOISEUL.

13 de mars.

Job à madame Barmécide.

L e diable avait oublié de crever les yeux à l'autre *Job*, il s'eft perfectionné depuis : ainfi, Madame, vous avez actuellement une petite-fille (*) et un vieux fervitéur aux Quinze-vingts. C'eft de mon fumier que j'ai l'honneur de vous écrire avec un têt de pot caffé. Madame votre petite-fille eft la plus heureufe aveugle qui foit au monde; elle court, elle foupe, elle veille dans Babylone, elle compte même aller à Chante- loup; ce qui eft, dit-on, la fuprême félicité. *Job* n'y prétend point, il compte mourir inceffamment dans fes neiges; et voici ce qu'il dit, de la part du Seigneur, à l'illuftre *Barmécide* :

Votre nom répandra toujours une odeur de fuavité

(*) Madame *du Deffant*.

dans

dans les nations , car vous fefiez le bien au point du
jour et au coucher du foleil ; vous n'avez point fait 1771.
de pacte avec le diable , mais vous avez fait un pacte
de famille qui eft de DIEU, vous avez une fois
donné la paix à Babylone, et vous avez une autre
fois empêché la guerre ; et une autre fois, pour vous
amufer , vous avez donné une île au commandeur
des croyans ; auffi je vous ai écrit dans le livre de vie,
très-petit livre où n'a pas de place qui veut.

J'encadrerai avec vous la fultane *Barmécide*, ma
philofophe , dont l'Eternel s'eft complu à former la
belle ame , et je mettrai dans le même cadre votre
fœur de la grande montagne, en qui mérite abonde ;
et j'ai dit : Ils feront bien par-tout où ils feront, parce
qu'ils feront bien avec eux-mêmes, et que les cœurs
généreux font toujours en paix.

Et fi vous voulez vous amufer de rogatons par *A* ,
B, *C*, *D*, *E*, comme *Abbaye* , *Abraham* , *Adam* ,
Alcoran, *Alexandre* , *Anciens et Modernes*, *Ane*, *Anges* ,
Anguilles , *Apocalypfe* , *Apôtres*, *Apoflats* , on vous fera
parvenir ces facéties honnêtes par la voie que vous
aurez la bonté d'indiquer ; facéties d'ailleurs pédan-
tefques et très-inftructives pour ceux qui veulent
favoir des chofes inutiles.

Si *Job* pouvait occuper un moment le loifir de la
maifon *Barmécide* , il ferait trop heureux ; mais que
peut-il venir de bon des précipices et des neiges du
mont Jura ? C'eft dans les belles campagnes de
Chanteloup que fe trouvent l'efprit, la raifon et le
génie ; ainfi je me tais et m'endors fur mon fumier,
en me recommandant au néant.

En attendant, je fupplie madame *Barmécide* de me

—— conferver fes bontés qui font ma confolation pour
1771. le moment qui me refte à vivre, et d'agréer mon
profond refpect.

Le vieil hermite.

LETTRE CCLXVI.

A MADAME

LA MARQUISE DU DEFFANT.

16 de mars.

JE vous trouve très-heureufe, Madame, de n'être
qu'aveugle; pour moi, qui le fuis entièrement depuis
quinze jours, avec des douleurs horribles dans les
yeux, moi qui ai la goutte et la fièvre, je me tiens
un petit *Job* fur mon fumier. Il eft vrai que *Job*
n'avait point perdu les deux yeux, et n'avait point
furtout perdu la langue, car c'était un terrible bavard;
le diable, à la vérité, lui avait ôté tout fon bien,
et il ne m'a pris qu'une grande partie du mien : mais
DIEU rendit tout à *Job*, et il n'a pas la mine de me
rien rendre.

Votre grand'maman a de la fanté et bonne compagnie; fa philofophie et la trempe de fon ame doivent encore contribuer à fon bonheur dans le plus
beau lieu de la nature : elle doit être plus chère que
jamais à fon mari ; enfin elle jouira des agrémens de
votre fociété. Joignez à tout cela l'acclamation de la
voix publique; fon lot me paraît un des meilleurs de

ce monde. Il me femble que , quand on a tous les cœurs pour foi , on eft le premier perfonnage de la terre.

Ma *Catherine* joue un autre rôle. Il y a à parier qu'elle fera dans Conftantinople avant la fin de l'année, à moins qu'*Aly-bey* ne la prévienne et ne devienne fon ennemi , ce qui pourrait très-bien arriver. Voilà des événemens cela ! nos tracafferies parlementaires font des fottifes de pédans, des pauvretés méprifables, en comparaifon de ces belles révolutions. Vous pourriez bien auffi voir cet été quelques querelles fur mer entre les Efpagnols et les Anglais ; mais ce font de petites fufées, en comparaifon des grands feux de ma *Catherine.*

Les princes de Suède devaient venir dans mon pays barbare , mais ils ont un voyage plus preffé à faire.

Adieu , Madame ; portez-vous bien. Allez voir votre amie ; faites toutes deux le bonheur l'une de l'autre , fi le mot de bonheur peut fe prononcer; confervez-moi des bontés qui me confolent. *V.*

LETTRE CCLXVII.

A M. DE LA PONCE.

A Ferney, mars.

S I vous allez à Chanteloup, je me recommande à vos bons offices. Je vous prie de me mettre aux pieds de M. le duc, de madame la duchesse de *Choiseul* et de madame la duchesse de *Grammont* ; leurs bontés feront toujours gravées dans mon cœur. Il me semble que je suis comme la France, je dois beaucoup à ce grand ministre.

S'il a fait le pacte de famille, s'il vous a donné la paix, si la Corse est au roi, je lui dois aussi l'établissement de mademoiselle *Corneille*, les franchises de mes terres, et les grâces dont il a comblé toutes les personnes que j'ai pris la liberté de lui recommander : ainsi, Monsieur, je crois qu'il peut très-raisonnablement compter sur les cœurs de la France, sur le vôtre et sur le mien.

Ce n'est pas que je ne trouve l'érection des six nouveaux conseils admirable, ce n'est pas que je ne sois persuadé que nous avons besoin d'une nouvelle jurisprudence ; mais cela n'a rien de commun avec les services que M. le duc de *Choiseul* a rendus à l'Etat, et avec la reconnaissance que je lui dois.

Je vous remercie bien sensiblement ; Monsieur, du service essentiel que vous venez de rendre à ma petite colonie, en assurant par vos bontés et par vos soins l'envoi de la petite caiffe adreffée à M. le marquis d'*Offun* : vous ne pouviez mieux favorifer ces pauvres gens, dans une circonftance plus critique. Ils font maltraités de tous les côtés. Ils n'ont encore rien pu obtenir de ce qu'ils demandaient ; et notre petit pays qui fe flattait, il y a quelques mois, de la protection la plus fignalée, eft bien près de retourner dans fon ancienne barbarie. Je m'étais épuifé entièrement pour le vivifier un peu ; un moment a tout détruit : nous n'avons à préfent qu'une perfpective très-trifte avec la famine dont nous avons bien de la peine à nous délivrer.

LETTRE CCLXVIII.

A M. DE CHABANON.

25 de mais.

VRAIMENT oui , mon cher ami , quoique les malades ne reffentent que leurs maux, j'ai fenti vivement le trifte état de douze mille honnêtes gens traités comme des nègres par des chanoines et par des moines. On leur avait perfuadé qu'ils étaient nés efclaves , et ils le croyaient bonnement. *L'inflruction fait tout*, comme vous le favez. J'ai travaillé vivement pour eux, et M. le duc de *Choifeul* les prenait fous fa protection. Ils ont , dans mon petit *Chriftin* , un défenfeur admirable. Il eft enthoufiafte de la liberté, de l'humanité et de la philofophie ; mais je crois que par ce temps-ci les affaires de mes pauvres efclaves

ne feront pas fitôt jugées ; le confeil eft occupé à
1771. des chofes plus preffantes ; il faut attendre.

Je dois remercier madame la ducheffe de *Villeroi*
de m'avoir épargné le foin de faire des chœurs à
Oedipe, je n'y aurais pas réuffi ; on fait mal les
chofes qu'on n'aime pas , et j'avoue que je n'ai pas
de goût pour la mufique mêlée avec la déclamation:
il me paraît que l'un tue toujours l'autre.

Je fuis bien aife que le ton magiftral de ce petit
Clément , fa malignité et fes bévues vous aient révolté
comme moi. Ce marouflé defcend de *Zoïle* , qui
engendra l'abbé *Desfontaines* , qui engendra *Fréron* ,
qui engendra *Clément.*

Adieu , mon cher ami; je fuis accablé de maux,
je fuis aveugle ; mais on m'affure que je retrouverai
mes yeux quand ce mont Jura, que vous connaiffez,
n'aura plus de neige.

Madame *Denis* vous fait les plus tendres complimens. Je vous embraffe de tout mon cœur. *V.*

LETTRE CCLXIX.

A M. LE COMTE DE ROCHEFORT.

27 de mars.

Si vous paffez, comme vous le dites , Monfieur,
au mois de juillet par votre hofpice de Ferney avec
madame *Dixneufans* , vous favez comme cette faveur
fera fentie par ma nièce et par fon oncle l'aveugle.

1771.

J'efpère qu'alors j'aurai des yeux ; car jufqu'à préfent l'été me rend la vue que je perds dans le temps des neiges. On ne peut mieux prendre fon temps pour voir, que quand madame *Dixneufans* paffe.

Vous verrez ma petite colonie affez heureufement établie : celle de Verfoy eft un peu négligée à préfent. Il me femble qu'on a trop étendu les idées de M. le duc de *Choifeul*. On a fait dépenfer au roi fix cents mille francs pour un port qui honorerait Breft ou Toulon, mais où il n'y aura jamais que deux ou trois barques. Au lieu de conftruire le port à l'embouchure de la rivière, on l'a placé beaucoup plus haut, et on s'eft mis dans la néceffité de donner à la rivière un autre lit, ce qui exigerait des dépenfes immenfes. Voilà comment les meilleurs projets échouent, quand on veut plus faire que le miniftère n'ordonne.

Je conferverai jufqu'au dernier jour de ma vie la plus tendre et la plus refpectueufe reconnaiffance pour M. le duc de *Choifeul*. Il m'accordait fur le champ tout ce que je lui demandais, et je ne lui ai jamais rien demandé que pour les autres ; c'eft ce qui augmente les obligations que je lui ai.

Il eft horrible d'être ingrat, mais il faut être jufte. Je perfifte dans la ferme opinion que rien n'eft plus utile et plus beau que l'établiffement des fix confeils fouverains ; cela feul doit rendre le règne de *Louis XV* cher à la nation. Ceux qui s'élèvent contre ce bienfait, font des malades qui fe plaignent du médecin qui leur rend la fanté. Quelquefois les inftitutions les plus falutaires font mal reçues, parce qu'elles ne viennent pas dans un temps favorable,

—— mais bientôt les bons efprits fe rendent : pour la

canaille , il ne faut jamais la compter.

Adieu , Monfieur ; confervez-moi votre amitié dont vous favez que je fens tout le prix , et qui fait ma confolation.

LETTRE CCLXX.

A M. LE MARQUIS DE FLORIAN.

Le 1 d'avril.

J'AI été pendant un mois accablé de fouffrances , mon cher grand écuyer de *Cyrus;* j'ai eu la goutte, j'ai été accablé de fluxions fur les yeux , j'ai été aveugle , j'ai été mort , et le vent du nord pourfuit encore ma cendre.

Pendant ce temps-là , on m'imputait à Paris je ne fais combien de petites brochures qui courent fur les tracafferies parlementaires, de forte que je me fuis trouvé un des morts les plus vexés.

Tout cela eft caufe que je ne vous ai pas écrit en même temps que madame *Denis.* Tous ceux qui m'écrivent de Paris me proteftent qu'ils font très-fâchés d'y être ; mais ils y reftent. Vous êtes plus fage qu'eux, vous prenez le parti de vivre à la campagne, fans vous vanter de rien. Je ne fais fi vous y êtes actuellement.

N'êtes-vous pas curieux de voir le dénouement de la pièce qu'on joue à Paris depuis deux mois ? Les fix actes réufliffent très-bien dans les provinces.

Pour moi, je vous avoue que je bats des mains quand je vois que la justice n'est plus vénale, que des citoyens ne font plus traînés des cachots d'Angoulême aux cachots de la conciergerie, que les frais de justice ne font plus à la charge des seigneurs. Je le dis hautement, ce règlement me paraît le plus beau qui ait été fait depuis la fondation de la monarchie; et je pense qu'il faut être ennemi de l'Etat et de soi-même pour ne pas sentir ce bienfait.

Vous avez un neveu qui est charmant : voici un petit mot pour lui que je glisse dans ma lettre, fans cérémonie, pour ne pas multiplier les ports de lettres.

LETTRE CCLXXI.

A M. LE PRINCE DE BEAUVAU.

A Ferney, 5 d'avril.

JE me mets aux pieds de mon très-respectable confrère qui veut bien m'appeler de ce nom. Comme un chêne est le confrère d'un roseau, le roseau, en levant sa petite tête, dit très-humblement au chêne : Ceux de Dodone n'ont jamais mieux parlé. Il est vrai, illustre chêne, que vous n'avez point prédit l'avenir; mais vous avez raconté le passé avec une noblesse, une décence, une finesse, un art admirable.

En parlant de ce que le roi a fait de grand et d'utile, vous avez trouvé le secret de faire l'éloge d'un ministre votre ami, dont les foins ont rendu le comtat d'Avignon à la couronne, fubjugué et policé la Corfe, rétabli la difcipline militaire, et affuré la paix de la France. Vous avez facrifié à l'amitié et à la vérité. Je n'ai que deux jours à vivre, mais j'emploîrai ces deux jours à aimer et à révérer un grand miniftre qui m'a comblé de bontés, et le roi approuvera ma reconnaiffance.

Je ne me mêle pas affurément des affaires d'Etat, ce n'eft pas le partage des rofeaux; j'applaudis comme vous à l'érection des fix confeils, à la juftice rendue gratuitement, aux frais de juftice dont les feigneurs des terres font délivrés; mais je n'écris point fur ces objets : j'en fuis bien loin, et je fuis indigné contre ceux qui m'attribuent tant de belles chofes.

Il y a, entre autres écrits, un avis important à la nobleffe de France, dont la moitié eft prife mot pour mot d'un petit livre d'un jéfuite, intitulé *Tout fe dira*; et on a l'injuftice et l'ignorance de m'imputer cette feuille qui n'eft qu'un réchauffé. Qu'on m'impute Barmécide (*), voilà mon ouvrage; je le réciterais au roi.

Mais, dans ma vieilleffe et dans ma retraite, je ne peux que rendre juftice obfeurément et fans bruit au mérite.

C'eft ainfi que ce pauvre rofeau caffé en ufe avec le beau chêne verdoyant auquel il préfente fon profond refpect.

(*) L'épître de *Benaldaki* à *Caramoufté*, vol, d'Epîtres.

LETTRE CCLXXII.

A MADAME

LA MARQUISE DU DEFFANT.

A Ferney, 5 d'avril.

Eh bien, Madame, vous aurez l'épître au roi de Danemarck. Je ne vous l'ai point envoyée, parce que j'ai craint que quelque velche ne s'en fâchât. Depuis ma correfpondance avec l'empereur de la Chine, je me fuis beaucoup familiarifé avec les rois; mais je crains un certain public de Paris, qu'il eft plus difficile d'apprivoifer.

D'ailleurs, non-feulement je fuis dans les ténèbres extérieures, mais tous les maux font venus à la fois fondre fur moi. Il y a un avocat, nommé *Marchand*, qui s'eft avifé de faire mon teftament: il peut compter que je ne lui ferai pas plus de legs que le préfident *Hénault* ne vous en a fait.

M. le prince de *Beauvau* m'a fait l'honneur de m'envoyer fon difcours à l'académie. Il eft noble, décent, écrit du ftyle convenable; j'en fuis extrêmement content. Je ne le fuis point du tout qu'on m'impute des ouvrages où l'on dit que les parlemens font maltraités. Il y en a un d'un jéfuite qui eft l'auteur d'un livre intitulé *Tout fe dira*, et d'un autre intitulé *Il eft temps de parler*. Pour moi, je ne me mêle point du tout des affaires d'Etat; je

—— me contente de dire hautement que je ferai attaché
1771. à M. le duc et à madame la duchesse de *Choiseul*
jusqu'au dernier moment de ma vie.

Je l'ai dit à la terre, au ciel, à Gufman même.

Ce qui m'a paru le plus beau dans le discours de
M. le prince de *Beauvau*, c'est le secret qu'il a trouvé
de relever tous les services que M. le duc de
Choiseul a rendus à l'Etat, et qu'en fefant l'éloge
du roi, il a fait celui de M. le duc de *Choiseul*,
fans que le roi en puiffe prendre le moindre ombrage :
il y a bien de la générofité et de la fineffe dans
ce tour qui n'eft pas affurément commun.

Je n'ai pas approuvé de même quelques remontrances qui m'ont paru trop dures. Il me femble
qu'on doit parler à fon fouverain d'une manière
un peu plus honnête. J'ai écrit ce que j'en penfais
à un homme qui a montré ma lettre.

J'ajoutais que j'étais enchanté de l'établiffement
des fix confeils nouveaux qui rendent la juftice
gratuitement. Je trouvais très-bon que le roi payât
les frais de juftice dans mon village. On a montré
ma lettre au roi qui ne s'eft pas fâché ; il aime les
fentimens honnêtes ; et il devrait être encore plus
content, s'il voyait que je parle, dans le peu de lettres que j'écris, de la reconnaiffance que je dois
au mari de votre grand'maman.

Adieu, Madame ; foupez, digérez, converfez ;
et quand vous écrirez à votre grand'maman qui ne
m'écrit point, mettez-moi tout de mon long à fes
pieds. *V.*

LETTRE CCLXXIII.

A M. DE SAINT-LAMBERT.

A Ferney, 7 d'avril.

MON charmant confrère, je fuis de votre avis dans tout ce que vous m'écrivez dans votre lettre non datée. Ce petit procureur de Dijon ne gagnera pas fon procès, ou je me trompe fort. Il rend des arrêts comme le parlement, fans les motiver. Il eft bien fier ce *Clément*; c'eft un grand-homme. Il lut, il y a deux ans, une tragédie aux comédiens qui s'en allèrent tous au fecond acte. Voilà les gens qui s'avifent de juger les autres. J'aurai l'honneur de lui rendre inceffamment la plus exacte juftice.

On m'a envoyé de Lyon des écrits fur les affaires du temps, qui n'ont pas été faits par meffieurs des enquêtes. Il y a un homme à Lyon dont les ouvrages paffent quelquefois pour les miens. On fe trompe entre ces deux *Sofie*. Je voudrais que chacun prît franchement ce qui lui appartient; mais il y a des occafions où l'on fait largeffe de fon propre bien, au lieu de prendre celui d'autrui. Quoi qu'il arrive, je fuis choifeullifte et ne fuis point parlementaire. Je n'aime point la guerre de la fronde, attendu que les premiers coups de fufil ne manqueraient pas d'eftropier la main des payeurs des rentes; et de plus j'aime mieux obéir à un beau lion qui eft né beaucoup plus fort que moi, qu'à deux cents rats de mon efpèce. Je trouve d'ailleurs l'établiſſement des nouveaux conſeils admirable. *Clément,* en qualité de procureur de Dijon, pourra écrire contre eux tant qu'il voudra ; pour moi, je vais écrire contre les neiges qui couvrent encore nos montagnes, et qui me rendent entièrement aveugle.

Bonſoir, mon charmant confrère ; conſervez bien le goût de la littérature ; il eſt infiniment préférable à la rage des tracaſſeries de cour. Soyez bien per-ſuadé que je ſens tout votre mérite. Je ne ſuis pas, Dieu merci, des barbares anti-poëtiques.

LETTRE CCLXXIV.

A M. LE MARECHAL DUC DE RICHELIEU.

A Ferney, 29 d'avril.

Il y a long-temps que le vieux malade de Ferney n'a importuné ſon héros ; il a reſpecté les tracaſ-feries publiques et l'épidémie régnante. Je ne ſuis pas courtiſan, il s'en faut beaucoup ; mais j'ai penſé dans ma retraite que le parlement n'avait pas le ſens commun ; et j'ai toujours dit avec *Chicaneau :*

L'eſprit de contumace eſt dans cette famille.

Je ne connais rien d'égal à la plate folie d'avoir ſoutenu au roi opiniâtrément qu'un pair était *entaché,* quand le roi le déclarait très-net ſur le vu même des pièces du procès. C'était, ce me ſemble, vouloir

entacher le roi lui-même ; et toute cette aventure
m'a paru celle des petites maifons plutôt que celle
d'un parlement.

Franchement, nous fommes une nation d'enfans
mutins à qui il faut donner le fouet et des fucreries.

La fermentation eft auffi forte dans les provinces
qu'à Paris, et ne produira vraifemblablement que
des arrêtés qui ne fubfifteront pas, et des proteftations très-inutiles, fans quoi la France ferait la fable
de l'Europe.

J'avais deux neveux, l'un vient de prendre la
place de l'autre dans le parlement de Paris ; cela
me fait rire : et je ris de tout ceci, parce que je ne
crois pas que cette maladie de la nation foit mor-
telle. Ses fymptômes font des vertiges qu'il faut faire
guérir par M. *Pomme.*

Il y a une maladie plus trifte, c'eft celle que
M. l'abbé *Terrai* ne peut guérir ; elle m'a rendu
paralytique. J'avais établi une colonie affez confidérable dans mon hameau, et on commençait à
prendre mon hameau pour une petite ville ; il y
avait des manufactures fous la protection de M. de
Choifeul ; tout cela eft prefque détruit en un jour.
Les petits pâtiffent du malheur des grands, et quelquefois même de leur bonheur. Je ne pourrai plus
donner de penfion aux confeillers du parlement,
comme j'avais l'infolence de faire. Pour le roi, il
ne me donne point de penfion, et je l'en quitte.

Si j'ofais, je penferais comme mon héros, et
je dirais qu'une ftatue vaut mieux qu'une penfion.
Mais à mon âge, et dans l'état où je fuis, cela me
paraît un peu frivole.

Mon tendre et refpectueux attachement pour vous vous paraîtra peut-être un peu frivole auffi, mais agréez les fentimens d'un cœur qui eft à vous depuis cinquante années. *V.*

A propos, on m'a envoyé la réponfe au mémoire des états de Bretagne. Les accufations me paraiffent abfurdes. Le duc de *Sully* avait bien raifon de dire que, fi la fageffe venait au monde, elle ne fe logerait jamais dans une compagnie.

LETTRE CCLXXV.

A MADAME

LA MARQUISE DU DEFFANT.

5 de mai.

MA fœur, vous êtes dénaturée : vous abandonnez votre frère le quinze - vingt, comme votre grand'maman abandonne fon frère le campagnard. Si je n'étais qu'aveugle et fourd, je prendrais la chofe en patience ; fi, à ces difgrâces de la nature, la fortune fe contentait d'ajouter la ruine de ma colonie, je me confolerais encore : mais on m'a calomnié, et je ne me confole point. Je ferai fidelle à votre grand'maman et à monfieur fon mari, tant que j'aurai un fouffle de vie, cela eft bien certain.

Je ne crois point du tout leur manquer en détef-tant des pédans abfurdes et fanguinaires. J'ai abhorré

avec

avec l'Europe entière, les affaffins du chevalier de —⸺—
la *Barre* , les affaffins de *Calas* , les affaffins de ⸱1771.
Sirven , les affaffins du comte de *Lalli*. Je les trouve,
dans la grande affaire dont il s'agit aujourd'hui,
tout auffi ridicules que du temps de la fronde. Ils
n'ont fait que du mal , et ils n'ont produit que
du mal.

Vous favez probablement que d'ailleurs je n'étais
point leur ami. Je fuis fidelle à toutes mes paffions.
Vous haïffez les philofophes , et moi je hais des
tyrans bourgeois. Je vous ai pardonné toujours votre
fureur contre la philofophie , pardonnez - moi la
mienne contre la cohue des enquêtes. J'ai d'ailleurs
pour moi le grand *Condé* qui difait que la guerre
de la fronde n'était bonne qu'à être chantée en
vers burlefques.

Je ne fais rien , dans mes déferts, de ce qui s'eft
paffé derrière les couliffes de ce théâtre de *Polichinelle*.
Je me borne à dire hautement que je regarde le
mari de votre grand'maman comme un des hommes
les plus refpectables de l'Europe, comme mon bienfaiteur, mon protecteur , et que je partage mon
encens entre votre grand'maman et lui. J'ai foixante-dix-fept ans , quoi qu'on die ; je mets entre
vos mains mes dernières volontés, pour la décharge
de ma confcience. Je vous prie même , avec inftance, de communiquer ce teftament à votre grand'-
maman, après quoi je me fais enterrer.

Soyez très-sûre , Madame , que je mourrai en
regrettant de n'avoir pu paffer auprès de vous quelques dernières heures de ma vie. Vous favez que
vous étiez felon mon cœur , et que je fuis le doyen

de tous ceux qui vous ont été attachés; je fuis même le feul qui vous refte de vos anciens ferviteurs; je dois hériter d'eux; je réclame mes droits pour le moment qui me refte. *V.*

LETTRE CCLXXVI.

A M. DE MAUPEOU,

CHANCELIER DE FRANCE.

A Ferney, 8 de mai.

MONSEIGNEUR,

SERA-T-IL permis à un vieillard inutile d'ofer vous préfenter un jeune avocat dont la famille exerce cette fonction honorable depuis plus de deux cents ans dans la Franche-Comté? Il eft un de vos plus grands admirateurs, et très-capable de fervir utilement.

La caufe dont il s'eft chargé, et que M. *Chéry* pourfuit au confeil de fa Majefté, eft digne affurément d'être jugée par vous. Il s'agit de favoir fi douze ou quinze mille francs-comtois auront le bonheur d'être fujets du roi, ou efclaves des chanoines de Saint-Claude. Ils produifent leurs titres qui les mettent au rang des autres Français; les chanoines n'ont pour eux qu'une ufurpation clairement démontrée.

Il eft à croire, Monfeigneur, que, parmi les fervices que vous rendez au roi et à la France, en

réformant les lois, on comptera l'abolition de la
fervitude, et que tous les fujets du roi vous devront **1771.**
la jouiffance des droits que la nature leur donne.
Je refpecte trop vos grands travaux pour abufer
plus long-temps de votre patience. Souffrez que
je joigne à mon admiration le profond refpect
avec lequel j'ai l'honneur d'être, &c.

LETTRE CCLXXVII.

A M. CHRISTIN.

8 de mai.

Voila, mon cher ami, la lettre que je prends
la liberté d'écrire à monfieur le chancelier : cela
eft un peu hardi de ma part. *Vox clamantis in deferto*
n'eft pas faite pour être écoutée à la cour, mais
l'envie de vous fervir me rend un peu infolent.
Je vais écrire à M. *Marie*, et même à M. le marquis
de *Monteynard*.

Frontis ad urbana defcendo præmia.

Votre évêque de Saint-Claude veut deftituer *Nidol*,
notaire de Longchaumois, pour avoir reçu les proteftations des habitans contre les faux actes dont
les chanoines fe prévalent. Il demande à être reçu
notaire royal. Je ne fais, mon cher philofophe, fi
la chofe eft poffible ; je ne me connais point en
lettres de chancellerie : vous êtes à portée d'être
inftruit.

J'ai tout lieu d'efpérer que vous aurez d'ailleurs un plein fuccès, et que vous reviendrez chez vous comme *Charles-quint* de fon expédition de Tunis, avec dix-huit mille chrétiens dont il avait brifé les fers. Vous n'êtes pas homme à renoncer, par ennui, à une chofe que vous avez entreprife par vertu. Voilà de ces occafions où il faut refter fur la brèche jufqu'au dernier moment.

Je vous embraffe bien tendrement.

LETTRE CCLXXVIII.

A M. LE DUC DE LA VRILLIERE,

MINISTRE D'ETAT.

A Ferney, le 9 de mai.

MONSEIGNEUR,

JE dois vous repréfenter que, par le marché fait au nom du roi avec l'entrepreneur, tous les matériaux et tout ce qui peut fervir au port et à la ville de Verfoy appartiennent à fa Majefté qui s'eft engagée à les payer.

La petite frégate qui a fervi à faire les voyages en Savoie, et qui eft deftinée à porter les fels en Suiffe, appartient au roi; elle eft ornée de fleurs de lis, et porte pavillon de France.

M. *Bourcet* me manda même qu'il voulait la réclamer au nom de fa Majefté. Les dettes pour lefquelles elle avait été faifie dans un port de Savoie, fur le lac de Genève, ne fe montaient qu'à deux mille livres. Je ne balançai pas à la racheter. Je n'infifte point fur le payement; je m'en rapporte à votre équité, ou à celle du fecrétaire d'Etat dans lequel le département de la ville de Verfoy pourra tomber, ou à monfieur le contrôleur général ; et j'attendrai votre commodité et la leur.

Quant au projet de la ville de Verfoy, mon intérêt perfonnel doit céder fans doute à l'intérêt public. Toutes les obfervations que j'ai eu l'honneur de vous faire, je les ai faites à M. le duc de *Choifeul* qui daigna condefcendre à toutes mes prières, et approuver toutes mes vues, excepté celles de l'emplacement du port que j'avais propofé à l'embouchure de la rivière, feulement pour épargner les frais.

M. *Bourcet* chargé alors de toute l'entreprife, et affurément plus capable que perfonne de la conduire, connut, par la nature du terrain, qu'il fallait placer le port beaucoup plus haut, quoique cette pofition coûtât davantage.

On commençait à tracer la ville, et les fondemens du port étaient déjà jetés, lorfqu'environ deux cents *natifs* de Genève, dont quelques-uns avaient été affaffinés par les *citoyens*, fe réfugièrent dans Ferney. Ce font prefque tous d'excellens ouvriers en horlogerie; je les recueillis, je leur bâtis des maifons avec une célérité auffi grande que mon zèle. M. le duc de *Choifeul* approuva ma conduite. Sa Majefté leur permit d'exercer leurs fonctions en toute liberté, fans payer aucun impôt. On promit

———— au village de Ferney tous les priviléges dont la ville de Verfoy devait jouir.

J'avançai tout ce qui me reftait d'argent à ces nouveaux colons ; ils travaillèrent. M. le duc de *Choiseul* eut même la générofité d'acheter plufieurs de leurs montres. Ils en fourniffent actuellement en Efpagne, en Italie, en Hollande, en Ruffie, et font entrer de l'argent dans le royaume. Les chofes ont changé depuis ; mais j'efpère que vos bontés pour moi ne changeront point, et que vous voudrez bien protéger ma colonie comme M. le duc de *Choiseul* la protégeait. Je lui dois tout. Je ferai pénétré juf-qu'au dernier moment de ma vie de la reconnaif-fance refpectueufe que je lui dois, et de l'admiration que la nobleffe de fon caractère m'a toujours inf-pirée.

Vous approuvez mes fentimens, Monfeigneur ; vous avez intérêt, plus que perfonne, que l'on ne foit point ingrat.

Accablé de vieilleffe et de maladies, prêt à finir ma carrière, je vous implore bien moins pour moi que pour les artiftes qui fe font habitués à Ferney, et qui font utiles à l'Etat auquel je fuis très-inutile.

J'ai l'honneur d'être avec un profond refpect, &c.

LETTRE CCLXXIX.

A MADAME

LA DUCHESSE DE CHOISEUL.

A Ferney, 13 de mai.

MADAME,

Je vous prie de lire et de faire lire la copie de la lettre à M. le duc de *la Vrillière*. Vous y verrez une très-petite partie de mes fentimens, et mon principal objet a été de les lui manifefter; car affurément je n'infifte point fur ce qu'il m'en a coûté pour retirer le vaiffeau amiral d'efclavage.

La colonie que j'avais établie fous la protection de M. le duc de *Choifeul*, et fous la vôtre, fera bientôt détruite; je ferai entièrement ruiné, et je m'en confole avec beaucoup d'honnêtes gens. Près de finir ma carrière, je regrette fort peu les vanités de ce monde.

Permettez-moi feulement de vous dire, Madame, que mes derniers fentimens feront ceux de la reconnaiffance que je vous dois, de mon admiration pour votre caractère comme pour celui de *Barmécide*, de mon refpect et de mon attachement inviolable pour tous deux; c'eft ma profeffion de foi, et rien ne m'en fera changer. Je mourrai auffi fidelle à la foi que je vous ai jurée, qu'à ma jufte haine contre

H h 4

——— des hommes qui m'ont perfécuté tant qu'ils ont pu, et qui me perfécuteraient encore s'ils étaient les maîtres. Je ne dois pas affurément aimer ceux qui devaient me jouer un mauvais tour au mois de janvier, ceux qui verfaient le fang de l'innocence, ceux qui portaient la barbarie dans le centre de la politeffe; ceux qui, uniquement occupés de leur fotte vanité, laiffaient agir leur cruauté fans fcrupule, tantôt en immolant *Calas* fur la roue, tantôt en fefant expirer dans les fupplices, après la torture, un jeune gentilhomme qui méritait fix mois de Saint-Lazare, et qui aurait mieux valu qu'eux tous. Ils ont bravé l'Europe entière indignée de cette inhumanité; ils ont traîné dans un tombereau, avec un bâillon dans la bouche, un lieutenant général juftement haï, à la vérité, mais dont l'innocence m'eft démontrée par les pièces même du procès. Je pourrais produire vingt barbaries pareilles, et les rendre exécrables à la poftérité. J'aurais mieux aimé mourir dans le canton de Zug ou chez les Samoïèdes, que de dépendre de tels compatriotes. Il n'a tenu qu'à moi autrefois d'être leur confrère; mais je n'aurais jamais penfé comme eux.

Je vous ouvre, Madame, un cœur qui ne fait rien diffimuler, et qui eft cent fois plus touché de vos bontés qu'ulcéré de leurs injuftices atroces et de leur defpotifme infupportable.

Je ne me flatte pas, Madame, que les circonftances où nous fommes, vous et moi, vous permettent de m'écrire. Il eft vrai que, fi vous me faites dire un mot par votre petite-fille, je mourrai plus content; mais fi vous gardez le filence, je n'en ferai

pas moins à vos pieds; je ne vous ferai pas moins
dévoué avec une reconnaissance aussi vive que respectueuse.

LETTRE CCLXXX.

A LA MEME.

15 de mai.

PERMETTEZ, Madame, que j'ajoute un petit
codicille à mon testament, et que je vous explique
les étrennes qu'on voulait me donner au mois de
janvier dernier.

M. *Séguier*, après la réception que le public lui
avait faite à l'académie française, se mit à voyager. Il vint chez moi, et me dit que plusieurs conseillers du parlement le pressaient de dénoncer
l'histoire de ce corps, imprimée, dit-on, il y a deux
ans; qu'il ne pourrait s'empêcher à la fin de remplir
son ministère; que s'il ne fesait pas la dénoncia-
tion, ces conseillers la feraient eux-mêmes, et que
cela pourrait aller très-loin.

Je lui répondis, en présence de M. *Hénin*, rési-
dent à Genève, et de ma nièce, que cette affaire
ne me regardait point du tout, que je n'avais
aucune part à cette histoire, que d'ailleurs je la
regardais comme très-véridique; et que, s'il était
possible qu'une compagnie eût de la reconnaissance,
le parlement devait des remercîmens à l'écrivain qui
l'avait extrêmement ménagé.

Voilà, Madame, ma confession achevée. Si vous

me donnez l'abfolution, je ne mourrai que dans quinze jours; fi vous me la refufez, je mourrai dans quatre; mais fi je ne mourais pas en vous adorant, je me croirais plus réprouvé que *Belzébuth.*

Le vieil hermite.

LETTRE CCLXXXI.

A M. LE MARECHAL DUC DE RICHELIEU.

20 de mai.

Si mon héros ne peut deviner comment cette petau-dière fe terminera, il n'y a pas d'apparence qu'un vieil aveugle entrevoye ce que le vice-roi d'Aqui-taine ne voit point. Je juge feulement, à vue de pays, que notre nation a été toujours légère, quel-quefois très-cruelle, qu'elle n'a jamais fu fe gouverner par elle-même, et qu'elle n'eft pas trop digne d'être libre. J'ajouterai encore que j'aimerais mieux, malgré mon goût extrême pour la liberté, vivre fous la patte d'un lion, que d'être continuellement expofé aux dents d'un millier de rats mes confrères.

On m'envoie une feconde édition beaucoup plus ample de la brochure des peuples aux parlemens. Monfeigneur voudra bien que je lui en faffe part. Elle produit quelque effet dans la province; ce n'eft pas une raifon pour qu'elle réuffiffe à Paris : cependant tous les faits en font vrais.

Je fais très-bon gré à l'auteur d'avoir donné hardiment tant d'éloges à M. le duc de *Choifeul;* il a les plus grandes obligations à ce miniftre.

1771.

M. le duc de *Choifeul* a favorifé fa colonie, a fait donner des priviléges étonnans à fa petite terre; il lui a accordé fur le champ toutes les grâces que ce folitaire lui a demandées pour les autres ; places, argent, priviléges, rien ne lui a coûté ; et la dernière grâce qu'il a fignée, a été une patente de brigadier pour un des neveux du folitaire. Il ferait donc le plus ingrat et le plus indigne de tous les hommes, s'il n'avait pas une reconnaiffance proportionnée à tant de bienfaits. Malheur à celui qui le condamnerait d'avoir rempli fon devoir ! Ce ne fera pas certainement mon héros qui confeillera l'ingratitude. Un brave chevalier peut être d'un parti différent d'un autre brave chevalier, mais tous deux doivent fe rendre juftice. Je me trouve comme *Atticus* entre *Céfar* et *Pompée*. Le folitaire n'a écouté que fon cœur : il eft intimement perfuadé que l'ancien parlement de Paris avait autant de tort que du temps de la fronde ; il ne peut d'ailleurs aimer ni les meurtriers des *Calas*, ni ceux du pauvre *Lalli*, ni ceux du chevalier de *la Barre*. Les jurifconfultes de l'Europe, et furtout le célèbre marquis *Beccaria*, n'ont jamais qualifié ces jugemens que d'affaffinats.

Le folitaire a dans le nouveau parlement un neveu, doyen des confeillers-clercs, qui penfe entièrement comme lui.

Le folitaire fe flatte que monfieur le chancelier, qui jufqu'à préfent a très approuvé fes fentimens et fa conduite, trouvera très-bon qu'en rendant gloire à la vérité, il rende auffi ce qu'il doit à M. le duc de *Choifeul.*

Le folitaire regarde les nouveaux établiffemens

—— faits par monſieur le chancelier, comme le plus grand ſervice qu'on pouvait rendre à la France. Il n'a été que trop témoin des malheurs attachés au trop d'étendue qu'avait le reſſort du parlement de Paris. Il trouve que les princes et les pairs auront bien plus d'influence ſur le nouveau parlement qui ſera moins nombreux. Il croit que tous les ſeigneurs haut-juſticiers doivent rendre grâce à monſieur le chancelier des droits qu'il leur donne. Il penſe que ce chef de la juſtice eſt preſque le ſeul qui ait eu une éloquence abſolument oppoſée au pédantiſme, et il eſt rempli d'eſtime pour lui, ſans rien ſavoir et ſans vouloir rien ſavoir des intérêts particuliers qui ont pu diviſer la cour.

Le ſolitaire ſupplie même monſeigneur le maréchal de *Richelieu* de vouloir bien, dans l'occaſion, faire valoir auprès de monſieur le chancelier la naïveté et le déſintéreſſement qu'on expoſe dans cette lettre, et dont on ne peut pas douter. Monſieur le chancelier a eu la bonté de lui écrire.

Il arrive quelquefois, dans de pareilles occaſions, qu'on déplaît aux deux partis ; mais à la longue la franchiſe et la pureté des ſentimens réuſſiſſent toujours.

J'oſe penſer auſſi qu'à la longue le nouveau ſyſtême réuſſira, parce que c'eſt le bien de la France.

Ce qui alarme le plus les provinces, c'eſt la crainte des nouveaux impôts, c'eſt la douleur de voir qu'après neuf ans de paix les finances du royaume ſoient dans un état ſi déplorable, tandis qu'une trentaine de financiers, qui ont fait des fortunes immenſes, inſultent par leur faſte à la miſère publique.

J'ai dit à mon héros tout ce que j'avais fur le
cœur; j'ajoute très-férieufement que mon plus grand 1771.
chagrin eft de mourir fans avoir la confolation de
lui faire encore une fois ma cour ; mais les circonftances préfentes ne le permettent pas , et mon trifte
état me prive abfolument de ce que j'ambitionnais
le plus.

Je fuis très-aife que vous ayez rendu vos bonnes
grâces à un homme qui était en effet très-affligé
de les avoir perdues , et qui fentait toutes les obligations qu'il vous avait. J'ai été quelquefois fâché
contre lui d'avoir mis dans mes pièces des vers que
je ne voudrais pas avoir faits ; mais dans l'amitié
il faut fe pardonner ces petits griefs. Ce ferait un
grand malheur de fe brouiller avec fes amis pour des
vers ou pour de la profe.

Voilà trop de profe, je vous en demande bien
pardon. Agréez mon très-tendre refpect et tous les
fentimens qui m'attachent inviolablement à vous
tant que je refpirerai. *V.*

LETTRE CCLXXXII.

A M. L'ABBÉ ARNAUD.

A Ferney , 1 de juin.

IL y avait long-temps, Monfieur, que nous étions
confrères. Nous avions fouvent penfé de même dans
la *Gazette étrangère*, et je penfe abfolument comme
vous fur tout ce que vous dites des langues, dans
votre difcours auffi utile que fage et éloquent.

Il eſt très-vrai que notre langue s'eſt formée très-tard, et que cet édifice n'eſt bâti qu'avec des débris. Voilà pourquoi *Racine* et *Boileau*, qui ont fait un palais régulier, font des hommes admirables; auſſi on fait à préſent en Angleterre une nouvelle édition magnifique de *Boileau*, et on n'en fera jamais de *Bourdaloue* ni de *Maſſillon*. Soyez très-sûr que, ſi on parle aujourd'hui français à Moſcou et à Copenhague, ce n'eſt pas à *Paſcal* même qu'on en a l'obligation.

Notre droguet ne vaut pas le velours d'Athènes, mais on l'a ſi bien brodé qu'il eſt à la mode dans toute l'Europe. Vous ſavez que tous les gens de lettres apprennent aujourd'hui l'anglais, langue plus irrégulière que la nôtre, beaucoup plus dure et plus difficile à prononcer; et ce n'eſt que depuis *Pope* qu'on apprend l'anglais.

Dieu me garde de n'être que le couſin du meilleur de mes frères, dont j'ambitionne l'eſtime et l'amitié plus que le titre de couſin du roi ! Je vous donnerai du reſpect dans cette première lettre ; mais, ſi les maux qui m'accablent me permettent encore de vous écrire, je bannirai les cérémonies qui ne conviennent pas aux philoſophes.

LETTRE CCLXXXIII.

A MADAME

LA MARQUISE DU DEFFANT.

1 de juin.

Vous avez brûlé, Madame, tout ce qu'on a écrit fur les parlemens. Eh bien, brûlez donc encore cette troifième édition d'un écrit compofé à Lyon; mais ne brûlez pas la page 7 qui contient les juftes éloges du mari de votre grand'maman. Vous devriez bien, fi vous avez de l'amitié pour moi, envoyer cette page 7 à madame *Barmécide*.

Je vous répète que je ne ferai jamais ingrat, mais que je n'oublierai jamais le chevalier de *la Barre* et mon ami, le fils du préfident d'*Etallonde*, qui fut condamné au fupplice des parricides pour une très-légère faute de jeuneffe. Il fe déroba par la fuite à cette boucherie de cannibales; je le recommandai au roi de Pruffe qui lui a donné, en dernier lieu, une compagnie de cavalerie.

A peine fe fouvient-on dans Paris de cette horreur abominable. La légéreté françaife danfe fur le tombeau des malheureux. Pour moi, je n'ai jamais mis ma légéreté à oublier ce qui fait frémir la nature. Je détefte des barbares, et j'aime mes bienfaiteurs.

Vous aimez les Anglais; n'ayez donc point d'indifférence pour un homme qui eft tout auffi anglais

qu'eux. Songez d'ailleurs que je vis dans un défert
où je veux mourir, à moins que je n'aille mourir
en Suiffe. Songez que je ne dis jamais que ce que
je penfe, et qu'il y a foixante ans que je fais ce
métier. Songez qu'ayant fondé une colonie dans
ma Sibérie, je dois approuver infiniment la grâce
que fait le roi à tous les feigneurs des terres, de
payer les frais de leurs juflices.

Je fais bien, encore une fois, qu'à Paris on ne fait
pas la moindre attention à ce qui peut faire le bonheur des provinces; je fais qu'on ne s'occupe que
de fouper et de dire fon avis au hafard fur les nouvelles du jour. Il faut d'autres occupations à un
homme moitié cultivateur et moitié philofophe. Je
me fuis ruiné à faire du bien, je ne demande aucune
grâce à perfonne, et je ne veux rien de perfonne.
Si jamais je vais à Paris pour une opération qu'on
dit qu'il faut faire à mes yeux, et qui ne réuffira
pas, ce fera beaucoup plus pour avoir la confolation de m'entretenir avec vous, que pour recouvrer
la vue et pour prolonger ma vie.

Un hafard affez heureux m'amena en France, il
y a près de vingt ans. Je ne devrais pas y être,
parce que je ne penfe pas à la françaife; mais, quand
je ferais autre, comptez, Madame, que je vous
ferai attaché jufqu'à mon dernier moment, avec des
fentimens auffi inaltérables que ma façon de penfer.

V.

LETTRE

LETTRE CCLXXXIV.

A M. LE MARECHAL DUC DE RICHELIEU.

A Ferney, 3 de juin.

La lettre de mon héros m'a donné un tremblement de nerfs qui m'aurait rendu paralytique, fi je n'avais pas, le moment d'après, reçu une lettre de monfieur le chancelier, qui a remis mes nerfs à leur ton, et rétabli l'équilibre des liqueurs. Il eft très-content ; il a feulement changé deux mots et fait réimprimer la chofe. On en a fait quatre éditions dans les provinces. C'eft la voix de *Jean* prêchant dans le défert, et que les échos répètent.

Mon héros fait que, quand *Céfar* releva les ftatues de *Pompée*, on lui dit : Tu affures les tiennes. Ainfi mon héros, dans fon cœur, trouvera très-bon qu'on montre de la reconnaiffance pour un homme qu'on appelle en France difgracié, et qu'on relève fes ftatues, pourvu qu'elles n'écrafent perfonne.

J'avoue que je fuis une efpèce de don *Quichotte* qui fe fait des paffions pour s'exercer. J'ai pris parti pour *Catherine II*, l'étoile du Nord, contre *Mouftapha*, le cochon du croiffant. J'ai pris parti contre noffeigneurs fans aucun motif que mon équité et ma jufte haine envers les affaffins du chevalier de *la Barre* et du jeune d'*Etallonde*, mon ami, fans imaginer feulement qu'il y eût un homme qui dût m'en favoir gré.

J'ai, dans toutes mes paffions, détefté le vice de l'ingratitude ; et fi j'avais obligation au diable, je dirais du bien de fes cornes.

Correfp. générale. Tome X. I i

Comme je n'ai pas long-temps à ramper fur ce globe, je me fuis mis à être plus naïf que jamais : je n'ai écouté que mon cœur ; et, fi on trouvait mauvais que je fuiviffe fes leçons, j'irais mourir à Aftracan, plutôt que de me gêner, dans mes derniers jours, chez les Velches. J'aime paffionnément à dire des vérités que d'autres n'ofent pas dire, et à remplir des devoirs que d'autres n'ofent pas remplir. Mon ame s'eft fortifiée à mefure que mon pauvre corps s'eft affaibli.

Heureufement mon caractère a plu à l'homme auquel il aurait pu déplaire. Je me flatte qu'il ne vous rebute pas, et c'eft ce que j'ai ambitionné le plus.

Je fens vivement vos bontés. Je ne défefpère pas de faire un jour, fi je vis, un petit tour très-incognito à Paris ou à Bordeaux, pour vous faire ma cour, vous jurer que je meurs en vous aimant, et m'enfuir au plus vîte : mais je crois qu'il faut attendre que j'aye quatre-vingts ans fonnés. Je n'en ai que foixante et dix-huit, je fuis encore trop jeune.

J'ai d'ailleurs fondé une colonie que l'homme à qui je dois tout fefait fleurir, et qui me ruine à préfent en exigeant ma préfence.

Ce que vous daignez me dire fur ma fanté et *Tronchin*, me fait cent fois plus de plaifir que votre vefpérie ne m'alarme : auffi vous fuis-je plus attaché que jamais avec le plus tendre et le plus profond refpect, et le plus éloigné de l'ingratitude. *V.*

LETTRE CCLXXXV.

A M. ELIE DE BEAUMONT.

A Ferney, 7 de juin.

JE ne fais , mon cher *Cicéron* , fi vous êtes à Rome ou à Tufculum. Il y a des gens qui prétendent que vous êtes à la cour , et que vous avez une charge auprès de M. le comte de *Provence.* Je vous aimerais mieux dans votre royaume de Canon, dont vous ferez furement un lieu d'abondance, de délices et d'étude.

Je confeille à mon petit nevéu d'*Ornoi* d'en faire autant chez lui. Quand on a bien cherché le bonheur, on ne le trouve jamais que dans fa propre maifon. Je n'ai jamais imaginé qu'il pût être dans la grand'-chambre ou dans la grand'falle. Voilà mon autre neveu, le gros abbé , doyen des clercs ; il ne s'y attendait pas , il y a fix mois. J'aime mieux tout fimplement l'ancienne méthode des jurés qui s'eft confervée en Angleterre. Ces jurés n'auraient jamais fait rouer *Calas* , et conclu , comme *Riquet* , à faire brûler fa refpectable femme ; ils n'auraient pas fait rouer *Martin* fur le plus ridicule des indices ; le chevalier de *la Barre* âgé de dix-neuf ans , et le fils du préfident d'*Etallonde* âgé de dix-fept , n'auraient point eu la langue arrachée par un arrêt , le poing coupé, le corps jeté dans les flammes, pour n'avoir point fait la révérence à une proceffion de capucins , et pour avoir chanté une mauvaife chanfon de grena-diers. Ils n'auraient point traîné à Tiburn un brave général d'armée , quoique très-brutal , avec un

—— bâillon dans la bouche, et n'auraient point prétendu extorquer à fa famille quatre cents mille francs d'amende, à quoi fon bien était fort loin de monter. Je m'étonne feulement qu'on ne lui fit pas fubir, à Paris, la queftion ordinaire et extraordinaire, pour favoir au jufte à quelle minute les Anglais nous avaient chaffés de toute l'Inde, où tant de gens s'étaient conduits en fous, et tant d'autres en fripons.

Mon ami, quand des juges n'ont que l'ambition et l'orgueil dans la tête, ils n'ont jamais l'équité et l'humanité dans le cœur. Il y a eu dans l'ancien parlement de Paris de belles ames, des hommes très-refpectables, pour qui j'ai de la vénération ; mais il y a eu des bourreaux infolens. Je n'ai qu'un jour à vivre, et je le paffe à dire ce que je penfe. Je perfifte à croire que l'établiffement des fix confeils fouverains eft le falut de la France. Je n'aime le pouvoir arbitraire nulle part, et furtout je le hais dans des juges.

Il faut que le nouveau parlement de Paris prenne bien garde à ce qu'il fera fur l'affaire des *Perra* de Lyon. Je penfe que la *le Rouge* a été noyée, que c'eft fon corps qu'on a trouvé dans le Rhône. Monfieur *Loyfeau* ne s'éloigne pas de cet avis, et je crois avec lui que la *le Rouge*, en cherchant fon chat, ou en étant pourfuivie dans cette allée fombre, par quelque effronté, tomba dans les privés que l'on curait alors, et qui étaient ouverts malgré les règlemens de police. Ceux qui laifsèrent ces lieux ouverts, étant en contravention, prirent peut-être le parti d'aller jeter le corps dans le Rhône, ce qui eft affez commun à Lyon.

Tout le refte de l'accufation contre les *Perra* et
contre les autres accufés me paraît le comble de l'abfurdité et de l'horreur. Je trouve d'ailleurs qu'il eft
contre toute raifon, contre toute légiflation , contre
toute humanité, de recommencer un procès criminel
contre fix perfonnes déclarées innocentes par trente
juges qui les ont examinées pendant neuf mois , et
qui ne font pas des imbécilles.

Il y a deux chofes bien réformables en France,
notre code criminel et le fatras de nos différentes
coutumes.

Que voulez-vous ! nous avons été barbares dans
tous les arts , jufqu'au temps qui touchait au beau
fiècle de *Louis XIV.* Nous le fommes encore en jurifprudence ; et une preuve indubitable , c'eft la multi-
plicité de nos commentaires. Si quelqu'un veut fe
donner la peine de nous refondre , ce fera un
Prométhée qui nous apportera le feu célefte.

Pour moi, je ne me mêle que de ma petite colonie
qui m'a ruiné dans mon défert. M. le duc et madame
la ducheffe de *Choifeul* la foutenaient par leurs bontés
généreufes. Elle eft actuellement fur le penchant de
fa ruine. J'ai perdu mes protecteurs, j'ai perdu la
plus grande partie de mon bien ; je vais bientôt perdre la vie, ce qui arrive à tout le monde, mais ce
fera en étant fidelle à la vérité et à l'amitié.

Mille refpects à madame de Canon.

LETTRE CCLXXXVI.

A M. THOMAS,

DE L'ACADEMIE FRANÇAISE.

A Ferney, 14 de juin.

JE vous aime, Monfieur, de tout mon cœur, non-feulement parce que vous faites de très-beaux vers, mais parce que vous foutenez noblement l'honneur et la liberté des lettres.

L'article *Epopée* vous fera affurément très-inutile ; vous l'aurez dans quatre mois, fi la chambre fyndi-cale eft auffi exacte cette fois-ci qu'elle l'a été l'autre : mais fouvenez-vous bien que cet article *Epopée* n'eft que dans votre génie. L'auteur de cet article s'eft bien donné de garde de hafarder aucun précepte ; il ne connaît que les exemples. Il a traduit quelques morceaux des poëtes étrangers, et s'en eft tenu là, comme de raifon, laiffant à tout lecteur la liberté de confcience qu'il demande pour lui-même.

Vous avez très-bien fait de choifir un héros arrivé de la mer Glaciale. Nous n'en avons guère fur les bateaux de la Seine et de la Loire. Il eft vrai que votre héros avait deux natures, il était moitié loup-cervier et moitié homme ; mais c'eft l'homme que vous chantez.

Savez-vous ce qui s'eft paffé, il y a un an, fur fon tombeau ? L'impératrice de Ruffie y fit chanter un *Te Deum* en grec, pour la victoire navale dans

laquelle toute la flotte turque avait été détruite. Un
archimandrite nommé *Platon*, aussi éloquent que
celui d'Athènes, remercia *Pierre le grand* de cette
victoire, et fit souvenir la Russie qu'avant lui on ne
connaissait pas le nom de flotte dans la langue de ses
vastes Etats. Cela vaut bien, Monsieur, nos sermons
de Saint-Roch et de Saint-Eustache, et même nos itéra-
tives remontrances qui font tant de bruit chez les
Velches.

Soyez sûr, Monsieur, que personne ne rend plus
de justice que moi à votre génie et à vos sentimens,
et que j'aime votre façon de penser autant que je hais
la bassesse et la charlatanerie.

LETTRE CCLXXXVII.

A M. ALLAMAND,

MINISTRE A CORZIER, PAYS DE VAUD EN SUISSE,
PRESENTEMENT PROFESSEUR A LAUSANE.

A Ferney, 17 de juin.

Une partie de ce que je désirais, Monsieur, est
arrivée ; je ne voulais que la tolérance, et, pour y
parvenir, il fallait mettre dans tout leur ridicule les
choses pour lesquelles on ne se tolérait pas.

Je vous assure que, le 30 de mai dernier, *Calvin* et
le jésuite *Garaffe* auraient été bien étonnés, s'ils avaient
vu une centaine de vos huguenots dans mon village

devenu un lieu de plaifance, faire les honneurs de ce que nous appelons la fête de Dieu, élever deux beaux repofoirs, et leurs femmes affifter à notre grand'meffe pour leur plaifir. Le curé les remercia à fon prône, et fit leur éloge.

Voilà ce que n'auraient fait ni le cardinal de *Lorraine*, ni le cardinal de *Guife.*

Il eft vrai que je ne fuis pas encore parvenu à faire diftribuer aux pauvres les tréfors de Notre-Dame de Lorette, pour avoir du pain; mais ce temps viendra. On s'apercevra que tant de pierreries font fort inutiles à une vieille ftatue de bois pourri. *Dic lapidibus iftis ut panes fiant.*

Il ne faut plus compter fur la prétendue ville de la tolérance qu'on voulait bâtir à Verfoy. Elle n'exiftera qu'avec la ville de la diète européanne, dont l'abbé de *Saint-Pierre* a donné le plan; mais du moins il y a un village de libre en France, et c'eft le mien. Quand je ne ferais parvenu qu'à voir raffemblés chez moi, comme des frères, des gens qui fe déteftaient au nom de DIEU, il y a quelques années, je me croirais trop heureux.

Vous m'écrivîtes, il y a long-temps, Monfieur, que certaines brochures, dont l'Europe eft inondée, ne feraient pas plus d'effet que les écrits de *Tindal* et de *Toland;* mais ces meffieurs ne font guère connus qu'en Angleterre. Les autres font lus de toute l'Europe; et je vous réponds que, de la mer Glaciale jufqu'à Venife, il n'y a pas un homme d'Etat aujourd'hui qui ne penfe en philofophe. Il s'eft fait dans les efprits une plus grande révolution qu'au feizième fiècle. Celle de ce feizième fiècle a été turbulente, la

nôtre eft tranquille. Tout le monde commence à manger paifiblement fon pain à l'ombre de fon figuier,
fans s'informer s'il y a dans le pain autre chofe que
du pain. Il eft trifte pour l'efpèce humaine que, pour
arriver à un but fi honnête et fi fimple, il ait fallu
percer dix-fept fiècles de fottifes et d'horreurs.

Adieu, Monfieur; je fuis bien fâché que mon
domicile, qui s'embellit tous les jours, foit fi loin
du vôtre; je voudrais que votre Jérufalem fût à deux
pas de ma Samarie. Je vous embraffe fans cérémonie du meilleur de mon cœur, avec bien de l'eftime
et de l'amitié.

Je fuis aveugle et mourant, mais les vingt-quatre
lettres de l'alphabet font à peu-près remplies.

LETTRE CCLXXXVIII.

A MADAME

LA DUCHESSE DE CHOISEUL.

17 de juin.

MADAME,

QUOIQU'ON ne m'écrive guère de Babylone, et
que j'écrive encore moins, on m'a mandé que vous
étiez malade; peut-être n'en eft-il rien : mais, dans
le doute, vous trouverez bon que je vous dife combien votre fanté eft précieufe à tous ceux qui ont des

yeux, des oreilles et une ame. Pour des yeux, je ne m'en pique pas ; il n'y a plus qu'un degré entre votre petite-fille et moi. Mes oreilles ne font pas malheu-reufement à portée de vous entendre ; à l'égard de l'ame, c'eft autre chofe : je crois entendre de loin la vôtre devant laquelle la mienne eft à genoux. Il n'y a point d'ame au monde qui puiffe trouver mauvais qu'il y ait des ames fenfibles, pleines de la plus ref-pectueufe reconnaiffance pour leurs bienfaiteurs.

Soit que votre fanté ait été altérée, foit que, vous et le grand-père de votre petite-fille, vous conferviez une fanté brillante, je compte ne rien faire de mal à propos, en vous difant que votre foulier que je conferve me fera toujours le plus précieux de tous les bijoux ; que les capucins de mon pays, et les fœurs de la charité, et tous les gens qui vont à préfent pieds nuds, vous béniffent ; que les horlogers, en émaillant leurs cadrans, et en les ornant de votre nom, vous fouhaitent des heures agréables ; que les neiges des Alpes et du mont Jura fe fondent quand on parle de vous ; que tous ceux qui ont été comblés de vos bontés ne s'entretiennent que de leur recon-naiffance ; que fur les bords de l'Euphrate, comme fur ceux de l'Oronte, tous les bergers vous chan-tent fur leurs chalumeaux.

Cette églogue, Madame, ne pourrait déplaire qu'à ceux qui n'aiment ni *Théocrite* ni *Virgile*.

Pour moi, Madame, qui les aime paffionnément, je vous dirai :

Ante leves ergo pafcentur in æthere cervi,
Quàm noftro illius labatur pectore vultus.

1771.

Vous entendez le latin, Madame, vous favez ce que cela veut dire.

Les cerfs iront paître dans l'air avant que j'oublie fon vifage. Les favans affurent que cela eft fort élé-gant. Vous me direz, Madame, que je n'ai jamais vu votre vifage. Je vous demande pardon, je le con-nais très-bien; car j'ai, comme vous favez, votre fou-lier et vos lettres; et, quand on connaît le pied et le ftyle de quelqu'un, il faudrait être bien bouché pour ne pas connaître fes traits parfaitement. Je fuis défef-péré de ne les pas voir face à face, mais je préfume que ce bonheur n'eft pas fait pour moi.

Embelliffez les bords de l'Oronte, tandis que je vais me faire enterrer vers le lac Leman, en vous préfentant, à vous et à tout ce qui vous environne en Syrie, mon profond refpect, mon inviolable reconnaiffance, mon adoration de latrie ou du moins d'hyperdulie

Le vieux radoteur aveugle, entre un lac et une montagne couverte de neige.

LETTRE CCLXXXIX.

A M. MARMONTEL.

21 de juin.

Il y a fi long-temps, mon très-cher confrère, que je vous ai envoyé trois tomes des Queftions fur l'en-cyclopédie, qu'il faut que vous ne les ayez pas reçus. J'en ai encore deux autres à mettre dans votre petite bibliothèque: et, comme il eft fouvent queftion de

— vous dans ces volumes, j'ai fort à cœur que vous
les ayez ; mais je ne fais comment m'y prendre.

1771.

Je dois vous dire que vous avez dans le Nord une
héroïne qui combat pour vous ; c'eſt madame la
princeſſe d'*Aſchkof*, aſſez connue par des actions qui
paſſeront à la poſtérité. Voici comme elle parle de
votre chère forbonne, dans ſon *Examen du voyage de
l'abbé Chape en Sibérie :* „ La forbonne nous eſt con-
„ nue par deux anecdotes intéreſſantes. La première,
„ lorſqu'en l'année 1717, elle s'illuſtra en préſen-
„ tant à *Pierre le grand* les moyens de ſoumettre la
„ Ruſſie au pape ; la ſeconde, par ſa prudente et ſpi-
„ rituelle condamnation du *Béliſaire* de monſieur
„ *Marmontel*, en 1767. Vous pouvez juger, par ces
„ deux traits, de la profonde vénération que tout
„ homme qui a le ſens commun doit avoir pour un
„ corps auſſi reſpectable, qui plus d'une fois a con-
„ damné le pour et le contre. „

J'ai eu deux jours cette très-étonnante princeſſe à
Ferney ; cela ne reſſemble point à vos dames de
Paris : j'ai cru voir *Thomyris* qui parle français.

Je vous prie, quand vous verrez quelque premier
commis des bureaux, de lui demander pourquoi on
parle notre langue à Mofcou et à Yaſſi. Pour moi,
je crois qu'on en a plus d'obligation à votre *Béliſaire*
et autres ouvrages ſemblables, qu'à nos lettres de
cachet.

Eſt-il vrai que nous aurons bientôt vos *Incas* ? eſt-
ce dans leur patrie qu'il faut chercher le bien-être ? Je
ſuis bien ſûr que j'y trouverai le plaiſir ; c'eſt ce que
je trouve rarement dans les livres qui me viennent de
France : j'ai grand beſoin des vôtres.

Avez-vous vu la *Dunciade* et l'*Homme dangereux*, &c.,
en trois volumes? Il y a bien de la différence
entre chercher la plaifanterie et être plaifant.

Bonfoir, mon très-cher confrère; fouvenez-vous
de moi avec ceux qui s'en fouviennent, et aimez
toujours un peu votre plus ancien ami. Madame
Denis vous fait mille tendres complimens.

LETTRE CCXC.

A M. L'ABBÉ MIGNOT.

A Ferney, 24 de juin.

Du temps de la fronde, mon cher ami, on criait
bien autrement contre les fages attachés à la bonne
caufe; mais, avec le temps, la guerre de la fronde
fut regardée comme le délire le plus ridicule qui ait
jamais tourné les têtes de nos Velches impétueux
et frivoles.

Je ne donne pas deux années aux ennemis de la
raifon et de l'Etat pour rentrer dans leur bon fens.

Je ne donne pas fix mois pour qu'on béniffe monfieur le chancelier de nous avoir délivrés de trois cents
procureurs. Il y a vingt-quatre ans que le roi de Pruffe
en fit autant; cette opération augmenta le nombre des
agriculteurs, et diminua le nombre des chenilles.

Vous avez fait une belle œuvre de furérogation,
en remettant votre place de juge de la caiffe d'amor-
tiffement, et je ne crois pas cette caiffe bien garnie;
mais enfin vous réfignez quatre mille livres d'appoin-
tement: cela eft d'autant plus beau que la faction ne

vous en faura aucun gré. Quand les efprits font échauffés, on aurait beau faire des miracles, les pharifiens n'en crient pas moins *Tolle*; mais cela n'a qu'un temps.

Je vois la bataille avec tranquillité, du haut de mes montagnes de neige, et je lève mes vieilles mains au ciel pour la bonne caufe. Je fuis très-perfuadé que monfieur le chancelier remportera une victoire complète, et qu'on aimera le vainqueur.

Je fuis fâché qu'on laiffe courir plufieurs brochures peu dignes de la gravité de la caufe, et du refpect que l'on doit au général de l'armée. J'en ai vu une qu'on appelle *Le coup de peigne d'un maître perruquier*, dans laquelle on propofe de faire mettre à Saint-Lazare tous les anciens confeillers du châtelet, et de les faire feffer par les frères. Cette plaifanterie un peu groffière né me paraît pas convenable dans un temps où prefque tout le royaume eft dans l'effervefcence et dans la confternation.

Je ferais encore plus fâché qu'on vous propofât, dans le moment préfent, des impôts à enregiftrer.

J'avoue que je ne conçois pas comment, après neuf années de paix, on a befoin de mettre de nouveaux impôts. Il me femble qu'il y aurait des reffources plus promptes, plus sûres et moins odieufes; mais il ne m'appartient pas de mettre le nez dans ce fanctuaire qui eft plus rempli d'épines que d'argent comptant.

On parle d'un nouvel arrêté du parlement de Dijon, plus violent que le premier; mais je ne l'ai point vu.

Il faut que je vous dife que j'ai un ami intime à

Angoulême : c'eſt M. le marquis d'*Argence*, non pas
le d'*Argens* de Provence, qui a fait tant d'ouvrages ; 1771.
mais un brigadier des armées du roi, qui a beaucoup
de mérite et beaucoup de crédit dans ſa province. Il
prétend que le préſidial de cette ville ne voulait point
enregiſtrer, il prétend que je lui ai écrit ces mots : *Le
droit eſt certainement du côté du roi ; ſa fermeté et ſa
clémence rendront ce droit reſpectable.* Il prétend qu'il a
lu à ces meſſieurs mes deux petites lignes, et qu'il y
a pris ſon texte pour obtenir l'enregiſtrement.

Je ne crois point du tout être homme à ſervir de
texte ; je n'ai point cette vanité, mais j'ai beaucoup
de bonne volonté.

Nous ſommes bien contens, votre ſœur et moi,
de votre Turquie. Nous ne penſons point du tout que
le gouvernement des *Mouſtapha*, des *Mahomet* et des
Orcan ait le moindre rapport avec notre monarchie
gouvernée par les lois, et ſurtout par les mœurs.
Votre conduite n'a certainement pas démenti vos
opinions. Notre pauvre d'*Ornoi* me paraît toujours
très-affligé. Il eſt heureux, il eſt jeune, le temps
change tout.

Nous vous embraſſons bien tendrement.

LETTRE CCXCI.

A MADAME

LA MARQUISE DU DEFFANT.

30 de juin.

CROYEZ-MOI, Madame, si quelque chose dépend de nous, tâchons tous deux de ne point prendre d'humeur. C'est ce que nous pouvons faire de mieux à notre âge, et dans le triste état où nous sommes.

Vous me laissez deviner tout ce que vous pensez ; mais pardonnez-moi aussi mes idées. Trouvez bon que je condamne des gens que j'ai toujours condamnés, et qui se sont souillés en cannibales du sang de l'innocent et du faible. Tout mon étonnement est que la nation ait oublié les atrocités de ces barbares. Comme j'ai été un peu persécuté par eux, je suis en droit de les détester ; mais il me suffit de leur rendre justice. Rendez-la-moi, Madame, après cinquante années de connaissance ou d'amitié.

J'avais infiniment à cœur que votre grand'maman et son mari fussent persuadés de mes sentimens. Je ne vois pas pourquoi vous ne leur avez pas envoyé cette septième page ; et il est très-triste pour moi qu'elle leur vienne par d'autres.

Votre dernière lettre me laisse dans la persuasion que vous êtes fâchée, et dans la crainte que votre grand'maman ne le soit ; mais je vous avertis toutes deux que je m'enveloppe dans mon innocence ; je n'ai

écouté

1771.

écouté que les mouvemens de mon cœur : n'ayant rien à me reprocher, je ne me justifierai plus. Il y a d'ailleurs tant de sujets de s'affliger qu'il ne s'en faut pas faire de nouveaux.

Je n'aurai pas la cruauté d'être en colère contre vous. Je vous plains, je vous pardonne, et je vous souhaite tout ce que la nature et la destinée vous refusent aussi-bien qu'à moi.

Pardonnez-moi de même l'affliction que je vous témoigne, en faveur de l'attachement qui ne finira qu'avec ma vie, laquelle finira bientôt. *V.*

LETTRE CCXCII.

A M. LE COMTE D'ARGENTAL.

1 de juillet.

JE n'écris plus ; je suis devenu en peu de temps incapable de tout ; je suis tombé très-lourdement après avoir fait encore quelques tours de passe-passe.

Mon cher ange est prié de me renvoyer les Pélopides de ce jeune homme ; car je ne veux plus entendre parler de ces momeries dans un temps où le goût est entièrement perdu à la cour et égaré à la ville. Il ne reste plus rien du dernier siècle ; il est enterré et je m'enterre aussi.

Je remercie infiniment madame d'*Argental* d'avoir fait parvenir à madame *Corbi* les imprécations contre les cannibales en robe qui se sont souillés tant de fois du sang innocent, et qu'on a la bêtise de regretter. Il

—— était digne de notre nation de finges de regarder nos affaffins comme nos protecteurs. Nous fommes des mouches qui prenons le parti des araignées.

Je fais bien qu'il y a des torts de tous les côtés ; cela ne peut être autrement dans un pays fans principes et fans règles.

On dit que les fortunes des particuliers fe fentiront de la confufion générale; il le faut bien, et je m'y attends. Ma colonie fera détruite, mes avances perdues, toutes mes belles illufions évanouies.

Je crois que mon ange a été follicité de parler à M. de *Monteynard* , en faveur de douze mille braves gens qui font, je ne fais pourquoi, efclaves de vingt chanoines. On ne fait point à Paris qu'il y a encore des provinces où l'on eft fort au-deffous des Cafres et des Hottentots.

Mon cher ange aura fans doute fait fentir à M. de *Monteynard* tout l'excès d'horreur et de ridicule que douze mille hommes, utiles à l'Etat, foient efclaves de vingt fainéans , chanoines, remués de moines. M. de *Monteynard* a trop de raifon pour ne pas être révolté d'un fi abominable abus.

Que dirai-je d'ailleurs à mes anges, du fond de mes déferts ? qu'il y a deux folitaires qui leur font attachés plus tendrement que jamais et pour toute leur vie. *V.*

LETTRE CCXCIII.

A M. LE MARECHAL DUC DE RICHELIEU.

A Ferney, 20 de juillet.

On est donc, mon héros, à Paris comme à Rome, parens contre parens. La différence est qu'il s'agissait chez les Romains de l'empire du monde et de ses bribes, et que chez les Velches il ne s'agit, comme à leur ordinaire, que de billevesées. Je crois pourtant que, s'il y a un bon parti, vous l'avez pris : et ce qui me persuade que ce parti est le meilleur, c'est qu'il n'est pas assurément le plus nombreux.

Je me trouve, Monseigneur, réformé à votre suite dans ma chétive petite sphère. J'ai deux neveux qui ont chacun un grand crédit dans l'ancien et le nouveau parlement. J'ai donné mon suffrage au nouveau, mais je n'y ai pas eu grand mérite. Il y a long-temps que les *Calas*, les chevalier de *la Barre*, les *Lalli*, &c. &c. m'ont brouillé avec les tuteurs des rois ; et j'ai toujours mieux aimé dépendre du descendant de *Robert le fort*, lequel descendait par femmes de *Charlemagne*, que d'avoir pour rois des bourgeois mes confrères. Je suis bien sûr que toute leur belle puissance intermédiaire, l'unité, l'indivisibilité de tous les parlemens ne m'auraient jamais fait rendre un fou de deux cents mille livres d'argent comptant que M. l'abbé *Terrai* m'a prises un peu à la *Mandrin*, dans le coffre-fort de M. *Magon*. Je lui pardonne cette opération de housard, s'il ne nous prend pas tout le reste.

K k 2

C'eft furtout cette aventure qui a dérangé ma pauvre colonie. Elle était née fous la protection de M. le duc de *Choifeul*, elle eft tombée avec lui. On avait établi chez moi trois manufactures qui travaillaient pour l'Efpagne, pour la Turquie, pour la Ruffie. Il était affez beau de voir entrer de l'argent en France par les travaux d'un miférable petit village. Tout cela va tomber, fi je ne fuis pas fecouru. Les fecours que je demandais n'étaient que le payement de ce qu'on me doit, et qu'on avait promis de me payer. Je profiterai de vos bontés. J'écrirai à M. l'abbé de *Blet*. Si on me refufe l'aumône, je n'aurai pas du moins à me reprocher de ne l'avoir pas demandée.

Je m'étais figuré que mon héros habiterait uniquement Verfailles; mais je vois qu'il veut encore jouir de fon beau palais de Paris, où probablement j'aurai le malheur de ne lui faire jamais ma cour.

J'ai pris la liberté de recommander à madame la ducheffe d'*Aiguillon* une dame de qualité de Franche-Comté, madame la comteffe de *Beaufort*; et cette liberté, qui ferait ridicule dans d'autres circonftances, porte fon excufe dans l'étonnante aventure dont cette dame eft la victime. Un coquin de prêtre, d'ailleurs très-fcandaleux, et mort de fes débauches et d'une fièvre maligne, a déclaré en mourant que M. le comte de *Beaufort* l'avait affaffiné.

M. de *Beaufort*, ancien officier, père de fix enfans, et reconnu pour un des plus honnêtes gentilshommes de la province, a été décrété de prife de corps, et fa femme d'ajournement perfonnel. Les prêtres fe font ameutés, ils ont ameuté le peuple, M. de *Beaufort* a été obligé de s'enfuir pour laiffer paffer le torrent. Il

ne demande qu'un fauf-conduit d'un mois, pour avoir
le temps de préparer fes défenfes. J'ignore fi on peut
obtenir cela de monfieur le chancelier. Si vous pouviez
protéger madame de *Beaufort* dans cette cruelle affaire,
vous feriez une action digne de vous.

1771.

Cela reffemble à l'aventure de ce *la Frenaye* qui fe tua
chez madame de *Tençin*, pour lui faire pièce. Ma deftinée
eft de prendre le parti des opprimés. Je plaide actuellement au confeil du roi pour douze mille hommes
bien faits, que vingt chanoines prétendent être leurs
efclaves, et que je foutiens n'appartenir qu'au roi.
Ces petites affaires-là tiennent la vieilleffe en haleine,
et repouffent l'ennui qui cherche toujours à s'emparer
des derniers jours d'un pauvre homme.

Je ne renonce d'ailleurs ni aux vers ni à la profe;
et, fi vous étiez premier gentilhomme d'année, je vous
importunerais, moi tout feul, plus que quatre jeunes
gens. Je fuis pourtant aveugle, non pas comme madame
du Deffant, mais il s'en faut très-peu. Madame de
Boifgelin, qui m'a vu dans cet état, m'a recommandé,
avec fon frère l'archevêque d'Aix, à l'oculifte
Grandjean. Il ferait plaifant qu'un archevêque me
rendît la vue.

Je demande bien pardon à mon héros de l'entretenir
ainfi de mes mifères, mais il a voulu que je lui écri-
viffe. Il eft affez bon pour me dire que ces mifères
l'amufent; je ne fuis pas affez vain pour m'en flatter;
ainfi je finis avec le plus profond refpect et le plus
tendre attachement. *V.*

·LETTRE CCXCIV.

A MADAME

LA MARQUISE DU DEFFANT.

29 de juillet.

DIEU foit béni, Madame! votre grand'maman me rend juftice, et vous me la rendez. Je ne crains plus de déplaire à une ame aimable, jufte et bienfefante, pour avoir élevé ma voix contre des êtres mal-fefans et injuftes, qui dans la fociété ont toujours été infupportables, et dans l'exercice de leur charge, tantôt des affaffins et tantôt des féditieux.

Je fuis dans un âge et dans une fituation où je puis dire la vérité. Je l'ai dite fans rien attendre de perfonne au monde, et foyez sûre que je ne demanderai jamais rien à perfonne, du moins pour moi, car je n'ai jufqu'ici demandé que pour les autres.

Si M. *Walpole* eft à Paris, je vous prie de lui donner à lire la page 76 de la feuille que je vous envoie; il y eft dit un petit mot de lui. J'ai regardé fon fentiment comme une autorité, et fes expreffions comme un modèle. Cette feuille eft détachée du feptième tome des Queftions fur l'encyclopédie, que vous ne connaiffez ni ne voulez connaître. On a déjà fait quatre éditions des fix premiers volumes, comme on a fait quatre éditions de ce grand dictionnaire qui eft à la baftille. Il eft en prifon dans fa patrie; mais l'Europe eft encyclopédifte. Vous me répondrez comme une héroïne de *Corneille* à *Flaminius :*

Le monde fous vos lois ! ah, vous me feriez peur,
S'il ne s'en fallait pas l'Arménie et mon cœur !

Ne confondez pas, je vous prie, l'or faux avec le véritable. Je vous abandonne tout l'alliage qu'on a mêlé à la bonne philofophie. Nous rendons juftice à ceux qui nous ont donné du vrai et de l'utile ; foyons ce que le parlement devrait être, équitables et fans efprit de parti ; réuniffons-nous dans cette fainte religion qui confifte à vouloir être jufte, et à ne voir (autant qu'on le peut) les chofes que comme elles font.

Si vous daignez vous faire lire la feuille que je vous envoie (laquelle n'eft qu'une épreuve d'imprimeur), vous verrez qu'on y foule aux pieds tous les préjugés hiftoriques.

Il y a d'autres articles fur le goût, tous remplis de traductions en vers, des meilleurs morceaux de la poëfie italienne et anglaife. Cela aurait pu vous amufer autrefois ; mais vous avez traité tout ce qui regarde l'*Encyclopédie*, comme vous avez traité mon impératrice *Catherine*. Vous êtes devenue turque, pour n'être pas de mon avis.

Avouez du moins qu'on lit l'*Encyclopédie* à Mofcou, et que les flottes d'Archangel font dans les mers de la Grèce. Avouez que *Catherine* a humilié l'empire le plus formidable, fans mettre aucun impôt fur fes fujets ; tandis qu'après neuf ans de paix, on nous prend nos refcriptions fans nous rembourfer, et qu'on accable d'un dixième le revenu de la veuve et de l'orphelin.

A propos de juftice, Madame ; vous fouvenez-vous des quatre épîtres fur la Loi naturelle ? Je vous en parle, parce qu'un prélat étranger, étant venu chez moi, m'a

1771. dit que non-feulement il les avait traduites, mais qu'il les prêchait. Je lui ai répondu que Me *Pafquier*, l'oracle du parlement, les avait fait brûler par le bourreau de fon parlement. Il m'a promis de faire brûler *Pafquier*, fi jamais il paffe par fes terres.

LETTRE CCXCV.

A LA MEME.

De ma maifon de quinze-vingt à la vôtre, 9 d'augufte.

„ENVOYEZ-MOI des pâtes d'abricot de Genève.„
Cela eft bientôt dit, Madame; mais cela n'eft pas fi aifé à faire. Vos confifeurs de Paris s'oppofent à ce commerce. Il n'a jamais été fi difficile d'envoyer un pot de marmelade dans votre pays, lorfque toute l'Europe en mange. Si M. *Walpole* demeurait encore quelquefois en France, on pourrait lui en envoyer; car je ne crois pas qu'on foit affez hardi chez vous pour faifir les confitures d'un miniftre anglais.

Quand vous verrez votre grand'maman, je vous prie de me mettre à fes pieds. Elle m'a pardonné mon goût pour *Catherine*; elle me pardonnera bien la jufte horreur que j'ai eue de tout temps pour les pédans qui firent la guerre des pots de chambre au grand *Condé*, et qui ont affaffiné un pauvre chevalier de ma connaiffance.

Paffez-moi l'émétique, Madame, et je vous pafferai la faignée. Je vous facrifierai une demi-douzaine de

philofophes, abandonnez-moi autant de pédans barbares, vous ferez encore un très-bon marché.

Ne m'aviez-vous pas mandé, dans une de vos dernières lettres, que les nouveaux règlemens de finance
vous avaient fait quelque tort ? ils m'en ont fait beaucoup, et j'ai bien peur que cela ne dérange la pauvre
petite colonie que j'avais établie au pied des Alpes. Je
crois que la France eft le pays où il doit y avoir le plus
d'amis ; car, après tout, l'amitié eft une confolation,
et on a toujours befoin en France de fe confoler.

Ma plus grande confolation, Madame, a toujours
été la bonté dont vous m'avez honoré dans tous les
temps. Vous favez fi je vous fuis attaché, et fi je ne
compterais pas parmi les plus beaux momens de ma
vie le plaifir de vous entendre ; car, grâce à nos yeux,
nous ne pouvons guère nous voir.

Je ne peux vous dire, Madame, que je vous aime
comme mes yeux ; mais je vous aime comme mon
ame, car je me fuis toujours aperçu qu'au fond mon
ame penfait comme la vôtre.

LETTRE CCXCVI.

A M. CHRISTIN.

19 d'augufte.

COURAGE, mon cher philofophe ; vous attendrez
un peu long-temps, mais vous gagnerez la bataille.
On a fort applaudi à celle que l'ancien parlement de
Befançon a perdue.

Ne manquez pas, je vous prie, de mettre une feuille de laurier dans votre lettre, quand vous m'apprendrez le gain du procès des efclaves. Il faut qu'à votre retour vous ayez une place de confeiller; perfonne ne la mérite mieux que vous.

Madame de *Beaufort* demande à monfieur le chancelier la grâce de fon mari, lequel ne demandait qu'un fauf-conduit. Je crois que cela dépendra des informations. On prétend qu'il y a double facrilége et fimple affaffinat. Double facrilége, parce qu'il y a meurtre de *prêtre* dans une *églife;* affaffinat, parce qu'ils étaient deux, le comte de *Beaufort* et un jeune avocat, lefquels ont tous deux pris la fuite. L'avocat *Loyfeau* de Lyon, qui était à Genève, avait commencé un beau factum en faveur de M. de *Beaufort.* Il prétendait que le prêtre n'était mort que pour faire niche à l'accufé. Il a rengainé fon factum, et il eft allé à Paris. J'efpére que monfieur votre frère aura bientôt un bon emploi, et que vous reviendrez bientôt victorieux à Saint-Claude revoir votre petite maîtreffe.

Je vous embraffe le plus tendrement du monde.

LETTRE CCXCVII.

A M. FORMEY,

SECRETAIRE PERPETUEL DE L'ACADEMIE DE BERLIN.

A Ferney, 26 d'augufte.

JE n'ai qu'une idée fort confufe, Monfieur, de la tragédie dont vous me parlez. Il me femble que *Lothaire* avait tort avec fa femme, mais que le pape avait plus grand tort avec lui. C'eft un de nos grands ridicules que la barrette d'un pape prétende gouverner de droit divin la braguette d'un prince. Les Orientaux font bien plus fages que nous; leurs prêtres ne fe mêlent point du férail des fultans. ·

Je fais affurément plus de cas du *Condé* de Reinsberg que de tous les papes de Rome, fans y comprendre St *Pierre* qui n'a jamais été dans ce pays-là. Je vois avec grand plaifir qu'il daigne mêler les lauriers d'*Apollon* à ceux de *Mars*. Il jouit d'un bien plus grand avantage, il a pour lui les cœurs de toute l'Europe. Tout ce que vous dites de la vie qu'il mène à Reinsberg me confirme dans mon idée que les arts et la gloire fe font réfugiés vers le Nord.

Vous m'apprenez, Monfieur, que vous avez environ deux ans plus que moi, et vous prétendez que vous finirez bientôt votre carrière. Pour moi, qui fuis un jeune homme de foixante et dix-huit ans, je vous avoue que j'ai déjà fini la mienne. Je fuis devenu aveugle, et c'eft être véritablement mort, furtout dans

—— une campagne où il n'y a d'autre beauté que celle de la vue.

Je vous affure que je fuis très-touché de la lettre que vous m'écrivez ; elle me fait efpérer que vous aurez quelque pitié de moi dans mon oraifon funèbre. Vous me reprocherez de n'avoir cru ni aux monades ni à l'harmonie préétablie, mais il faudra bien que vous conveniez que j'ai été l'apôtre de la tolérance.

J'ai établi, Dieu merci, chez moi cinquante familles huguenottes qui vivent comme frères et fœurs avec les familles papiftes, et je fouhaite que les Velches faffent en grand ce que moi allobroge j'ai fait en petit. Comme je ne peux plus jouer la comédie, j'ai changé mon théâtre en manufacture ; c'eft ainfi que j'expie mes péchés. Vous me direz que je me vante, au lieu de me confeffer ; mais j'avoue mon péché d'orgueil, et mon orgueil eft de vous plaire.

Adieu, Monfieur ; confervez vos yeux et votre appétit tandis que je perds tout cela. Confervez-moi auffi vos bontés qui m'ont fait un plaifir extrême.

Le vieux malade de Ferney.

LETTRE CCXCVIII.

A M. DE LA HARPE.

A Ferney, 4 de septembre.

*I*L *déclare qu'il ne se chargera pas de porter la parole divine, si on lui donne des soutiens qui la déshonorent, et qu'il ne parlera au nom de* DIEU *et du roi que pour faire aimer l'un et l'autre.*

Le monarque a dit : Je vous donne mon fils ; *et les peuples disent :* Donnez-nous un père.

Et le portrait de l'enthousiasme, et celui de madame de *Maintenon*, si vrais, si fins et si sublimes ; et cette admirable pensée de sentiment, *il est triste de représenter le génie persécutant la vertu ;* et cet ignorant *Louis XIV*, moins *blessé peut-être des maximes des saints, que des maximes du Télémaque ;* et cette foule de peintures qui attendrissent, et de traits de philosophie qui instruisent : tout cela, mon cher ami, est admirable ; c'est le génie du grand siècle passé, fondu dans la philosophie du siècle présent.

Je ne sais pas si vous êtes entré actuellement dans l'académie, mais je sais que vous êtes tout au beau milieu du temple de la gloire.

Votre discours est si beau que le cardinal de *Fleuri* vous aurait persécuté, mais sourdement et poliment, à son ordinaire. Il ne pouvait souffrir qu'on aimât l'aimable *Fénélon*. J'eus l'imprudence de lui demander un jour s'il faisait lire au roi le *Télémaque ;* il rougit, il me répondit qu'il lui faisait lire de meilleures choses, et il ne me le pardonna jamais.

· Ce fut un beau jour pour l'académie., pour la famille de cet homme unique, et furtout pour vous. M. d'*Alembert* avec fa petite voix grêle eft un excellent lecteur; il fait tout fentir, fans avoir l'air du moindre artifice. J'aurais bien voulu être là; j'aurais verfé des larmes d'attendriffement et de joie.

Il ne manque à votre pièce de poëfie qu'un fujet auffi intéreffant ; elle eft également belle dans fon genre. Je fuis enchanté de ces deux ouvrages et de vous. J'en fais mon compliment, du fond de mon cœur , à madame votre femme.

· M. le duc de *Choifeul* fera flatté de voir fes bienfaits fi heureufement juftifiés,

M. de l'*Etang*, avocat, l'un de vos admirateurs, m'a écrit votre triomphe. Je ne puis lui répondre aujourd'hui , je fuis trop malade. Il vous voit fouvent, fans doute; je vous prie de le remercier pour moi.

Embraffez bien tendrement l'illuftre d'*Alembert*. Il eft donc affocié à M. *Duclos ;* ils doivent tous deux vous ouvrir les portes d'un fanctuaire dont ils font de très-dignes prêtres. Les *Thomas* et les *Marmontel* n'ont-ils pas pris une part bien véritable à vos honneurs ? Réuniffons-nous tous pour écrafer l'envie.

Madame *Denis* eft auffi fenfible que moi à votre gloire.

LETTRE CCXCIX.

A M. DE BORDES, *à Lyon.*

13 de feptembre.

Mon cher philofophe , j'ai eu l'honneur de voir
votre filleule, et j'ai reconnu fon parrain : elle en a
l'efprit et les grâces. Que n'êtes-vous le parrain de
toute la ville de Lyon ! J'ai prefque oublié mon âge
et mes fouffrances en voyant madame de *Labévière.*

On m'a mandé qu'on avait puni dans Lyon , d'un
fupplice égal à celui de *Damiens*, un homme qui avait
affaffiné fa mère ; que ce fpectacle attira une foule
prodigieufe ; et que, le lendemain , quand on pendit
un pauvre diable , il n'y eut perfonne : cela fait voir
évidemment pourquoi l'on court depuis quelque temps
aux tragédies dans le goût anglais.

Je viens d'apprendre que vous n'avez point reçu
des Queftions qu'il n'appartient qu'à vous de réfoudre,
et qu'un génevois, qui s'était chargé de vous les rendre,
n'a point paffé par Lyon, comme il m'en avait flatté ;
je répare cette faute, et j'en commets peut-être une
plus grande en vous envoyant des chofes peu dignes
de vous : mais, fi l'auteur des Queftions penfe peu , il
pourra vous faire penfer beaucoup. Il y a bien des
morceaux où il ne dit rien qu'à moitié ; et vous fup-
pléerez aifément à tout ce qu'il n'a ofé dire.

Vous m'attribuez, mon cher philofophe, trop de
talens dans vos jolis vers. Vous prétendez

Qu'avec trop de largeffe
De m'enrichir la nature a pris foin.
— Peu de ducats compofent ma richeffe ;
Mais ils font tous frappés à votre coin.

Il me femble que je penfe abfolument comme vous
fur tous les objets qui valent la peine d'être examinés.
Ayez bien foin de votre fanté, c'eft-là ce qui en
vaut la peine. Je vous embraffe fans cérémonie ; les
philofophes n'en font point, les amis encore moins.

LETTRE CCC.

A M. MILLE,

*Auteur d'un Abrégé chronologique de l'hiftoire de
Bourgogne.*

A Ferney, le 13 de feptembre.

UN vieux malade demi-bourguignon a reçu, Monfieur, avec un extrême plaifir votre *Hiftoire de Bourgogne*, et vous en remercie avec autant de reconnaiffance. Mes remercîmens tombent d'abord fur votre
differtation contre dom *Titrier*, que je viens de lire. Il
ferait bien à défirer que toutes ces ufurpations, qui ne
font que trop prouvées, fuffent enfin rendues à l'Etat.
Dom *Titrier* a travaillé dans toutes les provinces de
l'Europe, et particulièrement dans la Franche-Comté
où nous plaidons actuellement contre lui. Ses titres
n'étant pas de droit humain, il prétend qu'ils font de
droit divin ; mais nous fommes affurés qu'ils font de

droit

droit diabolique, et nous efpérons que le diable en
habit de moine ne gagnera pas toujours fa caufe.

J'ai l'honneur d'être, &c.

LETTRE CCCI.

A M. LE COMTE D'ARGENTAL.

20 de feptembre.

Voici ce que le vieux folitaire, le vieux malade,
le vieux radoteur dit à fon cher ange.

1°. Il a reçu la lettre du 14 de feptembre.

2°. M. de *la Ferté* ne fait pas que, de ces deux portraits, l'un eft de madame la dauphine, et l'autre de
la reine de Naples : ce qui me fait foupçonner que ces
deux portraits ne font pas trop reffemblans. Puifque
mon cher ange eft lié avec M. de *la Ferté*, je le prie,
au nom de ma petite colonie, de vouloir bien nous
recommander à lui ; elle fournira tout ce qu'on demandera, et à très-bon marché.

3°. Le jeune auteur des Pélopides m'a montré fa
nouvelle leçon qui eft fort différente de la première.
Il eft honteux de fon ébauche; il vous prie inftamment
de la renvoyer, et de nous dire comment il faut s'y
prendre pour vous faire tenir la leçon véritable.

4°. M. *Lantin* le bourguignon fe flatte toujours
que le célèbre *le Kain* prendra fon affaire d'Afrique en
confidération.

5°. Si, dans l'occafion, mon cher ange peut faire

quelque éloge de nos colonies à M. le duc d'*Aiguillon*, il nous rendra un grand fervice. Figurez-vous que nous avons fait un lieu confidérable d'un méchant hameau où il n'y avait que quarante miférables dévorés de pauvreté et d'écrouelles. Il a fallu bâtir vingt maifons nouvelles de fond en comble. Nous avons actuellement quatre fabriques de montres, et trois autres petites manufactures. Loin d'avoir le moindre intérêt dans toutes ces entreprifes, je me fuis ruiné à les encourager, et c'eft cela même qui mérite la protection du miniftère. Le fimple hiftorique d'un défert affreux, changé en une habitation floriffante et animée, eft un fujet de converfation à table avec des miniftres. M. le duc de *Choifeul* avait daigné acheter quelques-unes de nos montres pour en faire des préfens au nom du roi. Nos fabriques les vendent à un grand tiers meilleur marché qu'à Paris. Prefque tous les horlogers de Paris achètent de nous les montres qu'ils vendent impudemment fous leur nom, et fur lefquelles ils gagnent non-feulement ce tiers, mais très-fouvent plus de moitié. Tout cela fera très-bon à dire quand on traitera par hafard le chapitre des arts.

6°. Je ne demande point à mon cher ange le fecret de Parme; mais je m'intéreffe infiniment à M. de *Félino;* on dit que ce font les jéfuites qui ont trouvé le fecret de le perfécuter. Il eft certain que, fi les jéfuites étaient relégués en enfer, ils y cabaleraient; jugez de ce qu'ils doivent faire étant à Rome.

7°. Je vous prie de préfenter mes refpects à votre voifin.

8°. Comment mon autre ange fe porte-t-elle? a-t-elle repris toute fa fanté? fa poitrine et fon eftomac font-ils

bien en ordre ? vous amufez-vous tous deux, et
madame *Veſtris* entre-t-elle dans vos plaiſirs ?

Je me mets plus que jamais fous les ailes de mes
anges. *V.*

LETTRE CCCII.

A M. LE MARECHAL DUC DE RICHELIEU.

A Ferney, 23 de feptembre.

JE n'ai pas été aſſez impudent pour ofer interrompre
mon héros dans fon expédition de Bordeaux; mais,
s'il a un moment de loifir, qu'il me permette de
l'ennuyer de mes remercîmens pour la bonté qu'il a
eue dans mes petites affaires avec les héritiers de
madame la princeſſe de *Guife* et avec mon héros lui-
même.

Vous avez de plus, Monfeigneur, la bonté de me
protéger auprès de M. le duc d'*Aiguillon*. Je ne favais
pas, quand j'eus l'honneur de vous écrire, qu'il fût
enfin décidé que Verfoy, dont il était queſtion, ferait
entièrement dans le département de M. le duc de *la
Vrillière*. Je l'apprends, et je me reſtreins à demander
les bontés de M. le duc d'*Aiguillon* pour la colonie
que j'ai établie. Elle eſt aſſez confidérable pour attirer
l'attention du miniſtère, et pour mériter fa protection
dans le pays étranger. Son commerce eſt déjà très-
étendu. Elle travaille avec fuccès, et ne demande, ni
ne demandera aucun fecours d'argent à M. l'abbé

—— *Terrai.* Je défire feulement qu'on daigne la recom-
1771. mander à Paris à M. d'*Ogny,* intendant général des
poftes , et en Efpagne à M. le marquis d'*Offun* , qui
nous ont rendu déjà tous les bons offices poffibles ,
et que je craindrai encore moins d'importuner quand
ils fauront que le miniftre des affaires étrangères veut
bien me protéger.

J'ai été entraîné dans cette entreprife affez grande, par
les circonftances prefque forcées où je me fuis trouvé;
et je ne demande , pour affurer nos fuccès , que ces
bontés générales qui ne compromettent perfonne.

C'eft dans cet efprit que j'écris à M. le duc d'*Aiguillon,*
et que je me renomme de vous dans ma lettre ; j'efpère
que vous ne me démentirez pas. Il ne s'agit, encore
une fois , que de me recommander à M. le marquis
d'*Offun* et à M. d'*Ogny.* Si vous voulez bien lui en
écrire un petit mot, je vous en aurai beaucoup d'obligation.

Je vous demande bien pardon de vous fatiguer
de cette bagatelle ; mais , après tout, c'eft un objet de
commerce intéreffant pour l'Etat , et qui augmente
la population d'une province. Vous êtes fi accoutumé
à faire du bien dans celle que vous gouvernez , que
vous ne trouverez pas ma requête mal placée.

Confervez vos bontés, Monfeigneur , à votre plus
ancien courtifan , qui vous fera attaché avec le plus
tendre refpect jufqu'au dernier moment de fa vie. *V.*

LETTRE CCCIII.

A MILORD CHESTERFIELD.

A Ferney, le 24 de septembre.

Des cinq sens que nous avons en partage, milord *Huntingdon* dit que vous n'en avez perdu qu'un seul, et que vous avez un bon estomac, ce qui vaut bien une paire d'oreilles.

.Ce serait peut-être à moi de décider lequel est le plus triste d'être sourd ou aveugle, ou de ne point digérer. Je puis juger de ces trois états en connaissance de cause ; mais il y a long-temps que je n'ose décider sur les bagatelles, à plus forte raison sur des choses si importantes. Je me borne à croire que, si vous avez du soleil dans la belle maison que vous avez bâtie, vous aurez des momens tolérables. C'est tout ce qu'on peut espérer à l'âge où nous sommes, et même à tout âge. *Cicéron* écrivit un beau traité sur la vieillesse, mais il ne prouva point son livre par les faits ; ses dernières années furent très-malheureuses. Vous avez vécu plus long-temps et plus heureusement que lui. Vous n'avez eu affaire ni à des dictateurs perpétuels ni à des triumvirs. Votre lot a été et est encore un des plus désirables dans cette grande loterie où les bons billets sont si rares, et où le gros lot d'un bonheur continu n'a été encore gagné par personne.

Votre philosophie n'a jamais été dérangée par des chimères qui ont brouillé quelquefois des cervelles, d'ailleurs affez bonnes. Vous n'avez jamais été, dans aucun genre, ni charlatan ni dupe des charlatans ; et c'eft ce que je compte pour un mérite très-peu commun qui contribue à l'ombre de félicité qu'on peut goûter dans cette courte vie. &c.

LETTRE CCCIV.

A M. DE LA HARPE.

Le 26 de feptembre.

JE fuis affurément bien étonné et bien confondu, mon cher enfant. Je ne l'aurais pas été, fi on vous avait donné une place à l'académie, avec une penfion ; c'était-là ce qu'on devait attendre. Je viens d'écrire à un homme qui peut fervir et nuire ; mais je crains bien que ce ne foit *Marion Delorme* qui écrit en faveur de *Ninon*, et qu'on ne les envoye toutes deux faire pénitence aux Magdelonettes.

Je fouhaite, pour l'honneur de la nation, que cette affaire s'affoupiffe ; elle deviendrait encore plus ridicule que celle de *Bélifaire :* mais il y a long-temps que le ridicule ne nous effraie point. Je fuis fûr que, fi vos fuccès vous donnent des ennemis, ils vous donneront des protecteurs. Tous ceux qui vous ont couronné font intéreffés à affermir votre couronne. Tous les parens de *Télémaque* et de *Calypfo* prendront votre parti. Ce petit ouvrage augmentera votre célébrité. Courage, il faut combattre. Si on s'obstine à vous chicaner, il sera beau de dire : J'imite mon héros, j'aime la vertu, et je me soumets.

1771.

LETTRE CCCV.

A M. AUDIBERT, *à Marseille.*

A Ferney, 2 d'octobre.

MILLE remercîmens, Monsieur, de toutes vos bontés; c'est en avoir beaucoup que de daigner descendre, comme vous faites, dans toutes les minuties de ma cargaison. Je félicite de tout mon cœur vos Marseillois d'avoir si bien profité de la mauvaise spéculation des Anglais, et de faire si bien leurs affaires avec les Ottomans qui font fort mal les leurs. Moi qui vous parle, je soutiens actuellement un commerce que j'ai établi entre Ferney et la sublime Porte. J'ai envoyé à la fois des montres à sa Hautesse *Mouslapha* et à sa Majesté impériale russe qui bat toujours sa pauvre Hautesse ; et je fais bien plus de cas de ma correspondance avec *Catherine II* qu'avec le commandeur des croyans. C'est une chose fort plaisante que j'aye bâti vingt maisons dans mon trou de Ferney pour les artistes de Genève qu'on a chassés de leur patrie à coups de fusil. Il se fait actuellement, dans mon village, un commerce qui s'étend aux quatre parties du monde; je n'y ai d'autre intérêt que celui de le faire fleurir à mes dépens. J'ai trouvé qu'il était affez beau de fe ruiner ainfi de fond en comble avant que de mourir.

Voudriez-vous bien, Monfieur, quand vous ferez de loifir, me mander s'il eft vrai que la flotte ruffe ait brûlé toute la flotte turque dans le port de Lemnos, qu'*Ali-bey* ait repris Damas et Jérufalem la fainte ; fi le comte *Orlof* a repris le Négrepont, et fi Ragufe s'eft mife fous la protection du faint Empire romain ?

Le commerce de Marfeille ne fouffre-t-il pas un peu de toutes ces brûlures et de tous ces ravages ?

Je vous réitère mes remercîmens et tous les fentimens avec lefquels, &c.

LETTRE CCCVI.

A M. LE COMTE D'ARGENTAL.

11 d'octobre.

Mon cher ange, votre lettre du 30 de feptembre m'a trouvé bien affligé. On dit que les vieillards font durs ; j'ai le malheur d'être fenfible comme fi j'avais vingt ans. Le foufflet donné à *la Harpe* et à notre académie eft tout chaud fur ma joue.

Ma colonie qui n'eft plus protégée me donne de très-vives alarmes. Je me fuis ruiné pour l'établir et pour la foutenir ; j'ai animé un pays entièrement mort ; j'ai fait naître le travail et l'opulence dans le féjour de la mifère, et je fuis à la veille

de voir tout mon ouvrage détruit ; cela eſt dur à
ſoixante et dix-huit ans.

La ſituation très-équivoque dans laquelle eſt ma
colonie , par rapport à Pétersbourg où elle avait de
très-gros fonds , me met dans l'impoſſibilité de rien
faire à préſent pour mademoiſelle *Daudet* : c'eſt
encore pour moi une nouvelle peine.

Si la retraite de M. de *Félino* avait pu produire
quelque choſe de déſagréable pour vous , jugez combien j'aurais été inconſolable.

J'ai commandé vos deux montres telles que vous
les ordonnez ; vous les aurez probablement dans
quinze jours.

Mon jeune homme vous enverrait bien auſſi les
Pélopides, qui ſont très-différens de ceux qui ſont
entre vos mains ; mais , malgré toute la vivacité de ſon
âge , il fait attendre. Vous auriez auſſi la folie *Ninon*,
et vous ne feriez peut - être pas mécontent de la
docilité de ce jeune candidat ; mais le temps ne
me paraît guère favorable.

Ma pauvre colonie occupe actuellement toute mon
attention. Cent perſonnes dont il faut écouter les
plaintes et ſoulager les beſoins , d'aſſez grandes entrepriſes près d'être détruites, et l'embarras des plus
pénibles détails, font un peu de tort aux belles-
lettres. Je vous demande en grâce de parler à M. le
duc d'*Aiguillon ;* vous le pouvez, vous le voyez les
mardi ; je ne vous demande point de vous compromettre , j'en ſuis bien éloigné. Je lui ai écrit ,
je lui ai demandé en général ſa protection ; j'oſe
dire qu'il me la devait : il ne m'a point fait de
réponſe ; ne pourriez-vous pas lui en dire un mot ?

1771.

ferait-il poffible que les bontés de M. le duc de *Choifeul* pour ma colonie m'euffent fait tort, et que je fuffe à la fois ruiné et opprimé pour avoir fait du bien? cela ferait rude. Il vous eft affurément très-aifé de favoir, dans la converfation, s'il eft favorablement difpofé ou non. Voilà tout ce que je conjure votre amitié de faire le plutôt que vous pourrez, dans une occafion fi preffante. Si M. le maréchal de *Richelieu* était à Verfailles, il pourrait lui en dire quelques mots, c'eft-à-dire, en faire quelques plaifanteries, tourner mon entreprife en ridicule, fe bien moquer de moi et de ma colonie; mais mon cher ange fentira mon état férieufement, et le fera fentir : c'eft en mon cher ange que j'efpère. Je parlerai belles-lettres une autre fois ; je ne parle aujourd'hui que trifteffe et tendreffe.

Mille refpects à madame d'*Argental*.

LETTRE CCCVII.

A M. DE POMARET.

14 d'octobre.

Le vieux malade, Monfieur, eft bien fenfible à votre fouvenir. Le miniftère eft trop occupé des parlemens pour fonger à perfécuter les diffidens de France. On laiffe du moins fort tranquilles ceux que j'ai recueillis chez moi; ils ne payent même aucun impôt, et j'ai obtenu jufqu'à préfent toutes les facilités poffibles pour leur commerce.

Je préfume qu'il en eft ainfi dans le refte du ———
royaume. On s'appefantit plus fur les philofophes **1771.**
que fur les réformés ; mais, fi les uns et les autres
ne parlent pas trop haut, on les laiffera refpirer
en paix ; c'eft tout ce que l'on peut efpérer dans
la fituation préfente. Le gouvernement ne s'occu-
pera jamais à déraciner la fuperftition ; il fera
toujours content, pourvu que le peuple paye et
obéiffe. On laiffera le prépuce de *Jéfus-Chrift* dans
l'églife du Puy en Velai, et la robe de la vierge
Marie dans le village d'Argenteuil. Les poffédés qui
tombent du haut-mal iront hurler la nuit du jeudi-
faint dans la Sainte-Chapelle de Paris, et dans l'églife
de Saint-Maur ; on liquéfiera le fang de St *Janvier*
à Naples. On ne fe fouciera jamais d'éclairer les
hommes, mais de les affervir. Il y a long-temps
que, dans les pays defpotiques, *fauve qui peut* eft
la devife des fujets.

LETTRE CCCVIII.

A MADAME

LA DUCHESSE DOUAIRIERE D'AIGUILLON.

A Ferney, 16 d'octobre.

MADAME,

JE vous ai importunée deux fois fort téméraire-
ment : la première pour un gentilhomme qui difait
n'avoir point tué un prêtre et qui l'avait tué ; la
feconde, pour moi qui difais ne point recevoir de
réponfe de M. le duc d'*Aiguillon*, et qui, le moment
d'après, en reçus une pleine d'efprit, de grâces et
de bonté, comme fi vous l'aviez écrite. Cela prouve
que je fuis un jeune homme de foixante et dix-
huit ans, très-vif et très-impatient, ce qui autrement
veut dire un radoteur ; mais je ne radote point en
étant perfuadé que M. le duc d'*Aiguillon* écrit
mieux que M. le cardinal de *Richelieu*, et que je
vous donne fans difficulté la préférence fur madame
la duchesse d'*Aiguillon*, première du nom.

Il eft vrai que je meurs dans l'impénitence finale
fur les teftamens, mais auffi je meurs dans le refpect
et dans la reconnaiffance finale avec laquelle j'ai
l'honneur d'être,

Madame , &c.

LETTRE CCCIX.

A M. THIRIOT.

A Ferney, 20 d'octobre.

J'AI bien vu, mon ancien ami, que vos fentimens pour moi ne font point affaiblis, puifque vous m'avez envoyé M. *Bacon*. C'eft un homme qui penfe comme il faut, et qui me paraît avoir autant de goût que de fimplicité. Il ferait à fouhaiter que tous les procureurs généraux euffent été auffi humains et auffi honnêtes que leur fubftitut.

Il m'apprend que vous avez changé encore de logement, et que vous êtes dans une fituation affez agréable. Vivez et jouiffez. Vous approchez de la foixante et dixième, et moi de la foixante et dix-huitième. Voilà le temps de fonger bien férieufement à la confervation du refte de fon être, de fe prefcrire un bon régime, et de fe faire des plaifirs faciles qui ne laiffent après eux aucune peine. Je tâche d'en ufer ainfi. J'aurais voulu partager cette petite philofophie avec vous, mais ma deftinée veut que je meure à Ferney. J'y ai établi une colonie d'artiftes, qui a befoin de ma préfence. C'eft une grande confolation que de rendre fes derniers jours utiles, et ce plaifir tient lieu de tous les plaifirs.

Adieu ; portez-vous bien, et confervez-moi une amitié dont je fens le charme auffi vivement que fi je n'avais que trente ans.

LETTRE CCCX.

A M. MARMONTEL.

21 d'octobre.

Mon cher ami, après les aventures des *Bélisaire* et des *Fénélon*, il ne nous reste plus que d'adorer en silence la main de DIEU qui nous châtie. Les jésuites ont été abolis, les parlemens ont été réformés, les gens de lettres ont leur tour. *Bergier*, *Riballier*, *Cogé pecus et omnia pecora*, auront seuls le droit de brouter l'herbe. Vous m'avouerez que je ne fais pas mal d'achever tout doucement ma carrière dans la paix de la retraite, qui seule soutient le reste de mes jours très-languissans.

Heureux ceux qui se moquent gaiement du rendez-vous donné dans le jardin pour aller souper en enfer, et qui n'ont point affaire à des fripons gagés pour abrutir les hommes, pour les tromper, et pour vivre à leurs dépens! Sauve qui peut.

Dieu veuille qu'en dépit de ces marauds-là vous puissiez choisir, pour remplir le nombre de nos quarante, quelque honnête homme franc du collier, et qui ne craigne point les cagots. Il n'y a plus moyen d'envoyer un seul livre à Paris. Cela est impraticable, à moins que vous ne trouviez quelque intendant ou fermier des postes qui soit assez hardi pour s'en charger; encore ne sais-je si cette voie serait bien sûre. Figurez-vous que tous les volumes des Questions sur l'encyclopédie, qui ont été

imprimés jufqu'ici, l'ont été à Genève, à Neuchâtel, dans Avignon, dans Amfterdam; que toute 1771.
l'Europe en eft remplie, et qu'il n'en peut entrer
dans Paris un feul exemplaire. On protégeait autrefois les belles-lettres en France, les temps font un
peu changés.

Vous faites bien, mon cher confrère, de vous
amufer de l'opéra comique; cela n'eft fujet à aucun
inconvénient; et d'ailleurs on dit que le grand
théâtre tragique eft tout-à-fait tombé depuis la retraite
de mademoifelle *Clairon.* Je vous prie de lui dire
combien je lui fuis attaché, et d'être perfuadé de
la tendre amitié qu'on a pour vous dans la retraite
de Ferney.

LETTRE CCCXI.

A M. BOURGELAT. (*)

A Ferney, le 26 d'octobre.

En lifant, Monfieur, la favante differtation que
vous avez eu la bonté de m'envoyer fur la veffie
de mon bœuf, vous m'avez fait fouvenir du bœuf
du quatrième livre des *Géorgiques,* dont les entrailles
pourries produifaient un effaim d'abeilles. Les perles
jaunes que j'avais trouvées dans cette veffie me
furprenaient furtout par leur énorme quantité, car
je n'en avais pas envoyé à Lyon la dixième partie.

(*) Directeur général des écoles royales vétérinaires, commiffaire
général des haras, correfpondant de l'académie royale des fciences de
Paris, membre de l'académie royale des fciences et belles-lettres de Pruffe.
La France lui a l'obligation des écoles vétérinaires dont il eft le créateur.

Cela m'a valu de votre part des inftructions dont un agriculteur comme moi vous doit les plus fincères remercîmens : voilà le miel que vous avez fait naître.

Je fuis toujours effrayé et affligé de voir les veffies des hommes et des animaux devenir des carrières , et caufer les plus horribles tourmens ; et je me dis toujours: Si la nature a eu affez d'efprit pour former une veffie et tous fes accompagnemens, pourquoi n'a-t-elle pas eu affez d'efprit pour la préferver de la pierre ? On eft obligé de me répondre que cela n'était pas en fon pouvoir; et c'eft précifément ce qui m'afflige.

J'admire furtout votre modeftie éclairée, qui ne veut pas encore décider fur la caufe et la formation de ces calculs. Plus vous favez, et moins vous affurez. Vous ne reffemblez pas à ces phyficiens qui fe mettent toujours fans façon à la place de DIEU, et qui créent un monde avec la parole. Rien n'eft plus aifé que de former des montagnes avec des courans d'eau, des pierres calcaires avec des coquilles, et des moiffons avec des vitrifications; mais le vrai fecret de la nature eft un peu plus difficile à rencontrer.

Vous avez ouvert , Monfieur, une nouvelle carrière, par la voie de l'expérience; vous avez rendu de vrais fervices à la fociété : voilà la bonne phyfique. Je ne vois plus que par les yeux d'autrui , ayant prefque entièrement perdu la vue à mon âge de foixante-dix-huit ans ; et je ne puis trop vous remercier de m'avoir fait voir par vos yeux.

J'ai l'honneur d'être, &c.

LETTRE

LETTRE CCCXII.

A M. LE COMTE D'ARGENTAL.

9 de novembre.

Mon cher ange, on ne trouve pas tous les jours des facilités d'envoyer des livres. M. *Dupuits* vous remettra le fix et le fept. Je voudrais pouvoir vous envoyer quelque chofe de plus agréable, car j'aime toujours mieux les vers que la profe; mais actuellement je fuis bien dérouté. Mes colonies, qui ne font point du tout poëtiques, font pour moi une fource d'embarras qui feraient tourner la tête à un jeune homme; jugez ce qui doit arriver à celle d'un pauvre vieillard cacochyme. Cela n'empêchera pas que vous n'ayez vos montres dans quelque temps.

M. *Dupuits*, ci-devant employé dans l'état-major, va folliciter la faveur d'être replacé. Je ne crois pas qu'on puiffe trouver un meilleur officier, plus inftruit, plus attaché à fes devoirs, et plus fage. Je m'applaudis tous les jours de l'avoir marié avec notre *Corneille;* ils font tous deux un petit ménage charmant. Je compte bien, mon cher ange, que vous le vanterez à M. le marquis de *Monteynard.* Il y a plaifir à recommander des gens qui ne vous attireront jamais de reproches. Mon gendre *Dupuits* a déjà quinze ans de fervice. Comme le temps va! cela n'eft pas croyable. Ce ferait une grande confolation

—— pour moi de le voir bien établi avant que je finiffe ma chétive carrière.

Je vous prie donc, et très-inftamment, de le protéger tant que vous pourrez auprès du miniftre.

J'ai été bien émerveillé de l'aventure de madame de *la Garde*, et du procès de M. *Duhautoi* contre M. de *Soyecourt*. Je ne conçois pas trop, quoique nous foyons dans un fiècle de fer, comment des hommes de cette qualité fe font mis fermiers de forge.

J'ai peine auffi à comprendre comment les étincelles de cette forge n'ont pas un peu rouffi le manteau de M. l'abbé *Terrai*. Je m'aperçois qu'il eft toujours à la tête des finances, parce qu'on ne me paye point une partie de l'argent qu'il m'a pris dans mes poches, dans l'aventure des refcriptions.

Ne pourriez-vous point me dire quelle eft la porte qui conduit à fon cabinet et à fon coffre-fort?

J'ai toujours ouï dire que les miniftres, pour fe délaffer de leurs travaux, avaient volontiers quelque c.... à laquelle on pouvait s'adreffer dans l'occafion.

A propos de c...., n'avez-vous pas quelque actrice un peu paffable à la comédie qui puiffe jouer Zaïre et Olimpie? Ce font deux pièces que j'aime: Olimpie, d'ailleurs, eft faite pour le peuple; il y a des prêtres et un bûcher. Je ne les verrai pas jouer; mais on aime fes enfans, quoiqu'on foit éloigné d'eux. C'eft ainfi que je vous aime, mon cher ange, et que je fuis attaché à madame d'*Argental* avec le plus tendre refpect. *V.*

LETTRE CCCXIII.

A M. LE COMTE DE ROCHEFORT.

9 de novembre.

Vous pardonnez fans doute, mon cher militaire philofophe, au vieux malade qui paraît fi négligent; mais il fera toujours pénétré pour vous de la plus tendre amitié. Je prends la liberté d'en dire autant à madame *Dixneufans* qui eft tout auffi philofophe que vous.

Je ne vous ai point envoyé la Méprife d'Arras. Premièrement, le paquet ferait trop gros; en fecond lieu, ayant été mieux informé, j'ai fu que l'avocat avait fait un roman plutôt qu'un factum, et qu'il avait joint au ridicule de fa déclamation puérile, le malheur de mentir en cinq ou fix endroits impor-tans. Ce bavard m'avait induit en erreur; ainfi on eft obligé de fupprimer la Méprife. Le malheureux qui a été condamné à la roue était affurément très-innocent; fa femme, condamnée à être brûlée, était plus innocente encore; mais l'avocat n'en eft qu'un plus grand fot d'avoir affaibli une fi bonne caufe par des fauffetés, et d'avoir détruit des raifons con-vaincantes par des raifons pitoyables. J'ignore actuel-lement où cette affaire abominable en eft; je fais feulement que la malheureufe veuve de *Montbailli* n'a point été exécutée. Il eft arrivé à cette infor-tunée la même chofe qu'aux prétendus complices du chevalier de *la Barre*. Le fupplice de ce jeune

M m 2

officier, qui ferait certainement devenu un homme d'un très-grand mérite, arracha tant de larmes, et excita tant d'horreur, que les miférables juges d'Abbeville n'osèrent jamais achever le procès criminel de ces pauvres jeunes gens qui devaient être facrifiés au fanatifme. Ces fatales cataftrophes qui arrivent de temps en temps, jointes aux malheurs publics, font gémir fur la nature humaine. Mais que mon militaire philofophe foit heureux avec madame *Dixneufans* ! il eft de l'intérêt de la Providence que la vertu foit quelquefois récompenfée.

On vient de réformer le parlement de Dijon; on en fait autant à Rennes et à Grenoble. Celui de Dombes, qui n'était qu'une excroiflance inutile, eft fupprimé. Voilà toute cette grande révolution finie plus heureufement et avec plus de tranquillité qu'on n'avait ofé l'efpérer. La juftice rendue gratuitement, et celle des feigneurs exercée aux dépens du roi, feront une grande époque, et la plus honorable de ce fiècle. Un grand mal a produit un grand bien. Il y a de quoi fe confoler de tant de malheurs attachés à notre pauvre efpèce.

Vous ne retournez à Paris qu'à la fin de décembre; il faudra que vous alliez fervir votre quartier; vous n'aurez guère le temps de voir monfieur d'*Alembert* : mais, fi vous le voyez, je vous prie de lui dire que je voudrais paffer le refte de ma vie entre vous et lui.

Notre hermitage vous renouvelle les fincères affurances de l'amitié la plus inviolable.

LETTRE CCCXIV.

A M. DE LA HARPE.

A Ferney, 23 de novembre.

,, Autant que l'univerſité de Paris était autrefois célébre et brillante, autant eſt-elle tombée dans l'aviliſſement. La faculté de théologie ſurtout me paraît le corps le plus mépriſable qui ſoit dans le royaume. ,,

Ces paroles ſont tirées de l'Hiſtoire critique de la philoſophie, par M. Deſlandes, tome III, page 299.

Nous ſommes bien loin, vous et moi, mon cher ami, de penſer comme l'auteur de cette hiſtoire. Nous reſpectons tous deux, comme nous le devons, le concile perpétuel des Gaules, et ſurtout le père du concile qui a daigné vous reprendre et vous faire ſentir la vérité. Il eſt triſte pour moi d'ignorer ſon nom, et de ne pouvoir lui rendre la juſtice qu'il mérite.

J'ignore auſſi le nom du jeune homme égaré qui préfère le talent de faire de bons vers à la dignité de cuiſtre de collége (*). *Boileau* certainement ne travaillait pas ſi bien à ſon âge. Il lui manque très-peu de choſe pour égaler le *Boileau* du bon temps.

Je voudrais peut-être qu'il changeât *ici ſa main d'une onde ;* cet hémiſtiche n'eſt pas heureux.

Et ſon bras demi-nud eſt armé. On prononce *nu eſt,* et cela eſt rude.

Je ne ſais ſi on aimera la *voix langoureuſe* : la

(*) M. de *Saint-Ange*.

Mm 3

chaleur du baifer eft dans *Vertumne :* ainfi j'aimerais mieux *donne un baifer*, que *prend un baifer. Ovide* dit, *dedit ofcula.*

Je voudrais que le mariage de la vigne et de l'ormeau fût écrit avec plus de foin. *Ces feuillages verds, dans les airs,* font un peu faibles. Il faut que ce morceau l'emporte fur celui de l'opéra des fens.

Effayer à la fin fa douceur fortunée. Cette douceur fortunée eft un peu faible.

Jamais belle n'eût vu tant d'amans fur fes pas. Cela veut dire, fi vous étiez mariée, vous auriez plus d'amans que perfonne. Cela n'eft ni honnête ni de l'intérêt de *Vertumne. Ovide* dit, fi vous vouliez vous marier, *Hélène* n'aurait pas plus de prétendans. Il ne dit pas, *fi vous vouliez effayer.*

Peut-être que le difcours de *Vertumne* eft un peu trop long dans l'auteur français; j'ai peur qu'il ne languiffe un peu. Il fera plus d'effet s'il eft plus refferré.

Voilà toutes mes réflexions fur un très-bel ouvrage. Il me femble qu'il faudrait faire une foufcription pour engager l'auteur à fuivre un fi beau talent. Je foufcris pour deux cents francs, parce que je fuis devenu pauvre ; ma colonie m'a ruiné.

Je vous embraffe tendrement, mon cher ami ; *macte animo.* La carrière eft rude, mais elle eft belle.

LETTRE CCCXV.

A M. LE MARECHAL DUC DE RICHELIEU.

A Ferney, 27 de novembre.

VRAIMENT, mon héros, quand je vous envoyai le *Bolingbroke* par la pofte de Touloufe, ce fut plutôt pour amufer le politique que pour inftruire le phi-lofophe. Vous êtes tout inftruit ; cependant il n'eft pas mal de répéter quelquefois fon catéchifme pour s'affermir dans cette bonne doctrine qui fait jouir de la vie et méprifer la mort.

Un autre anglais nommé *Muller*, qui m'était venu voir à Ferney, et qui croit être par-tout dans le par-lement de Weftminfter, s'eft avifé de dire depuis peu, dans Rome, qu'il s'était chargé de me rappor-ter les oreilles du grand inquifiteur, dans un papier de mufique. Le pape, en ayant été informé, lui a dit : *Faites bien mes complimens à M. de V.... ; mais dites-lui que fa commiffion eft infefable : le grand inquifiteur n'a plus d'yeux ni d'oreilles.*

Moi qui n'avais point du tout chargé mon anglais de cette mauvaife plaifanterie, j'ai été tout confondu du compliment de fa fainteté. J'ai pris la liberté de lui écrire que je lui croyais les meilleures oreilles et les meilleurs yeux du monde, *un ingegno accorto*, *un cuore benevolo*, et que je comptais fur fa bénédic-tion paternelle, *in articulo mortis*.

A vue de pays, votre cour de Paris ne fera pas long-temps le parlement de M. *Muller*. Voilà une grande révolution faite en peu de mois ; c'eſt une époque bien remarquable dans l'hiſtoire des Velches.

Vous ſavez, ſans doute, tous les détails de l'aſſaſſinat du roi de Pologne ; c'eſt bien là une autre affaire parlementaire. Je vous ſupplie de remarquer que voilà cinq têtes couronnées, cinq images de DIEU aſſaſſinées en très-peu de temps dans ce fiècle philoſophique. On ne peut pas dire pourtant que les philoſophes aient eu beaucoup de part à ces actions d'*Aod* et de *Ravaillac*.

Conſervez-moi vos bontés, Monſeigneur; il faut que ceux qui ont encore la vigueur du bel âge aient pitié de ceux qui l'ont perdue. *V.*

LETTRE CCCXVI.

A M. LAURENT,

INGENIEUR ET CHEVALIER DE L'ORDRE DU ROI.

6 de décembre.

JE ſavais, Monſieur, il y a long-temps, que vous aviez fait des prodiges de mécanique; mais je vous avoue que j'ignorais, dans ma chaumière et dans mes déſerts, que vous travaillaſſiez actuellement par ordre du roi aux canaux qui vont enrichir la Flandre et la Picardie. Je remercie la nature qui nous épargne les neiges cette année : je ſuis aveugle quand la neige couvre nos montagnes; je n'aurais pu voir les plans que vous avez bien voulu m'envoyer;

j'en fuis auffi furpris que reconnaiffant. Votre canal
fouterrain furtout eft un chef-d'œuvre inoui. *Boileau*
difait à *Louis XIV*, dans le beau fiècle du goût,

> J'entends déjà frémir les deux mers étonnées
> De voir leurs flots unis au pied des Pyrénées.

Lorfque fon fucceffeur aura fait exécuter tous fes
projets, les mers ne s'étonneront plus de rien; elles
feront très-accoutumées aux prodiges.

Je trouve qu'on fe fefait peut-être un peu trop
valoir dans le fiècle paffé, quoiqu'avec juftice, et
qu'on ne fe fait peut-être pas affez valoir dans celui-ci.
Je connaiffais le poëme de l'empereur de la Chine,
et j'ignorais les canaux navigables de *Louis XV*.

Vous avez raifon de me dire, Monfieur, que je
m'intéreffe à tous les arts et aux objets du commerce.

> Tous les goûts à la fois font entrés dans mon âme.

Quoiqu'octogénaire j'ai établi des fabriques dans ma
folitude fauvage; j'ai d'excellens artiftes qui ont
envoyé de leurs ouvrages en Ruffie et en Turquie; et,
fi j'étais plus jeune, je ne défefpèrerais pas de fournir
la cour de Pékin du fond de mon hameau fuiffe.

Vive la mémoire du grand *Colbert* qui fit naître
l'induftrie en France,

> Et priva nos voifins de ces tributs ferviles
> Que payait à leur art le luxe de nos villes.

Béniffons cet homme qui donna tant d'encourage-
mens au vrai génie, fans affaiblir les fentimens que
nous devons au duc de *Sulli*, qui commença le canal

de Briare , et qui aima plus l'agriculture que les étoffes de foie. *Illa debuit facere, et iſtà non omittere.*

Je défriche depuis long-temps une terre ingrate ; les hommes quelquefois le font encore plus ; mais vous n'avez pas fait un ingrat, en m'envoyant le plan de l'ouvrage le plus utile.

J'ai l'honneur d'être avec une eſtime égale à ma reconnaiſſance, &c.

LETTRE CCCXVII.

A M. DE LA CROIX, *avocat à Touloufe.*

Le 6 de décembre.

VOTRE éloquence, Monſieur , et vos raiſons ont fait enfin rendre une juſtice complète à mon ami *Sirven*. Vous avez acquis de la gloire, et lui du repos. Ce font deux bons oreillers fur leſquels on peut dormir à ſon aiſe.

J'ai l'honneur de remercier monſieur le premier préſident. Je fais mes tendres complimens à M. *Sirven.* Je l'attends avec impatience. Le triſte état de ma ſanté ne me permet pas d'en dire davantage.

J'ai l'honneur d'être avec tous les ſentimens que je vous dois, &c.

LETTRE CCCXVIII.

A M. LE MARECHAL DUC DE RICHELIEU.

A Ferney, 16 de décembre.

ME voilà chargé d'une rude commiffion pour mon héros. Un brave brigadier fuiffe, nommé M. *Conflant d'Hermenches*, et fi l'on veut, *Rebeque*, lieutenant colonel du régiment d'Inner, ayant fervi très-utilement en Corfe, eft venu à Ferney fur le cheval que montait autrefois *Paoli*, et je crois même qu'il a monté fur fa maîtreffe : voilà deux grands titres.

Comme je me vante par-tout d'être attaché à mon héros, il s'eft imaginé que vous lui accorderiez votre protection auprès de M. le duc d'*Aiguillon*. Il s'agit vraiment d'un régiment fuiffe; ce n'eft pas une petite affaire. Il y a là une file de tracafferies dans lefquelles je fuis bien loin de vous prier d'entrer, et dont je n'ai pas une idée bien nette.

Tout ce que je fais, Monfeigneur, c'eft que, pour foutenir ma vanité parmi les Suiffes, et pour leur faire accroire que j'ai beaucoup de crédit auprès de vous, je vous fupplie de vouloir bien donner à M. le duc d'*Aiguillon* la lettre ci-jointe, avec le petit mot de recommandation que vous croirez convenable à la fituation préfente. J'ignore parfaitement fi M. le duc d'*Aiguillon* eft chargé de cette partie; je fais feulement que je fuis chargé de vous préfenter cette lettre, et que je ne puis me difpenfer de prendre cette liberté.

Je préfume que vous êtes accablé de requêtes

d'officiers, et je vous demande bien pardon de vous parler d'un régiment fuiffe, pendant que les français vous obsèdent; mais, après tout, il ne vous en coûtera pas plus de donner cette lettre, qu'il ne m'en a coûté à moi d'avoir la hardieffe de vous l'envoyer.

Je fuis fi enterré dans mes déferts, que je ne fais fi vous êtes premier gentilhomme d'année en 1772. Si vous l'êtès, je vous demanderai votre protection pour ma colonie.

Croiriez-vous que le roi de Pruffe a fait déjà deux chants d'un poëme épique en vers français, fur l'af-faffinat du roi de Pologne? Le roi de la Chine et lui font les deux plus puiffans poëtes que nous ayons.

J'ai commencé à établir entre Pétersbourg et ma colonie un affez gros commerce, et je n'attends qu'une réponfe pour en établir un avec Pékin par terre; cela paraît un rêve, mais cela n'en eft pas moins vrai. Je fuis fûr que, fi j'étais plus jeune, je verrais le temps où l'on pourrait écrire de Paris à Pékin par la pofte, et recevoir réponfe au bout de fept ou huit mois. Le monde s'agrandit et fe déniaife. Je demande furtout que, quand mon crédit s'étend jufqu'à Archangel, M. le duc d'*Aiguillon* ait la bonté de me recommander à M. d'*Ogny*.

Je vous demande en grâce, Monfeigneur, d'exiger abfolument de monfieur votre neveu ce petit mot de recommandation, fans quoi mes grandes entre-prifes feraient arrêtées, ma colonie irait à tous les diables, les maifons que j'ai bâties pour loger mes artiftes, deviendraient inutiles, et tout l'excès de ma vanité ferait confondu. Si on me protége, je fuis homme à bâtir une ville; fi on m'abandonne, je

refte écrafé dans une chaumière, et bien puni d'avoir
voulu être fondateur, à l'âge de foixante et dix-huit **1771.**
ans paffés : mais il faut faire des folies jufqu'au dernier moment ; cela amufe un vieux malade qui eft
toujours paffionné pour votre grandeur, pour votre
gloire et pour vos plaifirs, et qui vous aimera jufqu'au dernier moment de fa vie, avec le plus profond
refpect. *V.*

Je vous demande encore pardon de la lettre fuiffe
qui me paraît un peu hafardée.

LETTRE CCCXIX.

A M. LE COMTE DE ROCHEFORT.

Décembre.

JE n'ai point changé d'avis, Monfieur, depuis que
je vous ai vu. Je détefte toujours les affaffins du
chevalier de *la Barre*, je refpecte le gouvernement
du roi. Rien n'eft fi beau que la juftice gratuitement
rendue dans tout le royaume, et la vénalité fuppri-
mée. Je trouve ces deux opérations admirables, et je
fuis affligé qu'on ne leur rende pas juftice. La reine de
Suède difait que la gloire d'un fouverain confifte à
être calomnié pour avoir fait du bien.

Monfieur le premier préfident de Touloufe me
mande que la première chofe qu'il a faite avec fon
nouveau parlement, a été de rendre une entière juftice
aux *Sirven*, et de leur adjuger des dépens confidéra-
bles. Songez qu'il ne fallut que deux heures pour

1771.

condamner cette famille au dernier fupplice , et qu'il a fallu neuf ans pour faire rendre juftice à l'innocence.

J'apprends que les affaffins du roi de Pologne avaient tous communié , et fait ferment à l'autel de la *fainte Vierge* d'exécuter leur parricide. J'en fais mes complimens à *Ravaillac* et au révérend père *Malagrida*.

Mais j'aime mieux me mettre aux pieds de madame *Dixneufans* que je foupçonne avoir vingt ans , et que vous avez empêchée de refter vierge.

Quand vous ferez à Verfailles , je pourrai vous envoyer un Abrégé de l'hiftoire du parlement , très-véridique. Vous pourrez en parler à monfieur le chancelier , qui permettra que je vous faffe tenir le paquet à fon adreffe.

LETTRE CCCXX.

A M. LE COMTE D'ARANDA.

A Ferney , 20 de décembre.

MONSIEUR LE COMTE,

Vos manufactures font fort au-deffus des miennes ; mais auffi , votre Excellence m'avouera qu'elle eft un peu plus puiffante que moi.

Je commence par la manufacture de vos vins , que je regarde comme la première de l'Europe. Nous ne favons à qui donner la préférence du Canarie , ou du Garnacha , ou du Malvafia , ou du mufcatel de

Malaga. Si ce vin eſt de vos terres, il s'en faut bien
que la terre promiſe en approche. Nous avons pris
la liberté d'en boire à votre ſanté, dès qu'il fut arrivé.

Jugez quel effet il a dû faire ſur des gens accoutumés aux vins de Suiſſe.

Votre manufacture de demi-porcelaine eſt très-
ſupérieure à celle de Straſbourg. Ma poterie eſt, en
comparaiſon de votre porcelaine, ce qu'eſt la Corſe
en comparaiſon de l'Eſpagne.

Je fais auſſi des bas de ſoie, mais ils ſont groſſiers,
et les vôtres ſont d'une fineſſe admirable.

Pour du drap, je ne vas pas juſque-là. Vos beaux
moutons ſont inconnus chez nous. Votre drap eſt
moëlleux, auſſi ferme que fin, et très-bien travaillé,
ſans avoir cet apprêt qui gâte, à mon gré, les draps
d'Angleterre et de France, et qui n'eſt fait que pour
tromper les yeux.

Agréez avec bonté mes remercîmens, mes obſervations et mon admiration pour un homme qui deſcend dans tous ces petits détails, au milieu des plus
grandes choſes. Il me ſemble que, du temps des ducs
de *Lerme* et des comtes d'*Olivarès*, l'Eſpagne n'avait
pas de ces fabriques.

Je conſerve précieuſement l'arrêt ſolennel du 7
de février 1770, qui décrie un peu les fabriques de
l'inquiſition; mais c'eſt à l'Europe entière à vous en
remercier.

Si jamais vous voulez orner le doigt de quelque
illuſtre dame eſpagnole d'une montre en bague, à
répétition, à ſecondes, à quart et demi-quart avec
un carillon, le tout orné de diamans, cela ne ſe fait
que dans mon village, et on y ſera à vos ordres. Ce

n'eſt pas par vanité ce que j'en dis , car c'eſt le pur haſard qui m'a procuré le ſeul artiſte qui travaille à ces petits prodiges. Les prodiges ne doivent pas vous déplaire.

J'ai l'honneur d'être avec un profond reſpect, &c.

LETTRE CCCXXI.

A M. LE COMTE D'ARGENTAL.

22 de décembre.

MON cher ange, IV, V et VIII vous feront rendus par milord d'*Alrimple* , à moins qu'ils ne ſoient ſaiſis aux portes. Milord d'*Alrimple* eſt un écoſſais modeſte, choſe aſſez rare ; jeune homme ſimple, et même un peu honteux , avec beaucoup d'eſprit ; philoſophe comme *Spinoſa*, doux comme une fille. Il eſt neveu de milord *Stairs*, et l'aîné de la maiſon ; il n'a pas le nez ſi haut, mais je crois qu'il l'aura plus fin.

Voilà tout ce que le vieux malade de Ferney peut dire aujourd'hui à ſes anges auxquels il ſouhaite cent bonnes années. *V.*

LETTRE CCCXXII.

A M. PERRET,

AVOCAT AU PARLEMENT DE DIJON.

A Ferney, le 28 de décembre.

JE vous remercie, Monfieur, de nous avoir fait connaître nos ufages barbares. J'ai lu ce qui regarde l'efclavage de la main-morte, avec d'autant plus d'attention et d'intérêt, que j'ai travaillé quelque temps en faveur de ceux qu'on appelle francs, et qui font efclaves, et même efclaves de moines. St Pacôme et St Hilarion ne s'attendaient pas qu'un jour leurs fucceffeurs auraient plus de ferfs de main-morte que n'en eut Attila ou Genferic. Nos moines difent qu'ils ont fuccédé aux droits des conquérans, et que leurs vaffaux ont fuccédé aux peuples conquis. Le procès eft actuellement au confeil. Nous le perdrons, fans doute, tant les vieilles coutumes ont de force, et tant les faints ont de vertu.

On rit du péché originel, on a tort. Tout le monde a fon péché originel. Le péché de ces pauvres ferfs, au nombre de plus de cent mille dans le royaume, eft que leurs pères, laboureurs gaulois, ne tuèrent pas le petit nombre de barbares vifigoths, ou bourguignons, ou francs, qui vinrent les tuer et les voler. S'ils s'étaient défendus comme les Romains contre les Cimbres, il n'y aurait pas aujourd'hui de procès pour la main-morte. Ceux qui jouiffent de ce beau

Correfp. générale. Tome X. N n

—— droit affurent qu'il eft droit divin ; je le crois comme eux , car affurément il n'eft pas humain. Je vous avoue , Monfieur, que j'y renonce de tout mon cœur ; je ne veux ni main-morte , ni échutte dans le petit coin de terre que j'habite ; je ne veux ni être ferf, ni avoir des ferfs. J'aime fort l'édit d'*Henri II* , adopté par le parlement de Paris. Pourquoi n'eft-il pas reçu dans tous les autres parlemens ? Prefque toute notre ancienne jurifprudence eft ridicule , barbare, contra-dictoire. Ce qui eft vrai en-deçà de mon ruiffeau eft faux au-delà. Toutes nos coutumes ne font bonnes qu'à jeter au feu. Il n'y a qu'une loi et une mefure en Angleterre.

Vous citez l'*Efprit des lois*. Hélas ! il n'a remédié et ne remédiera jamais à rien. Ce n'eft pas parce qu'il cite faux trop fouvent, ce n'eft pas parce qu'il fonge prefque toujours à montrer de l'efprit, c'eft parce qu'il n'y a qu'un roi qui puiffe faire un bon livre fur les lois, en les changeant toutes. Agréez, Monfieur, mes remercîmens , &c.

Fin du Tome dixième.

TABLE ALPHABETIQUE

DES LETTRES

CONTENUES DANS CE VOLUME.

A.

AUDRA, (M. l'abbé) *baron de Saint-Juſt, chanoine de Touloufe, profeffeur royal d'hiftoire, en la même ville.*

B.

C.

F.

G.

H.

J.

L.

R.

LETTRE

Corresp. générale.   Tome X.   O o

V.

Fin de la Table du tome dixième.

VOLTAIRE

61

CORRESPONDANCE

GENERALE

TOME X

www.ingramcontent.com/pod-product-compliance
Lightning Source LLC
Chambersburg PA
CBHW070343030726
47504CB00001B/54